Armin Brem

Shakespeare‘s Eleven

Armin Brem

Shakespeare‘s Eleven

Impressum

Verlagslabel: Küchenschwabe Books

ISBN: 978-3-347-76908-3

Druck und Distribution im Auftrag des Autors:
tredition GmbH, An der Strusbek 10, 22926 Ahrensburg, Germany

Lektorat: Simona Turini
Korrektorat: Ellen Rennen
Covergestaltung, Buchsatz: www.dare.de

Kapitel 1, Let It Be

Victoria, Kanada, Herbst 2039

Ringo aß am liebsten Nusskuchen. So stand es im Fenster des kleinen Cafés und als Beweis dafür hing ein vergilbtes Foto darunter, das den Ex-Beatle mit schon schütter werdendem Haar zeigte. Er hielt höflich lächelnd einen Teller in der Hand, auf dem ein gigantisches Stück Kuchen im Schatten eines Berges aus Schlagsahne auf seinen Verzehr wartete.

Frank musste lächeln. Natürlich hatte sie gerade dieses Café für ihre Treffen ausgesucht. Er blickte zur Turmuhr. Wie üblich war er zu früh, ihm blieb also noch ein wenig Zeit.

Er genoss es, noch ein wenig im Studentenviertel zwischen Secondhand-Buchläden und alternativen Imbissbuden herumzuschlendern und die Atmosphäre des Ortes aufzusaugen. Denn, das musste er sich eingestehen, so was machte er viel zu selten. Das Sich-treiben-Lassen fiel ihm mit zunehmendem Alter immer schwerer, was nicht zuletzt an seinem enormen Arbeitspensum lag, schließlich war er einer der bekanntesten Radiomoderatoren der englischsprachigen Welt.

Seine heutige Interviewpartnerin stellte sogar für seine Verhältnisse etwas Besonderes dar. Denn eigentlich gab sie keine Interviews. Sie hatte etwas geschafft, das Frank nur als paradox bezeichnen konnte, denn ihre Popularität begründete sich genau darauf, dass sie sich größtenteils von den Medien fernhielt. Frank musste lächeln. Die wichtigste Influencerin der westlichen Welt hatte nicht einen Social-Media-Account. Und sie hasste diesen Begriff: Influencerin. Vielleicht würde er ihn bei einer guten Gelegenheit in das Interview einbauen.

Als er schließlich, pünktlich auf die Minute, das Café „Avenir“ betrat, fiel sie ihm schon von Weitem auf. Inmitten vieler junger Studenten war sie der Ruhepol. Mit ihrem grau melierten Haar saß sie an dem kleinen, wackelig wirkenden Tisch am Fenster.

Julia Morrison. Sie hatte diesem Interview erst nach langem Zögern zugestimmt und das, obwohl sie und Frank gewisse ... Berührungspunkte hatten. Für sie gab es nach wie vor kein Klischee, keine Schublade, die zu passen schien. Revolutionärin oder Reformerin? Intrigantin oder Visionärin? Über sie waren mehr Gerüchte als Fakten im Umlauf, wahrscheinlich zog sie einige Fäden im Hintergrund, aber auch hier verschwammen Wunschdenken, Fiktion und Realität zu einem Bild in der öffentlichen Wahrnehmung, das mit ihrer Person nur wenig gemein hatte.

Es war Anfang Oktober in Kanada, doch in Victoria lag die Temperatur noch über der 20-Grad-Marke, es war sonnig und viele Straßencafés hatten draußen noch oder wieder geöffnet.

„Julia, wie schön, dich zu sehen. Ich freue mich sehr."

Als sie Frank anlächelte und aufstand, um ihn zu umarmen, war er für einen Moment sprachlos. Und das als Journalist, als alter Hase im Radiogeschäft, der es gewohnt war, Prominente zu treffen und zu interviewen. Aber Julias Präsenz hatte auf ihn schon immer eine besondere Wirkung gehabt. Sie hatte dieses gewisse Etwas, das jeden Raum füllte, sobald sie ihn betrat. Das beeindruckte ihn und nahm ihm für einige Sekunden jegliche Luft zum Atmen.

Es gab verschiedene Arten von Prominenten und Frank kannte sie alle. Zuerst die unglaubliche Fülle von B- und so weiter Promis, die nur durch ständige Präsenz von ihrer Belanglosigkeit ablenken konnten. Es gab Ruhm als Höhepunkt harter Arbeit, einen Prominentenstatus, der vererbt wurde oder auf einem außerordentlichen Talent gründete. Doch all das traf auf Julia nicht zu. Sie war die Zeitzeugin einer, na ja, historischen Wende und diese Art von Berühmtheit war absolut selten.

Außerdem sah sie großartig aus – noch immer. Frank hatte Fotos von ihr aus den 2010er-Jahren gesehen. Damals hatte sie ihr pechschwarzes Haar ganz kurz getragen. Jetzt war es etwa schulterlang, zu einem einfachen Pferdeschwanz zusammengebunden und von feinen grau-weißen Strähnen durchzogen.

„Frank, das Vergnügen ist auf meiner Seite. Wie geht es Janine und den Kindern?"

Julia freute sich, auf Vancouver Island zu sein. Ein Paradies. Dazu Frank. Und seine Familie, mit der sie nach dem Interview hoffentlich noch etwas Zeit verbringen konnte. Es passte einfach alles zusammen, die Zeit, der Ort, die Menschen.

Frank war bekannt für seine unkonventionellen Interviews. BTO konnte sich das auch leisten, denn der staatliche Sender war weit über die Grenzen Kanadas hinaus bekannt, Englisch war – immer noch – eine Weltsprache und die kanadischen Medien waren beliebt für ihre unabhängige, ehrliche und nicht zuletzt neutrale Berichterstattung. Auch der Boom der Radiosender war immer noch ungebrochen, aber natürlich lag die Popularität von BTO nicht zuletzt an Frank. Er hielt nichts von Interviews in Studios oder sterilen Hotelzimmern, er mochte es gerne lebendiger.

Wenn Julia Frank ansah, erinnerte er sie immer an diesen schottischen Komiker mit der grauen Mähne, Schnauzer und Kinnbart, dessen Name ihr partout nicht einfallen wollte. Franks ursprünglicher Vorschlag war gewesen, das Interview wegen der Geräuschkulisse des fließenden Wassers beim Fliegenfischen im Campbell River aufzunehmen. Julia hatte dankend abgelehnt. Sie konnte sich Frank gut vorstellen, wie er in den Fluten Forellen angelte, aber das war nicht ihre Art. Sie hatte darauf bestanden, den ersten von drei Interviewterminen in einem Café an der Uferpromenade in Victoria aufzunehmen. Alles Weitere würde sich dann ergeben.

„Danke der Nachfrage, alles bestens. Ich freue mich schon auf eine gute Tasse Kaffee und ein nettes Gespräch mit dir. In dieser Reihenfolge, denn ohne Koffein bin ich ungenießbar“, sagte Frank.

Die Kellnerin kam und stutzte kurz, als sie Frank erkannte. Dann lächelte sie jedoch sofort professionell ihre Verlegenheit weg, empfahl ihnen den „sensationellen Macadamia-Nusskuchen“, für den die Beatles in den 1960er-Jahren auf ihrer US-Tournee extra einen Zwischenstopp in Victoria eingelegt hatten, und nahm auch gleich die Bestellung zweier Stücke auf.

Frank hatte im Café offenbar niemanden vorgewarnt, alles war authentisch.

Er schaltete das Aufnahmegerät ein, zwinkerte Julia zu und begann mit dem Interview.

„Julia Morrison, im Namen von Radio BTO begrüße ich Sie hier im Café ‚Avenir' auf Vancouver Island zu unserem Interview. Wenn Sie gestatten, möchte ich bemerken, welche Ehre es für mich ist, dieses Interview zu führen. Viele Reporter haben in den letzten Jahren vergeblich versucht, Sie zu Ihrem Lebenswerk zu befragen."

Bei dem Wort „Lebenswerk" legte Julia ihren Kopf schief. War es jetzt wirklich so weit, hatte sie dieses Alter erreicht, in dem ein Blick nach vorn nicht mehr lohnte und sich alle deswegen auf den Blick zurück konzentrierten? Mehrere Einwände gingen ihr durch den Kopf, die sie aber erst einmal beiseiteschob.

„Vielen Dank, Frank, ich freue mich auch, hier zu sein. Nur bin ich mir nicht sicher, ob es über eine alte Frau wie mich etwas zu berichten gibt, das Ihre Hörer interessieren könnte."

Frank lächelte. „Sie wissen, dass ich jedem Gast zu Beginn des Interviews drei Fragen stelle? Wer, wann und was!"

Julia deutete ein Nicken an.

„Okay, die Fragen lauten: Wer verbirgt sich hinter den Shakespeare Brothers? Wann waren Sie das letzte Mal in der Kirche? Und was zur Hölle war damals mit diesem Hirsch los?"

Julia verzog keine Miene. Sie fixierte Frank mit den Augen, ohne jedoch auf seine Fragen einzugehen.

„Ganz einfache Fragen." Frank nickte ihr aufmunternd zu.

„Möchten Sie auch ganz einfache Antworten?"

„Sie weichen mir aus."

„Ich bin mir nur nicht sicher, ob ich Ihre Fragen überhaupt beantworten kann und wenn ja, dann sicher nicht kurz. Und einfach vermutlich auch nicht."

„Nun, dann lassen Sie uns vorne beginnen. Sie lebten Anfang der 2010er-Jahre in Liverpool."

„Liverpool ist meine Heimatstadt, ich bin dort aufgewachsen."

„Aber sie verbrachten als Jugendliche auch einige Zeit in Deutschland."

„In der Nähe von Bochum. Meine Mutter stammt aus dem Ruhrgebiet. Schon als Kinder haben wir oft die Ferien dort verbracht. Nach der Trennung meiner Eltern ging sie wieder zurück nach Deutschland. Doch mein Lebensmittelpunkt blieb in England, dort hatte ich Freunde und Familie."

„Und später Ihren Mann.“

Julia seufzte und sammelte ihre Gedanken.

„Möchten Sie lieber ...“ Frank sah sie fragend an.

„Nein, es ist ja bekannt, dass die Ehe schwierig war und kurz nach den Ereignissen in Irland zu Ende ging. Ich habe nur lange nicht mehr an meinen Ex-Mann gedacht, das ist alles.“

Sie lächelte Frank zu. Er blickte mit gerunzelter Stirn zurück, als würde er versuchen, sie einzuschätzen, ohne dabei zu einem Ergebnis zu kommen.

„In den 2010er-Jahren reisten Sie öfter von Liverpool in ein kleines Fischerdorf an der Ostküste Irlands“, fuhr Frank mit seinen Fragen fort.

„Auch das stimmt natürlich und ist bekannt. Irland war für mich immer ein Stück Freiheit, so herrlich grün und unkompliziert. Ich erholte mich immer in einem kleinen Spa in der Nähe von Kildalough.“

„... das damals ein unbekanntes, touristisch nicht besonders erschlossenes Fischerdorf war.“

„Genau das war der Grund, wieso ich gerne dorthin reiste. Es war ruhig, abgelegen und nicht so laut und voll wie Liverpool. Es gab dort dieses kleine Café, die hatten die weltbesten Scones und hausgemachte Stachelbeermarmelade ... zum Niederknien. Nach kurzer Zeit kannte mich dort jeder. Das Leben war sehr unkompliziert und familiär, nicht so anonym wie in der Großstadt. Heute gleicht Kildalough eher einem Wallfahrtsort.“

„Für John Learey, den Sie persönlich kannten.“

„Ich hatte das große Glück, John zu begegnen, bevor er, na ja, berühmt wurde.“

Frank nahm einen Schluck Wasser.

„Johns Geschichte kennt heutzutage jeder. Dennoch ranken sich viele Gerüchte um sein Leben, seinen Freundeskreis. Um einen gewissen Angus zum Beispiel, dessen Rolle in der ganzen Geschichte etwas dubios und umstritten ist. Haben Sie diesen Angus kennengelernt?“

Julia lehnte sich zurück und schlug ein Bein über das andere.

„Frank, bei Angus handelt es sich lediglich um einen Mythos, ich würde ihn schon fast als eine irische Version von Robin Hood bezeichnen. Er soll Teil einer Gruppe gewesen sein, die wahlweise als Freiheitskämpfer, politische Aktivisten oder Anarchisten bezeichnet wurde. Deckname Shakespeare Brothers, dass ich nicht lache. Sie spielen auf eine Legende an, ein Ergebnis wilder Verschwörungstheorien.

Es wurde immer spekuliert, dass jemand im Hintergrund verschiedene Faktoren manipuliert hätte oder – wenn Sie so wollen – die Fäden in der Hand hielt. Frank, halten Sie sich einfach an die Tatsachen. Es war die richtige Zeit, es war der richtige Ort. Nichts ist so unaufhaltbar wie eine Idee, deren Zeit gekommen ist."

Julia setzte sich aufrecht auf ihren Stuhl und sammelte ihre Gedanken für einen Moment. Die Erinnerung an Kildalough weckte verschiedene Emotionen in ihr, die nun knapp unter der Oberfläche lauerten.

„Der Rest ist Geschichte." Sie legte sich den Zeigefinger an die Lippen, als wollte sie sich selbst davon abhalten, noch mehr zu sagen.

„Keine Shakespeare Brothers?"

Julia nahm sich erneut einen Moment Zeit, um zu antworten.

„Wer, wann und was waren Ihre Fragen. Hier ist meine Gegenfrage: Wer hätte denn wann was in Gang setzen müssen, damit die Dinge genau so laufen, wie sie gelaufen sind? So etwas lässt sich nie im Leben konstruieren. Und es gab definitiv keine Shakespeare Brothers!"

Frank presste die Lippen zusammen und nickte. Julia hatte den Eindruck, als wäre er mit ihrer Antwort noch nicht hundertprozentig zufrieden. Also war das Thema für ihn noch nicht abgehakt, auch wenn er jetzt fortfuhr.

„Sie waren dabei. Eine Zeitzeugin", sagte er.

„Vor allem war ich gesundheitlich ziemlich angeschlagen. Und zur Kur."

Kildalough, Irland, Herbst 2019

Als Julias Puls sich wieder beruhigt hatte, sie wieder zu Atem kam und auch nicht mehr am ganzen Körper zitterte, setzte sie sich vorsichtig auf und stieg aus dem Bett.

Während sie ihre Kleidungsstücke überall im Zimmer aufsammelte, betrachtete George, obwohl das kein neuer Anblick für ihn war, fasziniert ihren nackten Körper. Die Tatsache, dass Julias Schönheit von innen heraus zu strahlen schien und dass, obwohl oder vielleicht gerade weil ihr Körper alles andere als perfekt war, gefiel ihm. Er konnte seine Blicke nicht von ihr lösen, als sie durchs Zimmer lief, ihre Unterwäsche sortierte und auf einem Bein balancierend ihre Strümpfe anzog.

Sie hatte ein Fältchen hier, ein Röllchen da und war halt keine zwanzig mehr, aber genau das machte sie zu einer natürlichen Schönheit und eben nicht zu einem hochstilisierten Kunstprodukt. Er kannte hübschere Frauen, die immer das Gefühl hatten, sie müssten etwas an ihrem Aussehen verändern. Bei Julia spürte er, dass sie - zumindest im Moment - mit sich zufrieden und ausgeglichen war, trotz einiger kleiner Unzulänglichkeiten, die nicht dem gängigen Schönheitsideal entsprachen. Es schien, als würde das ein oder andere Manko dadurch in den Hintergrund gedrängt, dass sie es schlicht und einfach ignorierte.

„Diesmal bist du zur Kur wegen ...?“

„Luft. Vor allem wegen der Guten. Irischen. Luft.“

George spürte den Stimmungswechsel und bereute es, dieses Thema angesprochen zu haben. Sie mochte diese Diskussion nicht, denn beiden war klar, dass sie nur vor ihren Problemen davonlief.

„Drohender Burn-out, chronische ... du weißt schon.“

Er wusste schon. Auch wenn sie kaum etwas erzählte, hatte er sich aus Bemerkungen von ihr, die er hier und da aufgeschnappt hatte, ein Bild gemacht. Ein Mann, der aus einer Metzgerdynastie stammte, mit einer Familie im Hintergrund, die für jede Ehefrau eine Herausforderung darstellen musste.

„Und bitte spar dir den sarkastischen Unterton, die Situation ist schon verfahren genug.“

George stand auf, umarmte Julia von hinten und küsste ihren Hals.

„Du weißt, Sarkasmus liegt mir nicht." Sie legte den Kopf schief und hob die Augenbrauen.

„Wenn es um dich geht. Für mich spielt das alles keine Rolle. Dein Mann, deine Ehe. Ich freue mich einfach, dass du hier bist. Nur hatte ich während der letzten beiden Stunden nicht gerade den Eindruck, dass du zu wenig Kondition oder Probleme mit der Atmung hast, aber ich bin schließlich nicht dein Arzt."

„Erstens waren das keine zwei Stunden, sondern höchstens zwanzig Minuten, so viel zum Thema verzerrte Wahrnehmung, und zweitens bist du wirklich nicht mein Arzt. Du bist mein Friseur. Und jetzt komm und zieh dich an, du hast versprochen, mir die Haare zu machen."

Als verschlafenes Hafenstädtchen an der Ostküste Irlands lag Kildalough etwas abseits der großen Touristenströme, die von Dublin aus meist nordwärts Richtung Knowth und Dowth strömten oder das Land Richtung Westküste durchquerten. Gerade weit genug abseits, damit die Einheimischen ihre Ruhe hatten, aber nah genug, um dort Arbeit zu finden, wo die Touristen schließlich landeten. Denn es war absolut in Ordnung, mit Urlaubern Geld zu verdienen, solange die nicht das eigene Dorf belagerten.

Wer die schönere Route über das Meer in Richtung Kildalough nahm, musste wohl oder übel direkt vor der grotesken Bausünde anlegen, die sich Kildalough Harbor Hotel nannte. Errichtet in bester Lage, direkt am Hafen und ein absoluter Albtraum aus Glas und Beton.

Glücklicherweise versprühte der Rest des Städtchens genügend Charme, um das einigermaßen wettzumachen. Kleine Cottages mit Reetdächern, gestrichen in bunten, knalligen Farben, lenkten die Besucher von der Waterfront ab und führten den Blick zum Zentrum. Dort stand – natürlich – wie fast überall im katholischen Irland eine schlichte, aus Natursteinen errichtete Kirche. In diesem Fall war sie dem heiligen Hubertus geweiht, was eine kleine Besonderheit war, denn als belgischer Schutzheiliger war dieser Patron der Jäger und Hunde nicht besonders populär in Irland.

Die Bewohner des Städtchens waren stolz auf ihren exotischen Schutzheiligen und betonten immer wieder, wie schön es war, nicht den allgegenwärtigen St. Patrick zu verehren. Ändern konnten sie es so oder so nicht, denn die Kirche stand hier seit achthundert Jahren und wo käme man da hin, wenn man seine Heiligen einfach aus einer Laune heraus auswechselte?

Die letzte Wirtschaftskrise hatte Irland hart getroffen, aber glücklicherweise waren die Iren Entbehrungen gewohnt. Mittlerweile begann wieder einmal der langsame Aufstieg aus dem Loch, in das sie zuletzt alle gefallen waren.

Dabei hatte doch alles so gut ausgesehen, die Wirtschaft brummte und auch George hatte mitspekuliert und durchaus vom letzten Immobilienboom profitiert. Es war ihm gelungen, eine kleine Kette von Friseursalons aufzubauen und diese dann – bis auf den ursprünglichen Laden in seiner Heimatstadt – an einen Investor zu verkaufen.

Die meisten Firmenanteile und Aktien, in die er seinen Gewinn investiert hatte, waren inzwischen so gut wie wertlos. Aber es waren ihm immerhin sein Haus und sein Friseursalon geblieben, er war schuldenfrei und hatte einen mintfarbenen Jaguar XJ Baujahr 96 mit seinem B@rbershop-Logo. Seines Erachtens der letzte richtige Jaguar und die einzige langfristige Beziehung in seinem Leben. Julia hatte dem mintgrünen Gefährt schon eine Reihe anderer Namen gegeben und weigerte sich strikt, mit dem B@rbermobil zu fahren, wenn es nicht unbedingt notwendig war.

Victoria, Kanada, Herbst 2039

„Wissen Sie, Frank, Kildalough war für mich immer mehr als nur ein Ort der Ruhe. Ich habe in meinem Leben immer versucht, mich an der Philosophie meiner Großmutter zu orientieren, zu der ich als Kind ein sehr inniges Verhältnis hatte. Für sie gab es diese speziellen Orte, Wälder, Felsen oder Bäume, die ihr Kraft gaben. Ihre Inseln des Glücks. Sie spürte immer, wenn sie diesen Plätzen zu lange ferngeblieben war, wenn sie sozusagen wieder reif für ihre Insel war."

Frank nickte. Es fiel ihm aber schwer, sich voll auf Julias Worte zu konzentrieren, da seine persönliche Insel des Glücks gerade in Form eines Stücks Nusskuchen vor ihm stand. Julia schien das zu bemerken. Mit erhobener Augenbraue forderte sie seine ungeteilte Konzentration ein und so ließ er, schweren Herzens, die voll beladene Kuchengabel zurück auf den Teller sinken.

Julia fuhr fort: „Es half ihr dann immer, einen dieser Orte zu besuchen, manchmal nur für ein paar Minuten, aber diese Zeit gab ihr Kraft. Meine Großmutter nahm mich oft mit zu einem ihrer Lieblingsplätze, einem alten, knorrigen Baum. Der schwarze Stamm war voller Löcher, aber dennoch trieb er jeden Frühling helle grüne Blätter aus, die sich in die Sonne reckten. Wir setzten uns darunter, lehnten uns an und schwiegen. Ich spürte die Energie des Baumes und genauso spürte ich die besondere Energie, die von Kildalough ausging."

„Das hört sich sehr spirituell an. Die Kräfte der Naturgeister." Franks Blick huschte über Julias Kuchenteller. Sie hatte ihr Stück noch nicht angerührt.

Nun jedoch nahm sie die Kuchengabel auf. „Ich bin kein gläubiger Mensch, für mich ist die Philosophie eine wichtige Konstante. Ich wollte immer Antworten haben und nicht noch mehr Fragen. Aber ich weiß, was mir Kraft gibt, und dieses kleine Hafenstädtchen gehört dazu."

Sie stach ein Stück ihres Kuchens ab, dippte es in Schlagsahne und steckte es sich in den Mund. Frank musste ein Lächeln unterdrücken, als er ihre Reaktion beobachtete. Sie schien für einen Moment alles um sich herum zu vergessen und Frank überlegte, ob Macadamianuss-Kuchen nicht auch spirituelle Kräfte haben könnte. Schließlich wuchs eine Nuss an einem Baum und somit ... Er verfolgte diesen Gedanken jedoch nicht weiter.

„Kildalough hatte also eine besondere Energie ...?" Schmunzelnd nahm Frank das Gespräch wieder auf, nachdem eine ungewöhnlich lange Pause entstanden war.

„Ganz Irland hat diese ursprüngliche Energie. Doch in Kildalough spüre ich sie immer am meisten. Das beginnt schon auf dem Weg dorthin. Wenn Sie von Norden her in die Stadt fahren, kommen Sie durch eine Allee mit alten Eichen. Sie fahren an Cottages mit winzig kleinen, aber penibel gepflegten Vorgärten vorbei. Und dann sind Sie auch schon im Zentrum, direkt an der Kirche. Dort war immer was los, das Zentrum des urbanen Lebens."

„Und die katholische Gemeinde mit Mother Mary als zentrale Figur."

Julia nickte und spießte eher beiläufig ein weiteres Stück Kuchen auf ihre Gabel. Der Gedanke an Mother Mary schien viele Erinnerungen zu wecken, denn plötzlich lächelte sie.

„Nicht nur eine zentrale Figur, eher eine Institution. Sie war eine ganz besondere Frau. Wenn man sich in schwierigen Situationen befand, kam sie und gab weise Ratschläge."

Kildalough, Irland, Herbst 2019

„Lass das sein! Lass das sein, lass das sein, lass das sein!"

Mother Mary war zu ihrer vollen Größe aufgefahren. Der halbstarke Bengel, dem sie die Zigaretten abgenommen hatte, wusste noch nicht so recht, was da über ihn gekommen war.

George und Julia kamen auf dem Weg zum Friseursalon am Kindergarten vorbei, in dem Mother Mary seit einer gefühlten Ewigkeit das Kommando innehatte.

Die Schwester gehörte zu dem Typ Frau, der nie zu altern schien. George selbst hatte sie schon während seiner Zeit im Kindergarten erlebt und er hatte ihr Äußeres genau so in Erinnerung, wie sie auch jetzt noch aussah. Sie war eine große Frau, immer in schwarzer Ordenstracht, alles hochgeschlossen, den Kopf bedeckt, sodass nur ansatzweise einige grau melierte Haare zu erahnen waren.

Seit fast vierzig Jahren kümmerte sie sich um den Nachwuchs der Stadt und die Tatsache, dass viele „ihrer" Kinder die Kindergartenzeit schon lange hinter sich gelassen hatten, hielt Mother Mary nicht davon ab, sich auch weiterhin um ihre Erziehung zu kümmern. Sie war eine Respektsperson, ein Fels in der Brandung.

Der schmächtige Teenager, der mit gesenktem Kopf vor ihr stand, hatte eigentlich nur möglichst cool eine Zigarette rauchen wollen. Verstört starrte er nun auf den Boden, wohl in der Hoffnung, dass sich ein Loch auftun würde, um ihn gnädigerweise zu verschlucken.

Wahrscheinlich auf einen Befehl seines Unterbewusstseins hin hatte George seinen Schritt beschleunigt, doch kurz bevor er aus Mother Marys Gravitationsbereich entkommen war, hörte er seinen Namen.

„George. Solltest du nicht schon längst im Laden stehen?"

Er blieb abrupt stehen und wandte sich um. Sofort verschränkte er die Hände hinter dem Rücken und blickte zu Boden. Julia stellte erstaunt und ein wenig belustigt fest, dass dieser fast eins neunzig große Mann mit seinen schwarzen Locken und seinem Robin-Hood-Bärtchen plötzlich wie ein Schuljunge wirkte, der beim Abschreiben erwischt worden war.

„Guten Morgen, Mother Mary. Ich bin mir sicher, Beata hat dort alles im Griff. Ich musste mich noch um einen Gast der Stadt kümmern."

„So hört man." Mother Mary warf einen kritischen Blick auf Julia und steckte unauffällig die konfiszierten Zigaretten in ihre Tasche. Verschwendung war eine ernst zu nehmende Sünde.

„Guten Morgen, Mother Mary, ich habe schon viel von Ihnen gehört." Julia streckte ihre Hand aus. Der Händedruck der Schwester glich einem Schraubstock.

„Konnten Sie in der ganzen Stadt keinen besseren Fremdenführer als George finden?"

„An jeder Ecke, aber er ist nicht mein Fremdenführer. Er ist mein ..." Julia schwieg für einen Moment. Umgehend traf sie Mother Marys fragender Blick. „... Friseur", vervollständigte sie ihren Satz.

Die beiden Frauen lächelten und nickten sich zu. Mother Mary hatte mit dieser Geste gezeigt, dass sie die, wenn man den Buschtrommeln Glauben schenkte, außereheliche Episode mit George zwar nicht gutheißen konnte, aber rein persönlich nichts gegen Julia hatte. Schließlich ging Julia ihrer Wege, mit George im Schlepptau, der gequält grinste.

Beata hatte, wie erwartet, den Friseursalon schon geöffnet und alles unter Kontrolle. Das Werbeschild stand vor der Tür, die Regale waren mit diversen Sprühdosen, Tiegeln, Tuben und sonstigem Zubehör gefüllt und, was am allerwichtigsten war, „Il Monstroso", die riesige italienische Siebträger-Kaffeemaschine, war vorgeheizt, betankt und bereit für ihren Einsatz.

Wenn George der Kopf seines kleinen Unternehmens war, dann war Beata die Seele. Wobei in diesem Fall der Kopf eher zum Träumen neigte und die Seele stramm organisiert war und Geschäftssinn bewies. Wie viele ihrer polnischen Landsleute war Beata zur Blütezeit des irischen Wirtschaftswunders, als Arbeitskräfte händeringend gesucht wurden, nach Irland gekommen. Mit Ende zwanzig hatte sie nicht nur ihren Mann, sondern auch gleich ihr Land verlassen und jetzt, zwanzig Jahre später, fühlte sie sich in dem kleinen Fischerstädtchen zu Hause und konnte fluchen wie ein irischer Torfstecher.

Ihr ruhiges Wesen und ihre Zuverlässigkeit brachten eine gewisse Beständigkeit in den Friseursalon, die perfekte Ergänzung zu Georges Umtriebigkeit.

Dass es den besten Kaffee der Stadt ausgerechnet in einem Friseursalon gab, hatte sich schnell herumgesprochen. Die ganze Kaffeekultur hatte es auf dieser grünsten aller Inseln immer schon schwer gehabt und war erst in den letzten Jahren aufgeblüht. Irish Breakfast Tea galt lange als das Maß der Dinge, ganz im Gegensatz zu Arabicabohnen. Sogar beim weltweit bekannten Irish Coffee kam es mehr auf die Qualität des Whiskeys an als auf die des verwendeten Kaffees.

Vor einigen Jahren hatten zwei Sizilianer etwas Kaffeekultur nach Kildalough bringen wollen. Sie waren ihrer Zeit einfach voraus gewesen und übrig geblieben war nur ihre Kaffeemaschine, die George sich bei der Schließung des Cafés günstig unter den Nagel gerissen hatte.

Georges Erfolgsrezept war es, den Kaffee kostenlos an die Stammkunden auszuschenken, und da in dem kleinen Städtchen nahezu jeder irgendwie Stammkunde war, egal ob er gerade einen Haarschnitt benötigte oder nicht, fanden sich vormittags immer die üblichen Verdächtigen im Salon ein, auf einen Haarschnitt, einen Kaffee oder auch beides.

Julia saß entspannt in ihrem Friseurstuhl. Sie musste mit ihren in Alufolie eingeschlagenen Haaren warten, bis die Farbe der Strähnchen lange genug eingewirkt hatte. Eine Illustrierte lag aufgeschlagen auf ihrem Schoß, sie betrachtete aber stattdessen die Menschenmenge, die sich hier kaffeetrinkend versammelt hatte. Es war sehr unterhaltsam, dem Treiben im B@rbershop zuzusehen.

Es hatten sich vorwiegend Männer aller Altersschichten eingefunden, die ihrer Meinung nach tagesaktuelle Themen besprachen, philosophierten und sich über lokale Politik und Personen des öffentlichen Lebens austauschten. Julia fand, dass sie tratschten wie die Waschweiber, und der Gedanke ließ sie schmunzeln. Dabei gab es einen harten Kern, dessen Zusammensetzung jeden Vormittag nahezu gleich war. Allen voran Shaun der Postbote.

Shaun war in der Regel morgens der Erste, der im B@rbershop erschien. Nicht selten stand er schon vor der geschlossenen Ladentür und wartete, bis Beata aufsperrte. Postbote in Kildalough war für ihn der zweitschönste Job der Welt nach Papst. Zum einen wurde er intellektuell nicht überstrapaziert, zum anderen konnte der Großteil seiner Aufgaben jederzeit auch von seiner Mutter erledigt werden.

Somit konnte er sich um seine wichtigsten Kunden intensiver kümmern, denn er wusste, wie wichtig seine Briefe für die ortsansässigen Geschäftsleute waren. Er sortierte die Post nicht nach Hausnummern, sondern nach Priorität. Seine Runde begann stets beim Bäcker, der praktischerweise gleich neben dem Metzger lag, welcher den zweiten Anlaufpunkt auf seiner Runde darstellte. Pünktlich um neun erschien er im B@rbershop und blieb dort häufig bis kurz vor elf, denn dann öffnete der Deerstalker Pub, der praktischerweise nicht weit weg vom Friseursalon lag, nur ein Stück geradeaus, an der Kirche vorbei. Simon, der Wirt vom „Deerstalker", schien ein wichtiger Kunde zu sein, der wohl immer sehr viel Post hatte, denn dort war Shaun oft bis zum späten Nachmittag anzutreffen.

Die Nächste aus der üblichen Runde war Brigh. Im Gegensatz zu Shaun hatte Brigh, die eigentlich Bridget hieß, sich ihren Morgenkaffee schon verdient.

Brigh entsprach dem Klischee einer Irin. Rotes, wenn auch in ihrem Fall relativ kurzes Haar, Sommersprossen, eine rosige Gesichtsfarbe und ein Faible für Cordhosen. Letzteres war eher typisch für Brigh im Speziellen als für die Irinnen im Allgemeinen, passte aber zum Gesamtbild.

Ihr Alter von vierzig plus x Jahren war ihr deutlich anzusehen, denn Brigh arbeitete viel und hart. Sie hatte sich als Einfraubetrieb auf die Reinigung von Ferienhäusern spezialisiert, von denen es entlang der Küste mehr als genügend gab. Außerdem organisierte sie für die Besitzer eben dieser Häuser diverse Wartungen und Reparaturen und erledigte allerlei sonstige Verwaltungstätigkeiten.

Nach dem Verlust ihres letzten Jobs hatte sie sich aus einer alten Reinigungsmittel-Werbung einen Flyer gebastelt („Mrs. Propper"), den sie überall auslegte.

Die Tatsache, dass sie sich nicht traute, allzu viel Geld zu verlangen, hatte bedeutend zu ihrem Erfolg beigetragen und bald konnte sie sich vor Arbeit kaum noch retten. Als Kind einer irischen Großfamilie hatte sie drei ältere und zwei jüngere Brüder, was von Vorteil war, denn viele der Wartungsarbeiten an den Ferienhäusern wurden durch die handwerklich begabten Brüder erledigt und blieben so in der Familie. Jedoch war somit auch immer mindestens ein Bruder da, um auf seine Schwester aufzupassen und, ob notwendig oder nicht, ihre Ehre zu verteidigen.

Und da ihre Brüder diese Aufgabe sehr ernst nahmen, hatten sie Brighs Ehre bis über das heiratsfähige Alter hinaus verteidigt. Während der Rest ihrer Familie mittlerweile vergeben war und jede Menge Nichten und Neffen für Brigh produzierte, putzte sie eben Häuser.

Die Türglocke klingelte ein weiteres Mal. Auftritt John.

Victoria, Kanada, Herbst 2039

Frank zog die Augenbrauen hoch. „Beim Friseur?"

„In George O'Sullivan's Friseursalon." Unbewusst zwirbelte Julia eine Haarsträhne um ihren Zeigefinger. „Ich erinnere mich rein zufällig noch an den Namen des Inhabers. Irische Eltern waren mit der Namenswahl in dieser Generation anscheinend nicht besonders fantasievoll. Ich kenne mindestens vier George O'Sullivans allein in Kildalough. Dazu einige Patrick Murphys und den ein oder anderen

James Kelly.“ Und einen Angus, fügte sie in Gedanken hinzu. „Aber zurück zum Thema. Meine erste Begegnung mit John war beim Friseur. Ein unglaublicher Zufall.“

„Also waschen, schneiden, legen?“

Julia nippte an ihrem Kaffee. „Bei John gab es nicht viel zu waschen, zu schneiden und erst recht nichts zu legen. Der sogenannte B@rbershop war in Kildalough mehr als nur ein Friseursalon, die Leute trafen sich dort.“

„Um ...?“ Frank setzte sich interessiert auf.

„Einfach so. Das war ja das Schöne. Sie trafen sich dort ohne besonderen Grund.“

Kapitel 2, Hello (Turn the radio on)

Kildalough, Irland, Herbst 2019

„Kellner. Kaffee."

George rollte theatralisch mit den Augen. „Beata, du hast schon wieder die Tür nicht abgeschlossen und jetzt haben wir den Pöbel im Laden."

Julia ahnte, dass dies das übliche Ritual der beiden Männer war. Beata hatte vorausschauend schon einen doppelten Espresso zubereitet und reichte ihn John. Auf der Tasse war ein Aufdruck von Speedy Gonzalez, einem ACME-Karton mit Dynamitstangen und dem Kater Sylvester.

„Julia. John. John ist unser Mann im County Council." Er zwinkerte Julia zu. „Und demnächst schicken wir ihn ins Repräsentantenhaus nach Dublin."

„Hallo, John." Sie winkte aus ihrem Friseurstuhl heraus. „Ich habe schon viel von dir gehört."

Letzteres war nicht einmal gelogen. Da Julia über ein äußerst mittelmäßiges Personengedächtnis verfügte, führte sie über verschiedene Leute geistige Karteikarten. Wenn jemand, in diesem Fall George, ihr von jemand anderem, zum Beispiel John, erzählte, bekam die Karte einen Eintrag. Diese holte sie nun imaginär hervor.

Das System funktionierte relativ gut, nur konnte sie nicht genau steuern, welche Informationen letztendlich auf der Karte gespeichert wurden. Um sich Namen besser merken zu können, verknüpfte sie sie immer mit berühmten Persönlichkeiten, in diesem Fall hatte sie „John" mit „Elton" verbunden. Ein gewaltiger Irrtum, da die Person, die nun vor ihr stand, kaum einen Hang zu Federboas und extravaganten Brillen hatte. Auch die Statur passte nicht, dieser John war klein, drahtig und schien sich entschlossen zu haben, sein schütter werdendes und kurz rasiertes braunes Haupthaar als gottgegeben hinzunehmen.

Sie rief die Karteikarte weiter ab. „George sagt, du kandidierst für die Grünen."

John nickte anerkennend. Er hatte wohl nicht erwartet, dass Julia wirklich von ihm gehört hatte. Weitere Informationen poppten in ihrem Kopf auf. Mag keinen Knoblauch. Spielt bei Musik-Sessions im Pub hin und wieder die Trommel, mit viel Begeisterung und weniger viel Talent. Tochter. Ehefrau. Gelegenheitsangler. Unverbesserlicher Romantiker. Da musste irgendwo noch eine sinnvolle Information vorhanden sein. Lehrer.

„Wie läuft der Wahlkampf? Das muss ja ziemlich stressig sein, neben dem Job noch Politik zu machen?"

John wiegelte ab. „George übertreibt wie üblich. Es ist noch ein weiter Weg bis nach Dublin, denn zuerst findet hier noch eine kleine, aber lästige Formalität namens ‚Wahl' statt. George, du kommst doch morgen zum Infoabend in der Turnhalle?"

George brummte zustimmend.

„Wir freuen uns natürlich auch über Gäste, die nicht wahlberechtigt sind." Letzteres war mit einem Augenzwinkern direkt an Julia gerichtet.

Victoria, Kanada, Herbst 2039

„In der Turnhalle war das Treffen Nummer zwei. Es ging um das Programm von Johns Partei, er war der Kandidat der irischen Grünen für einen Sitz im Repräsentantenhaus. John hatte keine Chance, alle wussten das und trotzdem war die Stimmung gut. Es ging ihm auch nicht um den Sieg."

Frank wollte gerade zur nächsten Frage ansetzen, als sich eine ältere Dame zögerlich dem Tisch näherte. Sie war sichtlich hin- und hergerissen zwischen der typisch kanadischen Höflichkeit und dem unbedingten Wunsch nach einem Autogramm.

„Für meine Enkelin", sagte sie nur und deutete auf einen Tisch in der Nähe, an dem ein Teenager mit hochrotem Kopf saß. Frank erfüllte ihr diesen Wunsch gerne und brachte die Autogrammkarte sogar persönlich zum Tisch, wo sich die Gesichtsfarbe der Enkeltochter vor lauter Aufregung von Rot ins Purpurne steigerte.

„Die Wahlveranstaltung ...“, sagte er, als er sich wieder zu Julia gesetzt hatte.

„Genau. Es ging ihm nicht um den Sieg.“

„Um was dann?“

„Er wollte eigentlich nur sich selbst treu bleiben und andere von seiner Idee für eine bessere Zukunft überzeugen. Er war kein Machtmensch, er war mehr ein Visionär. Aber um es in der Politik zu etwas zu bringen, waren damals spitze Ellenbogen und ein gutes Netzwerk aus Parteifreunden nötig, die genauso rücksichtslos waren wie man selbst. Dazu gehörten eine gewisse moralische Flexibilität und vage formulierte Grundsätze, die bei Bedarf schnell geändert werden konnten, um von der Bevölkerung gewählt und von der Industrie über Spenden finanziert zu werden.“

„Und dieses Spiel wollte John nicht mitspielen?“

Julia schüttelte ihren Kopf. „Ganz und gar nicht. Ich kann mich noch gut an Johns Rede erinnern. Einige seiner Themen haben mich sehr bewegt. Es war ein starker Auftritt, er stellte ein wohldurchdachtes Programm vor. Und natürlich seinen neuen Wahlkampfslogan ...“

Kildalough, Irland, Herbst 2019

„Bier für alle.“ John gab die erste Runde aus. Der erste, offizielle Teil der Veranstaltung war, wie erwartet, recht trocken gewesen. Dafür war der zweite, inoffizielle, aber nicht weniger wichtige Teil feucht-fröhlicher. Er fand dort statt, wo traditionell in Irland alle Wahlen entschieden werden - im Pub.

Julia hatte sich schon gewundert, dass die Tagesordnungspunkte recht zügig und ohne lange Diskussion abgehandelt worden waren. Nun, da alle im Pub ein Glas Bier in der Hand hatten, wurden einige der Dispute mit wesentlich mehr Feuer weitergeführt. Es schien ihr, als hätte es vorher eine stillschweigende Übereinkunft gegeben, die besagte: Lass uns den offiziellen Teil schnell erledigen, die wirklich wichtigen Themen besprechen wir, wenn alle mit Getränken versorgt sind.

Das Deerstalker war der Treffpunkt der alternativen Szene in Kildalough. Eigentlich kannte niemand den Grund, denn rein optisch war es eben ein typisch irischer Pub. Holzvertäfelungen, Spiegel an der Wand, Fotos längst verblichener Stammgäste, die zu ihrer Zeit wohl auch einen gewissen Bekanntheitsgrad innegehabt hatten, und einiges an Trödel waren hier zu finden. Es unterschied sich nicht im Geringsten von den anderen Pubs des Städtchens.

Simon konnte selbst nicht erklären, wieso gerade sein Pub zum Treffpunkt der alternativen Szene geworden war. Aber er war schon lange genug im Geschäft, um zu wissen, dass so etwas nicht erzwungen werden konnte. Er selbst war eher konservativ, aber letztendlich war Geschäft eben Geschäft und wenn diese Szene Gefallen an seinem Pub gefunden hatte, konnte er durch gelegentliche Zusatzveranstaltungen wie Poetry Slams und Lesungen auch noch einen kleinen Zusatzverdienst generieren.

Neuerdings bot Simon sogar erfolgreich Organic Craft Beer an, das, ganz biologisch-dynamisch, in einem kleinen Familienbetrieb auf den Aran Islands gebraut wurde. Inis Mór Òr oder das Gold von Inis Mór, ein Ale, wie er als angehender Biersommelier wusste, und gefinished im Whiskeyfass.

George holte gerade die nächste Runde Bier und so nutzte Julia die Gelegenheit und versuchte, John über ihn auszuquetschen.

„Ihr kennt euch schon seit der Schule?“

John blickte zur holzvertäfelten Decke, als könne er so alte Erinnerungen abrufen.

„Ja, wir waren zusammen auf der Heartlight Highschool und es ist lustig, dass du danach fragst, denn früher war ich mal seine Julia.“

Julia warf ihm einen vielsagenden Blick zu, dem er nicht allzu lange standhielt.

„Ein Schulprojekt über Shakespeare. Wir inszenierten unsere eigene, durchaus spezielle Interpretation der Balkonszene. Ich hatte eine Wette verloren und musste Julia sein.“

„Du hattest die Wette gewonnen und wolltest Julia sein!“ George hatte sich unbemerkt von hinten genähert. „Angeblich nur, weil ihm Romeos Text nicht gefiel.” George zwinkerte seiner aktuellen

Julia zu und setzte sich. „Wir hatten den klassischen Text etwas aufgepeppt. Mit Zitaten aus Popsongs. In Julias Fall von den Spice Girls und bei Romeo mussten die Backstreet Boys dran glauben."

„Okay, ich verstehe, Shakespeare trifft Pop-Art. Ich hoffe nur, euer Lehrer war offen für spezielle Interpretationen dieser Art."

Simultan wandten die beiden den Blick von ihr ab. George zog Luft durch die Zähne ein.

„Gerettet hat uns damals das Footballtrikot. Romeo trug eines von Dublin und Julia eines von Belfast, um den Konflikt zwischen den beiden verfeindeten Familien zu symbolisieren. Und da Mr. Parker ein großer Footballfan war, hat er uns gnädigerweise eine Drei gegeben."

Julia nahm einen Schluck von ihrem Stout. Das dunkle, fast schwarze Bier war nach irischer Sitte bis zum Rand eingeschenkt und hatte nur eine kleine Krone mit weißem Schaum. Mit viel Liebe zum Detail hatte der Wirt mit dem Zapfhahn ein Kleeblatt in die Schaumkrone gemalt und das wiederum war einer der Gründe, wieso sie dieses Land so liebte.

„Ich fand die Idee super, keine Ahnung, was Mr. Parker nicht gepasst hat."

„Die Idee von Joanne und Tony war besser. Die hatten eine glatte Eins. Die beiden haben den Text von ‚We Didn't Start the Fire' von Billy Joel auf Shakespeare umgedichtet. Antonius, Cleopatra, Oberon, Puck, Titania, Tale of Two Cities, Richard II, As You Like It, too ... und so weiter."

Jeder starrte für einen Moment in sein Bier, als würde er dort die Erinnerung an eine längst vergangene Zeit finden. George war der Erste, der das Schweigen brach, allerdings schien es, als spreche er mehr zu sich selbst als zu den anderen.

„Auf jeden Fall hatten die beiden ihre Eins und alles, was wir hatten, war ein neuer Spitzname, der sich als äußerst penetrant und langlebig erwiesen hat."

Julia lächelte. Sie wollte alles wissen. Jetzt. George zierte sich noch etwas, aber sie konnte ihm ansehen, dass das nur vorgetäuscht war.

Die beiden Freunde rückten schließlich von beiden Seiten näher zu ihr heran und George erzählte in konspirativem Tonfall.

„Es war Anfang der Neunziger, meines Erachtens die beste Ära für gute Rock- und Popmusik."

John nickte zustimmend.

„Genau. MTV hatte noch richtige Musiksendungen im Programm, mit VJs wie Ray Cokes und jeder Menge super produzierter Musikvideos, Michael Jacksons ‚Thriller', ‚Zombie' von den Cranberries, ‚Drive' von REM. Meilensteine der Popkultur."

„‚Thriller' war in den 1980ern."

„‚Thriller' ist zeitlos, das beste ..."

„Jungs." Julia warf einen scharfen Blick nach links, dann einen nach rechts. „Zur Sache. Ihr könnt euch nicht rausreden."

„Na ja", sagte John, jetzt ein bisschen ruhiger. „Ich fand immer schon, dass viele Liedtexte geradezu philosophisch sind. Man muss nur lernen, richtig hinzuhören. Ich hatte damals eine Liste mit Songtexten, die meines Erachtens einen philosophischen Hintergrund hatten. Ich war jung und brauchte die Aufmerksamkeit und so wurde ich es natürlich nie leid, jedem davon zu erzählen. Platz drei war damals übrigens ‚Enjoy the Silence' - Vows are spoken, to be broken. Feelings are intense, words are trivial ... Dann kam Aerosmith mit ‚Amazing'. Life's a journey, not a destination ... Platz eins war ein One-Hit-Wonder. Sehr erfolgreich damals und bis heute finde ich ..." Er bemerkte ihren ungeduldigen Blick.

„Nun. Life is a strange thing. Just when you think you learned how to use it, it's gone."

Die Textzeile schien Julia vertraut, sie konnte sie aber nicht sofort einordnen. George verkündete monoton und übertrieben unmotiviert: „Ladies and Gentlemen, heute Abend live im Deerstalker: die Shakespeare's Sisters."

Auf dem Nachhauseweg gingen Julia und George am Fluss entlang. Julia hatte sich angewöhnt, die Pubs dann zu verlassen, wenn die Stimmung am besten war, da erfahrungsgemäß kurz danach ein betrunkener Idiot den Abend ruinierte. Die meisten Pubs schlossen gegen Mitternacht, aber genau diese Sperrstunde, die den Alkoholkonsum eigentlich reduzieren sollte, wurde von vielen Iren als Herausforderung angesehen, kurz vorher noch möglichst viel zu trinken.

Sie gingen schweigend nebeneinander her. George redete berufsbedingt den ganzen Tag und hing abends gerne seinen Gedanken nach. Julia summte ein Lied, während sie durch die Lichtkegel der Straßenlaternen schlenderten, die in gleichmäßigen Abständen den Nebel erhellten. Erst nach einer Weile fiel ihr auf, dass sie ein Lied summte, von dem John vorher gesprochen hatte, „Zombie" von den Cranberries. Als ihr das bewusst wurde, erinnerte sie sich sogar an das bildstarke Musikvideo dazu.

„Glaubst du auch, dass viele Popsongs einen tieferen Sinn haben?"

„Hmm?" George sah zu ihr hoch. Es war offensichtlich, dass er mit seinen Gedanken ganz woanders gewesen war.

„Entschuldige, ich wollte dich nicht stören. Ich musste nur darüber nachdenken, was John gesagt hat."

„Ist schon okay. Ich habe auch gerade an ihn gedacht, an früher."

Julia runzelte ihre Stirn. „Er hat etwas an sich, ich weiß nur nicht, wie ich es beschreiben soll."

„Da kann ich dir helfen, ich kenne ihn ja lange genug, es gibt da eine klare Definition. Er ist ein Träumer", sagte George. „Ein hoffnungsloser Romantiker, der sich im Grunde weigert, erwachsen zu werden und den harten Fakten des Lebens ins Auge zu blicken. Er hängt immer noch seinen alten Ideen nach, Philosophie in Rocksongs, utopische Thesen für eine bessere Gesellschaft und so weiter. Im Grunde verweigert er sich aber schlicht und einfach der Realität, denn eines ist klar: Niemand schafft es, das System zu ändern."

Schweigend setzten sie ihren Weg durch die Nacht fort, während Julia darüber nachdachte, ob es wirklich so unmöglich sei, das „System" zu verändern.

Victoria, Kanada, Herbst 2039

Frank blätterte in seinen Notizen, mit denen er sich für jedes Interview vorbereitete.

„Wenn wir zurückgehen könnten in die Zeit vor November 2019, bevor alles seinen Lauf nahm, was würden die Menschen im Dorf über John sagen?"

„Nun, er war schon vorher ein geschätztes Mitglied der Gesellschaft, politisch und sozial engagiert. Er hatte ein offenes Ohr für alle und ihm wurde nachgesagt, er sei mit seiner Philosophie und seinen gesellschaftspolitischen Ansichten seiner Zeit voraus. Ein Visionär eben."

Die Kellnerin kam an den Tisch und servierte zwei weitere Stücke des berühmten Kuchens mit einer Anekdote. „Wissen Sie, Ringo hatte eine Tante hier in der Stadt und immer, wenn er sie besuchte, kam er nur wegen des Kuchens in unser Café."

Julia schenkte der Kellnerin ein Lächeln, während Frank sie fragend anblickte. Als sie sich wieder entfernte, fiel sein Blick auf Julia.

„Glauben Sie, dass banale Ereignisse im Laufe der Zeit so verklärt und ausgeschmückt werden können, dass sie einen Kultstatus erreichen?", fragte er.

„In Bezug auf ...?"

„Kuchen. Sind die Beatles wirklich extra für ein Stück Kuchen eingeflogen oder war Ringo nur mal zufällig in der Nähe und hatte Lust auf Süßes?"

„Ich denke, das ist nicht relevant, denn es geht weder um den Kuchen noch um die Beatles. Es geht lediglich darum, dass jemand aus dieser Geschichte einen Vorteil ziehen will. Dafür werden einem verstorbenen Prominenten hier verschiedene Geschichten angedichtet." Julia legte den Kopf zuerst nach links, dann nach rechts, als würde sie abwägen, ob ihr diese Tatsache gefiel oder nicht. Sie schien zu keinem eindeutigen Ergebnis zu kommen.

„Mochte John denn Nusskuchen?"

Julia stach beherzt ein Stück des besagten Kuchens ab und bedeckte es mit einem Klecks Schlagsahne.

„John hätte diesen Nusskuchen geliebt."

Kapitel 3, Wild Horses

Kildalough, Irland, Herbst 2019

Es regnete. Schon seit Tagen. Was Julia nicht davon abhielt, eine Wanderung über die Wiesen und Felder zu machen, denn wer Urlaub (Kur, sie war auf Kur hier!) in Irland machte, durfte nicht zimperlich sein.

Der Regen hielt an, wechselte aber ständig seine Beschaffenheit. Es regnete mal mehr, mal weniger, die Tropfen kamen mal von oben, mal, was Julia besser gefiel, von der Seite, als Sprühregen, Nieselregen, Platzregen, mal sanft, mal kräftig, mal nasser, mal ... na ja, der Gedanke an „trockeneren“ Regen war zugegeben etwas verwegen und ließ sie schmunzeln. Julia vermutete, dass es bei so vielen Regenarten wie in Irland grundsätzlich möglich war, auch zwischen nass und trocken zu unterscheiden.

An diesem Gedanken hielt sie sich fest, während sie erneut über eine Mauer aus aufgeschichteten Feldsteinen stieg und weiter querfeldein marschierte. Vor Kurzem hatte sie in der Nähe einige verwilderte Ponys gesehen.

Es hieß, dass es seit der letzten Wirtschaftskrise immer mehr herrenlose Pferde in Irland gab. Die Kosten für den Unterhalt waren vielen Besitzern zu hoch und so wurden die Tiere einfach auf irgendeiner Wiese ihrem Schicksal überlassen. Angeblich wurden abgemagerte und kranke Pferde sogar regelmäßig erschossen, aber in den Medien war so gut wie nichts darüber zu finden. Schließlich wollte niemand das Image der freundlichen Grünen Insel mit ihren meist ebenso freundlichen Insulanern beschädigen.

Die Ponys, die Julia gesehen hatte, machten aber einen wohlgenährten Eindruck. Es war eine Herde mit fünf kleinen, gescheckten Tieren, die sie einige Tage zuvor beim Wandern zum ersten Mal beobachtet hatte. Sie hatten sich auf einer steinigen Ebene kurz vor dem Meer aufgehalten, dem sogenannten „Devil‘s Backyard“, einer felsigen Gegend, die zu karg für die Landwirtschaft war.

Struppig, zottelig und ungepflegt, aber anscheinend gut gelaunt, hatten sie sich gegenseitig mit dem Kopf den Rücken gekratzt oder im Schatten der Ginsterbüsche ein Schläfchen gehalten. Damals war das Motiv „Verwildertes Pony im Regen“ in ihrem Kopf aufgetaucht und da dieser Gedanke sich dort gerade häuslich einrichtete, dabei die Füße auf den Tisch legte und lauthals 1980er-Jahre-Rockballaden sang, war sie nun mit ihrer Spiegelreflexkamera unterwegs.

Sie wanderte schon fast drei Stunden durch die Hügel, aber statt „Verwildertes Pony im Regen“ hatte sie bislang nur „Blumen in Trockenmauer“, Nr. 23, „Nebel in den Hügeln“, Nr. 4 und „Regenbogen über der Grünen Insel“, gefühlte Nr. 1564 – also überhaupt kein spektakuläres Motiv.

So würde sie diesen Gedanken niemals zum Schweigen bringen. Aber es gab Schlimmeres und insgeheim mochte sie Rockballaden.

Auf dem Rückweg zum Dorf ging sie an der zerfallenen Kirche vorbei. Die Einheimischen nannten sie „Abbey“, aber für eine Abtei oder ein Kloster erschien sie Julia ziemlich klein. Es war eine dieser typischen irischen Ruinen: Natürlich fehlte das Dach, einige der Natursteinmauern waren eingestürzt, der Turm stand noch und die ganze Ruine war von einer Reihe von Grabsteinen umgeben, deren Aufschriften nur schwer zu entziffern und deren Tote wohl schon lange vergessen waren.

Auf dem kiesigen Boden im ehemaligen Hauptschiff wuchsen Moose, Efeu rankte über die Mauern und in einem der Seitenschiffe hatte sich stacheliges Gebüsch breitgemacht. An allen vier Ecken wuchsen Eiben. Julia war botanisch nicht besonders bewandert, wusste aber um den hohen Stellenwert, den Eiben in der keltischen Kultur einnahmen. Sie symbolisierten, obwohl oder vielleicht gerade weil sie giftig waren, den Lebensbaum.

Julia hörte ein Flattern und ein krächzendes Geräusch. Ein großer schwarzer Vogel, wahrscheinlich ein Rabe oder eine Krähe, flog zu einem der Turmfenster und, bevor sie auch nur die Gelegenheit hatte, die Kamera zu zücken, auch gleich wieder davon. Doch als sie den Turm genauer betrachtete, fiel ihr auf, weshalb der Vogel herangeflogen war. Ein weiterer pechschwarzer Vogel saß, vermutlich brütend, in seinem Nest.

Das potenzielle Motiv „Brütender Vogel in Nest“ nahm in ihrem Kopf Gestalt an, verdrängte den Gedanken an „Ponys im Regen“ zumindest kurzzeitig und legte an seiner statt die Füße auf den Tisch. Julia blickte durch den Sucher ihrer Kamera, doch die Perspektive gefiel ihr nicht. Sie musste höher hinauf, um einen besseren Blickwinkel zu finden, bevor Bonnie Tyler in ihrem Kopf wieder „Total Eclipse of the Heart“ zum Besten gab.

Julia ging einmal um die Ruine herum in das Nebenschiff und entdeckte dort einen Haufen Geröll, auf dem sie bis zur Außenmauer hochklettern konnte. Hinter einigen Efeuranken versteckt fand sie den idealen Beobachtungsposten. Sie schoss einige Bilder und betrachtete sie auch gleich auf dem Display. Besser.

Der Regen hatte nachgelassen und vereinzelt schienen Sonnenstrahlen durch die Lücken in der Wolkendecke. Sie wollte warten, bis der andere Vogel (insgeheim hatte sie ihm den Namen „Rabenvater“ gegeben) kam und seine brütende Frau mit Futter versorgte. „Brütender Vogel im Turm und Rabenvater“, Nr. 1. Während sie wartete, summte sie leise vor sich hin.

Der Rabenvater ließ sich Zeit und Julia hätte schon beinahe aufgegeben, als sich von der Straße her ein Auto näherte und in einiger Entfernung parkte. Ein Mann stieg aus und kam auf die Ruine zu, was Julias Stimmung trübte. Sie saß seit geraumer Zeit bewegungslos an die feuchte Steinmauer gelehnt und die Chancen, dass sich der Rabenvater noch einmal blicken ließ, stiegen durch eine zweite Person in der Abbey nicht gerade. Dennoch blieb sie regungslos in ihrem Versteck.

Mit Jeans, Sakko und Krawatte wirkte der Mann wie ein Fremdkörper in der Szene aus Steinen, Moosen und Efeu.

Er betrat die Ruine.

Im Eingangsbereich stand ein von Pflanzen überwuchertes schmiedeeisernes Tor offen, das wohl niemals mehr geschlossen werden konnte. Daran kletterte er ein Stück hoch und holte etwas unter dem Efeu hervor. Leider konnte Julia über die Entfernung nicht erkennen, um was es sich dabei handelte.

Der Mann wirkte nervös. Er sah sich um, was Julia dazu veranlasste, sich tiefer hinter den Efeuzweigen zu verstecken. Der Mann ging ein Stück weiter zu der Mauer, die Julias Versteck gegenüberlag. Auch hier kletterte er ein Stück hoch, holte wiederum etwas hervor, um es nach kurzer Zeit wieder gut versteckt an der Mauer zu platzieren. Diesmal schoss Julia, einem Impuls folgend, in kurzem Abstand einige Bilder.

Als der Unbekannte wieder in sein Auto stieg und sich entfernte, verließ Julia neugierig ihren Posten und ging zurück ins Innere der Ruine. Sie sah sich die Stelle in der Mauer genau an. Zuerst konnte sie nichts erkennen, aber dann entdeckte sie einen kleinen Kasten von etwa acht mal zehn Zentimetern in Camouflage mit einem kleinen Objektiv.

Sie vermutete, dass es sich um eine Kamera für Wildtier-Aufnahmen handelte. Zwar hatte sie so etwas noch niemals zuvor gesehen, aber es schien die einzig mögliche Erklärung zu sein. Anscheinend gab es außer ihr noch andere Tierliebhaber, auch wenn sie sich fragte, welche Tiere hier wohl des Nachts vor die Linse laufen könnten, denn die Kameras waren auf den Innenraum gerichtet und nicht auf den Turm mit den brütenden Vögeln.

Es krächzte erneut. Julia sah den Rabenvater gerade noch abfliegen. Die Sonne sorgte für die richtige Kulisse und tauchte den Turm in ein märchenhaftes Licht. Ein großartiger Kontrast, der Turm umgeben von Sonnenstrahlen, die aus einem Meer von dunklen Wolken herausragten. Das war genau ihr Motiv. Und sie hatte es verpasst. Sie würde wiederkommen.

Kapitel 4, Comfortably Numb

Kildalough, Irland, Herbst 2019

Drei Tage später saß Julia vormittags in ihrem Lieblingscafé, dem „Blue Café“ direkt am Hafen, aß warme Scones und las den „Irish Independent“. Sie hatte die dickste Zeitung gewählt, die sie bekommen konnte, und sie las sie von vorn bis hinten akribisch durch. Gerade war sie im hinteren Drittel angelangt und wurde langsam unruhig.

Das lag aber nicht an der Zeitung, nicht an den Artikeln über die irische Wirtschaft, die das Titelblatt dominierten, oder dem Sportteil, den sie komplett durchgelesen hatte. Sie war jetzt informiert über Spieler, deren Namen ihr nichts sagten, und über die Ergebnisse von Hurling und Gaelic Football, wovon sie nicht mal wusste, wie es gespielt wurde.

Sie war außerdem bei ihrem dritten Kaffee und dem zweiten Scone. Bei beidem war ihr schon während der Bestellung klar gewesen, dass sie eigentlich weder das eine noch das andere wirklich wollte. Sie redete sich ein, dass ihr beschleunigter Herzschlag mit eben dieser dritten Tasse Kaffee zusammenhing. Aber der Grund für ihre Nervosität war schlicht und einfach die Tatsache, dass sie sich, sobald sie hier fertig war, um ihre Rückreise nach Liverpool kümmern musste. Diesen Gedanken konnte sie gerade nicht ertragen und hatte deswegen beschlossen, ihn so lange wie möglich zu ignorieren.

Julia halbierte das letzte Viertel ihres Scones, bestrich es mit gesalzener Butter und Marmelade und aß es. Sobald sie ihr Frühstück beendet hatte, würde es ihr nicht länger gelingen, dem Offensichtlichen aus dem Weg zu gehen.

Ihr Mann hatte angerufen. Das Arschloch. Das war er zweifelsohne, er bezeichnete sich manchmal sogar selbst so, mit einem gewissen Stolz. Er sei „geschäftlich eben ein Arschloch, aber ein erfolgreiches“. Nur dass es ihm schon lange nicht mehr gelang, Geschäftliches und Privates zu trennen. Der Fluch eines Familienunternehmens. Morrisons Meat. Trotzdem verurteilte Julia sich selbst für diesen Gedanken.

Nachdem ihr Mann sich oberflächlich nach ihrem Befinden erkundigt hatte, stellte er ihr noch ein paar Fragen über verschiedene Geschäftsvorgänge, deren Antworten er schon längst kannte, darüber hegte sie keinen Zweifel. Die eigentliche Frage, beziehungsweise die Aufforderung „komm zurück", hing unausgesprochen über dem kurzen und wie üblich sehr emotionslosen Gespräch.

Julia war nicht der Typ Frau, der sich aushalten ließ, sich auf den Haushalt beschränkte und mit gleichgesinnten Damen der besseren Gesellschaft Charity Events organisierte. Sie hatte ihren Platz in der Firma und auch wenn ihr Mann alle wichtigen Entscheidungen traf, kümmerte sie sich darum, dass der Laden reibungslos lief, und um die Löhne und Versicherungen. Alles Aufgaben mit viel Verantwortung und wenig Anerkennung.

Julia hasste es. Obwohl, das stimmte nicht ganz. Sie war in diese Position langsam, aber unaufhaltsam hineingerutscht, ohne sich weiter Gedanken darüber zu machen. Wenn sie sich Zeit nehmen würde, um ihre Situation zu reflektieren, würde sie sicher zu dem Schluss kommen, dass sie es hasste. Ihren Job, ihre Ehe, die Firma. Aus diesem Grund versuchte sie, bisher relativ erfolgreich, nicht weiter über ihre Situation nachzudenken, denn die Folgen waren für sie nicht absehbar.

Julia halbierte die letzte Hälfte ihres Viertelscones, bestrich ein Stück mit Butter und Marmelade, was gerade noch machbar war, und aß es. Sie wusste natürlich, dass sie sich selbst belog, oder, etwas diplomatischer ausgedrückt, der Realität nicht ins Auge blicken wollte. An manchen Tagen, so wie heute, fühlte sie als Folge ihrer Verdrängungstaktik einen grauen Schleier über sich. Und er wurde langsam dunkler. Positive Gefühle wurden unterdrückt, die negativen hingegen konnten sich frei entfalten. Sie fühlte sich als Person regelrecht eingeschnürt, fast unfähig zu Handlungen jeder Art.

Wenigstens hier machte sie sich nichts vor: Es würde sie direkt in eine Depression führen, wenn sie so weitermachte. Doch das würde sie nicht zulassen. Sie musste sich entscheiden.

Jetzt. Bald.

Ihr Leben in den Griff bekommen, was immer das bedeuten mochte. Sie musste nur den ersten Schritt machen. Sofort. Heute. Gleich nachdem sie ihr Frühstück beendet hatte.

Sie bezahlte, nahm Mantel und Handtasche und ging zur Tür hinaus, hinein in den neuen Tag. Auf ihrem Teller lag noch die halbe Hälfte eines Viertelscones mit einem Klecks Stachelbeermarmelade.

Julia stand vor dem Zebrastreifen an der Abbey Road. Sie musste nach rechts, dort lag das Reisebüro. Von Online-Buchungen hielt sie nicht viel, obwohl sie wusste, dass sie im Normalfall reibungslos funktionierten. Aber sie glaubte eben an Papier, wollte lieber gedruckte Tickets in der Tasche, Seiten in einem Buch und Scheine in der Geldbörse als all die Bits und Bytes der virtuellen Welt.

Ein Auto hielt an. Sie ging geradeaus über den Zebrastreifen und dann links die mit Ahorn gesäumte Mercury Alley hinauf.

Jemand hatte „Fairytale of New York" in der Jukebox gewählt. Anscheinend hatte sich wieder mal ein Tourist in das Deerstalker verirrt, denn jeder Ire wusste, dass es sich hier um ein Weihnachtslied handelte. Auch wenn in dem Song ordentlich geflucht wurde.

„Wer ist die neue Barfrau?"

Julia hatte John nicht kommen sehen. Sie hatte es anfangs für eine gute Idee gehalten, mit George in den Pub zu gehen, um sich etwas abzulenken. Es gelang ihr aber nicht. In Gedanken hatte sie schon die Irische See überquert, um dann zu realisieren, dass auch der Rest von ihr bald zurück nach England musste.

John setzte sich zu den beiden. Sie hatten einen der begehrten Plätze in der Nische ergattert, direkt am offenen Kamin.

„Anscheinend ein neues Talent hinter dem Tresen, die habe ich hier auch noch nie gesehen."

George schien die Äußerung seines Freundes in keiner Weise zu irritieren, aber John hatte Julias fragenden Blick bemerkt.

„Simon ist berüchtigt dafür, immer neue ‚Talente' für den Barbetrieb zu entdecken. Jedes Mal, wenn er in den Urlaub fährt, bringt er den neuen aufgehenden Stern am Barkeeper-Himmel mit. Das funktioniert in der Regel sechs bis acht Wochen, dann wirds meist wieder düster und er steht allein hinterm Tresen."

„Erinnerst du dich noch an die Erste, die er von seinem Trip nach Schweden mitgebracht hat? Marie irgendwas ..."

„Ja, die mit den kurzen blonden Haaren, die sah immer irgendwie gefährlich aus." John schüttelte sich.

„Oder Lola, erinnerst du dich an die?"

„Lola? Das Showgirl mit den gelben Federn im Haar?"

„Nein, Lola aus einem Club in Soho. Die hat er wohl die ganze Nacht mit Champagner abgefüllt, während er selbst dabei angeblich nur Cola getrunken hat. Als sie am nächsten Tag wieder nüchtern wurde, saß sie schon im Flieger nach Dublin." George grinste.

„Am besten fand ich die aus Andalusien. Marocana."

„Macarena!"

„Stimmt. Die konnte sogar Cocktails mixen, nur hat sie dabei immer ihren komischen Tanz aufgeführt, das war irritierend."

Julia wusste, auf welche Art sich Männer am besten irritieren lassen und hatte von dieser speziellen Barkeeperin ein Bild vor Augen, das überraschend nahe an der Realität war. Im Hintergrund beschimpften sich Kirsty MacColl und Shane MacGowan im wohl unanständigsten Weihnachtslied aller Zeiten.

„Wie läuft dein Wahlkampf?" Julia versuchte halbherzig, das Thema zu wechseln. Eine kleine Stimme in ihrem Kopf sagte ihr, dass es nicht an Georges Aufmerksamkeit für die jüngere und freizügiger gekleidete Kellnerin lag. Fast hätte sie dieser Stimme geglaubt.

John lächelte gequält.

„Ich will ehrlich zu dir sein ..."

„Sagte der Politiker ...", erwiderte Julia und legte den Kopf schief.

John lächelte wieder, allerdings nicht mehr gequält. Julia meinte, fast so etwas wie Kampfeslust in seinem Gesicht zu erkennen. Und war das ein Flackern in seinen Augen oder hatte sich nur der Feuerschein des offenen Kamins gespiegelt?

„Genau das", sagte er. „Genau das ist der Punkt. Politiker lügen. Schlimm genug. Aber noch schlimmer ist es, dass es keinen zu stören scheint. Es wird sogar schon fast vorausgesetzt. Politiker lügen, denn sie müssen gewählt werden. Politiker dehnen die Fakten, um sie passend zu machen. Was juckt mich mein Geschwätz von vor der Wahl? Damit möchte ich mich nicht abfinden. Unser Parlament, die Volksvertreter, die die Regeln für alle machen und gerade deswegen als Vorbild dienen sollten, gerade die lügen schamlos. Und das sage nicht ich, es gibt Publikationen darüber, wer im Parlament wie viele Unwahrheiten verbreitet. Und alles ohne Konsequenzen. Was sagt das über unsere Gesellschaft aus?"

Julia war überfordert. John hatte in der Sache sicherlich recht, aber zum einen fehlten ihr die Einblicke in die irische Politik und zum anderen hatte sie heute keinen Kopf für tiefgründige Diskussionen.

„Du scheinst ja nicht viel von deinen Kollegen zu halten", sagte sie nur.

„Ehrlich gesa..., ich meine, zwischen uns beiden, genau deswegen bin ich in die Politik gegangen."

„Um über die Kollegen anderer Parteien herzuziehen?"

„Um etwas zu verändern. Und glaub mir, ich kritisiere auch Kollegen in der eigenen Partei. Aber ich mache das von innen. Und natürlich nicht nur das, ich versuche auch, mich konstruktiv einzubringen, denn es ist einfach, etwas zu kritisieren. Lösungen zu finden, die zu einer Verbesserung führen, ist schon schwerer. Nur als aktives Mitglied einer Partei habe ich meiner Meinung nach ein Recht darauf, das System, von dem ich selbst ein Teil bin, so zu kritisieren."

Julia überlegte einen Augenblick und nickte schließlich. „Ich verstehe, was du meinst."

„Genau. Denn heutzutage besteht gewiss kein Mangel an Kritik gegenüber der Politik. Aber obwohl sich immer mehr Leute darüber beschweren, was alles schiefläuft, ist kaum einer dazu bereit, sich politisch zu engagieren. Ich finde, nur derjenige hat ein moralisches Recht dazu, sich zu beschweren, der auch dazu bereit ist, das System von innen zu verändern."

„Interessanter Ansatz." Julia sah zu George. Der gähnte und trank einen Schluck Bier. Vermutlich hatte er den Vortrag schon öfter gehört.

Victoria, Kanada, Herbst 2039

Eine andere Kellnerin als zuvor kam an den Tisch, um die leeren Teller abzuräumen. Frank bestellte einen weiteren Kaffee, Julia zog es vor, nach zwei Tassen und zwei Stücken des berühmten Kuchens nun auf Wasser umzusteigen.

Julia hatte den Verdacht, die neue Kellnerin hatte ihre Kollegin extra darum gebeten, an diesem Tisch bedienen zu dürfen, nur um Frank zu treffen. Als sie die Bestellung aufnahm, war ihr Blick immer wieder von ihrem Bestellblock kurz zu Franks Augen und dann Richtung Decke gehuscht, wobei sie nervös auf ihrer Unterlippe herumkaute. Auch ein paar Gäste an den Nachbartischen schienen ihre Gespräche eingestellt und die Ohren in ihre Richtung ausgerichtet zu haben, um wenigstens das ein oder andere Gesprächsfragment zu erhaschen.

„Hatte John denn eine zentrale These, etwas, das ihm besonders wichtig war?"

Julia musste einen Moment überlegen. „Er versuchte vor allem immer, die Fehler im System aufzuzeigen. Einem System übrigens, das seiner Meinung nach nicht per se schlecht war. Es hatten sich dort nur über die Jahre und Jahrzehnte verschiedene Schwächen eingeschlichen. Und an die hatten die Menschen sich gewöhnt, vieles wurde hingenommen, weil es eben immer schon so war. John wollte sich damit nicht abfinden, er hatte eine frische, unbefangene Art, alles zu hinterfragen. Ganz oben auf seiner Liste stand die Rolle der Parteien in der Politik."

„Können Sie das näher ausführen?"

„Nun, die eigentliche Aufgabe von Parteien ist die Regierungsbildung. Inwieweit ihre Aufgaben darüber hinausgehen sollten, ist strittig. Sowohl rechtlich als auch moralisch. Darf eine Partei ihren Abgeordneten eine Richtung vorschreiben? Darf sie Firmen oder Stiftungen betreiben und dabei Gewinne erwirtschaften oder Spenden sammeln? Darf das Parteibuch bei der Besetzung von neuralgisch wichtigen Positionen eine Rolle spielen? Können in so einem System überhaupt Entscheidungen in der Sache, also jenseits der Parteiideologie getroffen werden?"

„Und unter Parteiideologie verstehen Sie ...?", hakte Frank nach.

„Na ja, die üblichen Lager eben. Jede Partei hatte ihren Claim für sich abgesteckt, um ihre Klientel zu bedienen. Was natürlich keine je zugegeben hätte."

„Und war das so schlecht?"

„Nicht nur. Wenigstens wussten die Menschen, woran sie waren. Die Sozialdemokraten kümmerten sich um die sozial Schwachen. Das ist gut. Die Christdemokraten um Familie und Tradition. Gut. Die Liberalen möchten möglichst viel Freiheit und wenig Einmischung des Staates. Auch gut. Und die Grünen schützen die Umwelt. Sehr gut."

Frank grinste. „Das hört sich doch gut an."

„Aber es gab auch Nachteile. Die Sozialdemokraten kümmerten sich um die sozial Schwachen. Das führte zu weniger Eigeninitiative der Betroffenen. Außerdem litten die Sozialdemokraten dadurch, dass es keine richtige Arbeiterklasse mehr gab, zunehmend unter Existenzängsten. Die Christdemokraten sorgten sich um Familie und Tradition. Und vergaßen dabei gerne, dass sich eine Gesellschaft stetig weiterentwickelt. Die Liberalen wollten möglichst viel Freiheit und wenig Einmischung des Staates. Turbokapitalismus um jeden Preis. Und die Grünen schützten die Umwelt. Und setzten dabei vorwiegend auf Ideologie und Verbote. Ihnen allen fehlte der Blick über den eigenen Tellerrand hinaus."

Die Kellnerin brachte die Getränke und lächelte Frank lange an. Erst als sich Julia bei ihr bedankte, zog sie sich wieder Richtung Theke zurück.

„Das ist natürlich pauschalisiert und zugespitzt", fuhr sie dann fort. „Und trotzdem ... Aber zurück zu John. Für ihn war es wichtig, den Menschen die Fehler im System als solche ins Bewusstsein zu bringen. Das Parlament bestand vorwiegend aus alten Männern und die meisten davon waren Anwälte. Das war früher so. Keiner fragte nach, wieso das so war. Nur John. Ich erinnere mich noch gut an seine Meinung über die ‚Demokratie'."

Kildalough, Irland, Herbst 2019

„Demokratie. Eine gute Idee. Ich warte nur immer noch darauf, dass sich mal jemand traut, dieses Prinzip auch ernsthaft umzusetzen. Ich kenne kein Land, in dem die Macht wirklich vom Volk ausgeht."

Julia nahm einen Schluck Bier und beschloss, sich auf die Diskussion einzulassen. „Also in England scheint das ganz gut zu funktionieren, ich zumindest gehe immer wählen."

Vermutlich hatte John genau dieses Stichwort erwartet, denn plötzlich erschien ein freches Grinsen auf seinem Gesicht.

„Okay, fangen wir von vorn an." Er setzte sich aufrecht hin, während George mit den Augen rollte, sich zurücklehnte und sich auf sein Bier konzentrierte.

„Die Wahl. Gut. Wir beginnen ganz oben, bei der Europawahl."

Julia legte ihren Kopf schief und sah John so lange eindringlich an, bis er seinen Fehler bemerkte. Etwas zu theatralisch zog er hörbar Luft durch die Zähne und kniff die Augen zusammen.

„Natürlich. Brexit. Auch so ein Beispiel für das Versagen der Demokratie. Ein Journalist, der gefeuert wurde, weil er erfundene Geschichten in die Welt setzte, wird Teil einer Bewegung, die mit erfundenen Fakten den Brexit herbeiführt. Wofür er mit einem Posten als Premierminister von Großbritannien belohnt wird. Dazu das Totalversagen der Presse als vierte Gewalt, da die Yellow Press in England in der Hand von Großkonzernen ist und viel mehr an Auflage interessiert ist als an Fakten und der Brexit verkauft sich eben ..." John sah Julias kritischen Blick. „Aber ich sehe schon, ich schweife ab. Also. Wer war dein letzter Abgeordneter im Europäischen Parlament?"

Julia stutzte. Sie hatte keine Ahnung.

„Über was stimmte der ab? Welchen Einfluss hatte dieser Volksvertreter auf dein Leben?"

Julia überlegte. Ihr fiel spontan eine Verordnung über den Krümmungswinkel von Gurken, irgendetwas mit Agrarsubventionen und irgendetwas mit Datenschutz ein. Das war nicht gerade viel. Plötzlich verlor sie die Lust an der Diskussion. Tief in ihrem Inneren hatte sie das Bedürfnis, sich allein in ihrem Bett die Decke über den Kopf zu ziehen. Nur vorübergehend, so für drei, vier Wochen.

Eigentlich war sie immer stolz auf ihr politisches Grundwissen gewesen und nun hatte sie sich durch ihre Unachtsamkeit in eine Situation manövriert, in der sie schon bei der ersten Frage passen musste.

„Kein Mensch kennt seinen Europaabgeordneten. Und ich frage wirklich viele. Die Wahlbeteiligung bei Europawahlen hat sich bei etwa 45 Prozent eingependelt, das sagt ja eigentlich auch schon alles aus. Dann schauen wir doch mal, wer dort das Sagen hat. Die größte Fraktion, die", John verdrehte die Augen, „Christdemokraten liegen etwa bei 30 Prozent aller Stimmen. Die Grünen etwa bei 7 Prozent. Das bedeutet, die größte Fraktion mit 30 Prozent der Sitze im Europaparlament wurde, wenn man die Wahlbeteiligung mit einrechnet, nur von 13,5 Prozent der Bevölkerung gewählt. Zum Vergleich, eine Fraktion mit 10 Prozent, die ja oft gebraucht wird, um eine Mehrheit zu schaffen, wurde letztendlich nur von 4,5 Prozent der Bevölkerung gewählt, kann aber bei Abstimmungen das Zünglein an der Waage sein. Glaubst du wirklich, dass dieses Parlament einen Auftrag der Bevölkerung hat?"

„Der prozentuale Anteil wäre aber vielleicht gleich, wenn mehr Leute zur Wahl gingen."

„Es gibt einen Grund, warum sie es nicht tun. Stell dir mal Folgendes vor: Du hast einen Stimmzettel und kannst wählen zwischen Christdemokraten, Sozis, Liberalen, natürlich den Grünen und was auch immer sonst noch meint, es hätte einen Sitz in einem Repräsentantenhaus irgendwie verdient. Ganz unten auf dem Wahlschein ist so ein kleiner Kreis, in den du dein Kreuz machen kannst, daneben das Symbol eines erhobenen Mittelfingers und da steht geschrieben: Alles Arschlöcher da oben. Versuch mal, dir das Ergebnis dieser Wahl vorzustellen."

Julia schmunzelte. Sie musste zugeben, der Gedanke, verschiedenen Politikern den Finger zu zeigen, hatte etwas für sich.

„Der nächste Punkt ist: Kannst du wählen, wen du wählen kannst? Natürlich gibt es verschiedene Kandidaten auf dem Stimmzettel, aber jetzt mal ehrlich, glaubst du wirklich, das Volk entscheidet, wer da draufsteht? Was sagt dein Bauchgefühl? Das ist wichtig, denn letztendlich wird die Entscheidung, wen man wählt, aus dem Bauch heraus getroffen. Also, was denkst du, wer steht ganz oben auf der Liste, wenn die Parteien ihren Kandidaten bestimmen? Der am besten geeignete Kandidat, einer mit den besten Connections oder einfach der, der sich für nichts zu schade ist und schon so lange dabei ist, dass er irgendwann auf der Liste erscheinen muss?"

„Ich denke, vor allem möchtest du mir mit deiner Fragestellung die Antwort schon in den Mund legen, was übrigens eine der schlechtesten Angewohnheiten eines Politikers ist."

Es entstand ein kurzes, aber nicht unangenehmes Schweigen. John schien seine Gedanken zu ordnen, George war inzwischen ganz woanders und Julia blickte ins Feuer.

Das elementare Wesen des Feuers hatte sie schon immer fasziniert und wirkte beruhigend auf sie. Zuzusehen, wie die Flammen züngelten, das Holz, oder wie in Irland durchaus noch üblich, der Torf loderte und die Glut verschiedene Schattierungen von Hellgelb bis Dunkelrot annahm, war für sie wie ein Mantra. Im Pub mit einem Bier in der Hand dem Feuer im offenen Kamin zusehen, das war die irische Form von Yoga. Der Gedanke ließ sie lächeln.

„Du hast natürlich recht.“ John hatte sich etwas zu ihr gebeugt und redete nun leiser, vertraulicher. Er referierte nun nicht mehr, sondern suchte das Gespräch mit ihr.

„Jetzt erzählt er gleich, das ganze Parlament bestehe nur aus Anwälten und Lehrern.“

Julia erschrak. Sie hatte den Mann nicht kommen sehen. Er war unbemerkt von hinten zu ihnen getreten und stand nun, ein Pint Bier in der Hand, an ihrem Tisch. Als sie zu ihm hochsah, wirkte er seltsam vertraut, als hätten sie sich schon mal getroffen oder zumindest gesehen. Aber Julia konnte sich an keine Begegnung mit ihm erinnern.

Victoria, Kanada, Herbst 2039

„Wie war Ihre erste Begegnung mit Tony?“

Die erste Interviewsitzung ging dem Ende zu, das Café leerte sich langsam und Frank war vom Kaffee auf einen Vinyard One umgestiegen, dem Trendgetränk des letzten Sommers, das zu großen Teilen aus hellem Traubensaft und Canadian Whisky bestand und dessen Popularität Julia nicht im Geringsten nachvollziehen konnte.

„Na ja, nach guter irischer Sitte fand sie ...“

„Lassen Sie mich raten: im Pub statt?“

„Genau so war es. Ich war mit einer guten Freundin verabredet, es sollte eigentlich meine letzte Nacht vor der Abreise sein. John war auch da und natürlich wurde die Diskussion politisch. Plötzlich stand Tony in der Runde und diskutierte mit. Ich hatte mich kurz vorher mehr aus Spaß bei John beschwert, er würde reden wie ein Politiker, aber Tony ... Tony verkörperte den Polit-Profi mit jeder Zelle seines Körpers. Es ist schwer zu begreifen, dieses ... Ich weiß noch genau, wie er sich mir vorstellte, es hörte sich fast wie die Karikatur eines Politikers aus einer Seifenoper an. ‚Bitte erlauben Sie mir, dass ich mich vorstelle ...‘“

Kapitel 5, Sympathy for the Devil

Kildalough, Irland, Herbst 2019

„... Mein Name ist Tony und Sie müssen Julia sein. Ich konnte nicht umhin, Ihr Gespräch mit John zu belauschen. Ich kann Ihnen auch genau sagen, wie es weitergeht." Er wandte sich an John. „Du wolltest doch gerade dazu ansetzen, dass nicht nur unseres, sondern die meisten Parlamente in europäischen Staaten größtenteils aus Anwälten und Beamten im öffentlichen Dienst bestehen, oder?" Dann zwinkerte er Julia zu. „Dabei ist er selbst Lehrer."

„Und du bist Anwalt, was ja wohl für meine Argumentation spricht."

Beide lachten und es war kein typisches Politikerlächeln. Die beiden freuten sich wirklich, sich zu sehen, und die Stimmung wurde entspannter. Julia erfuhr im Schnelldurchlauf einiges über die Freundschaft zwischen Tony und John. Seit ihrer Jugendzeit feilten sie an diversen „politischen Projekten" und Tony ließ sich zurzeit wegen eines straffen Wahlkampfprogramms nur selten im Deerstalker sehen.

Anschließend verloren sie sich in einer freundlich geführten politischen Grundsatzdebatte. Das Thema schien nicht weiter wichtig zu sein, denn es machte nicht den Anschein, als würde einer der beiden von seiner Meinung abrücken, egal worum es ging. Julia vermutete dahinter so ein testosterongesteuertes Männerding.

Sie trank aus und deutete George mit einem Blick an, dass sie gehen wollte. Dem war die Stimmung auch zu politisch, also machten sie sich schnell und relativ schweigsam auf den Weg zu Georges Haus.

Julia erlaubte ihm, sie unter der Dusche einzuseifen. Als sie nur in ein Handtuch gewickelt im Schlafzimmer landeten, erlaubte sie ihm noch viel mehr und George hatte nichts dagegen einzuwenden.

Victoria, Kanada, Herbst 2039

„Erzählen Sie mir etwas über das Verhältnis zwischen John und Tony."

Julia setzte sich aufrecht hin, nahm einen Schluck Wasser und überlegte kurz.

„Die beiden waren zusammen aufgewachsen und haben miteinander eine Menge Blödsinn angestellt. Eine richtige Männerfreundschaft eben, mitsamt diversen Ritualen. So hatten sie zum Beispiel immer einen Flachmann mit einer speziellen Whiskeysorte in der Jackentasche. Wenn einer sich mal ohne erwischen ließ, musste er dem anderen eine Flasche ausgeben.

Dass sie sich politisch in unterschiedlichen Lagern engagierten, schien für sie kein Problem zu sein. Ich denke, dafür kannten sie sich zu lange. Und auch dass sie bei der anstehenden Wahl für den gleichen Sitz im Parlament kandidierten, war für sie kein Problem, denn, wie gesagt, John hatte keine Chance und war sich dessen durchaus bewusst. Tonys Sieg galt als sicher."

Sie waren die Letzten im Café „Avenir", das regulär schon lange geschlossen hatte. Aber nach guter kanadischer Sitte machte das Personal gerne eine Ausnahme und die ein oder andere Überstunde, besonders für einen derart prominenten Gast.

„Stimmt es, dass Sie eigentlich schon einen Tag früher abreisen wollten?"

„Das war ursprünglich so geplant, ja. Ich hatte mich entschlossen, noch etwas länger zu bleiben, da ich so von meinem Therapeuten noch eine weitere Anwendung bekommen konnte. Ich war ja aus gesundheitlichen Gründen da und diese Kur hat mir immer gut geholfen."

„Das bedeutet, wenn Sie nach Plan abgereist wären ..."

„... dann hätte ich nichts von all dem miterlebt. Ich wäre einfach zu weit weg gewesen."

Frank sortierte seine Unterlagen. „Julia, damit geht Teil eins unseres Gesprächs zu Ende. Ich bedanke mich herzlich für Ihre Zeit."

„Es war mir ein Vergnügen und ich freue mich auf Teil zwei."

„Da werden wir etwas mehr Bewegung ins Spiel bringen", kündigte er verschmitzt an.

Kapitel 6, Brothers in Arms

Kildalough, Irland, Herbst 2019

Es war kein richtiger Ton. Es klang mehr wie das Summen einer Stechmücke, nur tiefer. Der Ton ließ die Backenzähne vibrieren, ohne erst den Umweg über die Ohren zu nehmen. Julia schlief trotzdem wieder ein.

Erneut ertönte der penetrant vibrierende Bass. Sie klammerte sich an den Schlaf. Nicht zu fest, denn um fest zuzupacken, musste sie zuerst aufwachen. Nur eben so fest, um noch eine Weile in der weichen, unbestimmten Welt ihrer Träume zu bleiben. Doch das Schwarz der Nacht war schon verschiedenen Schattierungen von Grau gewichen, wie Julia trotz geschlossener Augen bemerkte. Wenn sie sich nun darauf konzentrierte, nicht aufzuwachen, würde sie ganz bestimmt aufwachen. Also ging es darum, möglichst gar nichts zu denken, dann ...

Ein klarer Glockenton erklang. Julia war vollkommen wach. Sie wünschte sich die klaren Verhältnisse von Schwarz und Weiß wieder oder nur von Schwarz, doch sie lag da im Grau der Morgendämmerung. Apropos shades of grey: Sie stieß George schwungvoll ihren Ellenbogen in die Rippen.

„Wieso klingelt dein Handy um 5 Uhr morgens?"

„Die sozialen Netzwerke spielen verrückt, das musst du dir ansehen."

Julia hatte beschlossen, dass sie um diese Zeit außer schlafen gar nichts musste. Und um wieder einzuschlafen, gab es ein Mittel, das besser wirkte als alles andere. Sie schlug ihre Decke etwas zurück und warf George den Blick zu. Sie lehnte sich zurück, als seine Hand in ihre Pyjamahose glitt. Kurz darauf schlief sie entspannt ein.

Wild Pacific Trail, Kanada, Herbst 2039

Der Wild Pacific Trail, dieser eindrucksvolle Pfad entlang der Pazifikküste, gab noch einmal alles, bevor er witterungsbedingt nahezu unpassierbar wurde und somit zwangsweise seine wohlverdiente Winterruhe einlegte. Die Sonne schien und es ging ein angenehmer Wind, der die Wellen entlang der steinigen Küste gerade hoch genug peitschte, um seinen Besuchern eine schöne Show zu bieten. Das Laub verfärbte sich und Julia war sich sicher, heute noch einen Wal zu sehen. Der Wild Pacific Trail würde sie an einem Tag wie diesem nicht enttäuschen und ein Wal gehörte eben einfach dazu.

Julia hatte sich schon als Kind auf den Herbst gefreut, sie mochte die Farben, wenn die Tage kürzer wurden und nach der langen, schier endlosen Sommerhitze etwas Entspannung zuließen. Und sie mochte es, Blaubeeren direkt von den Zweigen zu essen, Pilze zu suchen und Birnen mit Zimt und Rohrzucker für den Winter einzumachen. Beeren und Pilze hatte sie schon gesehen, als sie mit Frank entlang der Pazifikküste wanderte.

Frank hatte ihr einen fertig gepackten Rucksack gegeben. Sie hatte keine Ahnung, was sich darin befand und was Frank vorhatte. Bei ihrem letzten Telefongespräch hatte er nur gesagt, dass die Wanderung nicht besonders lange dauern würde („Nur drei, vier Meilen, so in etwa.") und nicht Teil des Interviews sein sollte. Aus diesem Grund plauderten sie im Gehen locker über dies und jenes oder genossen schweigend den Anblick der großartigen Kulisse, durch die ihr Weg sie führte.

Als sie nach einer Weile auf einer Bank Halt machten, brachte Frank aus seinem Rucksack (der bedeutend schwerer als ihrer aussah) zwei Flaschen Bier zum Vorschein.

„Inis Mór Òr? Angeblich das offizielle Bier der Folks?" Julia lachte. „Ich wusste gar nicht, dass es das noch gibt. Vor allem hier in Kanada."

„Sagen wir, es wurde auf dem kurzen Dienstweg importiert. Aber wichtig ist, dass es hier ist und nicht, wie es hierherkam. Und wir sollten es trinken, solange es noch einigermaßen kalt ist." Er öffnete beide Flaschen und reichte eine Julia.

„Sláinte."

Sie erwiderte den gälischen Trinkspruch. Der Geschmack weckte viele Erinnerungen in ihr.

„Ich habe sogar einmal die Brauerei besichtigt", sagte sie und nahm noch einen Schluck aus der Flasche. „Das war eher ernüchternd. Nach außen warb der Brauer damit, sein Bier im Whiskeyfass zu veredeln. Und umgekehrt seinen Whiskey, ich glaube, der hieß Inis Mór Craic, im Bierfass reifen zu lassen. Vermutlich hatte er weder genügend Platz noch genügend Fässer und somit füllte er in die gleichen Fässer abwechselnd Bier oder Whiskey. Irischer Pragmatismus eben."

„Würde es dich wundern, wenn ich dir erzähle, dass das Bier mittlerweile in einer industriellen Brauerei im Süden in der Nähe von Cork hergestellt wird?"

Julia seufzte. „Man sollte Dingen, die einen gewissen Kultfaktor haben, nie auf den Grund gehen. Damit verlieren sie die Seele, die wir in sie hineininterpretieren." Es kehrte ein kurzes Schweigen ein.

„In Griechenland wurde vor Kurzem ein weißer Hirsch gesehen." Frank sah sie aus den Augenwinkeln an.

Nicht weiß, dachte Julia, er war „Savage Blonde".

„Ich habe davon gelesen." Ihre Augen schweiften über den Horizont und Frank bedrängte sie nicht weiter. Sie ahnte allerdings, dass dieses Thema noch nicht vom Tisch war.

Nach einer weiteren Stunde Fußmarsch erreichten sie in einer windgeschützten Bucht einen Grillplatz. „Terrace Beach" stand auf einem Schild. Hier hatte sich eindeutig jemand Mühe gegeben, es gab verschiedene mit Stein eingefasste Feuerstellen und sogar einen gemauerten Backofen, einen großen Spielplatz, der an ein Indianerdorf erinnerte, sowie Tische, Bänke und Stühle, die aus einheimischen Rundhölzern rustikal gezimmert waren.

Frank packte seinen Rucksack aus und förderte Fleisch, Kartoffeln, Gemüse und allerlei Backzutaten zutage. Julia hatte es geahnt und war gespannt, was einer der bekanntesten Radiomoderatoren weltweit aus diesen Lebensmitteln zu zaubern vermochte. Er verschwendete keine Zeit, sondern ließ Julia einen Brotteig kneten, in den er, zu ihrer Überraschung, eine weitere Flasche Inis Mór Òr schüttete. Beide hatten ein Mikrofon am Kragen ihres Pullovers angebracht, damit sie die Hände frei hatten.

Und so begann Teil zwei des Interviews.

„Seamus O'Donn. Sie erinnern sich sicher?" Natürlich erinnerte sich Julia, damit hatte alles begonnen. „Wissen Sie noch, wie und wann Sie von dem Skandal erfahren haben?"

Sie nickte. „Ich habe es, ganz klassisch, aus der Zeitung erfahren, beim Frühstück im Hotel. Aus dem Irish Independent. Erinnern Sie sich noch an die sogenannten ‚sozialen' Netzwerke?"

Frank lächelte und Julia fuhr fort. „Nun, ich war nie ein großer Fan von Facebook, SquareU und was da noch alles kam, deswegen habe ich wohl erst relativ spät davon erfahren. Außerdem war mir die Tragweite im ersten Moment gar nicht bewusst. Ich dachte immer, ich kenne die Iren, aber zumindest damals habe ich gründlich unterschätzt, welche Wirkung diese Meldung auf sie hatte."

„Mir kam auch schon der Gedanke, dass der Skandal in anderen Ländern viel weniger Bedeutung gehabt hätte als im katholischen Irland. Aber ich möchte gar nicht auf die Details des Skandals eingehen, die sind alle bekannt und wurden genug analysiert. Ich würde gerne nachvollziehen, wie Sie den Tag, an dem der Skandal öffentlich wurde, verbracht haben."

Julia dachte kurz nach. „Ich stand spät auf, frühstückte ausgiebig im Hotel und machte mich dann auf, um ein Fährticket von Dublin nach Hollyhead zu buchen, um nach Hause zu fahren. Das hätte ich auch fast geschafft."

„Doch es kam anders?"

„Genau. Ich bekam äußerst unerwarteten Besuch."

Kildalough, Irland, Herbst 2019

Julia stand früh auf. George schlich seit geraumer Zeit unruhig durch die Wohnung und blickte abwechselnd auf Laptop und Smartphone. Er hatte ihr sofort erklärt, worin der Skandal dieses Tages bestand, aber sie konnte das Ausmaß der Aufregung nicht wirklich nachvollziehen.

Sie schwiegen beide bei einer Tasse Tee und einigen schnellen Sandwichs. Als sie das Haus verließen, ging jeder in eine andere Richtung, George zum B@rbershop und Julia zur Tourist Information, wo sie ein Ticket zurück in ihr altes Leben lösen würde. Eine große Verabschiedung war weder gewollt noch vorgesehen. Ebenso wenig wie Scones mit Stachelbeermarmelade, dicke Tageszeitungen oder Umwege durch die Innenstadt. Die Route war gesteckt, von der Tourist Information zum Busbahnhof. Zum Fähranleger. Zum Bahnhof. Zum Ehemann.

Mit den Tickets in der Tasche betrat sie den Wartesaal des Busbahnhofs. Ihr Blick fiel sofort auf ihn. Wie er da saß, mit seinem Trenchcoat auf einer dieser typischen Sitzbänke, die aus einer Art dickem Maschendraht gefertigt wurden. Den Schlapphut, unter dem seine schulterlangen blonden Schnittlauchlocken herausragten und – er hatte doch nicht wirklich in die Zeitung …

Ihre Augen vollführten in ihren Höhlen eine gefühlte 360-Grad-Drehung, während sie den Impuls unterdrückte, sich mit der Handfläche an die Stirn zu schlagen. Oder ihm den Hut vom Kopf. Mit dem Mülleimer, der so schön griffbereit neben ihr stand.

Julia war sofort klar, dass er nicht zufällig in der Stadt war. Das konnte nur eines bedeuten.

Wild Pacific Trail, Kanada, Herbst 2039

„Ihr Bruder?“

„Ja, Paul war zufällig in der Stadt und wollte mich besuchen. Er hatte mich schon einige Zeit unbemerkt beobachtet. Er hat früher als ziviler Ermittler gearbeitet und seitdem war es eine Art Wettbewerb zwischen uns, wie lange er mich beschatten konnte. Er war richtig gut darin, er hätte mich vermutlich den ganzen Tag observieren können, ohne dass ich ihn bemerkt hätte.“

Kildalough, Irland, Herbst 2019

„Du hättest mich nicht einmal fünf Minuten observieren können, ohne dass ich dich bemerkt hätte!“

„Hallo, Schwesterherz.“

„Spar dir dein Schwesterherz, Paul!“

Julias Stimmung war eigentlich leicht einzuschätzen. Es war die Betonung des Namens. Ihre Eltern hatten für beide Kinder Namen ausgesucht, die sowohl im englischen als auch im deutschen Sprachraum funktionierten.

Julia betonte den Namen ihres Bruders sanft, gedehnt und eben englisch, wenn sie etwas von ihm wollte. P, langes O, L. Leider schien Paul selbst keinen Sinn dafür zu haben und so wunderte er sich offenbar auch nicht darüber, dass Julia in diesem Fall auf die deutsche Aussprache zurückgriff. Paul! Hart, alemannisch, mit zusammengeschlagenen Hacken. Es schien, als hätte sie alle Energie, all ihren Unmut und ihren Frust in die Betonung seines Namens gesteckt, denn nun war sie doch für einen Moment sprachlos. Der Hut und die Idee, zwei Augenlöcher in eine Zeitung zu schneiden ...

Er lächelte absichtlich dieses eine Lächeln, das sie nicht ausstehen konnte. Es war diese Mimik, die er draufhatte wie kein anderer, die ihn wie die Unschuld in Person erscheinen ließ, sodass alle Kritik an ihm abprallte. Ihr Vater hatte das auch gekonnt und sogar Julias Mann ...

Vielleicht sollte sie ihr Männerbild mal überdenken und mit jemandem darüber reden, der dafür bezahlt wurde, über solche Themen zu reden. Aber sie wischte diesen Gedanken beiseite. Julia nahm ihm die lächerliche Zeitung mit den zwei Löchern aus der Hand, um ihm damit den ebenso lächerlichen Schlapphut vom Kopf zu schlagen, wenngleich der massive Mülleimer die verführerischere Option darstellte. Doch der war leider am Boden festgedübelt.

Ihr Blick glitt über das Titelblatt. Natürlich berichtete auch diese Zeitung über den Skandal, der aktuell seine Kreise bis ins Parlament zog. Sie hatte auch Berichterstattungen im Radio gehört, aber nun sah sie zum ersten Mal bewusst die dazugehörigen Bilder. Obwohl das streng genommen nicht genau stimmte.

Sie schaffte es, den sich umständlich rechtfertigenden Paul für den Moment komplett auszublenden. Eine Fähigkeit, die sie sich im Laufe der Jahre angeeignet hatte, denn er hatte schon immer dazu geneigt, lange Monologe zu führen, in denen er abschweifte und generell den letzten Satz nicht zu Ende brachte.

Julia sah sich das Titelblatt noch einmal genauer an. Es zeigte nur einen Ausschnitt, aber sie erkannte die Location sofort wieder, hatte sie doch dort vor Kurzem noch selbst einige Fotos geschossen. Deswegen wusste sie auch, wer die Bilder aufgenommen hatte, und das änderte schlagartig alles.

Sie blickte zu Paul und wusste, wovon er gerade erzählt hatte. Etwas über einen Zufall, dass er sich hier aufhielt, obwohl beiden klar war, dass er nur aus einem Grund hier war: Ihr Mann hatte ihn geschickt. Er ahnte etwas. Er musste etwas ahnen, natürlich, sie war nicht wie geplant nach Hause gekommen, hatte sich nicht gemeldet und, na ja, sogar der unsensibelste aller Ehemänner merkte irgendwann, dass sie nicht nur auf eine Krise zusteuerten, sondern, um einen metaphorischen Ausdruck aus der Welt des Fleisches zu verwenden, der Bock jetzt wohl auf dem Eis war. Oder so ähnlich.

Doch ahnte ihr Mann nur etwas oder wusste er vielleicht sogar schon mehr, wusste er von George? Julia hielt das durchaus für möglich. Ihr Mann hatte gute Kontakte und sie würde sich nicht wundern, wenn er einen Privatdetektiv auf sie angesetzt hätte. Einen, der eine etwas professionellere Vorgehensweise an den Tag legte als ihr Bruder. Was vermutlich auf einen Großteil der Ermittler zutraf, die ihre Kenntnisse nicht aus dem Onlinekurs „Observieren für jedermann" und der Lektüre von „Beschatten für Dummies" hatten.

Julia ging im Kopf ihre Optionen durch. Natürlich konnte sie jetzt mit ihrem Bruder nach England fahren. Zweifelsohne war das die Ausrede, mit der er seine Anwesenheit hier rechtfertigen würde, er müsse zu irgendeinem Termin in Liverpool und könnte sie praktischerweise gleich mitnehmen.

Und natürlich könnte sie George auch von zu Hause aus von ihrer Entdeckung erzählen. Doch das wollte sie auf keinen Fall. Ihr war klar, dass das ein weiterer Vorwand war, um nicht nach Liverpool zu fahren, dafür brauchte sie kein abgeschlossenes Psychologiestudium. Aber da war noch ein Gefühl von etwas Wichtigem, die Ahnung, dass dieser Skandal nur der Anfang von etwas Größerem sein könnte.

Gut. Sie musste zu George in den B@rbershop, aber ohne Verdacht zu erregen, da sie nicht wusste, wie viel ihr Bruder wusste. Das war ein Risiko, denn wenn ihr Mann wirklich etwas ahnte, worum ging es ihm dann? Würde er versuchen, sich an George zu rächen? Oder an ihr?

Sicherheitshalber durfte Paul nicht erfahren, dass sie hier ... was immer es war, das sie mit George hatte. Nun, das sollte nicht weiter schwer sein. Sie blendete ihren Bruder wieder ein und hörte gerade noch seine Rechtfertigung, jetzt und hier bei ihr zu sein.

„... zur jährlichen Versammlung vom Dachverband der Kleintier- und Geflügelzüchter und dachte, da schau ich doch bei dir vorbei, denn ..." Er zuckte mit den Schultern, als würde das den Satz vervollständigen.

„Okay. Aber wir müssen sofort los. Es ist gut, dass du da bist, hier ist die Hölle los. Ein politischer Skandal. Bestimmt fällt die internationale Presse demnächst über die Stadt her. Ich möchte nicht in der Haut desjenigen stecken, der hier etwas Licht ins Dunkel bringt, die ganze Aufmerksamkeit, du weißt, das mag ich nicht. Die Fähre geht bald. Komm schon, Paul, wo steht dein Auto? Hast du schon Fährtickets? Wir können uns ja auf der Fahrt unterhalten, du musst doch bestimmt auch weiter zu deiner Versammlung?"

Er legte den Kopf schief und sah sie eindringlich an, als würde er versuchen, ihre Gedanken zu erraten. Doch sie wusste bereits, dass es funktionierte. Er war ziemlich berechenbar, vor allem in Phase Eins der umgekehrten Psychologie, bei der man von ihm einfach das Gegenteil davon verlangen sollte, was man eigentlich möchte. Nur um sicherzugehen, würde sie noch sein Ego kitzeln.

„Du hast doch sicher Besseres zu tun, als dich in die Abgründe irischer Lokalpolitik zu stürzen. Vermutlich gehen die Verstrickungen bis ins Parlament, das ist bestimmt zu kompliziert für dich."

„Weißt du, ich wollte mir Kildalough schon immer mal ansehen. Es scheint ja ein ganz nettes Städtchen zu sein, nachdem du so oft herkommst. Und ich habe noch ein bisschen Zeit."

Kapitel 7, Learning to Fly

Kildalough, Irland, Herbst 2019

Würde man Kildalough von oben betrachten und dabei den Blick vor allem auf die Kirche, den Pub, die Post, den B@rbershop und die Schule richten, also auf die wichtigsten Eckpfeiler des urbanen Lebens in absteigender Reihenfolge, dann würde man so etwas wie ein Kreuz betrachten. Mit der Kirche im Mittelpunkt, im Westen der Pub, im Norden die Post, im Osten der Friseursalon und im Süden die Schule. Grob betrachtet.

Eine der wenigen, die sich über diese Ansicht freuen würde und die auch grundsätzlich an die Möglichkeit glaubte, ständig von jemandem dort oben beobachtet zu werden, war Mother Mary.

An jedem normalen Tag war Mother Mary um diese Zeit in der Kirche anzutreffen. Sie kümmerte sich dort um alles, beziehungsweise sie kontrollierte, ob diejenigen, die sich um alles kümmern sollten, sich auch richtig um alles kümmerten. Und richtig bedeutete in diesem Fall so, wie sie es für richtig hielt. Was meist nicht dem entsprach, was die Leute, die sich um alles kümmerten, für richtig hielten.

Wie immer hatte niemand für die wirklich wichtigen Dinge gesorgt, so waren zum Beispiel in der Sakristei kaum noch Büroklammern, die letzten in der Packung würden höchstens noch ein paar Wochen reichen. Also machte sich Mother Mary schleunigst auf, um neue zu besorgen.

Es war einer dieser sonnigen Vormittage, von denen es an der Ostküste Irlands grundsätzlich nicht allzu viele gibt. Deswegen fand sie es ratsam, sich schnell aufzumachen, bevor ein gewisser jemand dort oben sich das Ganze noch einmal anders überlegte. Und bei der Gelegenheit würde sie gleich in ihrer Stadt nach dem Rechten sehen.

Shaun hatte in seiner Postfiliale neben Briefmarken auch eine Auswahl an Artikeln für den alltäglichen Bürobedarf und Mother Mary hatte auf einem Zettel alles notiert, was sie benötigte. Sie

verließ die Kirche, bog aber nach kurzer Zeit links ab, statt weiter Richtung Post zu gehen. Denn schließlich war heute Donnerstag und donnerstags um diese Zeit gab es nur einen Ort in der Stadt, an dem sich der Postbote sicher aufhielt, und das war nicht die Post.
An jedem normalen Tag war John um diese Zeit in der Schule anzutreffen. Er war Lehrer für die fünfte und sechste Jahrgangsstufe mit Schwerpunkt Englisch und Geschichte. Er mochte seinen Job, hier in Kildalough war die Welt noch in Ordnung. Einige seiner Kollegen aus Dublin klagten ihm regelmäßig ihr Leid, die Eltern würden die ganze Erziehung auf die Schule abschieben und nicht mal mehr davor zurückschrecken, die Lehrer wegen schlechter Noten zu verklagen.

Hier in der Provinz waren die Familien in der Regel noch mehr oder weniger intakt, der Beruf des Lehrers hatte ein gewisses Ansehen und niemand kam auf die Idee, die Schule wegen einer schlechten Zensur zu verklagen.

Der Nachteil einer Dorfschule war, dass John sich um viele Kleinigkeiten kümmern musste. Heute Morgen waren ihm fast die Briefumschläge ausgegangen, weswegen er die Freistunde nutzte, in der seine Klasse Kunsterziehung hatte, und sich auf den Weg in den Pub machte. Denn egal ob es um geistlichen Beistand, Schreibwaren oder Haarpflegeprodukte ging, in Kildalough führte heute so gut wie jeder Weg in den Pub.

Schließlich war heute kein normaler Tag, es war Donnerstag.

An jedem normalen Tag war George um diese Zeit im B@rbershop anzutreffen. Am späten Vormittag war er immer mehr mit Kaffee machen beschäftigt als mit Schneiden, Legen, Föhnen und, seitdem die Hipsterwelle auch in Irland angekommen war, dem Trimmen und Einölen von Vollbärten.

Aber heute war eben kein normaler Tag, heute war Donnerstag, und deswegen befand sich George sowie ein Großteil der oberen Zehntausend aus diesem Städtchen mit tausendachthundert Einwohnern auf dem Weg in den Pub. Denn donnerstags fanden sich seine Kaffeegäste statt im B@rbershop im Deerstalker ein, weshalb es für George keinen vernünftigen Grund gab, selbst im Friseursalon zu bleiben.

Allerdings trafen sie sich nicht nur, um Bier zu trinken. Der eigentliche Grund für ihr Treffen war Józef, der Metzger, oder besser gesagt das, was er an diesem Tag frisch lieferte, nämlich seine polnischen Würste.

Würstchen waren in Irland schon immer beliebt. Allerdings bestand das, was auf der Grünen Insel bisher unter dem Begriff Wurst bekannt war, lediglich aus fein gehacktem Schweinefleisch, das mit den zwei traditionellen Gewürzen, also Salz und Pfeffer, in einen Schafsdarm gepresst wurde. Schließlich wurden diese rohen Erzeugnisse meist zum Frühstück frittiert.

Józef hatte den Einwohnern von Kildalough eine regelrechte Kulturrevolution in Sachen Wurst beschert. Kurz nachdem er vor einigen Jahren bei George O'Sullivan, einem der vielen anderen George O'Sullivans, als Metzger angefangen hatte, hatte er sich mit seinen Wurstspezialitäten einen Namen in dem kleinen Küstenstädtchen gemacht. Jeden Donnerstag wurde in O'Sullivans Metzgerei geräuchert und der Großteil der Würste wurde an den Hauptabnehmer, das Deerstalker, geliefert, noch warm, knackig und nach Buchenrauch duftend, was wiederum die Hauptabnehmer des Hauptabnehmers auf den Plan rief.

Würde man nun wieder von oben herab auf Kildalough blicken, dann wäre donnerstags gegen zehn ein ruhiger, aber stetiger Strom von Fußgängern zu sehen, die langsam in Richtung Deerstalker wandern. Als würden sie vom Duft frisch geräucherter Wurst nach polnischem Rezept und mit bestem irischem Fleisch magisch angezogen. Manche flott und zielstrebig wie John, der nur eine Schulstunde Zeit hatte, manche über Umwege, so wie Mother Mary, die sich natürlich überall weiterhin darum kümmern musste, die Geschicke der Stadt im Sinne des Herrn beziehungsweise ihrer Interpretation desselben zu lenken.

Shaun saß schon im Pub, George war unterwegs, nur Beata hielt im Salon die Stellung.

Julia ließ sich von Paul in der Nähe des B@rbershops absetzen und schickte ihn mit einer Ausrede zur Post, um allein in den Friseursalon zu gehen. Sie hatte den polnischen Donnerstag schon des Öfteren miterlebt, war sich aber nicht im Klaren darüber, wie wichtig die Stadtbewohner ihn nahmen. So ging sie davon aus, George im Salon vorzufinden. Ein folgenschwerer Fehler, wie sich herausstellen sollte.

Wild Pacific Trail, Kanada, Herbst 2039

Frank zog einen Behälter aus seiner Kühlbox und hielt ihn Julia noch geschlossen unter die Nase.

„Augen zu: Was riechen Sie?“ Er öffnete den Deckel und der Geruch nach Buchenrauch, Speck und Vergangenheit ließ Julia strahlen.

„Polnische Würste. Woher wussten Sie …?“

„… vom polnischen Donnerstag in Kildalough? Nun, der ist sicher nicht in die Geschichtsbücher eingegangen, aber ein großes Geheimnis war er auch nicht. Angeblich hatte sogar Angus eine Vorliebe für polnische Würste.“

Schon wieder Angus. Julia schloss für einen Moment die Augen. Sie spürte die Hitze des Feuers, das sie am Strand entzündet hatten, und dachte zurück an Irland. An polnische Würste im Deerstalker. Sie konnte nicht aufhören zu lächeln, zu viele verloren geglaubte Erinnerungen überfielen sie.

Angus. Allein die Sache mit dem Namen, eben das, nur einen Namen zu tragen, so wie ein Accessoire. Ganz ohne dieses klassische Vorname-Nachname-Ding. Wie bei Politikern aus der ersten Hälfte des 20. Jahrhunderts und bei Musikern aus der zweiten Hälfte. Sting. Madonna. Peppone. Cher und so weiter. Sie öffnete die Augen und sah Frank angriffslustig an.

„Wie gesagt, Angus ist nur ein Mythos …“

Kildalough, Irland, Herbst 2019

Würde man Kildalough von oben betrachten - zum letzten Mal, um diese Perspektive nicht übermäßig zu strapazieren – aber würde man Kildalough jetzt von oben betrachten, dann wäre Julia zu sehen, die als kleiner Punkt schnell und zielstrebig auf das Deerstalker zusteuerte. Sie selbst hatte gerade keinen Nerv dazu, sich das

Städtchen von oben vorzustellen, geschweige denn, ob es da oben jemanden gab, der nichts Besseres zu tun hatte, als die Bewohner eines kleinen irischen Hafenstädtchens aus der Luft zu betrachten und aus deren Bewegungen zu schließen, ob es ein „ganz normaler Tag“ war oder eben nicht.

Falls es überhaupt so etwas wie „normale“ Tage gab, denn Julia hatte schon lange keinen Tag mehr erlebt, der selbst nach ihren großzügigen Richtlinien als „normal“ galt. Aber sie wollte auch keine philosophische Grundsatzdebatte lostreten, denn sie hatte es eilig. Dabei war sie noch relativ entspannt im B@rbershop angekommen und hatte sich angeregt mit Beata unterhalten, die ihrerseits an diesem Vormittag auch nicht überaus viel zu tun hatte.

Erst als sich das Gespräch in Richtung Deerstalker und den polnischen Donnerstag gedreht hatte und Julia klar geworden war, dass alle, aber auch wirklich alle, demnächst im Pub zusammentreffen würden, hatte sie es plötzlich eilig gehabt, dort hinzukommen. Denn ihr war klar geworden, dass früher oder später auch ihr Bruder dort auftauchen würde, und sie wollte ihn so weit wie möglich von George fernhalten. Ihr Bruder brauchte nie lange, um Unruhe zu stiften.

Außerdem kam sie gerade von der Post. Sie war dort hingeeilt in der Hoffnung, Paul vor dem Deerstalker noch abfangen zu können, aber stattdessen traf sie nur auf Claire. Claire war die Mutter von Shaun und hielt dort für ihren Sohn die Stellung, solange der am wöchentlichen Townmeeting teilnahm.

Claire war, nun ja, sozusagen maximal kommunikationsfreudig und erzählte Julia, ohne einmal Luft zu holen, wie sie gerade ihren ach so freundlichen Bruder kennengelernt hatte, ihn gefragt hatte, ob er Julia und George besuchen würde, und ihm dann den Tipp gegeben hatte, möglichst zügig ins Deerstalker zu gehen. Es wäre nämlich schon reichlich spät, um noch ein paar von den berühmten polnischen Würsten zu bekommen, da mit Sicherheit alle anderen schon dort waren. Im Prinzip hatte sie es geschafft, Paul in einem Satz alle Informationen zu geben, von denen Julia ihn um jeden Preis fernhalten wollte.

Nun also stand sie vor dem Pub. Sie hatte auf dem Weg dorthin genügend Zeit gehabt, sich verschiedene Worst-Case-Szenarien auszumalen. Julia öffnete die Tür einen Spalt. Was sie dort sah, war schlimmer als alles, was sie sich vorgestellt hatte. Schnell schloss sie die Tür und, zumindest für einen kurzen Moment, ihre Augen.

Sie musste nachdenken. Sollte sie reingehen? Sollte sie weggehen? Und was war die Steigerung von Worst Case?

Sie hatte alle gesehen. George. John. Und natürlich Paul. Sie waren alle im Pub und sie ...

Julia öffnete die Tür wieder einen Spalt. Es war noch schlimmer, als sie angenommen hatte. Die drei standen verschwitzt im Zentrum des Pubs, mit hochroten Köpfen und ... sangen. Beziehungsweise versuchten sie, mit ihren Stimmen ein Gitarrensolo nachzuahmen, was, um es elegant auszudrücken, auf eine interessante Weise gelang.

Paul schüttelte dazu seine hellen Haare, George den Bart und John die lichten Reste dessen, was unter anderen Umständen die Bezeichnung „Frisur“ gehabt hätte. „November Rain“. Natürlich. Paul hatte schon immer eine Schwäche für Gitarrenrock und die Nummer von Guns N‘ Roses beinhaltete gleich zwei lange Soli, in denen Slash zugegeben sehr gekonnt die E-Gitarre schwang.

Julia beeilte sich, den Pub zu betreten, bevor die letzten Töne des Solos verklangen. Es war wichtig, erst Blickkontakt mit George herzustellen und ihm klarzumachen, am besten gar nichts zu sagen.

„Hallo, Schwester“, begrüßte sie Paul, kaum dass sie mit einem Bein im Pub stand. „Wer ist George O‘Sullivan?“

Als Paul kurz zur Jukebox blickte, um zu sehen, ob noch ein weiterer Rockklassiker gespielt wurde, warf Julia George einen kurzen, aber eindeutigen Blick zu. Der Blick dauerte nur den Bruchteil einer Sekunde. Sie hatte gerade genug Zeit, um gleichzeitig den Kopf schütteln, mit den Augen zu rollen, mit einer Hand zu gestikulieren und mit den Lippen lautlos das Wort „Vonile“ zu formen. Sie wollte George sagen, er solle vorsichtig sein, nichts sagen und einfach leise sein. Da sie nicht genügend Zeit hatte, alle Wörter einzeln stumm auszusprechen, hatte sie aus allen zusammen ein Metawort gebildet.

George verzog keine Miene und so nahm Julia einfach an, dass er alles perfekt verstanden hatte.

„Was machst du hier?“, fragte Julia ihren Bruder, als er sich enttäuscht von der Jukebox abwandte, da anscheinend niemand die Absicht hatte, sie weiterhin mit Geld zu füttern.

„Na ja, es lief ‚November Rain‘ und du kennst das ja."

Julia kannte das nicht, aber sie kannte ihren Bruder gut genug, um eine grobe Vorstellung davon zu haben, was vorgefallen war. Er konnte bei Classic Rock nicht still sitzen bleiben und schaffte es auch immer irgendwie, andere zu dem zu überreden, was manche Männer unter „Tanzen" verstehen.

„Tolle Stimmung hier im Pub. Wer ist George O'Sullivan?", fragte er erneut.

Julias Blick streifte durch die Bar. Eigentlich war das zu leicht, vor allem heute. Ihr Blick blieb an einem Paar haften, das auf Barhockern an der Theke saß.

„Hey, George!", rief sie hinüber und winkte.

Sie hoffte, dass dieser George richtig reagieren würde, denn sie kannte ihn nicht wirklich. Doch sie hatte Glück, George O'Sullivan – also der Metzger George O'Sullivan, der etwa Anfang sechzig war und mit seiner Frau händchenhaltend an der Bar saß – grüßte sie und winkte zurück, um sich dann wieder seinem Pint zu widmen. „Das ist George, ihm gehört die hiesige Metzgerei. Wieso fragst du?"

„Nur so." Paul war plötzlich recht einsilbig.

„Donnerstags ist immer die halbe Stadt hier, John kennst du ja anscheinend schon."

„Und du bist ...?", wandte sich Paul nun dem „richtigen" George zu und drückte diesem, bevor der antworten konnte, eine Visitenkarte seiner Detektei in die Hand, von der Julia bisher nicht einmal gewusst hatte, dass sie offiziell, also außerhalb von Pauls Gedankenwelt, existierte. Kurz schoss ihr durch den Kopf, was passieren würde, wenn George beiläufig erwähnte, er wäre der hiesige Friseur und hätte hin und wieder eine Affäre mit seiner, also Pauls, heißen Schwester.

Das „heiß" war nicht so wichtig, selbstverständlich könnte George auch die Bezeichnung „scharf", „flott" oder „knusprig" verwenden. Na gut, „knusprig" eher weniger. Und „flott" verwendete vermutlich seit den 1950er-Jahren niemand mehr. Widerstrebend führte sie ihre Gedanken zurück zur aktuellen Situation.

Paul und George. Seltsamerweise machte der Gedanke ihr keine Angst. Er hatte etwas Beruhigendes, etwas Ehrliches. Einen Augenblick lang war sie versucht, ihrem Bruder einfach alles zu sagen, und wieso auch nicht, schließlich war es ihr Leben. Und George war ihr ... Gut, vielleicht sollte sie sich zuerst selbst klar darüber werden, was George für sie war. So oder so war der Augenblick ohnehin vorüber, denn George hatte schon Pauls Hand ergriffen.

„Hi. Angus!"

„Nur Angus?"

„Nur Angus. So wie Bono. Oder Madonna." Er schüttelte auch Julia die Hand. „Hi. Angus!"

„Freut mich." Julia fragte sich, ob es noch zu früh für einen Gin Tonic war. Sie sah das Glitzern in Georges und Johns Augen und wusste, dass die beiden dieses Theater ewig weiterspielen konnten und dabei Angus' Persönlichkeit mit immer mehr Details ausschmücken würden.

Bis heute Abend konnte George-Angus ein untergetauchter IRA-Agent mit einer Vorliebe für Sammeltassen aus Szechuan sein. Oder ein Erbe der Guinness-Dynastie, der sein Vermögen nun darin investierte, original irische Kleeblätter nach Übersee zu exportieren.

Beides, so hatte ihr Beata mal zu vorgerückter Stunde im Deerstalker erzählt, hatten die beiden schon dem ein oder anderen Touristen glaubhaft aufgetischt. Das war wieder so ein Männerding zwischen George, John und Tony. Außerdem schienen sie sich blendend mit Paul zu verstehen.

Na dann, wenn sie sich um dieses Problem zumindest im Moment keine Gedanken machen musste, konnte sie sich auf den nächsten Punkt konzentrieren. Also los. Sie fixierte die drei Männer nacheinander mit ihrem Ich-meine-es-ernst Blick, bis sie ihre volle Aufmerksamkeit hatte.

„Ich habe etwas über den Skandal herausgefunden, das euch nicht gefallen wird. John, würdest du Paul zuerst erklären, worüber sich das halbe Land so aufregt, denn, ehrlich gesagt, so ganz verstehe ich die Aufregung nicht."

„Ich vermute, es ist für Außenstehende schwer, die Aufregung zu verstehen, deswegen muss ich ein wenig ausholen."

John holte immer gerne „ein wenig aus", auch wenn es nur darum ging, im Pub ein Bier zu bestellen, aber Julia wollte diese Tatsache nicht kommentieren. So oder so, alles, was sie dazu sagen konnte, würde lediglich seine Ausführungen noch weiter in die Länge ziehen.

„Unser County", begann John, „stimmt bei jeder Parlamentswahl in der Regel mit über 60 Prozent für das bürgerliche Lager, sprich, für die Christdemokraten. Sehr zu meinem Leidwesen übrigens, aber für die Schwarzen ist dieser Landkreis eben eine sichere Bank. Die Gründe dafür sind recht offensichtlich. Landwirtschaftlich geprägter Raum, großer Einfluss der Kirchen, junge Menschen ziehen in die Stadt ... Aus diesem Grund ist es bei der Regierungsbildung auch üblich, mindestens einen wichtigen Ministerposten mit einem Abgeordneten aus diesem County zu besetzen. Das ist so etwas wie ein ungeschriebenes Gesetz.

Aktuell ist das Seamus O'Donn, unser Justizminister. Und eben der ist nun mit dem Gesetz in Konflikt geraten. Und mit der katholischen Kirche. Und anscheinend auch mit seiner eigenen Doppelmoral. Aber fangen wir vorn an.

Es sind Fotos aufgetaucht, die ihn bei einem keltischen – manche Leute sagen auch, bei einem heidnischen – Ritual zeigen. Da ist bisher noch nichts Verbotenes dran, alte Männer in Kutten, die sich bei Vollmond in einer Ruine treffen, keltische Symbole, Fackeln ... Dumm ist nur, dass Seamus sich immer als bekennenden Katholiken, ja, ich möchte sogar sagen, als christlichen Hardliner gegeben hat und so natürlich einen Großteil seiner Wählerschaft und die katholische Kirche gegen sich aufbringt. Vor allem weil es sich bei dieser Gruppe wohl um einen Druidenzirkel ..."

Alle sahen Julia an. Sie hatte sich das Lachen nicht ganz verkneifen können und einen gedämpften Grunzlaut von sich gegeben. Alte Männer, die sich bei Vollmond mit weißen Kutten bekleidet in einer zerfallenen Kirche trafen; es fehlten nur noch ein Kupferkessel und eine goldene Sichel. Sie entschuldigte sich, sichtlich bemüht, nicht gleich wieder loszuprusten.

„Also ein keltischer Zirkel", fuhr John fort, der nun ebenfalls das geistige Bild vor Augen haben musste und sich selbst das Grinsen nicht ganz verkneifen konnte. „Und diese Vereinigungen lassen sich eher schwer mit den Grundsätzen der katholischen Kirche unter einen Hut bringen. Vor allem wenn sie ihre Rituale in der Ruine eines Klosters, also quasi auf geweihtem Boden ausführen. Doch der eigentliche Knackpunkt ist, dass auf einigen Bildern eine recht junge und recht spärlich bekleidete Frau zu sehen ist. Mit, wie soll ich sagen ...?"

„Mit Brüsten", fiel George helfend ein. „Mit knackigen Brüsten, bemalt mit keltischen Symbolen in blutroter Farbe. Und etwas, das ein Pentagramm sein könnte und das ..." Nun gingen auch George die Worte aus.

„Ein Pentagramm, das, wenn man von den bemalten Brüsten ausgeht, noch deutlich weiter südlich platziert war." John hatte den Faden wieder aufgenommen. „Danke, Angus." George nickte John zu.

„Das Mädchen wurde relativ schnell ausfindig gemacht und wie es sich herausstellte, war sie ebenso gesprächig wie minderjährig. Was rechtlich natürlich mehr als bedenklich ist. Dennoch, der eigentliche Skandal, zumindest für mich, ist nicht, was in den letzten zwei Tagen passiert ist. Seamus ist einer von der Sorte Politiker, die Wasser predigen und Wein trinken, so hat er sich im Wahlkampf immer laut und deutlich für mehr Umweltschutz ausgesprochen, er wollte die großen Konzerne an die Kandare nehmen und damit den ‚kleinen Mann' entlasten.

Das ist der eigentliche Skandal, seine letzten drei Amtsperioden. Denn entgegen allem, was er angekündigt hat, sprach er sich im Parlament zum Beispiel dann doch gegen mehr Umweltschutz aus. Die Novelle zum Umweltschutzgesetz wurde zwar wie versprochen mit ihm auf den Weg gebracht, hatte letztendlich aber so viele Ausnahmeregelungen, dass es hier nach wie vor erlaubt ist, aus Torf Strom zu gewinnen, was ökologisch purer Wahnsinn ist. Aber es sichert hier im Wahlkreis eben eine Handvoll Arbeitsplätze.

Die üblichen Phrasen über den Bürokratieabbau und ein gewisses EU-Bashing überzeugten dann die Wähler vollends, ihr Kreuz bei ihm zu machen, einem Mann, der nachweislich genau das Gegenteil von dem durchgesetzt hat, was er versprochen hatte. Und das ist es, was mich zum Wahnsinn treibt, dieser Reflex der Bürger, denen ‚da oben' alles durchgehen zu lassen, weil die es ja besser wissen als ‚wir hier unten'. Die haben jeglichen Sinn dafür verloren, wer eigentlich ‚oben' ist und darüber entscheiden kann, was die ‚unten' zu tun haben."

„Würdest du sagen, Seamus und Tony sind Gegner?", fragte Julia.
„Sie sind Parteifreunde. Also ja. Und ..." Es war förmlich zu sehen, wie es in John arbeitete, als er begriff, was er da sagte, während er es sagte. „Es ist in der Politik nicht ungewöhnlich, einen Rivalen zu stürzen, wenn sich eine passende Gelegenheit dazu ergibt."

Wild Pacific Trail, Kanada, Herbst 2039

„Es war ja eher ein Skandälchen als ein Skandal, aber gerade die Menschen in Seamus' Wahlbezirk nahmen das Ganze natürlich sehr ernst. Es war kurz vor der Wahl, es ging um ihren direkten Draht ins Unterhaus. Außerdem hatte die Kirche den Vorfall aufs Schärfste verurteilt, damals wurden religiöse Themen, vor allem in Irland, noch wesentlich strenger betrachtet. Und wenn einem Politiker starker Gegenwind von der Kanzel entgegenschlug, brachte das, wenn Sie mir diesen Vergleich verzeihen, ein metaphorisches Segelboot schnell zum Sinken."

Julia und Frank saßen auf einem Felsen direkt am Meer. Sie hatten sich ihre Pause verdient. Die Brote waren im Ofen, ebenso das, was Frank als „Kasserole Vancouver Island" bezeichnete: Fleisch, Gemüse, Kartoffeln und polnische Würste, die zusammen in einem alten Eisentopf mit Deckel im Backofen vor sich hin schmorten. Um zu sehen, ob der Backofen auf die richtige Temperatur vorgeheizt war, hatte Frank aus einem Rest Brotteig zwei dünne Fladen geformt und gebacken. Die aßen die beiden nun, noch warm, mit gesalzener Butter.

„Wie reagierten die Menschen in Kildalough auf den Skandal?"

Julia wandte sich Frank zu und sortierte kurz ihre Gedanken. Sie war ein wenig abgeschweift, denn sie glaubte, etwas weiter draußen im Meer die Rückenflosse eines Orcas gesehen zu haben.

„Nun", sagte sie, sammelte sich geistig und lächelte Frank an. „Es gab in der Region, so wie im Rest des Landes auch, die üblichen Rücktrittsforderungen. Den üblichen Reflex einer allgemeinen Empörung eben, geführt vor allem von den Medien und der Opposition. Wobei ich immer den Eindruck hatte, dass eben diese Empörung am eigentlichen Ziel vorbeischoss. Denn vor allem die Anhänger der Kirche echauffierten sich weniger über die Tatsache, dass an besagtem Abend eine Minderjährige von alten Männern mit keltischen Symbolen in blutroter Farbe beschmiert wurde. Der eigentliche Aufreger war, dass ein keltischer Zirkel seine Riten auf katholischem Grund ausgeführt hatte. Diese Gewichtung konnte ich nie verstehen. Doch die Bilder waren eindeutig und Seamus musste von all seinen Ämtern zurücktreten. Er fiel tief. Vor allem in seinem Heimatbezirk, denn dort war er ja nicht nur politisch, sondern auch privat verwurzelt."

„Was aber auch vermuten lässt, dass die anderen Mitglieder des keltischen Zirkels ebenfalls aus der Gegend kamen. Der Ursprung der belastenden Bilder ist bis heute unbekannt und Seamus hat bis zu seinem Tod nicht verraten, wer die anderen Beteiligten waren. Halten Sie es für möglich, dass einer aus dieser Gruppe die Bilder absichtlich geleakt hat?"

„Das ist eine Frage, die ich mir bis heute stelle, aber ich habe ehrlich gesagt keine Ahnung, wer ein Interesse daran gehabt hätte, die Bilder an die Presse weiterzugeben."

Kildalough, Irland, Herbst 2019

„Ich weiß, wer die Bilder an die Presse weitergegeben hat."

Drei Augenpaare waren auf Julia gerichtet. Sie hatte versucht, John und George-Angus unauffällig für ein Sechs-Augen-Gespräch in den Hinterhof des Pubs zu schleusen. Mit durchwachsenem Erfolg, denn auch Paul hatte sich natürlich dazugesellt und so waren aus den sechs Augen doch wieder acht geworden, auch wenn zwei ziemlich ratlos dreinblickten.

„Tony hat die Fotos von dem nächtlichen Treffen in der Abbey gemacht, mit Seamus und dem minderjährigen Mädchen. Er hat dort Kameras angebracht."

Die Anzahl der ratlos dreinblickenden Augen erhöhte sich schlagartig.

„Tony würde das nie tun, dafür kenne ich ihn zu gut", sagte John vorsichtig.

Julia war klar, dass er von seinem Freund nichts Schlechtes denken wollte, doch die Zweifel standen ihm ins Gesicht geschrieben.

„Ich habe ein Bild von ihm auf meiner Kamera, wie er seine Fotofalle platziert. Tut mir leid."

Kurz trat Stille ein.

„Was hätte Tony davon?", warf George-Angus in die ratlose Runde.

„Folge dem Geld."

Alle sahen Paul an. Keiner hätte von ihm eine Reaktion erwartet. „Nun, alte Detektiv-Weisheit. Wer hat etwas davon, wenn der Minister abdankt? Beziehungsweise, was hat ...", er sah Julia an, „Tony? davon?"

Jetzt war Johns politisches Hintergrundwissen gefragt.

„Nun ...", sagte er schlicht.

Julia sah regelrecht, wie es in seinem Kopf arbeitete. Der einfachste Grund war der wahrscheinlichste, nur wollte John genau den nicht wahrhaben.

„So sehr mir der Gedanke missfällt, aber ... Es gibt drei Wahlkreise in diesem County. Eine Abgeordnete ist Sinéad oben im Norden. Sinéad ist jenseits der sechzig. Sie hatte den ein oder anderen Achtungserfolg in den 1980er-Jahren, von denen sie heute noch zehrt, und hat wohl keine großen politischen Ambitionen mehr. Der westliche Wahlkreis war Seamus' Bezirk. Da es derzeit nicht so aussieht, als würde er dort noch mal antreten, ist es fraglich, wer sein Nachfolger wird. Mir fallen spontan zwei, drei geeignete Kandidaten ein, die aber alle kaum politische Erfahrung haben.

Und dann im Süden Tonys Wahlkreis. Natürlich muss er erst gewählt werden, aber das ist mehr oder weniger eine Formalität. Er hat ein Jurastudium und entsprechende Erfahrung. Und mit Seamus auf dem Weg ins Abseits wäre das für ihn nicht nur der Weg ins Parlament, sondern direkt ins Justizministerium. Vielleicht nicht gleich als Minister, zumindest aber als Staatssekretär mit einer mittelfristigen Aussicht auf ein Ministeramt."

Alle vier blickten ratlos zu Boden.

„Was ich gesagt habe", warf Paul ein. „Folge der Macht."

„Du hast ‚Geld' gesagt. Folge dem Geld", korrigierte Julia ihren Bruder.

„Ich habe nur ...", erwiderte Paul und seine Stimme verlor sich in einem Murmeln, als würde das alles erklären. Wieder senkte sich ein bleiernes Schweigen über die vier.

„Okay“, sagte John, auf dessen hoher Stirn die Denkfalten immer tiefer wurden.

Julia unterbrach abermals das Schweigen. „Nun, es tut mir leid, ich wollte es dir persönlich sagen. Ich maile dir die Bilder zu. Aber Paul und ich müssen jetzt los. Wir brauchen noch ein Bed & Breakfast für die Nacht und morgen früh müssen wir endgültig zur Fähre.“

Wild Pacific Trail, Kanada, Herbst 2039

„Wie gesagt, eher ein Skandälchen. Zumindest für mich, denn es war eben das, was es war, ein Aufreger in der irischen Kommunalpolitik, zu der ich keinen persönlichen Bezug hatte. Aus diesem Grund habe ich mich auch auf den Rückweg gemacht. Fast.“

„Schon wieder fast? Wenn ich Ihnen so zuhöre, glaube ich beinahe, irgendetwas, nennen wir es mal Schicksal, wollte, dass Sie in Kildalough bleiben.“

Julia zuckte mit den Schultern. „Ich kann Sie beruhigen, es hatte auch diesmal nichts mit einer höheren Macht zu tun. Außer, das Schicksal kam in Gestalt meines Bruders, denn er war es, der noch etwas bleiben wollte. Seine Beweggründe waren eher banal, ihm ging es ums Geld, denn er witterte ein Geschäft.“

Kapitel 8, With a Little Help from My Friends

Kildalough, Irland, Herbst 2019

Tonys Haus war deutlich anzusehen, dass es von einem Junggesellen bewohnt wurde. Nicht in dem Sinn, dass es schlampig und unaufgeräumt wirkte, denn das war absolut nicht der Fall. Jedoch spiegelten sich Tonys beruflicher Erfolg und sein politisches Engagement wider. Er war finanziell gut gestellt, verbrachte aber wenig Zeit zu Hause. Und er hatte Geschmack, was die Auswahl seiner Möbel betraf, nur fehlte seiner Wohnung eine gewisse Tiefe oder eben der gewisse weibliche Touch.

Brigh putzte hier einmal die Woche. Sie hatte vor einiger Zeit den Versuch gestartet, etwas von speziell ihrem weiblichen Touch in sein Heim zu bringen, indem sie die ein oder andere Ecke umdekorierte. Obwohl sie fast zehn Jahre älter als Tony war, hatte sie sich wohl mehr von ihrem Putzjob erhofft. Als die gewünschte Reaktion von Tony jedoch ausblieb, verschwanden mit ihren Hoffnungen auch die Dekoartikel nach und nach wieder.

Was blieb, war die Fan-Ecke des Kildalough GAA Gaelic Football Teams mit einem Fan-Schal sowie verschiedenen Wimpeln und Fotos. Alles andere wirkte wie eine Ausstellung in einem Möbelhaus, nett drapiert und nahezu unbenutzt.

John war nur selten hier, denn obwohl sie schon seit Urzeiten befreundet waren, hatte sich Tonys Eckhaus in einer dieser typisch irisch-grauen Reihenhaussiedlungen nie zu einem potenziellen Treffpunkt für die üblichen sozialen Aktivitäten entwickelt. Ganz anders als Johns Haus, in dem ein ständiges Kommen und Gehen herrschte, was natürlich auch an seinem Job, noch mehr jedoch an seiner Frau und ihrer gemeinsamen Tochter lag. Eine Familie brachte eben deutliche Veränderungen im sozialen Leben mit sich.

Die beiden Freunde saßen auf dem Sofa, jeder hatte seinen Flachmann mit Inis Mór Craic in der Hand, dazu gab es Salt & Vinegar-

Chips. Das Standard-Ritual. Sie besprachen die aktuellen Themen, also Rugby, Gaelic Football, Hurling und Fußball. Die Stimmung war gut und Tony schien bester Laune zu sein.

Keine hundert Meter entfernt stand, so unauffällig wie möglich, ein mintfarbener Jaguar mit B@rbershop-Logo in einer Seitenstraße. Julia hatte sich auf die Rückbank geklemmt, George saß hinter dem Steuer und Paul hatte sich auf dem Beifahrersitz ausgebreitet. Auf seinem Schoß lag ein aufgeklappter Koffer, der einige technische Spielereien von erstaunlich hoher Qualität und erstaunlich geringer Größe enthielt.

Es war Georges Idee gewesen, das Gespräch zwischen John und Tony mitzuschneiden, also hatten sie John verwanzt. Bei Paul hatte er damit offene Türen eingerannt, so konnte der endlich sein Detektivzubehör auspacken. Anscheinend hatte er seine Ausrüstung immer im Kofferraum. George hatte ihm außerdem den Floh ins Ohr gesetzt, dass er vielleicht einen der größten Skandale Irlands aufdecken könnte, was einem aufstrebenden Detektiv natürlich ungeheure Publicity und ein entsprechendes Echo in den Medien verschaffen würde. Da gab es für ihn kein Halten mehr.

Als er seine Ausrüstung checkte und John verwanzte, schwadronierte Paul endlos über die Aktion „Liebesgrüße aus Galway". Angeblich gab es im Detektivjargon für jeden Auftrag eine entsprechende Analogie, meist in Bezug auf Film und Fernsehen. In diesem Fall wollten sie sich direkt in die Höhle des Löwen begeben und den Antagonisten mit den Vorwürfen konfrontieren. Nach Pauls Logik würde der dann, wie in einem Agentenfilm, seine Verfehlungen zugeben und seinen diabolischen Plan offenlegen.

Julias Einwand, dass John so in Gefahr lief, anschließend in ein Haifischbecken zu fallen oder auf einen Goldblock geschnallt von einem Laser zerschnitten zu werden, wurde allgemein ignoriert. Auch auf die Frage, was sie denn mit dem aufgezeichneten Geständnis anfangen sollten, gab es keine Antwort. Es würde sich hinterher zeigen, so lautete die allgemeine Annahme.

Also beschloss Julia, den Jungs erst mal beim Spielen zuzusehen. Ohne sie jedoch auch nur für eine Minute aus den Augen zu lassen, denn die Frage war nicht, ob, sondern wann sie sich bei ihrem

„Räuber und Gendarm-Spiel“ ins eigene Knie schossen. Und dann wäre sie da, um Schlimmeres zu verhindern.

Sie war sich nicht sicher, ob sich George insgeheim über Pauls Fähigkeiten als Privatdetektiv lustig machte oder ob er ihn dazu angestiftet hatte, damit sie noch etwas länger bleiben konnte. Und da Julia sich nicht sicher war, wusste sie auch nicht, was sie davon halten sollte. Also beschloss sie, nicht weiter darüber nachzudenken und das Ganze als Abenteuerurlaub zu verbuchen.

John hatte den Vorschlag zunächst kategorisch abgelehnt. Er wollte seinen Freund erst unter vier Augen sprechen und ihm die Chance geben, die Fotos zu erklären. George hatte ihn kurz zur Seite genommen und eindringlich auf ihn eingeredet, bis John zähneknirschend einwilligte.

Nun saßen die drei also lauschend im B@rbermobil. Julia fand es erstaunlich und gleichzeitig beängstigend, wie klein eine moderne Wanze war, wie einfach sie sich bedienen ließ und wie klar sie übermittelte, was in dem Haus um die Ecke gesprochen wurde. Parallel wurde das Gespräch auf einem winzigen USB-Stick aufgezeichnet.

Aktuell ging es um Sport. John versuchte, mit Tony über gewisse „Thesen“ zu sprechen. Da Julia sich nichts darunter vorstellen konnte, sprach sie George darauf an.

„Johns und Tonys Thesen“, setzte George an und Paul drehte den Ton etwas leiser, da das Gespräch im Haus wahrscheinlich noch eine ganze Weile von regionalen Sportvereinen handeln würde, zu denen ein Großteil der im B@rbermobil Anwesenden absolut keinen Bezug hatte. „Sie haben damit auf der High School angefangen. Das war schon damals ihr Ding. Gar nicht leicht zu erklären, sie waren ...“

„Streber?“ Julia hatte sich zwischen den Vordersitzen nach vorn gebeugt, um sich besser mit George unterhalten zu können. Der Komfort auf der Rückbank ließ deutlich zu wünschen übrig, weswegen sie unruhig hin und her rutschte, ohne jedoch eine bequeme Position zu finden.

„Nein, gar nicht. Beide spielten ziemlich gut Rugby, aber sie waren eben auch gut in der Schule, interessierten sich für Literatur und waren schon damals politisch engagiert. Und sie haben sich dagegen gewehrt, in Schubladen gesteckt zu werden.

Damals mischten sich die einzelnen Gruppen kaum. Du weißt schon, es gab Cliquen, die Fußballer, die Rocker, die Schulband und so weiter. Und das wollten die beiden ändern. Sie nannten es ‚Mascollectuell'. Das bedeutete, man konnte gleichzeitig auf dem Fußballplatz seinem Team zujubeln, das ein oder andere Bier trinken, einen Roman von James Joyce in der Tasche haben und am nächsten Tag für die Jugendorganisation einer Partei Plakate kleben. Schon damals hielten sich die beiden nicht mit Kleinkram auf, sie wollten immer gleich mehr, die Gesellschaft verändern oder ‚das System'.

Du kennst das ja, Jungs in dem Alter strotzen geradezu vor Energie und kennen keine Selbstzweifel. Deswegen wurden sie auch nie müde, das allen anderen kundzutun und das Ganze zu zelebrieren. Genauso wie jetzt die Sache mit dem Flachmann voll Whiskey, den sie immer bei sich haben. Wie gesagt, das war ihr Ding. Und daraus haben sich auch ihre Thesen entwickelt.

Nachdem sich die Gesellschaft aber trotz ihrer gut gemeinten Ratschläge nicht in die von ihnen gewünschte Richtung bewegte und auch ‚Mascollectuell' nicht einschlug, haben sich die beiden auf die Politik konzentriert. Sie wollten analysieren, was im politischen System nicht funktioniert und wie es zu ändern wäre. Nicht mehr und nicht weniger."

George zog einen Mundwinkel nach oben und Julia konnte es ihm nicht verdenken. Der Gedanke, dass zwei irische Jungs aus der Provinz ein komplettes politisches System umbauen konnten, war gewagt.

„Auf jeden Fall sind daraus ihre Thesen entstanden. Keine Ahnung, wie viele es mittlerweile sind, aber jeder der beiden hat immer ein kleines Notizbuch bei sich, in dem sie aufgelistet sind. Anders als früher sind sie heute eher zurückhaltend damit und reden nicht viel darüber. Ich weiß aber, dass sie hier und da an den einzelnen Thesen feilen und immer wieder darüber diskutieren."

Julia wollte weiter auf das Thema eingehen, wollte wissen, ob George nicht doch die ein oder andere These kannte, doch sie wurden unterbrochen. Paul drehte den Ton wieder lauter. Im Haus tat sich was. Sofort herrschte im B@rbermobil aufgeregte Stille.

„Hast du die Fotos von Seamus an die Presse gegeben?" John hatte es anscheinend aufgegeben, eine elegante Überleitung zu finden. Das passte auch besser zu ihm, ohne Schnörkel direkt auf den Punkt.

Für einen Moment war im Lautsprecher nichts zu hören. Julia stellte sich vor, wie Tony fies grinste und dabei eine weiße Perserkatze streichelte, die auf seinem Schoß saß. Sie schüttelte den Kopf, um diesen Gedanken zu vertreiben. Irgendwie war diese Detektivnummer zu viel für sie.

„Ich bitte dich, woher sollte ich denn die Fotos haben? Außerdem ist Seamus ein Parteifreund, damit würde ich doch auch dem Ansehen aller Konservativen schaden."

„Du profitierst aber davon. Außerdem ..." Ein dumpfes Geräusch, dem ein schriller Pfeifton folgte, ließ alle drei zusammenzucken. Anscheinend hatte John das winzige Mikro am Revers seines Jacketts mit dem Finger gestreift.

„These vier." Sie hörten im Lautsprecher ein Rascheln. Julia vermutete, dass John das besagte Notizbuch gezückt hatte. „Seamus konnte sich nicht von der Macht des Mandats trennen, er ist sechsundsechzig, gehört also eigentlich in den Ruhestand. Anscheinend hatte er aber nicht vor, das Zepter abzugeben und einen Nachfolger aufzubauen, das Übliche eben. Wenn er nicht von selbst aufhört, hat er gerne noch fünf bis zehn Jahre im Amt vor sich. Vielleicht wolltest du nicht so lange warten."

„Und wieso erzählst du mir das alles?"

„Weil zumindest ich die Wahrheit von dir hören möchte."

Im Lautsprecher herrschte wieder Schweigen. Bei Johns letztem Satz hatte Paul genickt, denn er hatte ihm eingebläut, Tony auf diese Tour dazu zu bringen, ihm vermeintlich im Vertrauen ein Geständnis abzuringen, ihn bei seiner Ehre zu packen.

„Die Wahrheit." Tony brach die Stille. „Die Wahrheit ist, dass keiner das System ändern kann. All die Thesen, die wir seit fast zwanzig Jahren mit uns rumschleppen, sind wertlos. Das ist die Wahrheit. Auch von innen kann das System nicht verändert werden, denn das System verändert dich. Das ist die Wahrheit.

Wer es in der Politik zu etwas bringen möchte, der muss mit den gleichen schmutzigen Tricks wie die anderen spielen, am besten noch eine Spur schmutziger. Auch das ist die Wahrheit. Ich habe nichts mit den Fotos zu tun, aber wenn sich dadurch eine Chance für mich ergibt, werde ich nicht tatenlos zusehen, wie mir ein anderer diese Chance vor der Nase wegschnappt. Ich bin mir sicher, du würdest in meiner Situation das Gleiche tun."

John sah Tony lange sprachlos an. Dann warf er einen Blick auf sein Buch. Der ledrige Einband war schon brüchig und die Ecken angestoßen. Er ließ die Seiten von hinten nach vorn über seinen Daumen gleiten, stoppte zwischendurch, sah diverse Fragen und Thesen, die er schon lange auswendig kannte.

Ganz vorn stand „Thesen für eine bessere Gesellschaft". Und auf der nächsten Seite „Freddie Mercury ist Gott". John war klar, wie kindisch das war, aber trotzdem oder vielleicht deswegen hatte er sich so lange daran festgehalten. Dieses Buch war eine Verbindung in die Vergangenheit. In eine Zeit, in der alles irgendwie leichter war und Tony und er noch ... Er weigerte sich, diesen Satz zu Ende zu denken.

„Wir haben so lange an den Thesen gefeilt, nächtelang diskutiert", sagte er.

Tony schnaubte verächtlich und holte sein eigenes Buch hervor.

„Pubertäre Hirngespinste", sagte er, schlug das Buch an einer beliebigen Stelle auf und riss eine Seite heraus. Er zerknüllte sie und warf sie in Johns Richtung. „Es ist Zeit, erwachsen zu werden. Auch für dich."

Schweigend verließ John das Haus, schweigend fuhr George den Jaguar vor und ließ seinen Freund einsteigen. Auch auf der Fahrt nach Hause herrschte Stille. Obwohl sie nun wussten, woran sie waren, hatten sie doch nicht bekommen, was sie eigentlich wollten. Keiner wusste weiter, keiner sprach ein Wort. Keiner sah die zerknüllte Seite, die John krampfhaft in seiner Faust festhielt.

Kapitel 9, Losing My Religion

Wild Pacific Trail, Kanada, Herbst 2039

„Erzählen Sie mir von Ihrem Bruder. Wie war er damals so? Was hat ihn dazu bewogen, damals in Kildalough zu bleiben und Nachforschungen im Fall Seamus O'Donn anzustellen?"

Frank reinigte den Arbeitsplatz gründlich. Sie waren mit Kochen fertig, das Brot kühlte bereits ab und auch die Kasserolle konnte in einigen Minuten aus dem Ofen geholt werden.

„Paul war immer der deutschere von uns beiden, zielstrebig und effizient. Er war auch immer schon idealistisch. Ihm war wichtig, nicht nur einen Job, sondern eine Aufgabe zu haben. Zum einen ist er in die Fußstapfen unseres Vaters getreten, hat eine Ausbildung zum Metzger gemacht und sogar die Meisterprüfung. Zum anderen hat er sich aber auch in Bereichen engagiert, die ihm etwas bedeutet haben.

Zum Beispiel hat er einige Zeit für eine NGO Suchtprävention betrieben. Dann hat er zusammen mit meinem Ex-Mann Irlands erste Bio-Kaninchenzucht aufgebaut. Auch das war ihm eine Herzensangelegenheit, er wollte etwas für artgerechte Tierhaltung tun. Die Arbeit als privater Ermittler war für ihn ein Kindheitstraum, den er sich erfüllt hat. Ich glaube nicht, dass er ernsthaft damit gerechnet hat, in dieser Branche Fuß zu fassen. Aber er hatte Talent und so ... Vermutlich war er selbst am meisten überrascht von seinem Erfolg."

Kildalough, Irland, Herbst 2019

„Wie tickt dein Bruder eigentlich so?"

George und Julia hatten das erste Mal an diesem Tag ein paar Minuten für sich. Sie hatten John – schweigend – zu Hause abgeliefert. Paul hatte sich zurückgezogen, um im B&B die Audiodateien zu bearbeiten und seine weitere Vorgehensweise zu planen. Was auch immer das bedeuten sollte. Jetzt hatten George und Julia es sich im

Hinterzimmer des B@rbershop gemütlich gemacht, wo glücklicherweise immer ein Notvorrat an Whiskey deponiert war.

„Paul? Nun, das ist gar nicht so leicht zu erklären. Paul war immer schon pedantisch und kleinkariert. Er hatte nie einen richtigen Plan. Ich glaube, deswegen hat er die Ausbildung zum Metzger gemacht, ihm fehlten schlicht und einfach die Alternativen. Mein Bruder ist irgendwie paradox. Er schwimmt zwar gerne gegen den Strom, sucht aber dann doch den Weg des geringsten Widerstandes."

Julia bemerkte Georges fragenden Blick. „Zum Beispiel hat er den Wehrdienst verweigert. Aus Überzeugung, wie er damals sagte. Gelandet ist er in einer Organisation, die sich um Suchtprävention bei Jugendlichen kümmert. Okay, auch das hört sich gut an, jedoch wurde die von einem großen Tabakkonzern finanziert, der damit Imagepflege betrieb.

Also hat Paul den Großteil seines Zivildienstes damit verbracht, in angesagten Discos Flyer zu verteilen und nebenbei zu feiern. Später hat er ein Modelabel gegründet und günstige Unterhemden aus der Türkei mit dem Schriftzug ‚fine R. I. P.' bedrucken lassen. Das ist seine Art von Humor.

Ähnlich ist das mit der Kaninchenzucht. Sie ist eine Imagekampagne meines Mannes, die nebenbei noch Steuern spart. Auch hier sind Ergebnisse nicht wichtig, das wird öffentlichkeitswirksam in Szene gesetzt und in ein paar Jahren verschwindet das Ganze heimlich, still und leise in der Versenkung."

„Und die Detektivsache?"

Julia überlegte eine Weile.

„Es könnte sein, dass ich ihn dahingehend unterschätzt habe. Ich wusste schon immer, dass er ein Faible für technische Spielereien hat, aber ich habe ihn noch nie so konzentriert an einer Sache arbeiten sehen. Ich schätze, es ist was Ernstes."

Terrace Beach, Kanada, Herbst 2039

Frank hatte Kaffee gemacht. Er hatte beschlossen, dass sie beide eine Pause verdient hatten, allerdings nur vom Kochen, denn das Interview ging natürlich weiter.

Aus seinem Fundus hatte er eine zerbeulte Mokkakanne und eine kleine Camping-Kaffeemühle hervorgezaubert. Die Zubereitung von zwei Tassen Kaffee beanspruchte offenbar seine gesamte Aufmerksamkeit, denn er stellte Julia währenddessen keine Fragen. Stattdessen referierte er über Kaffeesorten, Mahlgrad und die Zusammensetzung des Wassers, welche wohl beim Kaffeekochen immer unterschätzt wurde.

Bevor er die Kanne, deren einstiger Chromglanz nur noch zu erahnen war, auf das Feuer stellte, fügte er seine spezielle Zutat hinzu: Meerwasser. Aber nur einen Teil und das im richtigen Mischungsverhältnis, denn das Salz milderte die Bitterstoffe im Kaffee ab. Behauptete jedenfalls Frank. Das Ergebnis war trinkbar. Fand Julia. Irgendwie. Auf jeden Fall tat die Wärme gut und mit genügend Milch schmeckte der Kaffee kaum nach Seetang.

„Wie war die Stimmung in Kildalough, nachdem der Skandal durch die Medien gegangen war?“ Frank trank einen Schluck seines Kaffees, schloss kurz die Augen und seufzte. Anscheinend mochte er Seetang.

„Die Stimmung war gut“, erwiderte Julia und überlegte, ob sie auch seufzen sollte. Sie entschied sich aber dagegen, so schlimm war der Kaffee nun wirklich nicht.

„Der Skandal brachte wenigstens etwas Abwechslung in den Alltag. Es hat ja immer einen gewissen Unterhaltungswert, Helden fallen zu sehen. Ich denke, das war schon immer so, aber rückblickend finde ich, dass es zu dieser Zeit extrem war. Die Lust am Scheitern der anderen war, nun, gesellschaftsfähig geworden.“

„Wissen Sie, was aus Seamus O‘Donn wurde, nachdem der Skandal publik geworden war?“

Julia nickte, noch während sie einen Schluck Kaffee trank, und stellte die Tasse schnell ab.

„Ich habe ihn einmal getroffen. Etwa ein Jahr später, ich kann mich leider nicht mehr an den Anlass erinnern. Er war ein kleiner, untersetzter, wirklich sympathischer Typ. Redegewandt, knochentrockener Humor, ein angenehmer Gesprächspartner. Es war ein sehr unterhaltsamer Abend. Als wir einen Moment unter uns waren, hat er mir übrigens versichert, er sei bei der ganzen Sache hereingelegt worden. Das glaube ich ihm sogar.“

„Er war also das eigentliche Opfer?"

Julia zog eine Schnute und trommelte mit den Fingern auf den Tisch, während sie sich ihre Antwort überlegte.

„Ich habe ihn von seiner privaten Seite kennengelernt. Ich weiß aber auch, dass er nach dem Skandal einige Zeit als Sonderberater nach Brüssel geschickt wurde, bis sich die Aufregung gelegt hatte. Von demselben Parteipräsidium übrigens, das sein Mitwirken in dem Skandal schärfstens verurteilt hatte. Später bekam er einen Posten im Aufsichtsrat eines Energiekonzerns. Und das mit fast siebzig.

Am Beispiel von Seamus O'Donn habe ich gelernt, dass es wichtig ist, zwischen der privaten und der öffentlichen Person zu unterscheiden. Privat war er witzig und sympathisch, als Politiker konnte er einfach nicht aufhören. Er hatte sich in seinem eigenen System aus Macht, Beziehungen und Abhängigkeiten verheddert. Der Posten im Aufsichtsrat war für mich ein klarer Interessenkonflikt. Niemand kann mir erzählen, dass die Konzerne solche hoch bezahlten Posten aus purer Nächstenliebe zur Verfügung stellen. Wo Geld fließt, wird immer auch eine Gegenleistung erwartet. Oder eine Schuld abgeglichen." Julia nahm ihre Tasse wieder in die Hand, warf aber nur einen kurzen Blick hinein, ohne daraus zu trinken. „Es war einer der größten Fehler im System, dass Politiker letztendlich mit solchen Posten belohnt werden konnten. Wofür auch immer. Denn letztendlich sucht doch jeder nach seinem privaten Vorteil und wenn der Spielraum im System entsprechend groß ist, wird er eben ausgenutzt."

Frank nickte und goss sich Kaffee nach.

„Ja, es waren seltsame Zeiten. Heute kann ich mir das kaum noch vorstellen. Dieses Postengeschachere. Richterposten, Fernsehintendanten, NGO-Vorstände, alles wurde nach Parteibuch besetzt. Das ist nach dem heutigen Verständnis von Demokratie unvorstellbar."

„Letztendlich hat genau das zu Politikverdrossenheit geführt, die wiederum dem Populismus mit allen bekannten Auswüchsen Vorschub geleistet hat."

Synchron nahmen beide ihre Kaffeetassen auf, tranken aber wieder nicht daraus, sondern blickten einen Moment nachdenklich in Richtung Horizont.

Frank beendete das Schweigen.

„Ein kluger Mensch hat einmal gesagt: Meine Generation war es noch gewohnt, Politikern, Ärzten, Bankern und den Medien blind zu vertrauen. Wir mussten erst lernen, dass wir im Laufe der Zeit lediglich zu einem Wirtschaftsfaktor geworden waren, zu einem Budget, das es auszuschöpfen galt, egal um welchen Preis."

„Das ist ziemlich zynisch, aber nicht ganz falsch. Wer hat das gesagt?

„Sie."

Julia sah ihn fragend an.

„Wirklich? Tut mir leid ich ..." Sie zuckte lächelnd mit den Schultern.

„Ich habe noch ein Zitat. Verdammte Axt, glauben Sie wirklich, dass Sie eine objektive Meinung von Ihrer Entourage bekommen? Niemand, der von Ihnen abhängig ist, würde Ihnen sagen, dass Sie sich wieder nur um sich selbst drehen, Ihr Ego streicheln und Ihren eigenen Befindlichkeiten hinterherjagen, anstatt vernünftig und objektiv Ihren Job zu machen, Herr Minister."

Julia lachte laut, kommentierte aber ihr eigenes Zitat nicht weiter. Frank schien unschlüssig, ob er nachhaken sollte, entschied sich aber dagegen.

„Doch zurück nach Kildalough. Die Stimmung war also gut."

„Genau, denn in Kildalough sowie im restlichen County Tírnua stand das Herbstfest an. Das war einer der Höhepunkte im Kirchenjahr und natürlich auch ein gesellschaftliches Ereignis. Ein richtiges Volksfest eben. Da sich die katholische Kirche gut mit den Konservativen verstand und zufällig gerade Wahlkampf war, wurde die kirchliche Veranstaltung gleich von den Christdemokraten als Forum genutzt. Und das nicht einmal unterschwellig, was aber keinen wirklich zu stören schien. Na ja, vielleicht bis auf den Kandidaten der Grünen."

„Und wie genau muss ich mir so ein irisches Volksfest vorstellen?"

Kildalough, Irland, Herbst 2019

Die Stimmung war gut in Kildalough. Das Städtchen hatte sich herausgeputzt und zeigte sich im Herbst noch einmal von seiner besten Seite. In den Straßen wurden Wimpel und Fahnen gehisst und auch die Natur schien sich pünktlich zum Herbstfest ordentlich in Schale zu werfen, denn die Bäume hatten ihre Blätter bunt gefärbt. Das Programm war vielfältig, aber natürlich katholisch geprägt. Zwischen vielen Messen und Andachten gab es auch einen Pferdemarkt und eine Geflügelbörse.

Auf dem zweitgrößten Matchmaking-Festival Irlands wurde alles, das irgendwie heiratswillig war, unter die Haube gebracht. Kuchen wurden prämiert und gegessen, Ochsen wurden prämiert und gegessen, wobei es sich nicht um dieselben Ochsen handelte, und eine Bierkönigin wurde prämiert, ohne dass diese jedoch Angst um ihr Leben haben musste. Insgesamt war es ein lockeres, überwiegend harmonisches Miteinander in gelöster Atmosphäre.

Es war kurz vor Tonys großem Auftritt in der Stadthalle. Er stellte sich als Kandidat der Christdemokraten den Fragen der Bevölkerung, eine traditionelle Veranstaltung, die jedoch ohne Gegenkandidaten auskam. Einen etwaigen Herausforderer ebenfalls einzuladen, wäre den Veranstaltern schlicht als überflüssig erschienen.

John war weder harmonisch noch gelöst. Dafür umgab ihn jede Menge Atmosphäre und die war schweigsam und gereizt, wie ein Gewitter, das sich zusammenbraute. In seiner Funktion als Stadtrat und Vorsitzender seiner Partei herrschte heute quasi Anwesenheitspflicht. Doch die Aussicht, dass sein manipulativer Gegenkandidat hier ein Forum bekam und er nicht, machte ihn einfach sauer und bockig. Julia, Paul und George mussten ihn geradezu in die Stadthalle schleppen und alle Versuche, seine Laune mit Apple Pie, Scones oder Karottenkuchen zumindest etwas zu heben, scheiterten kläglich.

Sie fanden einen Tisch weiter hinten im Saal, denn die drei hielten es für sicherer, so viel Abstand wie möglich zwischen John und Tony zu bringen. Also machten sich drei der vier über je ein Gebäckstück her, während der vierte der Bühne den Rücken zukehrte.

Julias Blick fiel auf einen Tisch, der aufwendig mit Wimpeln und Fähnchen dekoriert war und an dem nur zwei in Uniform gekleidete Personen saßen. Sie sprach George darauf an.

„Das ist der hiesige Veteranenverein“, erklärte er. „Die Teilnehmer des Krieges sind ja mittlerweile alle verstorben. Und die irische Armee ist auch nicht sehr groß, außer Colonel Tom und Lieutenant

Pepper hat es keiner hier aus der Gegend in die Streitkräfte geschafft. Die sind auch schon im Ruhestand, aber beide nehmen die Tradition sehr ernst."

Julia sah hinüber. Irgendetwas kam ihr an den beiden seltsam vor.

„Colonel Tom und Lieutenant Pepper?" Sie hatte das Gefühl, als müssten ihr die Namen irgendetwas sagen, kam aber beim besten Willen nicht auf den Grund.

„Ja, beide wurden kurz vor ihrem Ruhestand befördert", erwiderte George, als würde das alles erklären. Was es nicht tat, aber da sich nun auf der Bühne etwas regte, verlagerte sich Julias Aufmerksamkeit vom Veteranentisch nach vorn zur erleuchteten Bühne.

Nachdem die Organisatoren davon ausgehen konnten, dass alle Anwesenden gut mit Kuchen versorgt waren – was natürlich ein alter, aber durchaus legitimer Trick war, um im Saal für gute Stimmung zu sorgen – trat der Dekan auf das Podium. Traditionell sagte er einige einführende Worte. Nach einem kurzen Gebet – auf Latein – wandte er sich direkt an Tony.

„Der Herr, in seiner allmächtigen Güte, hielt schon immer eine schützende Hand über diesen kleinen Flecken Erde. In seiner unendlichen Weisheit schickte er uns Zeichen, wenn wir vom rechten Weg abkamen. Er schickte uns St. Patrick, um die Schlangen von dieser schönen Insel zu vertreiben. Und auch unserem Schutzheiligen St. Hubertus hat er, als der auf einem falschen Pfad wandelte, ein Zeichen geschickt. Einen weißen Hirsch. Einen weißen Hirsch, in dessen Geweih ein strahlendes Kreuz thronte, das Symbol des Herrn in seiner unendlichen Macht."

Der Dekan machte eine Kunstpause, um seine Botschaft wirken zu lassen. „Den jungen Mann, der jetzt zu uns spricht, muss ich euch nicht vorstellen. Er ist einer von uns und ich bin sicher, er wandelt auf dem richtigen Pfad, nämlich auf dem von Glauben, Tradition und Beständigkeit. Meine Damen und Herren, unser Mann für Dublin: Tony Walsh."

Tony, die Arme zu einer Siegergeste über den Kopf erhoben, trat unter Applaus auf die Bühne. Nach einem kurzen Nicken des Kandidaten, das schon fast in eine Verbeugung ausartete, gab der Dekan großmütig sowohl Rednerpult als auch Mikrofon frei und Tony konnte loslegen.

„Vielen Dank, Dekan, für die freundlichen Worte. Es bedeutet mir viel, auf meinem Weg den Segen von oben zu haben." Tonys Blick ging durch den Saal. „Ich glaube fest an den Herrn, der seine schützende Hand über uns hält. Da in letzter Zeit keine Zeichen des Himmels und keine göttlichen Omen zu sehen waren, glaube auch ich, dass wir auf einem guten Weg sind." Da er damit seinen ersten Lacher erzielte, entschied sich Tony, einen draufzusetzen. „Also lasst uns genau so weitermachen. Ich kann aber allen hier Versammelten versichern, sollte mir jemals ein weißer Hirsch begegnen ...", er blickte in die Runde und sah in den ersten Reihen überwiegend gut gelaunte Parteifreunde, „... sollte ich also ein Zeichen von oben erhalten, werde ich mich sofort in Demut üben und umkehren."

Damit hatte er den zweiten Lacher und den Saal auf seiner Seite. Fast zumindest, denn John stand auf und stürmte hinaus, was jedoch nicht den gewünschten Effekt hatte, da sich ihr Tisch direkt vor der Tür befand. Sein wütender Marsch war zu kurz, um einen nachhaltigen Effekt zu erzielen. Julia und George gingen hinter ihm her, während Paul noch schnell seinen Apple Pie in sich reinschaufelte, ehe er ihnen folgte.

Draußen trennten sie sich, George wollte John allein nach Hause begleiten. Sie verabredeten sich aber für den Abend im Deerstalker und somit hatten Julia und Paul viel Zeit, sich entspannt auf dem Herbstfest umzusehen, ohne sich von Johns schlechter Laune anstecken zu lassen.

Terrace Beach, Kanada, Herbst 2039

„Tony war also siegessicher?" Frank hatte ihr erneut Kaffee angeboten, den Julia jedoch dankend ablehnte.

„Es schien eine sichere Bank zu sein. Vor allem nach dieser Veranstaltung, auf der er ganz offiziell den Segen der Kirche bekommen hatte und vom Dekan quasi für gut befunden wurde."

„Das war der Auftakt des Festes, am Freitag. Der Höhepunkt war ja, wie allen inzwischen bekannt ist, am Sonntag. Wie haben Sie die Zeit dazwischen verbracht?"

Julia zögerte einen Moment. „Meist mit Yoga, Meditation, früh ins Bett und früh wieder raus, Spaziergänge am Strand. Wellness sozusagen, also alles, was der Gesundheit diente“, sagte sie schließlich und irgendwie stimmte das sogar.

Kildalough, Irland, Herbst 2019

Julia starrte in ihren Gin Tonic. Es war mittlerweile eher früh als spät und der Gin Tonic war nicht ihr erster. Sie fixierte die Zitronenscheibe mit einem halbwegs festen Blick. Vitamin C. Und Malaria. Dafür war Tonic gut. Hatte sie mal gelesen. Dagegen natürlich, nicht dafür. Falls afrikanische Stechmücken also jemals über die Grüne Insel herfielen, sie war gerüstet.

Das Gespräch an ihrem Teil der Bar war zum Erliegen gekommen. Es war ohnehin den ganzen Abend über schleppend gelaufen und so konnte Julia sich ungestört Gedanken über ihren inzwischen leeren Longdrink machen, den sie ab sofort als Wellnessdrink bezeichnen würde, da er ja bewiesenermaßen eine prophylaktische Wirkung hatte.

Eine Hand erschien von hinten und stellte zwei Gläser zwischen Julia und Paul auf dem Tresen ab. Die andere Hand stellte zwei Gläser zwischen George und Johns leeren Platz. Julia stellte erstaunt fest, dass die beiden Hände zu John gehörten, was auch erklärte, warum er sich plötzlich nicht mehr auf seinem Hocker befand.

Whiskey. Ein schnörkelloses, rundes, etwas bauchiges Glas mit einer bernsteinfarbenen, klaren Flüssigkeit. Kein Eis. Die pure Essenz Irlands.

„Ich möchte mit alten Freunden trinken“, sagte John und nickte George zu. „Und mit neuen Freunden, die vermutlich keine Ahnung von gutem irischem Whiskey haben, weil sie stattdessen lieber Gin Tonic und importiertes Bier trinken.“

Sie stießen an. Julia hatte einen rauchig-torfigen Geschmack erwartet, aber der Whiskey ging runter wie Öl.

„Der geht runter wie Öl“, sagte sie in die Runde, ohne jemanden direkt anzusprechen.

John lächelte wissend. Seine Laune schien sich gebessert zu haben.

„Das ist Inis Mór Craic, zwölf Jahre im Eichenfass, von den Aran Islands."

Mehr sagte er nicht dazu. Musste er auch nicht, denn das Ergebnis sprach für sich. Nun hob auch George sein Glas.

„Scheiß auf den Dekan", flüsterte er, wohlwissend, dass sogar im Deerstalker Bemerkungen gegen die Kirche zum Unmut einiger Gäste führen konnten. „Aber die Ansprache heute war so was von daneben. Ich hasse es, wenn die Kirche sich in die Politik einmischt."

„Glauben, Tradition und Beständigkeit", flüsterte Julia vor sich hin. Die anderen sahen sie erwartungsvoll an. „Glauben, Tradition und Beständigkeit", wiederholte sie etwas lauter. „Als ob das das Wichtigste wäre. Ich würde es mal mit Wahrheit versuchen. Logik und Gleichberechtigung."

„Vor allem Logik", nahm John das Gespräch auf. „Ich meine, was ist das für eine Argumentation? Unser Kandidat ist der Auserwählte, denn ihm ist kein Hirsch erschienen. Demnach müsste ich die Queen von England sein, denn mir ist auch noch nie ein Hirsch erschienen. Der Einzige, der ein Problem hat, ist Mick dort drüben." John hob sein Glas und deutete auf einen Mann, der allein weiter hinten an der Bar saß. „Hey, Mick. Ich geb' dir einen aus."

Micks Gesicht war faltig, von Sonne und Wind gegerbt, als hätte er den Wald nur kurz verlassen, um im Pub etwas zu trinken. Er hob sein leeres Glas und grüßte zurück. „Mick erscheint nämlich ständig ein Hirsch, er hat ein ganzes Gehege voller Hirsche." John sah sich an der Bar um. Eine Barfrau, jung, blond und für irische Verhältnisse sehr knapp bekleidet, näherte sich ihnen.

„Hi", sagte sie, „kann ich euch etwas bringen?"

John sah sie etwas länger an als angebracht, aber sie schien sich daran nicht zu stören.

„Ich kenn' dich nicht", lautete sein Fazit schließlich. „Bist du neu hier?"

„Ja, ich bin erst letzte Woche aus den Staaten angekommen. Mein Name ist Britney." Britney lächelte und winkte in die Runde. Die Runde winkte zurück.

„Und wie gefällt es dir hier?"

„Nun, manchmal denke ich, die Einsamkeit killt mich, aber ich muss zugeben, ich glaube immer noch daran, dass das Ganze hier klappt. Also wenn ihr noch etwas braucht, gebt mir ein Zeichen."

„Okay, Britney, wir brauchen jetzt erst mal für unseren Freund Mick einen Whiskey. Nicht das Zeug für die Touristen, sondern vom Guten. Inis Mór Craic." John sah Britneys verwirrten Blick und deutete auf eine unscheinbare Flasche an der Seite.

Britney nahm ein Glas und füllte es mit Eiswürfeln. Alle Anwesenden hielten den Atem an, keiner brachte ein Wort hervor. Britney bemerkte Johns entsetzten Blick.

„Ups", sagte sie, „jetzt habe ich es schon wieder gemacht. Sorry, eine alte Angewohnheit von zu Hause."

Sie leerte die Eiswürfel wieder zurück in den Behälter, goss den Whiskey stilgerecht ohne Eis ein und brachte ihn Mick.

Um Britney eine Gelegenheit zum Üben zu geben und sie von der lästigen Angewohnheit, Eiswürfel in den Whiskey zu geben, abzubringen, bestellte John eine weitere Runde. Und um sicherzugehen, dass sich das Gelernte bei der neuen Barfrau auch festigte, folgten noch einige weitere.

Kapitel 10, Rock Me Amadeus

Kildalough, Irland, Herbst 2019

Es gibt wohl kaum etwas Ergreifenderes als ein Hirschgehege im Morgengrauen. Hier zeigt sich die Natur in voller Pracht, wenn die Sonne aufgeht und durch Schwaden von Bodennebel ein röhrender Hirsch hinter einem grünen Hügel hervortritt.

Dummerweise war es schon fast Mittag, die Sonne stand hoch am Himmel und die Hirsche lagen faul, unmotiviert und irgendwie unförmig in ihrem trostlosen Gehege herum. Auch die großen gelben Bagger, die im Hintergrund gerade Torf abbauten, um damit Strom und Wärme für die umliegenden Ortschaften zu erzeugen, waren für das Gesamtbild nicht gerade von Vorteil.

Aus dem richtigen Blickwinkel entstand der Eindruck, das Gehege der Hirsche befinde sich in einer Art Mondlandschaft. Nur der tiefschwarze Farbton der abgetragenen Torfschicht verriet, dass es nicht so war, und die spärlichen, sporadischen Bewegungen der Tiere – ein Wackeln mit dem Ohr hier und ein Wedeln mit dem Schwanz da – wiesen darauf hin, dass sie tatsächlich noch lebten und nicht aufgrund der fehlenden Atmosphäre auf einem lebensfeindlichen Planeten verendet waren.

Julia, George, Paul und John standen vor dem Tor zum Gatter und schauten etwas ratlos den Tieren beim Nichtstun zu. Der Plan mit dem Hirsch war gestern Abend im Pub schon keine gute Idee gewesen, aber jetzt, bei Tageslicht und nüchtern, war „keine gute Idee“ die Untertreibung des Jahrhunderts. Alle Anwesenden wussten das. Aber nur Julia war klar, dass sie den Plan trotzdem oder gerade deswegen durchführen würden und sei es nur, weil sich niemand von ihnen eingestehen wollte, wie hirnverbrannt ihr „Projekt“ war.

Bisher hatte sie nur mitgemacht, um zu verhindern, dass die Jungs allzu großen Mist bauten. Doch das hatte sich seit dem Herbstfest geändert. Jetzt war sie sauer. Sauer auf Tonys Intrigenspiel und seinen arroganten Auftritt. Sauer auf die unsägliche Ignoranz des Dekans. Sauer auf die Selbstgefälligkeit der Parteifunktionäre.

Wenn niemand etwas unternahm, würden sie alle damit durchkommen, und das konnte sie schon aufgrund ihres ausgeprägten Sinns für Gerechtigkeit nicht zulassen. Doch das war noch lange nicht alles. Sie war sauer, weil eine selbst ernannte Elite in England mit ihren Lügen den Brexit herbeigeführt hatte, um sich dann, als es ungemütlich wurde, vor ihrer Verantwortung zu drücken. Sie war sauer auf die überbordende Bürokratie, die vielen Lippenbekenntnisse und falschen Versprechungen, die sie sich von Politikern aller Couleur schon hatte anhören müssen.

Ihr war gar nicht klar gewesen, wie politikverdrossen sie schon geworden war. Nun, als sie sich dessen zum ersten Mal bewusst wurde, bekam sie Angst, denn von diesem Zustand aus brauchte es nicht mehr viel, um sich zu radikalisieren. Und sei es nur aus Trotz.

Deswegen wollte sie etwas unternehmen, um wenigstens hier, im Kleinen, die Gerechtigkeit ein Stück weit wieder herzustellen. Und dafür noch ein Weilchen in Kildalough zu bleiben.

„Gut." George schien das Kommando zu übernehmen, was dank seiner beruflichen Qualifikation ein kleines bisschen Sinn im Wahnsinn ergab. „Mick hat mir gesagt, wenn es Futter gibt, dann kommt der alte Hirsch zuerst. Der Eingangsbereich ist wie eine Schleuse, zwei Tore, um einzelne Tiere abzusondern. Wenn wir also jetzt Futter in einen Eimer geben und damit den Hirsch in die Schleuse locken, dann ... sehen wir weiter."

Keiner bewegte sich. George fixierte den alten Hirsch, John beobachtete den Horizont, der heute wohl besonders interessant war, und Paul beschäftigte sich mit der Konstruktion des Zaunes, der überraschenderweise aus Holzpfählen und verzinktem Draht zu bestehen schien.

Julia schnappte sich den mitgebrachten Eimer und füllte die ebenfalls mitgebrachten Äpfel und Karotten ein. Sie konnte sich dunkel an eine Diskussion erinnern, die entweder sehr spät am letzten Abend oder sehr früh an diesem Morgen stattgefunden hatte und in der es darum ging, von was sich Hirsche denn in freier Wildbahn ernährten.

An das Resultat dieser Diskussion konnte sie sich nicht mehr erinnern, auch wenn der Begriff „Kartoffelchips" in ihrem Hinterkopf herumschwirrte. Irgendwie schien das gestern eine gute Idee gewesen zu sein, doch heute, bei Tageslicht, fand sie diese Theorie plötzlich etwas fragwürdig. Als sie gerade losgehen wollte, hielt Paul sie am Arm fest.

„Moment ..." Er zückte sein Smartphone und wischte einige Male auf dem Display hin und her. Als er schließlich die gesuchte App gefunden hatte, verkündete er voller Stolz: „Hirschruf-App!" und drückte auf den Bildschirm.

Ein Ton erklang. Er war laut, tief und erinnerte Julia eher an eine Kuh als an einen Hirsch. Sie betrachtete das Display genauer. Bei dem dort abgebildeten Tier handelte es sich zweifelsohne um einen Hirsch. Trotzdem sah er anders aus als die hier versammelten Exemplare.

Gab es unterschiedliche Arten von Hirschen? Sie blickte ins Gatter. Dort war keine Reaktion zu erkennen. Sie blickte zu Paul. Der zuckte nur mit den Schultern.

„War einen Versuch wert", sagte er.

Julia hob den Eimer wieder auf, öffnete das erste Tor, Mick hatte ihnen den Schlüssel mitgegeben, und schloss es sorgfältig hinter sich. Dann öffnete sie die zweite Tür zum Gatter und ging einen Schritt hinein. Alle Augen, insbesondere die der Hirsche, aber auch die Ohren der Tiere waren auf sie gerichtet. Julia war noch nie klar gewesen, dass Hirsche solch bewegliche Ohren hatten, allerdings hatte sie sich ehrlich gesagt bisher kaum mit der Physiologie von Paarhufern beschäftigt.

Was erwarteten die Tiere von ihr? Sollte sie ihnen vielleicht etwas vorsingen? Sie schüttelte den Eimer. Der alte Hirsch mit seinem mächtigen Geweih stand auf. Die Augen und Ohren ihres Publikums blieben weiterhin auf Julia gerichtet, wohl in der Erwartung, was da jetzt kommen würde.

Julia holte eine Karotte aus dem Eimer und hielt sie in Richtung des ... Oberhirsches? Rudelchefs? Alphamännchens? Sie war sich sicher, es gab da noch eine andere, korrekte Bezeichnung. Der Hirsch mit dem unbekannten Status schien kurz zu überlegen, legte sich jedoch dann wieder hin und mit seiner Aufmerksamkeit schwand auch die der anderen Tiere. Was immer Hirsche in freier Wildbahn fraßen, Karotten schienen nicht dazuzugehören.

„Lass mich mal." John hatte die Betrachtung des Horizonts wohl beendet und wollte nun sein Glück mit den Hirschen versuchen.

Er tauschte den Platz mit Julia, nahm einen Apfel aus dem Eimer und schnitt ihn mit dem Taschenmesser in kleine Stücke. Er näherte sich übertrieben langsam dem Hirsch und als er bis auf etwa drei Meter an ihn herangekommen war, begann er, kleine Apfelstücke in seine Richtung zu werfen. Damit weckte er auch zunächst das Interesse des Hirsches, doch dummerweise traf er kurz darauf mit einem der Apfelstücke den Kopf des Tiers, woraufhin der Hirsch erschrak und mitsamt seinem Rudel in die hinterste Ecke des Geheges entschwand.

Eigentlich wäre dies der ideale Moment gewesen, einen fragwürdigen Plan mit einer eher übersichtlichen Chance auf Erfolg mit der Ausrede „Wir haben unser Bestes gegeben" für gescheitert zu erklären. Doch nun betrat Paul die Schleuse.

Er lehnte sich an den Zaun direkt neben dem Tor, zog eine große Tüte Chips aus seinem Rucksack, öffnete diese sehr geräuschvoll und begann, langsam und genussvoll zu essen. Die Tiere lagen immer noch eng zusammengedrängt im hinteren Teil des Gatters. Sie schienen nicht die Absicht zu haben, sich dort wegzubewegen, aber alle Augen und Ohren waren auf Paul gerichtet.

Wie zufällig fielen ihm beim Essen hin und wieder Chips auf den Boden, manche auf der Innenseite des Gatters, wo sich die Hirsche befanden, manche auf der anderen Seite des Zaunes, in der Schleuse. Nachdem er das einige Zeit zelebriert hatte, öffnete er noch das Tor von der Schleuse zum Gatter, bevor er sich wieder zu den anderen begab, die schweigend und etwas ratlos seine Vorstellung beobachtet hatten.

„Hat wohl nicht geklappt." John brach das Schweigen.

„Warte", sagte Paul nur, holte eine Dose Bier aus seinem Rucksack, öffnete sie und bot den anderen Chips an, die jedoch dankend ablehnten. Er schien auf etwas zu warten und so taten die anderen es ihm gleich, obwohl keiner wusste, was Paul mit seiner Aktion eigentlich beabsichtigt hatte.

Gerade als Julia, als Stimme der Vernunft, vorschlagen wollte, die Aktion abzubrechen und nach Hause zu gehen, erhob sich eine junge, zierliche Hirschkuh und kam auf sie zu. Besser gesagt an die Stelle, an der Paul die Chips „versehentlich" verschüttet hatte. Sie behielt die vier im Auge, schien aber lange nicht so nervös zu sein wie der Rest des Rudels, der nach wie vor in der Ecke lag und mit den Ohren wackelte.

Vorsichtig schnupperte sie an einem Kartoffelchip, leckte daran und schob ihn sich schließlich mithilfe ihrer langen und überaus biegsamen Zunge in den Mund.

„St. Paddy's Handcooked Sour Cream & Onion Chips", kommentierte Paul leise. „Die Lieblingsmarke aller irischen Waldtiere."

Die Hirschkuh hatte schließlich alle Chips im Gehege aufgesammelt. Es war ihr sogar gelungen, einige mithilfe ihrer langen Zunge durch den Zaun zu angeln. Jetzt stand sie am Eingang zur Schleuse, leckte sich die Lippen und wirkte etwas unentschlossen. Auf ein geflüstertes Kommando von Paul wandten sich alle vier vom Geschehen im Gehege ab und betrachteten im Hintergrund die kargen Überreste dessen, was einst ein Hochmoor gewesen war.

Und tatsächlich: Aus den Augenwinkeln konnte Julia beobachten, wie sich das Tier langsam in die Schleuse begab und sich daranmachte, auch die restlichen Kartoffelchips aufzusammeln.

„Wir brauchen aber den Hirsch", flüsterte George.

„Futterneid", antwortete Paul nur und wie auf Kommando erhob sich der alte Hirsch, trottete zügig zur Schleuse und schob die Hirschkuh unsanft zur Seite, um zu begutachten, was es denn zu fressen gäbe.

„So fängt man den Platzhirsch", sagte Paul triumphierend, als er vorsichtig das Tor zur Schleuse schloss und somit die beiden Tiere in sicherem Gewahrsam hatte.

„Platzhirsch!", dachte Julia laut und als sie die fragenden Gesichter der anderen sah, setzte sie zur Erklärung an. „Das war der Begriff, den ich die ganze Zeit gesucht habe."

„So, Figaro", sagte John und klopfte George auf die Schulter. „Du bist dran."

Terrace Beach, Kanada, Herbst 2039

Es wurde Abend auf Vancouver Island. Das Brot war gebacken, die Kasserole gekocht und alles zusammen mithilfe einiger zufällig vorbeikommender Wanderer verzehrt. Auch dies war ein Markenzeichen von Frank, er lud willkürlich vorbeikommende Passanten dazu ein, an dem Interview teilzunehmen und eigene Fragen zu stellen.

So kam es, dass Annie und Dave, ein britisches Rentnerpärchen, jetzt mit ihnen am Tisch saßen. Die beiden konnten ihr Glück kaum fassen und so waren sie doch bei dem einen Thema angekommen, auf das Julia eigentlich nicht nochmals im Detail eingehen wollte. Aber natürlich hatte sie volles Verständnis für die Frage. Die Geschichte mit dem Hirsch war einfach zu gut und auch nach so langer Zeit immer noch ein zentrales Thema, für das sich die Leute interessierten.

„Würden Sie mir bitte die Geschichte mit dem Hirsch noch mal, also aus Ihrer Sicht, eben mit Ihren eigenen Worten beschreiben?" Annie lächelte abwechselnd Julia und Frank an. „Die Bilder, die ich davon gesehen habe, waren einfach unglaublich. Es ist schade, dass es davon keinen Film gibt, keinen Ton. Irgendwie dachte ich immer, wenn solch ein Wesen erscheint, müssten mindestens Fanfaren erklingen, wenn nicht gleich ein Orchester aus Engeln."

Ihr Blick und ihr Lächeln blieben nun an Julia haften. „Haben Sie etwas in dieser Richtung gespürt? Ich kann immer noch nicht glauben, dass ich Sie beide hier getroffen habe. Und dass Sie dabei waren. Sie. Und der Hirsch. Und ...! Sozusagen." Annie drückte Daves Hand und lächelte ihn an.

Er lächelte zurück, blieb aber weiterhin schweigsam und ließ seine Frau das Gespräch führen. Julia ahnte, dass das im Alltag der beiden ähnlich sein musste. Doch sie waren ihr sehr sympathisch und jeder schien in seiner Rolle aufzugehen. Annie war hager, groß und ihre kurzen, rot gefärbten Haare schienen ihr lebendiges Wesen noch zu unterstreichen. Dave war kleiner, rundlicher und deutlich ruhiger.

„Ich kann nur sagen: Die Geschichte war wirklich so, wie sie in den Medien dargestellt wurde. Jedes Jahr gibt es in Kildalough ein Herbstfest. Es endet traditionell mit einem Gottesdienst und einer Prozession am Fluss entlang zu einer Kapelle, die sich nur ein kleines Stück außerhalb der Stadt befindet.

Es war kurz vor der Parlamentswahl, deswegen waren natürlich sämtliche Kandidaten, Funktionäre oder ähnliche Würdenträger zugegen. Ehrlich gesagt, und ich glaube, ich habe das noch nie öffentlich zugegeben, aber ich mochte den Gottesdienst nicht."

Frank sah Julia mit einem zufriedenen Blick an, sagte aber nichts und ließ sie weitererzählen, schließlich hatte er bekommen, was er wollte.

„Ich muss gestehen, ich hatte den Dekan schon bei anderen Gelegenheiten getroffen, Kildalough ist ja schließlich nur eine Kleinstadt, und er war mir von Anfang an unsympathisch. Seine Predigt an diesem Tag hat das nur nochmals bestätigt. Die Messe war politisch geprägt, die Predigt war mit unterschwelligen Botschaften gespickt, natürlich immer im Sinne der Konservativen. Ich kann mich an keinen konkreten Wortlaut mehr erinnern, aber es fielen natürlich Begriffe wie Tradition, Werte, Familie. Und dann, mitten auf dem Weg zur Kapelle ..."

„... tauchte der weiße Hirsch auf ..." Annie hatte sich nicht mehr zurückhalten können, es war einfach aus ihr herausgebrochen. Da halfen auch die Hände nicht, die sie vor Aufregung vor ihrem Mund zusammengeschlagen hatte.

„Nein", sagte Julia. „Es war kein Hirsch. Zumindest zuerst. Es war eine weiße Hirschkuh. Und, leider, kein Engelsorchester, das mit unseren Herzen spielt, keine Fanfaren, nichts dergleichen. Im Gegenteil, der Hirsch erschien als das Gegenstück zu dem, wie ich schon sagte, politisch korrumpierten Gottesdienst.

Für mich war das ein Wesen des Waldes. Andere sagen, es war eine Anklage, die Revanche der Kräfte der Natur gegenüber einer weltfremden Religion. Eine Erinnerung, dass viele der Rituale, die die katholische Kirche als die ihren ausgibt, eigentlich von anderen Kulturen gestohlen wurden. Nun, welche Schlüsse daraus gezogen werden, bleibt jedem selbst überlassen, nur eines ist klar: Das Tier hatte nichts mit der Kirche am Hut, es war nicht mit dem Kreuz gezeichnet, wie in der Sage des heiligen Hubertus.

Es war kein ‚Zeichen des Herrn', ganz im Gegenteil, das Tier hatte deutlich eine Triquetra auf der Brust, einen keltischen Knoten. Ein starkes Symbol der irischen Mythologie, etwas, das schon lange da war, bevor die katholische Kirche auch nur ansatzweise existierte."

George fluchte. Und schwitzte. Und fluchte wieder. Er hatte sich das anders vorgestellt. Nein, eigentlich hatte er sich das gar nicht vorgestellt, aber das wurde ihm erst jetzt so richtig bewusst, als er quasi schon mittendrin war im wohl ungewöhnlichsten Makeover aller Zeiten.

Er konnte sich daran erinnern, wie die Idee aufgekommen war und wie er sich das Ergebnis vorgestellt hatte. Die Punkte „Planung“ und „Ausführung“ hatten alle Beteiligten dabei allerdings großzügig übersprungen. George konnte sich nicht daran erinnern, dass ihm jemals die Schimpfwörter ausgegangen waren, aber jetzt stand er kurz davor und das wollte für einen Iren etwas heißen.

Sie hatten den Hirsch gefangen. Gut, aber das war erst der Anfang gewesen. Denn als das Tier realisierte, dass es zwar in Begleitung einer jungen, anmutigen Hirschkuh, ansonsten aber von seinem Rudel abgeschnitten war, begann es, nervös in der Schleuse auf und ab zu tigern. Die Tatsache, dass sie den Hirsch ruhigstellen mussten, hatte mal wieder nur Paul bedacht. Er schien sich von allen Anwesenden am besten mit Tieren auszukennen.

Zuerst hatten sie versucht, dem Hirsch Brotstücke zu füttern, die sie vorher mit Apfelcider getränkt hatten. Die Reaktion war gleich null, sowohl der Hirsch als auch seine aufgeweckte Begleitung verweigerten die Nahrungsaufnahme. John schlug Bier vor, er hatte einige Flaschen Inis Mór Òr dabei, die eigentlich für den Eigenverbrauch gedacht waren. Widerwillig rückte er sie heraus, wieder wurde etwas Brot getränkt und auf Pauls Vorschlag hin wurde das Ganze mit Kartoffelchips garniert.

Das erbrachte zumindest einen Teilerfolg, denn auch wenn der Hirsch nur einmal kurz daran schnupperte und sich dann trollte, der Hirschkuh schien es zu schmecken. Sie fraß die ganze Schüssel auf, blieb dann einige Zeit etwas unsicher auf ihren weit gespreizten Beinen stehen und ließ sich schließlich zu einem Nickerchen nieder, bei dem sie hin und wieder ein Geräusch von sich gab, das wohl nur als „Schnarchen“ bezeichnet werden konnte. Keiner der Anwesenden hätte dies einer so eleganten jungen Hirschkuh jemals zugetraut.

Allerdings hatte sich auch keiner der Anwesenden jemals Gedanken darüber gemacht, welchen Effekt Alkoholkonsum auf Hirsche hatte.

Ermutigt von diesem Teilerfolg entwickelte sich eine kurze Diskussion. George fasste das Fazit zusammen: „Wir brauchen Whiskey", und sah John fordernd an. Natürlich hatte der seinen Flachmann dabei.

„Fünfzehn Jahre alter Inis Mór Craic." John hatte den Flachmann aus der Jacke geholt, machte aber keine Anstalten, die Flasche zu öffnen, geschweige denn etwas davon in die Futterschüssel zu geben. „Das ist ja wie ..."

„Whiskey vor die Hirsche?" Julia lächelte ihn an, woraufhin er ihr resigniert den Flachmann aushändigte.

„Aber lass noch was übrig, ich glaube, den brauch ich später noch."

Über das Stadium des „Staunens" und „Wunderns" war George an diesem Tag schon längst hinaus. Er fand, wenn man sich überhaupt erst einmal mit einem derart hirnverbrannten Plan auf den Weg gemacht hatte, dann durfte sich niemand darüber wundern, wenn dieser Plan schließlich, zumindest irgendwie, funktionierte. Und das tat er. Der Whiskey schmeckte dem Hirsch. Und auch wenn er sich als etwas standfester als seine junge Hirschdame erwies, fiel auch er schließlich in einen unruhigen Schlaf.

Was George vor das nächste Problem stellte: Nämlich, dass er jetzt mit dem Hauptteil ihres Planes beginnen musste. Er seufzte, nahm Julia den Flachmann aus der Hand, trank einen Schluck und begann, neben dem schlafenden Hirsch seine Tasche auszupacken.

Er fluchte, als er das Fell des Hirsches streichelte. Es war dicht und seidig glatt, fühlte sich angenehm fettig an und es war kurz. Sehr kurz. In seiner Vorstellung hatte ein Hirsch längeres Fell, zumindest an der Mähne und am Hals, aber nun, als das Tier hier vor ihm lag ... Es würde nicht leicht sein, Extensions anzubringen.

Erst einmal packte er seine B@rbershop-Tasche aus. Er hatte sich für das Produkt des finnischen Start-up-Unternehmens Taikatalvi entschieden, die eine Blondierung auf Naturbasis entwickelt hatten, „Savage Blonde". Eigentlich hatte ihm das Produkt nicht gefallen, denn bei Test-Blondierungen hatte sich gezeigt, dass die

Haare damit oft ungleichmäßig gefärbt wurden. Aber zum einen war das Mittel wesentlich milder und angenehmer zu verarbeiten als alle anderen, die George kannte, zum anderen hatte er nicht vor, den Hirsch zur New York Fashion Week zu schicken.

Also machte er sich an die Arbeit, striegelte, mischte und pinselte vor sich hin, während sein immer leiser werdendes Fluchen wie die irische Form eines Mantras klang.

Nach einiger Zeit, das Fluchen war zunächst in ein Murmeln übergegangen und schließlich ganz verebbt, machte George eine Pause. Er musste warten, bis die Einwirkzeit seiner Blondierung abgelaufen war und er die andere Hälfte des Hirsches in Angriff nehmen konnte, denn naturgemäß berührte ein schlafender Hirsch immer mit etwa einer Hälfte seines Körpers den Boden. Er hatte schon probehalber einige Extensions und Haarteile angebracht.

Das Ergebnis war ... Nun es gab eigentlich keinen Begriff dafür. Das Fell hatte eine blonde Färbung angenommen, wobei die hellen Flecken, die das Tier von Natur aus hatte, immer noch gut sichtbar im jetzt Savage-blonden Fell des Hirsches waren und dem Ganzen einen gewissen modischen Akzent gaben.

Am Hinterkopf hatte er ein Haarteil befestigt, das er mit ein paar Strähnen am Geweih fixiert hatte. Dieses Haarteil war ziemlich stark gelockt und erinnerte an die Perücken der Adeligen im 18. Jahrhundert. Deshalb hatte er dem Hirsch heimlich den Namen „Amadeus“ gegeben.

Jetzt konnte er hier nicht weitermachen, also ließ er die Tiere weiterschlafen und machte mit John einen kleinen Spaziergang, bei dem die beiden philosophierten, wie sich ein Kater wohl auf Hirsche auswirkte. Julia und Paul gaben auf ihre neuen Schützlinge acht, was in deren aktuellem Zustand nicht weiter schwer war. Im Grunde standen sie nur schweigend am Gatterzaun.

Julia wusste, dass es Paul nichts ausmachte, über einen längeren Zeitraum einfach nur zu schweigen. Er war nicht der Typ Mensch, den lange Pausen unbehaglich machten, er war ... eigentlich überhaupt kein „Typ“, er hatte noch nie in irgendwelche Schubladen gepasst. Vermutlich ließ er sich gerade deshalb gerne in welche stecken, nur um dann wie ein Springteufel wieder herauszuspringen mit einem Lächeln im Gesicht, das sagte: Ich pass‘ hier nicht rein.

„Anscheinend bist du hier der Hirschflüsterer unter uns." Paul mochte nichts gegen lange Gesprächspausen haben, doch Julia sah das anders. „Also, was denkst du, macht der Hirsch, wenn er aufwacht?"

Paul zog eine Schnute und trommelte mit den Fingern auf den Zaunpfahl, an den er sich lehnte.

„Da bin ich ehrlich gesagt auch überfordert. Ich kenne mich sonst eher mit Kaninchen aus. Und, na ja, du weißt schon, dabei geht es ja gerade darum, dass die eine Behandlung bekommen, nach der sie eben nicht mehr aufwachen." Er grinste schelmisch.

Paul, der Kaninchentöter. Julia wusste, dass er diesen Namen nicht mochte, also behielt sie ihn für sich und schwieg wieder.

„George scheint einen guten Job zu machen, die Farbe kommt gut. Das sieht bestimmt klasse aus, wenn ..." Paul nickte Richtung Hirsch.

„Ja, das kann er wirklich gut ...", hörte sich Julia noch sagen, während in ihrem Kopf alle Alarmsignale auf einmal losgingen. Er hatte ... und viel schlimmer, sie hatte ... Sie schloss die Augen mit der Absicht, sie nie wieder aufzumachen. Schließlich öffnete sie zögerlich zuerst eines und sah ein grinsendes Gesicht.

„Ach, komm schon. Angus? Ernsthaft? Wobei ich sagen muss, dass sich in der ganzen Stadt kaum einer verplappert hat. Trotzdem gab es natürlich unterschiedliche Reaktionen, entweder: Hallo, Geor-, Hustenanfall – Angus, oder wie gestern im Pub: Hier dein Bier. Pause. Angus. Pause. Gekicher. Also, was soll das Ganze?"

Julias Blick blieb auf den Boden gerichtet.

„Was das Ganze soll? Du willst mir doch nicht sagen, du seist zufällig hier, wegen dieser Kleintierzüchterversammlung, zu der du es jetzt plötzlich doch nicht mehr so eilig hast?"

„Nein, natürlich nicht. Dein Mann hat mich geschickt. Du kennst ihn doch."

Wieder Schweigen. Julia wurde wütend. Nicht auf ihren Mann, nicht auf Paul, sie war wütend auf sich selbst. Anstatt jegliche Konfrontation zu vermeiden, hätte sie schon längst für klare Verhältnisse sorgen sollen. Sie hatte zu lange gezögert und nun hatten die Ereignisse sie eingeholt, ohne dass sie jetzt bestimmen konnte, wie es weiterging.

„Was hast du ihm gesagt?“

„Ich habe ihm alles gesagt, was ich hier vorgefunden habe. Dich, gesundheitlich angeschlagen, dazu einen Politskandal, der es für mich interessant macht, noch etwas länger zu bleiben. Am besten natürlich mit dir, damit ich dich besser im Auge behalten kann und sehe, was du hier mit deinem glücklich verheirateten Lehrerfreund und deinem vermutlich schwulen Friseurfreund den ganzen Tag so machst. Verdammt, ich habe wohl vergessen, ihm von dem Klatsch zu erzählen, den ich auf der Post erfahren habe.“ Paul verdrehte die Augen und hob die Hände in einer entschuldigenden Geste. „Was denkst du, was ich ihm erzähle? Dein Mann ist ein Arschloch.“

„Aber du arbeitest für ihn.“

„Du doch auch. Julie, ich sehe doch, dass du nicht glücklich bist. Jeder sieht das. Ich ziehe deinem Mann wenigstes noch jeden Monat einen Haufen Kohle aus der Tasche, aber du ...“

Paul hatte plötzlich diesen Blick aufgesetzt. Er musste auch gar nicht mehr sagen, er war auf ihrer Seite und ... sie fühlte sich ... frei. Frei und willens, ihr Leben wieder selbst in die Hand zu nehmen und alles in die richtige Richtung zu biegen. Welche Richtung das auch immer sein sollte.

Kurz darauf kehrten John und George von ihrem kleinen Spaziergang zurück. George ging sofort in die Schleuse, um nach dem Hirsch zu sehen, der noch fest zu schlafen schien. John ging vor ihm in die Hocke, um die „Frisur“ zu begutachten, streifte dem Tier eine widerborstige Strähne blonden Haares hinter das Geweih und machte aus einem Reflex heraus ein Foto mit seinem Smartphone. Der Hirsch schlug seine Augen auf.

Mit dem ersten Sprung schnellte er aus seiner liegenden Position in die Höhe, drehte sich in der Luft um 180 Grad und schaffte es irgendwie, den halben Weg zum Ausgangstor zu überbrücken. Mit dem zweiten Sprung rumpelte er durch das Tor, das zwar angelehnt, aber eben nicht geschlossen war. Das war Georges Versäumnis, der eigentlich nur eben mal nach dem vermeintlich schlafenden Tier hatte sehen wollen. Das stieß nun, erstaunlich wach und agil, mit Anlauf das Tor weit auf und verschwand mit dem dritten Sprung hinter Ginster und Weißdornbüschen, so als hätte es eine grüne Wand verschlungen.

Alle vier sahen sich an. Die Lage war so klar, dass es nicht notwendig war, zu reden. Es schien, als hätte ihre Komplizenschaft in diesem Fall eine besondere spirituelle Ebene erreicht, in der das gesprochene Wort unnötig war, da das Ungesagte laut und deutlich im Raum beziehungsweise im Wald stand.

Fuck!

Und so musste eben nicht gesagt werden, dass ein halb zahmer, halb blondierter Hirsch in der Nähe des Dorfes herumirrte, wo er weiß Gott wem begegnen konnte. Es mussten keine Vorhaltungen gemacht werden, wessen Schuld es war, denn allein die Tatsache, dass sie mit ihrem Plan so weit gekommen waren, ohne dass jemand etwas verbockt hatte, grenzte schon an ein Wunder. Es war eben schließlich – frei nach Murphy‘s Law, etwas von dem, was potenziell schiefgehen konnte, auch schiefgegangen.

Es musste auch nicht gesagt werden, was es nun zu tun galt, denn ihre beste Option war mittlerweile auch erwacht, hatte aber offenbar nicht die Absicht zu flüchten, sondern schaute aufgeweckt in die Runde und machte den Eindruck, alles Weitere ruhig über sich ergehen zu lassen.

Dass es kein Bier mehr gab, erwies sich als unproblematisch, denn wie sich herausstellte, hatte die Hirschdame nicht nur eine ausgesprochene Vorliebe für Kartoffelchips, sondern auch für sehr alten Single Malt Whiskey.

Kapitel 11, The Miracle

Kildalough, Irland, Herbst 2019

Eine Träne lief aus Julias linkem Augenwinkel. Sie wusste nicht wieso, aber irgendwie schien schon seit jeher ihr linkes Auge näher am Wasser gebaut zu sein als ihr rechtes, das anscheinend Emotionen gegenüber eher zaghaft war.

Es herrschte konzentrierte Stille in der Kirche, die nur von der monotonen Predigt des Dekans gestört wurde. Nun spürte sie, wie sich letztendlich auch im rechten Augenwinkel eine Träne sammelte, bereit, über ihre Wange nach unten zu gleiten.

Es war die erste Predigt seit sehr, sehr langer Zeit, der sie bewusst folgte, vielleicht die erste überhaupt, denn sie konnte sich nicht daran erinnern, jemals freiwillig an einer heiligen Messe teilgenommen zu haben.

Doch so sehr sie auch versuchte, den Worten des Dekans eine Bedeutung abzuringen, es gelang ihr kaum. Mal ehrlich, wer redete denn so? Gäbe es ein Bullshit-Bingo über die Vorhersehbarkeit katholischer Predigten, sie hätte schon längst gewonnen. Schon der erste Satz enthielt all die Klassiker. Von „Amenichsageeuch“ über die genaue Beschreibung der verwandtschaftlichen Verhältnisse, sprich X war der SohnvomSohnvomSohnvomSohnimjahredesherrn … Und dann hatte der Dekan …

Julia schloss die Augen und senkte den Blick, doch es nützte nichts. Ihr rechtes Auge versuchte nun, den Vorsprung des linken aufzuholen. Er hatte „Jehova“ gesagt. Sogar zweimal hintereinander und damit hatte er Julias Kopfkino gestartet, sodass sie jetzt mit aller Kraft ein Lachen unterdrücken musste. Denn irgendwie erwartete sie, dass, frei nach Monty Python, das Kirchentor aufschwang und eine Meute junger Frauen mit falschen Bärten sich daran machten, jeden, der nur das Wort „Jehova“ laut aussprach, zu steinigen.

Julia hoffte, dass sie als Agnostikerin auf dem richtigen Weg war, sonst hätte sie am Tag des Jüngsten Gerichts ein ernsthaftes Problem.

Am Ende der Messe formierte sich eine Prozession hinter dem Dekan. Er führte mit dem Messdiener die Gruppe an. Unmittelbar dahinter kamen, was Julia als kleinen Lichtblick in dieser eher konservativ-verstaubten Atmosphäre betrachtete, drei Ministrantinnen. Ricky, Lee und Jessie die, so hatte Julia von George erfahren, einer langen Tradition folgend die international gültigen Voraussetzungen für Ministrant*innen erfüllten: Sie waren weder besonders gläubig noch besonders gut erzogen, zumindest wenn es nach den Kriterien der katholischen Kirche ging.

Dafür hatten sie einen siebten Sinn speziell für die Messe entwickelt. Sobald der Dekan in ihre Richtung sah, wechselte ihr Gesichtsausdruck blitzschnell von müde-gelangweilt zu andächtig-unschuldig. Außerdem wurde das Kaugummikauen kurzfristig eingestellt.

Schwer bewaffnet mit Weihrauchschwenker, Fahne und Kreuz reihten sich die drei als Nächstes ein und unmittelbar darauf folgte der ganze Rest.

Schon zu Beginn der Messe war die Kirche alles andere als voll gewesen und jetzt lichteten sich die Reihen nochmals, sodass die Prozession überwiegend aus alten Frauen bestand, die nichts anderes zu tun hatten, und Funktionären, die keine passende Ausrede gefunden hatten.

Julia fühlte sich fehl am Platz und versuchte, sich möglichst unauffällig zu verhalten. Der Dekan murmelte etwas auf Latein, der Weihrauchkessel wurde kräftig geschwenkt und sie machten sich auf den Weg.

Paul mochte den irischen Wald. Seiner Meinung nach durfte auf der Grünen Insel Wald eben noch Wald sein. Wobei der Maßstab hier natürlich ein anderer war, meist handelte es sich eher um Wäldchen oder Hecken die, im direkten Vergleich zum deutschen Nutzwald, auch ohne nennenswerte wirtschaftliche Erträge wild wachsen und wuchern durften.

Vor allem Ginster. Ginster hatte keinen eigentlichen Nutzen, das Einzige, was Ginster die meiste Zeit über tat, war gelb zu blühen und dicht zu wachsen. Somit stellte ein Ginsterbusch das ideale

Versteck dar, vorausgesetzt, man sah davon ab, gestochen zu werden. Ginster hatte fiese Stacheln und lockte zusätzlich Bienen an, was die Gefahr, gestochen zu werden, noch verdoppelte.

Es gelang Paul meist, aber nicht immer, sich nicht zu stechen. Ohnehin war es jetzt zu spät, sich ein neues Versteck zu suchen, denn die Prozession war schon unterwegs. Er konnte das monotone Murmeln schon hören, zuerst etwas leiser, wenn der Dekan vorbetete, dann eine Reihe von Menschen, die das Ganze stoisch wiederholten, vermutlich ohne sich dabei die Mühe zu machen, weiter über die Bedeutung der lateinischen Worte nachzudenken.

Die Hirschkuh, die mittlerweile den Namen Blondie erhalten hatte, war sorgfältig auf einer Art Lichtung platziert, sodass sie vom Flussufer gegenüber gut zu sehen war. Mit einem unter Büschen und Gräsern verborgenem System aus Seilen und Schlaufen hatte er sie dort so festgebunden, dass er sie jederzeit durch das Lockern des Seils in die freie Wildbahn entlassen konnte.

Doch im Moment schien das nicht notwendig zu sein, denn sie lag ganz entspannt auf ihrem Platz in der Morgensonne, streckte immer wieder mal ihre Ohren in Richtung der betenden Dorfbewohner und hatte seelenruhig mit dem Wiederkäuen begonnen.

Paul sah ihr fasziniert zu. Es schien, als habe das erneute Zerkauen vorher gefressener Nahrung neben der eigentlichen Funktion eine weitere, fast meditative Ebene. Blondie wirkte tiefenentspannt, so wie sie dalag, fast unbeweglich, die Beine seitlich an den Körper gelegt, die Augen auf ein unbekanntes Ziel jenseits des Flusses gerichtet und mit dem Kiefer rhythmisch mahlend. Allein die Ohren richteten sich in kurzen Abständen immer wieder in eine neue Richtung aus, eine tief verwurzelte, evolutionäre Unruhe, die Paul daran erinnerte, dass es sich eben doch noch um ein Wildtier handelte, das jederzeit damit rechnete, aus dem Hinterhalt von einem Säbelzahntiger angegriffen zu werden.

Die Kirchenleute kamen. Blondie stand auf, jemand aus der Menge bemerkte sie und machte die anderen darauf aufmerksam. Es wurden Fotos gemacht, Blondie wurde unruhig und Paul ließ die Schlinge los, woraufhin sie beide in verschiedenen Richtungen im Unterholz verschwanden, ohne jemals wieder gesehen zu werden.

Das war zumindest der Plan. Beziehungsweise der Coup. Und der war gut, Paul rechnete sich in etwa eine Fifty-fifty-Chance aus und war damit mehr als zufrieden.

Ganz im Gegensatz zum Namen. Trotz seiner Versicherung, es würde sich hier eindeutig um einen klassischen Indiana Jones handeln, hatte er sich den anderen gegenüber nicht durchsetzen können. George hatte den Vorschlag gemacht, die Operation „Sommernachtstraum“ zu nennen, da sich dabei ja alles um mystische Wesen des Waldes drehte. Woraufhin Julia loslachen musste mit der Begründung, eine Aktion der Shakespeare‘s Sisters könne keinen passenderen Namen haben.

Somit war jede weitere Diskussion zwecklos.

Am anderen Ufer befand sich die Prozession schon kurz vor der Stelle, an der der Weg wieder vom Fluss wegführte und der Hirsch hoffentlich zu sehen war.

Julia konnte etwas Helles durch die Büsche erkennen. Das musste sie sein. Sie gingen weiter und – niemand bemerkte etwas. Die Hirschkuh hatte sich, ihrem natürlichen Schutzinstinkt folgend, möglichst flach auf den Boden gelegt und den Kopf eingezogen. Sie hatte nicht versucht, zu fliehen, denn sie war durch den Fluss von der Menschenmasse getrennt und so nicht unmittelbar in Gefahr. Der Einzige, der sich in ihrer Nähe befand, war Paul und den hatte sie akzeptiert, vor allem, da er sie weiterhin mit Kartoffelchips, Äpfeln und Whiskey versorgte.

Dennoch zog sie es vor, möglichst nicht gesehen zu werden, und schaffte es irgendwie, sich trotz der hippen Savage-blonden Frisur hinter ein paar kaum vorhandenen Büscheln Gras zu verstecken.

Julia suchte den Blickkontakt mit George. Der war anscheinend zur selben Schlussfolgerung gekommen wie sie. Wenn sich Blondie in den nächsten Minuten nicht zeigte, dann war der ganze improvisierte, äußerst hirnrissige, aber dennoch … äußerst hirnrissige Plan hinfällig. Es war aber auch wichtig, dass keiner aus ihrer Gruppe den Hirsch als Erstes sah, denn damit würden sie sich verdächtig machen.

Gerade als George der Frau, die neben ihm monoton ihr Ave-Maria betete, auf den weißlich-blonden Schatten da drüben im Gras aufmerksam machen wollte, ertönte ein lautes Geräusch. Es erinnerte entfernt an den Schrei einer Kuh. Nur tiefer und ... stilvoller. Eleganter.

Einige der Pilger stoppten und sahen sich um. Und genau da erhob Blondie sich von ihrem Lager. Sie stand da, etwas unsicher, aber dennoch gefasst und ließ ihren Blick elegant über den Fluss gen Horizont gleiten. Einzelne Sonnenstrahlen stießen durch die Wolkendecke und am Boden waberten noch einige Nebelschwaden. Es war, als würden sich alle Elemente anstrengen, den Hirsch möglichst gut und möglichst mystisch in Szene zu setzten. Zumindest würde dieses Bild zwölf Stunden später im Pub genau so beschrieben werden.

Auf ihrem hellen Fell, über dem Schulterblatt, zeichnete sich deutlich die Triquetra ab, ein wichtiges Symbol in der keltischen Mythologie. George lächelte stolz. Er hatte lange mit sich gerungen, welche Farbe er dem Symbol geben wollte. Schließlich hatte er sich für einen rotbraunen Farbton entschieden, „Ginger Red Classic“, der einen guten Kontrast zum hellen Fell bildete, aber nicht künstlich wirkte.

Es wurden die ersten Handys gezückt und Fotos gemacht. Leise flüsternd wurden Vermutungen angestellt, was denn dort zu sehen war. Der Dekan an der Spitze der Prozession schien nicht allzu glücklich zu sein mit dem, was sich auf der anderen Seite des Flusses abspielte, und war unschlüssig, wie er darauf reagieren sollte. Und Tony warf John einen fragenden, kritischen Blick zu, den John aber mit einem unschuldigen Schulterzucken konterte.

Ein weiteres Röhren erklang. Da alle Blicke auf Blondie gerichtet waren, war es diesmal ziemlich eindeutig, dass dieses Geräusch nicht von ihr stammte. Die Diskussion der Kirchenleute wurde lauter, was die Hirschkuh zum Anlass nahm, wieder in Deckung zu gehen.

Auf der anderen Seite des Flusses saß Paul unschlüssig in seinem Versteck unter dem Ginsterbusch. Bisher war er mit dem Verlauf des Planes relativ zufrieden. Vor allem von seiner Idee mit dem Hirschruf. Da ertönte das zweite Röhren. Er blickte auf sein Smartphone. Es war ausgeschaltet, dunkel und still und konnte demnach nicht die Quelle des Hirschrufes sein. Seinem Instinkt folgend beschloss er, dass es wohl jetzt an der Zeit wäre, zu gehen.

Er zog vorsichtig das Seil ein und schlich sich leise und von niemandem bemerkt durch die Büsche davon in Richtung Deerstalker Pub.

Zurück auf der katholischen Seite des Flusses nahm die Unruhe zu. Der Dekan wollte die Prozession möglichst schnell fortsetzen, sah sich aber plötzlich in der für ihn ungewohnten Situation, dass seine Entscheidung, weiterzuziehen, infrage gestellt und diskutiert wurde.

Er sah hilfesuchend zu Mother Mary, auf die in solchen Situationen immer Verlass war. Die war jedoch ungewohnt ruhig und hatte nur die andere Seite des Flusses im Fokus. Der Einzige, der sich nicht an der Diskussion beteiligte, war Tony. Er hatte kurzerhand seine Hosentaschen geleert, einen großzügigen Schluck Whiskey aus seinem Flachmann genommen und sich dann aufgemacht, um durch den kalten Fluss zu waten.

Als er in Julias Blickfeld kam, stand er schon bis zur Hüfte im Wasser. Verschiedene Rufe wurden laut, die einen anfeuernd, die anderen kritisch, er solle doch umdrehen. Doch Tony ließ sich nicht beirren. Durch die starke Strömung etwas abgetrieben, erreichte er das Ufer unterhalb der Stelle, wo Blondie lag. Von dort aus ging er sehr langsam und vorsichtig auf sie zu. Blondie hatte den Kopf erhoben, fixierte Tony und zuckte nervös mit den Ohren. Sie schien aber nicht auf Flucht aus zu sein.

Als Tony noch etwa vier Meter von ihr entfernt war, stand sie auf. Tony blieb stehen. Er hatte sich kaum Gedanken gemacht, was wohl passieren würde, wenn er den Hirsch erreichte. Nun galt es, die Situation zu analysieren, was leichter gedacht als getan war.

Entgegen aller Logik war der Hirsch echt. Er war fast weiß. Okay, das kam wohl in der Natur hin und wieder vor. Aber hatten nicht alle Albinos rote Augen? Und dann das Symbol auf dem Fell. Es war kein Kreuz und der Hirsch hatte auch kein Geweih, er war eindeutig weiblich. Wie wahrscheinlich war es, dass durch eine Laune der Natur ein keltisches Symbol auf einem weißen Hirsch erschien und dass ebendieser Hirsch an einem Feiertag einer christlichen Prozession begegnete?

Nahezu unmöglich und dennoch waren der Hirsch und Tony hier und zumindest einer der beiden war mit seinem Latein am Ende. Sein erster Gedanke war gewesen, das Tier zu fangen, um es zu untersuchen, aber nun, da er ihm beziehungsweise ihr Auge in Auge gegenüberstand, schien das unmöglich und irgendwie ... ein Sakrileg.

Tony und die Hirschkuh sahen sich an.

Auch am gegenüberliegenden Ufer war Ruhe eingekehrt.

Blondie warf einen Blick hinter sich zum anderen Ufer, schlackerte mit den Ohren und trat vorsichtig einen Schritt auf Tony zu. Wieder sahen sich die beiden in die Augen. Sie hob die Schnauze und saugte deutlich hörbar die Luft ein. Schließlich wiederholte sie dieses Prozedere und trat so nahe an Tony heran, bis sie ihn fast berührte.

Nach einer kurzen Wartezeit, sie schien unsicher und mit sich selbst zu ringen, stupste sie ihn schließlich mit der Schnauze an die linke Brust in Höhe des Herzens. Schließlich wiederholte sie die Geste und wartete ab, als sei es nur allzu offensichtlich, was Tony nun zu tun hatte.

Julia beobachtete diese surreale Szene von der anderen Seite. Zuerst hatte sie befürchtet, Paul würde entdeckt werden. Das war nicht geschehen. Dann hatte sie Bedenken, jemand würde bemerken, dass Blondie festgebunden war, aber auch das trat nicht ein und anscheinend war es auch gar nicht mehr der Fall.

Was stattdessen geschehen war, konnte sie kaum fassen, denn nachdem es erst so schien, als würde Tony alles vermasseln, war nun das Gegenteil der Fall. Der Plan konnte gerade wegen Tonys Eingreifen immer noch aufgehen. Sogar besser als gedacht.

Die am Flussufer versammelte Menschenmenge hielt simultan den Atem an, als Blondie einen Schritt auf Tony zuging.

Als die Hirschkuh Tony anstupste, ging Julia plötzlich ein Licht auf und sie musste sich zusammenreißen, um nicht laut loszulachen. Paul und seine Art, mit Tieren umzugehen ... Auf einmal ergab diese unwirkliche Szene zumindest im Kleinen irgendwie Sinn. Denn Julia wusste, auf was Blondie wirklich aus war, hatte aber keine Vorstellung, wie die anderen Zuschauer, die nichts von Pauls geheimer Wildtierdressur wussten, diesen Anblick wohl interpretieren würden.

Plötzlich zuckte Blondie zusammen und wandte den Blick von Tony ab. Es knackte in den Büschen und ... da erschien ein weiterer weißer Hirsch.

Amadeus war etwas wacklig auf den Beinen. Er hatte nichts von der makellosen Aura, die Blondie umgab. Die Läufe und der Bauch waren schmutzig, als hätte er ein Schlammbad genommen, und die Extensions, die ihm eigentlich ein edles Erscheinungsbild geben sollten, waren nach vorn gerutscht und standen jetzt wirr zwischen dem Geweih über der Stirn hervor.

Momentan drehte er den Zuschauern seine linke blondierte Seite zu und so war immerhin auch bei ihm die Triquetra deutlich zu erkennen. Insgesamt entstand der Eindruck, das einst edle Waldtier machte gerade eine Phase als 1980er-Jahre-Punkrocker durch. Anscheinend war er komplett auf Blondie fixiert, denn erst als er vor ihr stand, bemerkte er Tony und dann den Rest der Menschenmenge jenseits des Flusses.

Nach einer Schrecksekunde stieß er seine Hirschkuh unsanft in die Flanken, machte kehrt und war wieder mit drei Sprüngen, diesmal aber mit Blondie im Schlepptau, im Gebüsch verschwunden. Dadurch hatte er zwar ganz kurz seine dunkle Seite dem Publikum zugewandt, aber das führte nur dazu, dass er in den Augen der Zuschauer mit dem Hintergrund verschmolz und so nur noch schneller aus deren Blickfeld verschwunden war.

Als Tony nass, kalt und allgemein ratlos den Fluss zum zweiten Mal durchquert hatte, wollte er nur möglichst schnell nach Hause. Doch die Pilger hatten einen Halbkreis um die Stelle gebildet, an der er ans Ufer gelangte, und sahen ihn erwartungsvoll an. Der Dekan und Mother Mary waren die beiden einzigen Personen, die vortraten. Wobei nur Mother Mary ihm aus dem Fluss half und ihn sich sofort zur Brust nahm.

„Anthony“, setzte sie an, als er noch mit einem Bein im kalten, torfigen Wasser stand. „Was hast du gesehen?“

Ja, was hatte er gesehen? Vermutlich dasselbe wie alle anderen auch, nur war er etwas näher dran gewesen. Er sah den erwartungsvollen Glanz in Mother Marys Augen und als sein Blick über die Menge schweifte, bemerkte er denselben Ausdruck auch in den meisten der anderen Gesichter. Jedoch wollte sich bei ihm das Gefühl des Frohlockens nicht einstellen.

Es war verdammt noch mal nur ein Hirsch. Doch das konnte er Mother Mary so natürlich nicht ins Gesicht sagen. Nicht einmal, wenn er das „verdammt“ wegließ. Er musste seine Worte mit Bedacht wählen.

Tony sagte:

„Äähh.“

Mother Mary schien dies auf ihre eigene Art und Weise zu interpretieren.

„Schon gut“, erwiderte sie ungewohnt verständnisvoll. „Wir sind alle überwältigt.“ Und klopfte ihm sanft mit der Hand auf die linke Brust.

Sie spürte einen Gegenstand in der Brusttasche und er spürte, dass sie etwas spürte. Das war nicht gut. Ihre Blicke trafen sich. Ihm war bereits kalt und dennoch lief ihm ein noch kälterer Schauer über den Rücken. Tony nahm sich vor, eine ausweichende Antwort zu geben und dann, unter Erwähnung seiner nassen Kleidung und eines drohenden grippalen Infekts das Weite zu suchen. Er konnte das. Reden war schließlich das Geschäft eines jeden Politikers.

Er sagte: „Äähh“, und verfluchte innerlich die Autorität, die diese Frau schon seit seiner Kindergartenzeit über ihn hatte.

Wieder reagierte die Schwester sanfter als gewohnt. Sie schien – konnte das sein? – zu ... lächeln???

Tony sah regungslos zu, wie ihre Hand in die Innentasche seines Jacketts griff, den Flachmann ignorierte und stattdessen Das Buch hervorholte. Er ließ es geschehen, es gab nichts, was er dagegen tun konnte. Warum hatte er nur dieses Buch behalten? Er ärgerte sich darüber, sich diese sentimentale Schwäche geleistet zu haben. Zu spät allerdings, denn Mother Mary hob Das Buch andächtig mit beiden Händen vor sich.

„Es scheint, als hatte der ... die ... Es scheint, als hätte das Tier ein bestimmtes Interesse an diesem Buch gehabt.“ Andächtiges Schweigen breitete sich aus.

Mother Mary schlug es auf: „Thesen für eine bessere Gesellschaft." Diesmal ging ein leises Raunen durch die Menge. „Das scheint ein wichtiges Werk zu sein." Sie blätterte um. Sie biss sich auf die Unterlippe. Und blätterte wieder zurück. „Von Tony und John. Kannst du mir das erklären?"

Tony konnte nicht.

„John?" Auch John brachte keinen vernünftigen Satz hervor.

„Nun", Mother Mary wandte sich an all die versammelten Pilger. „Es scheint, als wären wir heute Zeugen eines ... ich möchte sagen, eines Zeichens geworden. Wir sollten alle das Gebet suchen, damit wir dieses Zeichen auch richtig interpretieren. Zu diesem Zeitpunkt, bitte denken Sie daran, wäre es absolut verfrüht, von einem Wunder zu sprechen."

Das war es, was Mother Mary sagte. Was in den Köpfen der Anwesenden hängen blieb, war: „Zeugen, Zeichen, Gebet, Wunder."

Sogar Julia, die natürlich wusste, wie wenig Blondies Erscheinung mit einem Wunder zu tun hatte, bemerkte das bei sich. Nun, was Wunder anging, war die Kirche ihnen eben zweitausend Jahre voraus, das musste sie neidlos anerkennen.

„Da dieses kleine Buch hier", Mother Mary hielt Das Buch andächtig in die Höhe. „Da dieses kleine Buch hier uns allen vermutlich dabei helfen kann, die Geschehnisses des heutigen Tages besser zu verstehen, werde ich ..."

Julia hatte zufällig den Dekan im Blick und sah, wie er zusammenzuckte, als Mother Mary das Wort „Ich" sehr speziell betonte. Ihre Tonart schloss jeden Zweifel aus, wer Das Buch verwahren würde. Sie schloss auch jegliche Diskussion darüber sowie jegliche Kritik an ihrer Entscheidung aus. Alles, was dem Dekan blieb, war etwas zusammenzuzucken und sich der dogmatischen Autorität zu beugen, die Mother Mary in diesem einen Wort mit lediglich drei Buchstaben untergebracht hatte.

„... das Buch sicher verwahren und den Inhalt genauestens prüfen." Jetzt sah sie zum Dekan hinüber und erteilte ihm stillschweigend das Wort.

„Die Zeichen des Herrn sind ...", begann er, bevor ihm klar wurde, dass es eigentlich keine Indizien für ein Zeichen des Herrn gab. „Ich meine, lasset uns zurück in die Kirche gehen und ein Gebet anstimmen, dass der Herr uns erleuchte."

Diesmal ruhte Julias Blick auf Mother Mary, die kaum merklich ihre Augen schloss und den Kopf schüttelte, um ihr Missfallen über den Entschluss des Dekans auszudrücken, zurück zur Kirche zu gehen, anstatt den Weg zur Kapelle fortzusetzen. Sie ließ ihn aber gewähren, schließlich hatte sie ihren Willen ja schon durchgesetzt und so machte sich die Prozession, ohne ihr eigentliches Ziel erreicht zu haben, zurück auf den Weg in die Stadt.

Schon einige Zeit, bevor sie dort ankamen, begann die Prozession, sich aufzulösen. Julia schätzte, dass nicht mehr als eine Handvoll Pilger den Dekan in die Kirche begleiteten. Nicht einmal Mother Mary schien das für notwendig zu halten. Ein weiteres Zeichen, fand Julia, wie weltfremd die Kirche war. Anstatt die letzten verbliebenen, noch einigermaßen kirchentreuen Gläubigen immer noch zu einem weiteren Gebet zu verdonnern, hätte er einfach die ganze Prozession auf eine Runde im Pub einladen können. Dort würden die meisten im Laufe des Abends sowieso landen und so hätten sie ihr Bier wenigstens mit dem Segen von oben trinken können.

Terrace Beach, Kanada, Herbst 2039

„Sie hatten einen schönen Vergleich, wie die Politik von damals funktionierte."

„Ich will versuchen, das zumindest sinngemäß wiederzugeben, bin mir aber nicht sicher, ob ich mich an alles erinnere." Julia schloss die Augen und atmete einmal tief durch. „Nun", begann sie, „stellen Sie sich vor, das Land ist eine Firma. Der Präsident ist der Geschäftsführer, die Minister sind die Abteilungsleiter, die Abgeordneten die Arbeiter und das Volk beziehungsweise die Wähler sind die Aktionäre."

Julia sah Frank an. „Das war ursprünglich Johns Geschichte. Ich hoffe, ich bekomme das einigermaßen hin. Also, bei einer normalen AG finanzieren die Aktionäre zusammen alle Unternehmungen und erwarten dafür, dass ihr Geld sorgfältig eingesetzt wird und für sie ein Gewinn entsteht. Damit der Geschäftsführer und die Abteilungsleiter in ihrem Sinne arbeiten, gibt es einmal jährlich eine Hauptversammlung, in der eine Richtung festgelegt und vor allem ein Aufsichtsrat gewählt wird, der die Arbeit der Chefetage überwacht. Sind die Aktionäre mit der Arbeit von Unternehmensführung und Aufsichtsrat zufrieden, werden die auf der Jahreshauptversammlung entlastet. Oder eben nicht. Und wenn die Aktionäre kein Vertrauen mehr in die Firma haben, können sie jederzeit ihre Aktien verkaufen und woanders einsteigen.

Ich möchte extra betonen, dass ich kein besonderer Fan des Kapitalismus bin, aber so funktionieren eben große Unternehmen. Und jetzt wollen wir mal sehen, ob Sie in folgende Firma investieren würden. Und da haben wir schon den ersten Knackpunkt, denn diese Frage stellt sich zunächst gar nicht. Sie müssen investieren und zwar etwa die Hälfte von allem, was Sie verdienen.

Bei einer derart großen Investition sollte ein entsprechendes Mitspracherecht eigentlich selbstverständlich sein, aber auch da hat es früher geklemmt, denn in dieser Firma bestimmen die Inhaber nicht über die Geschäftsführer und die Abteilungsleiter, sie können lediglich die Arbeiter auswählen. Und das auch nur bedingt, sie können sich nur einen Kandidaten aus einer Liste aussuchen. Auch auf die Zusammensetzung dieser Liste haben sie kaum Einfluss."

Julia hob einen Finger und unterbrach so Frank, der gerade Einspruch einlegen wollte. „Ich weiß genau, was Sie jetzt sagen wollen. Natürlich kann sich theoretisch jeder politisch engagieren. Aber in der Praxis sah das eben anders aus und war auch durchaus nicht so gewollt. Denken Sie mal zurück: War damals wirklich die richtige Qualifikation oder eine Urwahl ausschlaggebend für die Besetzung eines Postens?

Das hat übrigens auch die erste Auswertung der gefühlten Wahrheit ergeben. Als wir die repräsentative Umfrage das erste Mal durchführten, haben über 75 Prozent der Befragten angegeben, sie hätten keinen Einfluss auf die Politik. Über 80 Prozent hatten das Gefühl, die Abgeordneten hätten keinen Bezug zum Volk und fast genauso viele gaben an, bei der letzten Wahl eher das kleinere Übel als die Wunschpartei gewählt zu haben. Das war eine richtige Klatsche für alle Parteien. Besser wurde es erst, als wir das erweiterte Wahlrecht einführten.

Aber zurück zur Firma. Der Irland AG, wenn Sie so wollen. Nun, Frank, wir haben gesagt, die Inhaber haben kaum Einfluss auf die Arbeiter und noch weniger auf die Abteilungsleiter und den Boss. Und diesen wenigen Einfluss können sie auch nur etwa alle vier bis fünf Jahre geltend machen. Zudem war es für andere Interessensgruppen möglich, den verschiedenen Abteilungen Spenden zukommen zu lassen und durch Lobbyisten direkten Einfluss auf ihre Entscheidungen zu nehmen. Was meist in Hinterzimmern geschah, ohne die Öffentlichkeit mit einzubeziehen.

Ich kann das nicht so blumig formulieren wie John damals, aber es läuft auf Folgendes hinaus: Ihnen gehört eine Firma und wenn Sie einen Arbeiter einmal eingestellt haben, dann müssen Sie ihn für mindestens vier Jahre behalten. Dabei gibt es keinerlei Leistungsbewertungen. Über einen direkten Zugang dürfen Lobbyisten den Abteilungen Spenden zukommen lassen. Was natürlich die Frage aufwirft, wie loyal die Mitarbeiter den Inhabern gegenüber wirklich sein können. Vor allem, wenn diese Mitarbeiter gerne nach ihrem Ausscheiden einen Job in einer der Firmen annehmen, von denen sie noch vor Kurzem mit Spenden ‚unterstützt' wurden. Und es gibt keinen Aufsichtsrat."

Franks Versuch, zu protestieren, wurde abermals von Julia abgewürgt.

„Was nützt es denn, wenn ein Parlament zwei Kammern hat, wenn in jeder Kammer die gleichen Parteien sitzen? Und ja, natürlich gibt es da die Opposition. Aber meist versucht die Opposition lediglich zu verhindern, was die Regierung beschließen möchte. Dabei ging es größtenteils um Profilierung der Parteien, um Machtspielchen, so gut wie nie um Inhalte.

Und was für mich immer das Befremdlichste war: Den eigentlichen Inhabern der Firma, also dem Volk, wurde vermittelt, sie seien gar nicht die Inhaber, sondern lediglich Arbeiter. Das zeigte sich zum Beispiel darin, dass sich viele Minister doch tatsächlich gerne dafür feiern ließen, wenn sie einen kleinen Teil des Geldes an die Menschen, denen es eigentlich gehörte, zurückzahlten. Natürlich erst, nachdem sie es von eben denen eingezogen hatten und es einen gigantischen Verwaltungsapparat durchlaufen hatte. Diese ..."

Julia war jetzt richtig in Fahrt. „Diese Unverfrorenheit, wenn sich ein Minister vor die Wähler stellt und steif und fest behauptet, das Geld, das er zuerst von den Menschen erhalten hatte und das auf dem Weg durch die Verwaltung immer weniger und weniger geworden war, stelle jetzt ein Geschenk von ihm an eben diese Menschen dar, denen er es vorher aus der Tasche gezogen hatte. Das war unerträglich."

Frank hob den Finger und wollte gerade etwas einwerfen, als Julia ihm zuvorkam.

„Ich weiß genau, was Sie sagen wollen. Das ist nur die eine Seite. Und das stimmt natürlich. Denn es gab sicherlich genügend hart arbeitende Politiker, denen diese Beschreibung nicht gerecht wird. Deswegen sprechen wir hier von einer gefühlten Wahrheit, was bedeutet, die überwiegende Mehrheit der Menschen empfand die Zustände so.

Mögliche Gründe hierfür sind natürlich, dass das zum Teil durchaus der Realität entsprach. Aber auch, dass die Parteien ein solches, ich nenne es mal ‚Klima' begünstigten. Durch den rauen Ton untereinander, durch Polemik und Populismus ... und, natürlich nicht zuletzt, durch den Wähler. Und jetzt müssen wir den Spieß mal umdrehen. Denn hier lag ein weiterer Schwachpunkt im System. Der Wähler."

Frank hatte sich zurückgelehnt und seine Arme verschränkt. Im Moment, so schien es, hatte er sich mit seiner Rolle als Zuhörer abgefunden.

„Wen wählt der Wähler? Einen bescheidenen, fleißigen Berufspolitiker, der immer seine Arbeit macht, den Konsens sucht und parteiübergreifend mit den meisten seiner Kollegen auskommt? Oder den Abgeordneten Typ Alphamännchen, der große und größtenteils unrealistische Versprechungen macht und immer die Schuld der Opposition zuschiebt? Sie merken, ich beziehe mich hier bewusst auf die männlichen Abgeordneten, denn ein weiteres Problem war, dass der Großteil der Abgeordneten aus alten Männern bestand, die nicht wussten, wann es an der Zeit war, aufzuhören.

Aber noch mal zurück zu den Bürgern. Kurz gesagt, die waren unzufrieden, anfällig für Populismus und schnell ausfallend in ihrer Kritik, vor allem seit dem Siegeszug der Neuen Medien. Dafür aber immer weniger bereit, sich aktiv in der Politik zu engagieren. Und noch eines, ganz kurz ..."

Frank hob die Hände, als wolle er zeigen, er sei unbewaffnet.

„Die Medien. Die Medien waren vor allem an Auflage beziehungsweise an Klicks interessiert, was dazu führte, dass mehr Wert auf reißerische Schlagzeilen als auf Inhalte gelegt wurde, was die ganze Situation natürlich noch verschärfte. Ein Teufelskreis. Es wurden vorwiegend prestigeträchtige, negativ belegte Themen verbreitet, um Eindruck beim Bürger zu schinden. Viele andere, unspektakuläre, aber trotzdem wichtige Belange blieben dabei auf der Strecke."

Julia saß jetzt ganz entspannt da und lächelte Frank an, der nun auch wieder zu Wort kam.

„Insgesamt eine recht verfahrene Situation", sagte er. „Populismus, Umbrüche in der Medienlandschaft und fehlendes Engagement. Was würden Sie sagen war damals der wichtigste Schritt auf dem Weg aus der Krise?"

„Nun, Frank, damals wie heute gilt: Durchatmen, den Verstand einschalten, darüber nachdenken und erst einmal runterkommen, bevor wichtige Entscheidungen getroffen werden."

„Was in einer schnelllebigen Zeit leichter gesagt als getan war."

„Das stimmt. Aber wir hatten ja Hilfe. Wir bekamen Das Buch."

Kapitel 12, Keep the Faith

Kildalough, Irland, Herbst 2019

Im Deerstalker herrschte eine ruhige, nachdenkliche, aber durchaus positive Stimmung. Es schien, als spürten alle Beteiligten, dass sie Zeugen von etwas Großem geworden waren. Sie konnten nur dieses surreale Ereignis an sich noch nicht richtig einordnen. Auch die Smartphones schienen sich heute an die ungeschriebene Etikette zu halten, sie waren größtenteils lautlos gestellt, sodass das Vibrieren einer eingegangenen Nachricht eher zu ahnen als zu hören war. Und so fanden die gemachten Bilder leise, aber unaufhaltsam ihren Weg in die sozialen Medien. Weiße Hirsche mit keltischen Symbolen, Tony und Das Buch, das war mehr als genügend Stoff für fünfzehn Minuten Ruhm.

Julia, George, John und Paul standen an der Bar und waren unschlüssig, ob sie sich über den Erfolg von Blondies Auftritt (mit Amadeus als Überraschungsgast) freuen sollten oder ob eher Sorgen darüber angebracht waren, dass Mother Mary Das Buch hatte. Denn das war der Knackpunkt an der ganzen Angelegenheit.

Sie zogen sich in eine freie Nische zurück, um die Geschehnisse des Tages zu besprechen, aber es kam erst keine rechte Diskussion zustande. Es schien, als müsse jeder erst einmal seine Gedanken für sich selbst sortieren.

„Okay", begann schließlich John. „Wer kann mir sagen, wie ich das finde, was ich heute gesehen habe?"

Wieder herrschte kurzes Schweigen.

„Du findest, du warst heute Zeuge einer außergewöhnlich guten Wildtierdressur." Paul waren wie immer jegliche Selbstzweifel fremd. „Nur mit einem kleinen ..." Er zog eine Schnute und wackelte mit dem Kopf hin und her, als würde diese Geste erklären, wie das nicht ausgesprochene Ende seines Satzes lautete. Was sie vielleicht auch tat, denn keiner fragte nach.

„Du findest, ein blonder Hirsch mit einem keltischen Symbol im Fell hätte nicht besser in Szene gesetzt werden können." Auch

George war stolz auf seinen Beitrag zu der Aktion. „Wir haben erreicht, was wir wollten. Oder?“

Auch Georges Beitrag wurde in der Gruppe nicht weiter kommentiert.

Julia beurteilte die Situation naturgemäß etwas kritischer.

„Du findest, wir hatten mehr Glück als Verstand, was nicht zuletzt daran liegt, dass die junge Hirschdame anscheinend ein Alkoholproblem hat. Trotzdem oder gerade deswegen ist es uns gelungen, unseren Standpunkt deutlich zu machen. Wobei wir uns jetzt vielleicht mal darüber unterhalten sollten, welcher Standpunkt das eigentlich ist.“

„Gut“, sagte John schließlich, als er sich alles noch mal durch den Kopf hatte gehen lassen. „Ich nehme das von Julia. Und was sollten wir, meiner Meinung nach, als Nächstes tun?“ Diesmal wandte er sich direkt an Julia.

„Wir sollten vielleicht alle Optionen durchspielen. Fangen wir mit Tony an. Du kennst ihn am besten. Was glaubst du, wird er tun?“

John legte die Stirn in Falten und strich sich mit Daumen und Zeigefinger über die Augenlider.

„Ich bin mir gar nicht mehr so sicher, was Tony angeht. Das Naheliegendste ist, dass er versucht, die Begegnung mit der Hirschkuh für sich zu instrumentalisieren. Gleichzeitig wird er vom Buch ablenken, denn ich glaube nicht, dass die Thesen zu seinem Image als angehender Abgeordneter passen.“

„Was steht denn überhaupt in dem Buch?“ Paul sah John fragend an, doch der wich seinem Blick aus.

„Wichtiger ist, wie Mother Mary reagiert. Ich schätze, dass sie es darauf anlegt, Das Buch in der Versenkung verschwinden zu lassen, denn ich glaube nicht, dass ihr gefällt, was drinsteht“, sagte John zögernd, der eigentlichen Frage ausweichend.

„Wir sollten trotzdem noch mal über die Thesen im Buch reden.“ Diesmal war es Julias Blick, dem John auswich.

„Das ist nicht wichtig, ich finde, wir sollten ...“

„John!“ Jetzt wurde er von allen dreien fixiert. „Was steht in dem verdammten Buch?“

„Nun ...“ John haderte. Mit sich, mit dem Buch und mit der Welt im Allgemeinen. „Das Buch entstand, als wir etwa fünfzehn waren.

Entsprechend steht viel pubertäres Gewäsch drin. Das ist wichtig, denn ich glaube ... Ich glaube, Das Buch war mir und eigentlich auch Tony deshalb besonders wichtig, weil es ein Überbleibsel aus einer anderen, aus einer einfacheren Zeit ist. Ein Relikt aus unserer Jugend sozusagen. Genauso liest es sich auch.

Auf der ersten Seite steht ganz groß ‚Freddie Mercury ist Gott'. Das war ... das ist einfach ..." John räusperte sich und blickte zu Boden. „Darunter handgezeichnet das Bandlogo von Queen. Dann wird es ziemlich politisch. Wir haben zuerst die zehn unserer Meinung nach größten Probleme der Politik identifiziert. Kleben an der Macht, Postengeschachere, Steuergeschenke und so weiter. Es folgen Fragen, die sich unserer Meinung nach jeder Wähler stellen sollte: Wann ist man zu alt, um Politik zu gestalten, und wie zeigt sich das? Wie unabhängig kann ein Politiker sein, dessen Partei von Spenden finanziert wird? So etwas in der Richtung.

Es gibt einen großen Absatz über die gefühlte Wahrheit, da möchte ich jetzt nicht zu sehr ins Detail gehen, und dann natürlich verschiedene Wege, wie das System unserer Meinung nach verbessert werden könnte. Zum Schluss eine Liste der größten Rockhits, platziert nach ihrem Gänsehautfaktor. ‚Zombie', ‚Under the Bridge', usw. ... Wenn ihr da mal auf die Texte achtet, dann könnt ihr ungefähr erahnen, wie wir damals drauf waren.

Vieles ist seit unserer Schulzeit unverändert, aber an der ein oder anderen These haben wir immer wieder mal gefeilt, einfach ... so. Deswegen ist Das Buch sicherlich etwas naiv, hat aber dann doch den ein oder anderen Denkansatz."

„Lass mich das zusammenfassen: Wir haben es geschafft, an einem kirchlichen Feiertag wie durch ein Wunder einen weißen Hirsch mit einem keltischen Symbol erscheinen zu lassen. Der hat, ein weiteres Wunder, alle Beteiligten auf Das Buch, das Tony sozusagen vor dem Herzen trug, aufmerksam gemacht. Und alles, was jetzt darin steht, ist, dass Freddie Mercury Gott ist und welche Rocksongs am meisten Gänsehaut verursachen. Na Bravo." Julia verschränkte die Arme vor der Brust.

„Was wären, deiner Meinung nach, die nächsten Schritte von Mother Mary und Tony?" Paul wandte sich an John.

„Ich würde sagen, Mother Mary macht, was die Kirche immer macht. Sie versucht, das, was sich umdeuten lässt, in ihrem Sinne auszulegen und den Rest zu ignorieren. Sprich, Blondie wird zum Zeichen des Herrn und Das Buch wird unter den Altar gekehrt.

Und was Tony angeht, der wird tun, was die Politik immer macht. Er versucht, umzudeuten, was umzudeuten ist, und ... ihr seht, worauf das hinausläuft."

„Blondie wird Stilikone und Das Buch verschwindet." Es war eine von Georges seltenen Wortmeldungen zum Geschehen. „Und das dürfen wir nicht zulassen, wir müssen schnell handeln."

„Und wie sieht dein Plan aus?", fragte Julia.

„Ihr müsst schnell handeln. Ich muss zurück zum Gehege, wo hoffentlich der eine oder andere Hirsch auf seine Behandlung mit ‚Noisette Noir' wartet. Dazu würde ich gerne unseren Hirschflüsterer mitnehmen." Er deutete auf Paul.

„Was ist mit Mick, wie ist der eigentlich so ..." Julia haderte damit, den Satz zu vervollständigen. „... drauf?", sagte sie schließlich und sah George fragend an.

„Mick ist cool", sagte der nur schulterzuckend. „Er ist ganz tief drinnen ein Revoluzzer. Der hält dicht. Ihr solltet in der Zwischenzeit versuchen herauszufinden, wo Mother Mary Das Buch aufbewahrt. Vielleicht können wir ja mit ein paar Posts das Interesse der sozialen Netzwerke darauf lenken. Was Besseres fällt mir ehrlich gesagt auch nicht ein."

George bedeutete Paul mitzukommen, stand auf und nahm seine Jacke. Auf halbem Weg zur Tür kehrte er aber nochmals zurück zum Tisch, an dem die beiden Verbliebenen nun eher ratlos saßen.

„Ich habe eine Idee, wer euch weiterhelfen könnte", sagte er und deutete zur Tür, durch die sich gerade drei Gestalten drängten.

Es waren Ricky, Lee und Jessie, die drei Ministrantinnen. Ohne Georges Hinweis hätte Julia die Mädchen wohl nicht wiedererkannt, denn sie hatten sich in Schale geschmissen. Beziehungsweise, sie hatten einiges an Schale weggelassen, denn die Röcke waren kurz und die Ausschnitte tief. Dafür hatten sie aber nicht an der Schminke gespart.

Julia vermutete, dass sie nicht regelmäßig im Deerstalker verkehrten, sich heute aber in den Geschehnissen des Tages sonnen wollten. Sie sahen, aufgebrezelt wie sie waren, deutlich älter aus als heute Vormittag in der Kirche. Doch auch wenn sie rein optisch für achtzehn durchgehen würden, Julia schätzte sie höchstens auf sechzehn, denn all die Kleider und das Make-up konnten eine gewisse Unsicherheit nicht überdecken. Ohne weitere Zeit zu verlieren, ging sie direkt zu ihnen.

Julia wusste nicht, welcher Name zu welchem Mädchen gehörte. Doch es stellte sich sehr schnell heraus, dass das keine Rolle spielte, die drei bildeten eine Einheit. Sie musste sich auch nicht bemühen, erst Small Talk zu machen, um dann das Gespräch auf die Geschehnisse des Tages zu lenken, sie sagte nur:

„Hallo ihr ...", und schon sprudelte es aus den dreien heraus.

„Krass das mit dem Hirsch heute."

Als Julia kurze Zeit später mit John den Pub verließ, war sie nicht wirklich schlauer. Was nicht daran lag, dass sie den drei Ministrantinnen nichts hatte entlocken können. Genau das Gegenteil war der Fall, Julia hatte selten eine solch umfangreiche Menge an Informationen in so kurzer Zeit erhalten.

Das Problem war der Kontext. Denn die Mädchen nahmen wie selbstverständlich an, dass Julia einfach alle genannten Personen an deren Spitznamen identifizieren konnte. Verwandtschaftsverhältnisse, Beziehungsstatus und das modische Erscheinungsbild – also der Look - waren die Hauptmerkmale, anhand derer die Mädchen ihre Mitmenschen in Kategorien einteilten.

Julia wusste nun, dass „Mr. Wichtig" immer eine „Riesenwelle" machte. Sie tippte dabei auf den Dekan, denn die Beschreibung seiner Klamotten („echt letztes Jahrtausend") ließ darauf schließen. Mother Mary lief wohl unter „Pinguintante". Sie hatte sich offenbar ziemlich schnell mit dem Buch aus dem Staub gemacht („sich verpisst"), was die drei ganz klar verurteilten („find ich scheiße, so richtig scheiße"), denn auch sie hätten gerne einen Blick in Das Buch geworfen.

Bis hierher konnte Julia noch einigermaßen mithalten, aber danach schweiften die Mädchen ab und sie war raus. Bevor Julia den Pub verließ, hatten sie sich aber noch gegenseitig Freundschaftsanfragen geschickt. Auf Square-U, dem einzigen sozialen Netzwerk, bei dem Julia Mitglied war. Sehr zur Erheiterung der drei, da das ja eigentlich „so was von out" war.

Etwas außerhalb beendete George im Schein einer Taschenlampe seine Arbeit an Blondie, die ihrem Namen jetzt allerdings keine Ehre mehr machte. Er hatte sie und Amadeus bei seiner Ankunft am Hirschgehege friedlich wiederkäuend in der Schleuse vorgefunden.

Auch hier war Pauls Strategie wieder mal aufgegangen, denn er hatte dort großzügig Getreide, Mais, Brot und Äpfel verteilt, alles natürlich mit extra vielen Kartoffelchips garniert und mit einem Schuss altem Whiskey verfeinert. Sie mussten nur noch das Gatter schließen und Amadeus eine Runde Bier spendieren und schon konnte es losgehen.

Blondie mussten sie nicht einmal zum Schlafen bringen, sie ließ George ohne Probleme an sich heran, zumindest so lange Paul sie mit weiteren Kartoffelchips und mit Whiskey marinierten Apfelstücken ablenkte. Das Erscheinungsbild der Tiere war nun nicht mehr so elegant wie vorher, aber der nahende Winter würde dafür sorgen, dass die beiden ein nagelneues Fell bekämen. Dann würden sich mit dem Sommerfell auch alle Hinweise auf das, was geschehen war, in Luft auflösen. Lediglich Amadeus' Extensions waren verschwunden, doch George war zuversichtlich, dass sie das auch bleiben würden.

Schließlich machte er sich mit Paul auf den Rückweg in die Stadt. Beide waren mehr als zufrieden mit ihrer Leistung am heutigen Tag und da sie dem Ganzen nichts mehr hinzuzufügen hatten, gingen sie schweigend nach Haus.

Es war Sonntagabend. Das Herbstfest war Geschichte und mit dem Beginn der neuen Woche würde zumindest für Julia und Paul der ohnehin überzogene Aufenthalt in Kildalough beendet sein. Paul würde direkt zurück Richtung Galway zur Farm fahren und Julia würde die Heimreise über das Meer allein antreten. Es war Zeit, das spürte sie. Zeit, um zurückzukehren, aber auch Zeit, etwas zu ändern. Endlich.

Kapitel 13, Enjoy the Silence

Liverpool, England, Herbst 2019

Der erste Tag zurück in Liverpool war Alltag. Wie erwartet, war Julia von ihrem Mann nicht gerade sehnsüchtig erwartet worden. Wie erwartet war die Liste unerledigter Arbeiten schier endlos, in der Firma wie im Privaten. Wie erwartet fühlte sie sich hier fehl am Platz.

Aber eines war neu. Die Aussicht auf etwas anderes, einen neuen Lebensabschnitt, der, wenn auch noch nicht konkret greifbar, doch zumindest näher gerückt war. Die Tatsache, dass diese Hoffnung auf dem Gespräch beruhte, das sie mit ihrem Bruder am Hirschgehege geführt hatte, erschien Julia ebenso surreal wie eigentlich sämtliche Geschehnisse der letzten Woche.

Sie führte lange Gespräche mit ihrer Freundin Lucy, die, wie sich herausstellte, alles schon geahnt hatte. (Sogar, dass Julia in Irland eine Affäre hatte; anscheinend war sie wesentlich leichter zu durchschauen, als sie gedacht hatte.) Julia redete auch mit ihrem Mann und auch der schien einen siebten Sinn dafür zu haben, dass sich etwas unwiederbringlich verändert hatte.

Diese Gespräche waren weitaus kürzer und rudimentärer als die mit Lucy, aber auch hier glaubte Julia, eine Veränderung zu spüren, ein gewisses Einsehen, dass die Veränderung unabdingbar war, und eine gewisse Akzeptanz der Situation. Ohne einen genauen Plan zu haben, machte sich Julia also daran, alles so zu regeln, dass es auch ohne sie funktionierte.

Als sich dann nach einer kurzen Atempause die Geschehnisse in Kildalough überschlugen, war sie bereit zurückzukehren.

Wild Pacific Trail, Kanada, Herbst 2039

Es war schnell dunkel geworden auf Vancouver Island. Und obwohl der Halbmond immer wieder eine Lücke zwischen den Wolken fand und so mit seiner Reflexion im Meer für den ein oder anderen Lichtimpuls sorgte, konnte er nicht ernsthaft gegen die Dunkelheit ankämpfen, die sich nur wenige Meter außerhalb der Reichweite ihrer Stirnlampen in den Bäumen und Sträuchern am Wegesrand festgesetzt hatte.

Julia und Frank waren auf dem Rückweg, das heutige Interview neigte sich dem Ende zu und doch hatten beide noch nicht genug. Der Abend war einfach ... unterhaltsam gewesen. Für alle Beteiligten. Annie und Dave hatten ihren Weg nur widerwillig fortgesetzt. Sie waren erst weitergegangen, als sie ihren Aufenthalt am Strand nicht länger hinauszögern konnten.

Und auch Julia und Frank hätten eigentlich lange vor Einbruch der Nacht schon wieder in der Stadt sein wollen. Immerhin waren sie nun auf dem Rückweg, wenn auch eher gemächlich gehend und natürlich mit eingeschaltetem Aufzeichnungsgerät.

„Nach dem Ereignis mit dem Hirsch fuhren Sie dann erst mal zurück nach England“, sagte Frank.

„Ich hatte meinen Urlaub sowieso schon überzogen. Es gab Verpflichtungen dort und – ich konnte ja auch noch nichts von dem erahnen, was noch kommen sollte. Die erste Erscheinung der Hirschkuh war schon etwas Besonderes, auch wenn deren Bedeutung natürlich ganz unterschiedlich interpretiert werden kann. Als sie aber dann erneut in Erscheinung trat und das noch deutlicher, vor wesentlich mehr Menschen als beim ersten Mal ... Das war ein eindeutiges Zeichen.“

Liverpool, England, Herbst 2019

Nach ihrer Rückkehr nach England hatte Julia die sozialen Netzwerke zunächst intensiver beobachtet, als es für sie typisch war. Ihre neuen Freundinnen Ricky, Lee und Jessie hatten noch einige Beiträge über den Hirsch gepostet, geliked oder geteilt, aber schon nach drei Tagen war das Interesse daran abgeklungen. Die Geschichte hatte in der schnelllebigen Onlinewelt anscheinend nicht genügend Resonanz gefunden. Nach nur einer Woche schien das Thema erledigt.

Als es dann allerdings nur kurze Zeit später geballt wieder aufpoppte, hätte Julia es anfangs fast verpasst.

Es war Samstagnachmittag und Julia war mit Lucy ein Stückchen an der Küste entlanggefahren, nur eben weit genug, um der Stadt den Rücken zu kehren. Die beiden hatten eine Stunde strammen Fußmarsch bei Nieselregen hinter sich, etwas, das sie oft, aber in unregelmäßigen Abständen machten. Dabei gingen sie schneller, als dass es noch als Spaziergang galt, aber doch wiederum nicht so schnell, dass Julia es als Sport bezeichnen würde. Lucy nannte es immer eine geistige Befreiung durch körperliche Betätigung.

Wichtig dabei waren Regen und Wind. Das Heulen des Windes sorgte dafür, dass eine Unterhaltung nahezu unmöglich wurde und die beiden sich nur auf das Gehen konzentrieren konnten. Das Trommeln der Regentropfen auf ihrer wasserfesten Kleidung erzeugte dazu einen rhythmischen Klang, was eine meditative Wirkung hatte und befreiend auf den Geist wirkte.

Julia und Lucy hatten schon oft im Spaß darüber gesprochen, ihre Spaziergänge in einem Ratgeber zu verarbeiten: Power-Rain-Walking für die Seele oder etwas in der Art. Das wäre mit Sicherheit der nächste Trend und ein großer Erfolg.

Anschließend gab es immer Tee in einem kleinen Hafencafé. Und da sie die letzte Stunde schweigend verbracht hatten, nutzten sie die Gelegenheit nun, um eben dieses Versäumnis zu kompensieren.

Julia hatte schon auf der Fahrt bemerkt, dass Lucy etwas unter den Nägeln brannte. Sie hatte vermutet, dass ihre Freundin sich bewusst zurückgehalten hatte, jetzt, da bei Julia offensichtlich größere Veränderungen anstanden. Nun aber konnte sie es fast greifen. Wie sie ihr gegenüber saß, mit ihren kurzen blonden Haaren, denen noch deutlich anzusehen war, dass sie bis vor Kurzem unter einer regenfesten Kopfbedeckung gesteckt hatten. Mit ihrem gestickten Cardigan, dem rosigen Gesichtsausdruck nach einer Stunde im Regen, ihrem strahlenden Lächeln und … natürlich. Ihrem Finger, beziehungsweise dem, was drumherum war, nämlich einem goldenen Ring mit einem waschechten Diamanten.

„Lucy …“ Mehr musste Julia gar nicht sagen, denn sofort sprudelte alles aus Lucy heraus.

„Er hat mich gefragt. Und ich habe natürlich ja gesagt. Julia, schau doch nur, ein echter Diamant. Ich bin im siebten Himmel."

Julia ging erst einmal hinüber, um ihre Freundin zu umarmen, der Tränen über das strahlende Gesicht liefen. „Ich wusste nicht recht, wie ich es dir sagen soll, weil du ja gerade ..."

„Unsinn", erwiderte Julia und drückte ihre Freundin gleich noch mal. „Ich freu' mich doch so für dich. Das war doch schon überfällig. Wieso hat er denn so lange gewartet?"

„Nun, das ist noch nicht alles." Lucy machte eine kleine Kunstpause und sah Julia mit ihren großen braunen Augen an. „Er hat endlich die Beförderung bekommen. Was bedeutet, dass die Firma ihn für ein Jahr in die Staaten schickt."

„Du meinst, Frankie geht nach Hollywood? Und du gehst mit?"

Lucy nickte.

„Vielleicht heiraten wir auch dort am Strand. Ganz relaxed. Oder vorher hier. Oder beides, ich habe keine Ahnung, es ist alles noch so neu."

Und so ging es noch eine Weile weiter, Lucy erzählte von ihren Plänen und Julia hörte zu. Schließlich wurde es für die beiden Zeit, sich wieder auf den Weg zu machen.

Sie gingen an die Theke, um zu bezahlen. Da ihre Kellnerin aber gerade noch beschäftigt war, fiel Julias Blick auf den Fernseher, der an der Wand angebracht war und auf dem Nachrichten in Dauerschleife liefen. Leider ohne Ton und so musste Julia warten, bis die Bildunterschrift ein weiteres Mal durchgelaufen war, bevor sie verstand, was die Bilder auf dem Bildschirm bedeuteten.

Sofort zückte sie ihr Smartphone, doch genau in diesem Moment erschien der Lauftext am unteren Bildschirmrand erneut und sie steckte das Telefon wieder in die Tasche. Sie war ratlos, was sie als Nächstes unternehmen sollte, denn es gab nicht besonders viele Optionen, um sich ein genaues Bild zu machen.

Was hatten die dort drüben nur angestellt?

Wild Pacific Trail, Kanada, Herbst 2039

Der Wanderweg entlang der Küste endete schließlich an einem Parkplatz, der zu einem Schotterweg führte, der zum Highway führte, der zurück in die Stadt führte. Hier wurden nachts einige Bäume von unten beleuchtet, was sie, wenn der Wind wie jetzt wehte, ein wenig wie tanzende Kerzenflammen wirken ließ. Julia und Frank nahmen ihre Stirnlampen ab, machten jedoch keine Anstalten, in ihre Autos zu steigen, um davonzufahren. Julia wollte diesen Teil noch fertig erzählen und Frank hatte nicht vor, sie davon abzuhalten.

„Die Nachricht verbreitete sich damals ziemlich schnell. Ich habe es aus dem Fernsehen erfahren. Ironischerweise, denn genau das war zumindest im Westen Irlands zusammen mit dem Internet und dem Mobilfunknetz über Tage hinweg ausgefallen. Wie sich hinterher herausstellte, hatte ein Techniker einen Defekt nur äußerst provisorisch und … kreativ repariert, was dazu führte, dass nicht nur ein System, sondern alle drei ausfielen.

Auf den Fernsehgeräten war, kurz bevor der Bildschirm schwarz wurde, noch für einige Minuten ein weißer Hirsch mit einer Triquetra auf der Brust zu sehen gewesen. Schnell wurde recherchiert, dass genau dieser Hirsch einige Tage zuvor bei einer Prozession den Pilgern erschienen war. Es gab ein ziemlich verschwommenes Bild, wie der Hirsch Tony an der Brust berührte. Informationen über Das Buch aus seiner Brusttasche waren zunächst widersprüchlich. Eindeutig war jedoch ein Video vom Herbstfest, in dem der Dekan über Zeichen des Himmels redet und Tony darüber witzelt, sofort umzulenken, wenn ihm ein weißer Hirsch erscheinen würde. Dazu kam eine wunderbare Kamerafahrt über die Ehrentribüne, die vorwiegend mit hochrangigen Vertretern aus Politik und Kirche besetzt war, die eifrig zu dem nickten, was da von sich gegeben wurde."

Kapitel 14, Drive

Irgendwo auf dem Meer zwischen England und Irland, Herbst 2019

Ehe Julia sich versah, was in diesem Fall etwa einen Tag später bedeutete, saß sie in ihrem Auto und war auf dem Weg zurück nach Irland. Sie hatte diesmal deutlich mehr gepackt als bei ihrer letzten Reise. Es fühlte sich diesmal aber auch weniger wie Urlaub an, mehr wie ein ... Aufbruch.

Die Gespräche mit Freunden, Familie und auch mit ihrem Mann waren eher knapp ausgefallen. Es gab keinen logischen Grund, jetzt zu fahren, zumindest keinen, den die anderen verstehen würden. Genau genommen verstand sie es selbst nicht so richtig.

Aber genau das war ein weiterer Ansporn für Julia. Sie wollte jetzt einfach dort sein, ihrem Gefühl folgen und die Logik einfach mal außer Acht lassen. Es fühlte sich richtig an, fiel ihr aber trotzdem schwer. Sie war eben ein Kopfmensch. Spontane Aktionen aufgrund von Gefühlen waren eher das Ding ihres Bruders.

Ihren Freunden hatte sie erzählt, dass sie sich um eben den kümmern musste, was vermutlich nicht einmal gelogen war. Alles andere würde sich dort ... nun, ergeben.

Die Reise verlief reibungslos. Die Fähre legte planmäßig ab, die See war ruhig und die dreistündige Überfahrt war sehr entspannend, da auch hier natürlich weder WLAN noch Mobilfunknetz vorhanden war und Julia sich somit uneingeschränkt auf ihr Buch konzentrieren konnte.

Als sie in Dublin an Land fuhr, erwachte ihr Smartphone kurzzeitig zum Leben, doch mit dem Überschreiten der Stadtgrenze ließ sie auch die Mobilfunkverbindung hinter sich. Übrig blieben einige Meldungen über Roaminggebühren und den aktuellen Wetterbericht in Irland. Das eine interessierte sie nicht und das andere konnte sie mit einem Blick gen Himmel selbst erahnen: wechselhaft, Sonne-Wolken-Mix mit der Möglichkeit von Regenschauern.

Kildalough machte den Eindruck, als liefe das Leben dort auch ohne das World Wide Web ganz normal weiter. Julia parkte ihr Auto und wollte direkt zum B@rbershop. Es war schon kurz vor fünf und vermutlich war dort nicht mehr viel los. Doch auf dem Weg dorthin änderte sie spontan ihre Meinung und beschloss, erst eine Runde durch die Innenstadt zu gehen.

Auf dem Rathausplatz war ein improvisiertes Schild mit den Veranstaltungen der nächsten Tage aufgestellt worden. Plötzlich merkte Julia, wie selbstverständlich es geworden war, all diese Dinge online zu posten. Ein paar Witzbolde hatten die Gelegenheit genutzt und das Plakat mit Daumen-Hoch-Symbolen, Bewertungssternchen und diversen Kommentaren in Sprechblasen verziert.

Aus dem Fenster einer Sportsbar sah sie das Flimmern eines Bildschirmes. Es handelte sich aber nicht um die Liveübertragung eines Sport-Events – das Ganze schien immer noch nicht zu funktionieren. Vielmehr hatte der Betreiber einen DVD-Player angeschlossen und spielte nun Looney Tunes ab. Aktuell standen die Wetten Coyote gegen Road Runner 1200:1.

Auch für die übrigen Pubbetreiber schien der Ausfall des Internets keine große Bedeutung zu haben. Das Gestalten witziger Werbetafeln vor dem Pub hatte in Irland Tradition und das funktionierte auch offline, wenngleich sich die aktuellen Geschehnisse natürlich auch dort abbildeten. Auf den Tafeln waren zwitschernde Spatzen zu sehen, Bilder von Singles, die nach jedem Whiskey schöner wurden oder aber als Comicstrip gezeichnete Katzenvideos.

Das Deerstalker warb damit, dass ein Pint Guinness heute nur einen Euro kostete, allerdings musste es im Onlineshop vorbestellt werden. Sogar die Post war auf den Trend aufgesprungen. Hier warb ein Schild dafür, aktuell die schnellsten E-Mails in ganz Irland zu verschicken. Alles, was dafür benötigt wurde, waren ein Briefkuvert und eine Marke für achtzig Cent.

Sprich, die Iren taten, was sie schon immer gut konnten: Sie machten aus der Not eine Tugend.

Nur im B@rbershop war alles beim Alten. Julia fand sich plötzlich vor der Eingangstür wieder, zögerte aber, einzutreten. Für einen kurzen Moment zog sie alles, was sie hier machte, in Zweifel. Vorsichtig trat sie schließlich ein und sah George fragend an. Der lächelte, als er sie sah. Das war alles, ihn schien es nicht sonderlich zu überraschen, dass sie zurück war. Doch diese kleine Geste genügte, um Julias Zweifel zu beseitigen. Sie lächelte zurück und fühlte sich einfach wohl, wieder hier zu sein.

„Nun, was habe ich verpasst?", fragte sie.

George zog einen Mundwinkel nach unten und verdrehte die Augen nach oben, was wohl bedeuten sollte: „Das glaubst du ja sowieso nicht."

Nachdem er seinen Bericht beendet hatte, musste Julia erst einmal angestrengt ihre Gedanken sortieren. Was ihr nicht gelang.

„Ihr habt ... Was? Warte mal, habe ich das richtig verstanden? Es ging los, unmittelbar nachdem ich weg war?" In Julias Kopf drehte sich ein wildes Gedankenkarussell, das ständig zwischen „ich kann die nicht mal ein paar Tage allein lassen" über „Gott sei Dank war ich nicht dabei" bis „Verdammt, ich war nicht dabei" hin und her sprang.

„Also zum zweiten Mal. Ihr wolltet Tony noch mal eins auswischen. Und deswegen habt ihr in ganz Irland Fernsehen und Internet geschrottet?"

„Nichtinganzirland", murmelte George leise in seinen Spitzbart hinein. „Und der Plan war ja auch ein ganz anderer. Der Plan war gut. Wir wollten nur einen kurzen Clip im Netz publik machen. Von der Rede beim Herbstfest. Und Bilder von Blondie, wie sie Tony gegenübersteht. Hinterlegt mit einigen Aussagen Tonys, die wir mit der Wanze aufgezeichnet hatten. Nachdem das beim ersten Mal nicht richtig gezündet hatte, wollten wir es nochmals etwas anschieben. Nur eben so, dass es nicht zurückverfolgt werden konnte. Über einen Knotenpunkt oder so ähnlich. Und einer davon sei gleich in Wexford. Meinte zumindest ..."

„Meinte wer?"

„Na ja, wir alle haben ja keine Ahnung von solchen Dingen, aber dein Bruder ..."

„Hat auch keine Ahnung davon."

„Ja, aber er wusste, wer sich damit auskennt. Rengo."

„Ringo?"

„Nein, Rengo. Renoslav irgendwas, der ..."

„Renoslav Gozny? Der arbeitet bei Paul. Soweit ich weiß, schlachtet er Kaninchen. Wieso soll der sich da auskennen?"

„Nun, anscheinend war er in der Ukraine so etwas wie Raketentechniker. Sagte er jedenfalls. Oder so ähnlich, so ganz schlau bin ich eigentlich nie aus dem geworden, was ... Gut, es hat nicht ganz so geklappt wie geplant, aber du musst zugeben, das Ergebnis ist irgendwie ... interessant."

Das musste Julia zugeben. Irgendwie. Trotzdem musste George die ganze Geschichte noch einmal wiederholen, damit sie auch nur ansatzweise die Zusammenhänge verstand.

Leider war der Effekt von Blondies Erscheinen bei der Prozession nicht zufriedenstellend gewesen. Es war zwar über Tage hinweg das Stadtgespräch in Kildalough, aber der erwartete große Aufschrei über die Rede beim Herbstfest war ausgeblieben. Also hatten sich die drei Männer getroffen, um das weitere Vorgehen zu planen.

Unter Julias Abwesenheit als Stimme der Vernunft zum einen und der Anwesenheit mehrerer Flaschen Inis Mór Òr und Inis Mór Craic zum anderen, wurden verschiedene Pläne geschmiedet und verworfen. George hatte Julia mehrmals versichert, dass der Plan, den sie letztendlich ausgeführt hatten, von allen Vorschlägen der vernünftigste gewesen war, auf die genauen Details der verworfenen Pläne wollte er aber nicht näher eingehen.

Sie hatten also, frei nach Pauls fragwürdigem Detektivkodex, eine „Mission Impossible" geplant. Wohl in der Hoffnung, dass der Coup schon gelingen würde, wenn er nur einen hochtrabenden Namen hätte. Und so waren sie also eines Nachts in das Gebäude eingebrochen, in dem sich ein wichtiger Internetknotenpunkt Irlands befand.

Das Ganze war, nach Georges Beschreibung, lächerlich einfach gewesen. Rengo hatte sich sogleich an die Arbeit gemacht, wobei George nicht genau sagen konnte, was genau da vor sich gegangen war, da Rengo die ganze Zeit etwas auf Ukrainisch gemurmelt hatte. Dass etwas schiefgelaufen war, hatten die anderen erst bemerkt, als das Murmeln plötzlich in etwas überging, das sich verdächtig nach ukrainischen Flüchen anhörte. Ein weiteres Indiz war der blaue Blitz, der plötzlich aus einem Gerät mit vielen Schaltern und Lichtern geschossen war und sie schlagartig und, wie sich hinterher herausstellte, nachhaltig zum Erlöschen gebracht hatte.

Geblieben war ein Hauch von Ozon in der Luft, der aber von der Gruppe nicht mehr wahrgenommen wurde, da sich alle Beteiligten schnellstmöglich in die verschiedenen Himmelsrichtungen verabschiedet hatten.

Georges Schilderung der Vorkommnisse in der besagten Nacht war eher rudimentär. Julia vermutete, dass es daran lag, dass er Rengos Plan nicht genau verstanden hatte. Wenn es denn einen Plan gegeben hatte, denn wahrscheinlich war die Aktion eher nach dem Prinzip „Wir gehen rein und dann schauen wir weiter“ erfolgt. Sie nahm sich vor, als Nächstes mit Paul sprechen, um sich ein genaueres Bild davon zu machen. Was in diesem Fall bedeutete, dass sie sich erst einmal ein öffentliches Telefon suchen musste, da alle Anrufe im B@rbershop über Georges Mobiltelefon liefen, das, genau wie Julias, immer noch ohne Netz war.

Die einzige Telefonzelle im Ort war gerade belegt und Julia nutzte die Zeit, um sich Kleingeld zu besorgen und darüber nachzudenken, wie bequem der technische Fortschritt alles gemacht hatte. Wie sehr sich alle Welt darauf verließ und wie exponentiell das Frustrationspotenzial plötzlich stieg, wenn die Technik, so wie jetzt gerade, versagte.

Als sie schließlich an der Reihe war, stellte sie bei einem Blick in die Kontakte ihres Smartphones fest, dass sie gar keine Festnetznummer von Paul gespeichert hatte. Ihre Kommunikation beschränkte sich meist auf Textnachrichten, was die besagte Festnetznummer überflüssig machte.

So machte sich Julia schließlich unerledigter Dinge auf den Weg zu Georges Haus. Bei jedem Schritt klimperten die Münzen in ihrer Tasche und so langsam wich ihre innere Anspannung einem Gefühl der Entspannung. Interessanterweise hatte beides mit der Tatsache zu tun, dass sie vom Informationsfluss des World Wide Web abgeschnitten war.

Während der Nacht erwachte Julias Smartphone wieder zum Leben, was sich durch eine Menge von Piep-, Summ- und Vibrationsgeräuschen ankündigte. Genervt von der schieren Masse an Mitteilungen schaltete sie das Gerät einfach auf lautlos, ohne sich weiter um die Mitteilungen zu kümmern.

Kapitel 15, Ironic

Kildalough, Irland, Herbst 2019, offline

Kildalough war schließlich doch noch in den Fokus der Welt gerückt. Die Nachricht über den weißen Hirsch, der auf unergründlichen Pfaden seinen Weg in die Medien gefunden hatte, kurz bevor die auf mysteriöse Weise ausfielen, sorgte international für Aufsehen.

Zuerst hatte sich die englische Yellow Press darauf gestürzt und die Story – da ja alle anderen Medienkanäle ausgefallen waren – analog auch zurück nach Irland gebracht. Nachrichtenagenturen in den USA hatten die Meldung aufgenommen und von dort aus hatte sie ihren Weg um den Globus gemacht. Innerhalb kürzester Zeit tummelten sich in der Stadt Reporter, die jeden interviewten, der behauptete, ein Zeuge von Blondies Erscheinen gewesen zu sein.

Julia hatte von Rutengängern gehört, die am Schauplatz des Geschehens auf der Suche nach Magnetfeldern waren. In der freien Natur gab es mittlerweile mehr Esoteriker auf Hirsch-Pirsch als Bäume im Wald und die Sichtungen von weißen Hirschen häuften sich. Julia, die wusste, dass Blondie und Amadeus sicher und entblondiert in ihrem Gehege weilten, hatte während der letzten Tage ihr Ohr auf der Straße gehabt. Oder am Tresen, was die weitaus effektivere Methode war, um sich umzuhören.

Sie wusste, dass es hier zum guten Ton gehörte, Fremde auf die Schippe zu nehmen. George und John hatten das oft genug bewiesen. Jetzt gab es allerdings Anzeichen, dass bei einigen Bewohnern dieses Hafenstädtchens die Grenze zwischen Fiktion und Realität bei jeder Wiederholung ihrer kreativen Erinnerungen verblasste, bis sie selbst von ihrer eigenen Geschichte überzeugt waren. In den sozialen Netzwerken tauchten immer mehr Fotos auf, die aber alle die typischen Eigenschaften eines Loch-Ness-Monster-Beweisfotos hatten. Sie waren wackelig, unscharf, unterbelichtet oder alles zusammen.

Das Ganze hatte eine ungeheure Dynamik entwickelt und Julia als kritischer Mensch wusste nicht so recht, was sie davon halten sollte. Denn obwohl sie die Hintergründe kannte, war sie doch von dem Effekt fasziniert, den die vier Chaoten durch ihre schiefgelaufene Aktion erzielt hatten. Ein weißer Hirsch mit einem keltischen Symbol taucht in den sozialen Medien auf. Wie würden die Menschen dieses „Zeichen“ deuten?

So hatten sie einerseits ein weiteres Ziel erreicht, wenngleich die Art und Weise ... Julia hoffte, dass die Wahrheit darüber nie ans Licht kommen würde. Andererseits lag der Fokus der Berichte zu sehr auf dem Hirsch an sich und weniger auf den politischen Reden beim Herbstfest. Und seltsamerweise war noch keiner darauf gekommen, nach dem Inhalt des Buches zu fragen.

Einem Impuls folgend rief sie ihren Bruder auf der Farm in Galway an. Bei Paul rannte sie offene Türen ein. Er sagte nur kurz, die Zeit dränge, da die Aufmerksamkeit bald wieder nachlassen würde, deswegen mache er sich besser sofort auf den Weg. Den Geschäftstermin, den er eigentlich mit Julias Mann hatte, würde er verschieben, der sei ohnehin nicht wichtig. Ohne ein Wort des Abschieds legte er auf und drei Stunden später war er da.

Die Lagebesprechung fand kurz nach Feierabend im B@rbershop statt. George, John und Julia hatten es sich auf den Friseurstühlen bequem gemacht, jeder mit einer Flasche Inis Mór Òr in der Hand, während Paul auf und ab tigerte und referierte. Sein Monolog handelte von Strategien, verdeckten Ermittlungen und ... vermutlich noch einigem mehr, doch Julia versuchte erst gar nicht, ihm geistig zu folgen.

Auch die beiden anderen Anwesenden schienen mental eher abwesend zu sein. George hatte ihr vorher noch versichert, zu allen Schandtaten bereit zu sein. Dennoch vermutete sie stark, dass er mittlerweile das Interesse verloren hatte. Er hatte seinen Spaß gehabt, fertig.

Aus John wurde sie weniger schlau. Er machte einen eher resignierten Eindruck, vermutlich hatte der Streit mit Tony ihn mehr belastet, als er zugeben würde. Auch hier, so vermutete Julia, war es fraglich, ob er sich an weiteren Aktionen beteiligen würde.

Pauls Enthusiasmus jedoch war ungebremst. Er war nicht persönlich betroffen, konnte endlich einmal seine Fähigkeiten als Detektiv ausspielen, von denen Julia nach wie vor eher überrascht war, und, was sie am meisten erstaunte, er schien einfach gerne Zeit mit seiner Schwester zu verbringen. Sie gab sich einen Ruck.

„Meine Herren“, setzte sie an.

George und John schienen wie aus einem Trancezustand zu erwachen und setzten sich in ihren Friseurstühlen auf. Julia stellte Blickkontakt her. Paul schien irgendeinen komplizierten Plan ausgeheckt zu haben, aber ihr war klar, dass sie jetzt das Team zusammenhalten musste. Sonst würde es nicht weitergehen. Sie würde hier und jetzt die Motivationsrede ihres Lebens halten und danach würden sie alle hier rausstürmen und irgendjemandem in den Arsch treten.

„Also. Ich finde, wir sollten vielleicht, ähm ...“ Na, das lief ja super. Das mit der Führungsrolle musste sie wohl noch üben. „Lasst uns das zu Ende bringen, okay?“

Fragende Blicke richteten sich auf sie. Verdammt. Zum ersten Mal hatte sie der Reflex, Pauls Monolog geistig auszublenden, in eine Zwickmühle gebracht. „Paul, was sollten wir als Erstes machen?“

„Wir machen genau, was ich gerade gesagt habe. Ich denke, das ist am wichtigsten. Alles Weitere ...“ Er nickte und nahm die Fäuste wie zu einem Boxkampf hoch.

Keiner hatte ihm zugehört. Kurzes Schweigen trat ein, das Julia jedoch genau in dem Moment unterbrach, als es ins Peinliche abzurutschen drohte.

„Okay, dann lass es uns noch mal laut sagen, als Motivationsruf.“ Sie starrte auf Paul und deutete mit den Händen auf ihn.

„Das Buch“, rief er.

„Buch“, fielen die anderen deutlich später und weniger enthusiastisch ein.

Das Buch also. Hoffentlich würde sich aus dem weiteren Gespräch ergeben, was er damit meinte.

Paul hatte natürlich einen Plan. Als Erstes mussten sie endlich herausfinden, wo Das Buch aufbewahrt wurde. Da Mother Mary es an sich genommen hatte, wurden George und John damit beauftragt, sie zu überwachen. Paul wollte dem Messdiener einen ausgeben und ihn so gesprächig machen, Julia sollte den Dekan um ein Gespräch unter vier Augen bitten und ihn dabei unauffällig aushorchen.

Während Paul jeden Einzelnen instruierte, tippte Julia etwas in ihr Smartphone. Keine dreißig Sekunden später bekam sie eine Antwort.

„Ähm", sie hob den Finger wie in der Schule und unterbrach Paul, der gerade John und George eine Einführung im taktischen Observieren gab, „ich weiß, wo sie Das Buch aufbewahren."

Ihr Bruder sah sie etwas schräg an, ungläubig, dass Teil eins seines ausgefeilten und äußerst professionell durchdachten Planes durch eine Textnachricht bereits hinfällig geworden war.

„Oooo-kay." Er wirkte enttäuscht, riss sich aber schnell wieder zusammen. „Okay, dann gehen wir wohl weiter zu Teil zwei."

Am nächsten Tag machte sich wieder einmal eine Prozession auf den Weg von der Kirche in Richtung Fluss. Es war Mittwochnachmittag, der Friseursalon hatte geschlossen, John hatte schon Feierabend und Paul hatte keine Ausreden mehr. Der Morgennebel hatte beschlossen, noch ein bisschen zu bleiben, um dann vermutlich nahtlos in den Abendnebel überzugehen, was aber für das Unternehmen „Sturm" durchaus von Vorteil war.

Die kleine Gruppe kam nur langsam vorwärts. Ständig blieben sie stehen, diskutierten etwas in leisem Flüsterton und gingen dann ein Stück des Weges weiter, nur um die ganze Prozedur wieder von vorn zu beginnen. Der Inhalt dieser Diskussionen wurde größtenteils vom Nebel verschluckt und das war auch gut so, denn niemand konnte wissen, wer sich dieser Tage so alles im Wald herumtrieb und lauschte.

Neben allerlei planerischen Details wurde wieder einmal über den Namen des Coups diskutiert. Paul war bockig, da er nicht einmal gefragt worden war. Julia hatte nur gemeint, bisher seien sie mit Shakespeare besser gefahren als mit Hollywood und somit hatte George, als Shakespeareflüsterer, der Operation den Namen „Sturm" gegeben, nach der gleichnamigen Komödie des Dramatikers, in der es irgendwie um Rache und sonstige Verstrickungen ging.

Als sie an die Biegung kamen, an deren anderem Ufer Blondie einst platziert worden war, hielten sie kurz an. Heute stach keine Sonne durch ein Loch in den Wolken, die Stimmung war anders, ein wenig unheimlicher. Vor allem war das gegenüberliegende Ufer kaum zu sehen. Keiner musste es aussprechen, aber allen war klar, welches Glück sie mit der Aktion gehabt hatten. An einem Tag wie heute hätte Blondie am anderen Ufer Lambada tanzen können und trotzdem hätte keiner sie bemerkt.

Ein kleiner Windhauch kam auf und dünnte die Nebelschwaden kurz etwas aus. Alle vier starrten gebannt auf die Gestalt, die plötzlich auf der anderen Seite sichtbar wurde. Es handelte sich um einen relativ hageren, relativ haarigen und relativ unbekleideten Mann undefinierbaren Alters. Wobei unbekleidet nicht ganz stimmte, er trug eine Kopfbedeckung, die aussah, als wäre sie aus Aluminiumfolie gefertigt.

Mit durchgedrückten Knien stand er da auf dem Waldboden und umfasste mit den Händen seine Beine oberhalb der Knöchel. Gerade als er daran ging, seinen Oberkörper in einer sanften Bewegung nach oben zu strecken, zog der Nebel wieder zu und legte gnädigerweise einen Mantel auf das, was immer da noch kommen sollte.

Die Gruppe ging weiter, aber die Diskussion verstummte. Erst als das eigentliche Ziel in Sicht kam, eine kleine, schiefergedeckte Kapelle nebst einem kleinen, strohgedeckten Cottage, beides mitten im Wald, blieb Paul erneut stehen.

„Ich finde, der Plan ist noch nicht ganz ausgereift. Lasst uns das noch mal überschlafen ...“

„Paul“, sagte Julia und musterte ihren Bruder. „Wir haben den Plan doch besprochen. Einer muss in die Kapelle gehen, denn dort wird Das Buch aufbewahrt. Das sagt jedenfalls meine Quelle.“ Die Quelle war eine Messengernachricht von Jessie, der Ministrantin. Julia hatte sich aber vorgenommen, sie auch weiterhin einfach als „ihre Quelle“ zu bezeichnen, da sich das viel detektivischer anhörte. „Der Plan, also genau genommen sogar dein Plan war, jemanden inkognito da reinzuschicken, um die Lage zu checken. Das hast du doch gesagt?!“

Paul nickte widerwillig und nur in homöopathischen Dosen.

„Nun, du bist der Einzige, den Mother Mary nicht kennt. Falls sie überhaupt da ist. Wenn wir da reingehen ..." Nun war es an Julia, den Satz nicht zu beenden. Dafür legte sie den Kopf schief.

Paul war deutlich anzusehen, wie es in ihm arbeitete. Aber er hatte keine Argumente gegen seinen eigenen Plan, also drehte er sich Richtung Kapelle, lehnte sich dann kurz gegen einen Baum, um sich mit Daumen und Zeigefinger die geschlossenen Augen zu massieren, und ging dann ohne etwas zu sagen schnurgerade auf die Eingangstür zu.

Die Kapelle war typisch irisch. Sowohl außen als auch innen dominierte grauer Stein. Sie bot Platz für acht einfach gestaltete Sitzbänke aus rustikalem Eichenholz, die sich links und rechts des Mittelgangs aufreihten. An der Seite, gegenüber der Eingangstür, befand sich ein Beichtstuhl. Dieser bestand ebenfalls aus Eiche, war aber deutlich filigraner gestaltet als die einfachen Bänke. Der Altar war, wenig überraschend, Naturstein.

Die spitz zulaufenden Seitenfenster wirkten durch die dicken Steinmauern wie Schießscharten, nur die hohen Fenster hinter dem Altar waren bunt verglast und fächerten das einstrahlende Licht in alle Farben des Regenbogens auf. Falls die Sonne mal schien, so vermutete zumindest Paul, denn aktuell war draußen immer noch Nebel und den konnte nicht einmal ein Kirchenfenster voll bunter Butzenscheiben in buntes Licht umwandeln.

Er zwängte sich in eine der hinteren Bänke. Er war allein.

Natürlich war die Kapelle nicht beheizt. Das hatte bei den Katholiken ja System. Das war nur einer der Gründe, warum Paul schon vor langer Zeit aus diesem Verein ausgetreten war. Dies war ein Ort zum Büßen, nicht zum Wohlfühlen. Die harten, kalten und viel zu schmalen Sitzbänke waren nur ein Vorgeschmack, denn dann kamen ja noch die harten, kalten und viel zu schmalen Kniebänke, die einem schon nach kurzer Zeit die Kniescheiben zermalmten.

Ein Geräusch riss Paul aus seinen Gedanken. Er faltete die Hände und stellte sich betend, wobei er das Umfeld aus den Augenwinkeln beobachtete. Mother Mary war hinter ihm eingetreten. Sie stockte, als sie ihn sah, ging dann durch den Gang bis hinter den Altar, wo sie sich bekreuzigte und das Knie beugte.

Sie wirkte unentschlossen. Paul hatte das Gefühl, als wäre sie durch seine Anwesenheit gestört. Nach einem kurzen Gebet schloss sie eine Seitentür im Altarraum hinter einer Säule auf, die Paul vorher noch gar nicht aufgefallen war, und verschwand darin.

Du bist ein toller Detektiv, dachte er selbstironisch bei sich.

Er behielt die Position des Betenden noch einige Zeit bei. Mother Mary machte keine Anstalten, aus dem Raum – vermutlich die Sakristei – wieder hervorzukommen. Und selbst wenn, seine Anwesenheit hatte sie augenscheinlich gestört, er musste also seinen Plan anpassen, denn so lange sie hier war, konnte er die Sakristei natürlich nicht betreten, um sich dort ein wenig umzusehen.

Es gab nicht viele Möglichkeiten, sich in der kleinen Kapelle zu verstecken, aber die eine, die es gab, schien geradezu ideal zu sein. Da war eine Sitzbank und es hing ein Vorhang davor, durch den er den Altarraum beobachten konnte.

Paul setzte sich in den Beichtstuhl. Er stieß mit den Knien vorn an, auch hier war Bequemlichkeit nicht gewollt, doch wenn er den Vorhang nicht ganz zuzog, konnte er alles, was sich im vorderen Teil der Kapelle tat, beobachten, ohne gesehen zu werden.

Langsam entspannte er sich. Er lehnte sich etwas nach vorn, stützte den Ellenbogen auf das Knie, um wiederum sein Kinn mit der Hand zu stützen. Ein langsames und wohl platziertes Räuspern durchfuhr den Beichtstuhl und es kam nicht von ihm. Paul fuhr der Schreck in alle Glieder, er war nicht allein. Das war doch nicht ...

„Im Namen des ...“, ertönte eine fordernde Stimme.

„Scheiße“, war alles, was Paul durch den Kopf ging und sofort bereute er den gotteslästerlichen Spruch an diesem Ort. Dann bereute er das Bereuen und fluchte erneut innerlich auf die Kirche, die ihn in dreizehn Jahren Religionsunterricht so auf Schuld konditioniert hatte und selbst nach so langer Zeit noch sein Denken kontrollierte.

Wer konnte denn schon ahnen, dass hier am Arsch der Welt jemand im Beichtstuhl saß und auf reuige Sünder wartete?

„Im Namen des ...“, forderte die Stimme erneut auf. Tief und rau, diesmal aber etwas geduldiger und weniger fordernd, als hätte sich der Urheber damit abgefunden, dass sein Gegenüber nicht der Hellste war.

Dieser ruhigere Ton entspannte Paul, sodass er sich etwas zusammennahm und konzentrierte. Er selbst hatte Julia ja eingebläut, wie sie sich in unangenehmen Situationen aus der Affäre ziehen konnte.

„Es tut mir leid, Herr Pfarrer“, sagte Paul, jedoch auf Deutsch statt auf Englisch. „Ich verstehe Sie nicht.“ Einfach mal den dummen Touristen spielen, das funktionierte immer.

„Ja, geh weiter, a Deutscher“, sagte sein Gegenüber.

Auch nicht auf Englisch. Aber auch nicht richtig auf Deutsch. Es schien so etwas Ähnliches wie Bayrisch zu sein. Der Akzent erinnerte Paul daran, wie es klang, wenn Arnold Schwarzenegger versuchte, Englisch zu reden, nur andersrum. Das war interessant. Er hatte den unsinnigen Wunsch, das Gespräch weiterzuführen, nur um sein Gegenüber reden zu hören. Und aus der Nummer kam er jetzt sowieso nicht mehr raus.

„Sie sprechen Deutsch, Herr Pfarrer?“

„Ja, da schaugst, geh. I bin aber koa Pfarrer. Sag einfach Bruder, des passt. So. Normalerweis, wenn du beichten mogst, fangt ma o und betet: ‚Im Namen des Vaters, des Sohnes und des Heiligen Geistes, Amen.‘ Soll mer des mal probiern?“

Als Paul die Kapelle schließlich verließ, machte er sich, ohne auf die anderen zu achten, direkt auf den Weg zurück in die Stadt. Die drei Wartenden waren einen kurzen Moment erstaunt – hatten sie doch vorher einen Treffpunkt im Gebüsch hinter der Kapelle vereinbart – beeilten sich dann aber, ihn einzuholen.

Paul wollte nicht reden. Julia kannte diesen für ihren Bruder ausgesprochen seltenen Zustand und wusste, dass es keinen Sinn hatte, ihn anzusprechen, bevor er seine Gedanken geordnet hatte. George und John wussten das nicht und so gab Julia den beiden ein Zeichen, ihn nicht weiter mit Fragen zu löchern.

Also gingen sie schweigend weiter, wobei Julia unauffällig einen anderen Weg einschlug, was Paul nicht zu bemerken schien und die beiden anderen nur mit je einer hochgezogenen Augenbraue kommentierten.

Nach einer guten halben Stunde strengen Fußmarsches, der zum Großteil querfeldein verlief, hatten die vier ihr neues Ziel erreicht. Sie standen wieder vor Micks Hirschgehege, in dem das ganze Rudel unter Amadeus' Führung träge in einer Ecke lag und gelangweilt wiederkäute.

Sie lehnten sich an das Gatter und sahen den Tieren zu. Julia reichte Paul einen Apfel. Sie sah John eindrücklich mit erhobenen Augenbrauen an, aber erst als sie ihrer Aufforderung mit einem gezielten Ellenbogenstoß Nachdruck verlieh, griff er in seine Innentasche, holte den Flachmann mit Inis Mór Craic hervor und reichte diesen weiter.

Paul zerteilte den Apfel in Spalten und schnitt sogar das Kerngehäuse heraus. Eine Menge brauner Augen und auch die meisten dazugehörigen Ohren waren auf ihn gerichtet. Er überreichte die Apfelspalten wortlos Julia und öffnete den Flachmann. Blondie erhob sich.

Julia lächelte. Sie hatte Blondie vorher vergeblich im Rudel gesucht, Hirsche sahen sich erstaunlich ähnlich, aber nun erkannte sie die Hirschkuh wieder. Beim genauen Hinsehen glaubte sie, noch Reste der Triquetra unter der neuen Fellfarbe zu erkennen. Sie reichte Paul eine Apfelspalte, die er, ohne Julia anzusehen, annahm und so mit etwas Whiskey beträufelte, dass nicht ein Tropfen daneben ging. Nach einem kurzen Moment des Zögerns machte sich Blondie langsam in ihre Richtung auf. Paul lächelte nun ebenfalls und hielt seine Hand mit der Apfelspalte ausgestreckt vor sich hin.

Blondie kam gerade so nahe, dass sie, mit ausgestrecktem Hals, die Apfelspalte vorsichtig aus seinen Fingern nehmen konnte. Mit dem Apfel im Maul zog sie sich eine Idee zurück und fing an zu kauen, ohne jedoch den Blickkontakt mit Paul zu unterbrechen, teils fragend, teils auffordernd, aber auf jeden Fall mit der Prämisse, den Nachschub nicht abbrechen zu lassen. Als sie mit dem Apfelschnitz fertig war, schlackerte sie mit den Ohren.

Julia reichte Paul einen weiteren.

„Ich war gerade beichten“, begann Paul, während er das nächste Stück Apfel marinierte.

Es war nicht klar, ob er sich an seine Begleiter, an Blondie oder an das Universum an sich wandte, aber das spielte keine Rolle.

„Zum ersten Mal seit ... zumindest zum ersten Mal als Erwachsener. Der Priester war ... nett. Ich wusste gar nicht, dass es so etwas gibt. Es war auch ... es war ein Gespräch. Von Mensch zu ... Mensch." Paul schien die Geschehnisse der letzten Stunde erst in dem Moment zu realisieren, in dem er sie aussprach.

Blondie schnappte sich wieder vorsichtig ein Stück Apfel aus seiner Hand.

„Eigentlich wollte ich mich ja nur im Beichtstuhl verstecken, aber dann saß er da drin. Ich versuchte, mich dumm zu stellen und Deutsch zu reden, aber er sprach ... so etwas Ähnliches wie Deutsch. Bayrisch-Englisch sozusagen. Und dann gingen mir die Ausreden aus. Ich sagte, ich wäre eigentlich nur zum Nachdenken hergekommen und er meinte, für ihn wäre das okay, wir könnten gemeinsam nachdenken und wenn mir dabei eine Sünde einfiele, könnte ich sie ihm gerne beichten. Ansonsten könnten wir uns natürlich auch über ziemlich alle andere Themen unterhalten, bis auf Fußball. Da kenne er sich nicht aus. Ihm sei Philosophie lieber, das sei ein Hobby von ihm."

Paul nahm ein weiteres Apfelstück, träufelte vorsichtig den zwölf Jahre alten Whiskey darüber, wieder ohne auch nur einen Tropfen zu vergeuden, und nahm dann selbst einen Schluck.

„Er war so ganz anders als all die verklemmten Pfarrer, die ich in meinem Leben kennengelernt habe. Ich habe ihn natürlich gefragt, wo er denn Deutsch gelernt hat, und dann hat er mir lange seine Geschichte erzählt. Er stammt ursprünglich aus der Nähe von Belfast, hat aber in halb Europa in verschiedenen Klöstern gewohnt und gearbeitet. Meist als Gärtner. Er meinte, das sei eine ehrliche Arbeit, bei der, wenn aus Samen Pflanzen und Früchte wachsen, er die Wunder Gottes immer wieder vor Augen habe."

Blondie schlackerte mit den Ohren, als ob sie ihm zustimmen wollte. Vermutlich dachte sie dabei an Äpfel und ein gewisses Produkt, das aus Gerstenmalz destilliert und danach einige Jahre in Holzfässern gelagert wurde.

„Einige Zeit hat er auch in Mittenwald verbracht, an der Grenze zu Österreich, und da hat er sich selbst Deutsch mit diesem Akzent beigebracht." Er nahm ein weiteres Stück Apfel von Julia entgegen, anstatt es aber mit Whiskey zu beträufeln, wandte er sich nun direkt an seine Schwester. „Weißt du noch, dieser Pfarrer, den wir in der Grundschule hatten? Der die Kinder in der Klasse wegen jeder Kleinigkeit angeschrien hat?"

Julia nickte.

„Sein Nachfolger war auch nicht besser. Der versank immer nur in Selbstmitleid und sprach ständig von Schuld und Buße. Das wäre sicher ein interessanter Fall für einen Psychologen gewesen."

Sie war froh, jetzt wieder einen Draht zu Paul gefunden zu haben. „Ich habe nie verstanden, wieso katholische Pfarrer auf Kinder losgelassen werden", sagte Julia. „Vor allem, weil es ihnen verboten ist, selbst welche zu haben, das kann doch nicht funktionieren. Glaubst du, die waren so gestört, weil sie in der Kirche waren, oder sie wurden Pfarrer, weil sie schon vorher ein Problem hatten?"

Paul dachte kurz nach und fütterte Blondie, die schon ungeduldig mit den Ohren schlackerte, schließlich mit einem weiteren Stück Apfel.

„Ich denke, dieses menschenverachtende System aus Schuld, Homophobie und einem, nun, nicht mehr ganz zeitgemäßen Weltbild zieht Menschen mit Problemen an. Anstatt ihnen aber wie versprochen zu helfen, verstärken sie diese Probleme nur." Paul gab Blondie den letzten Apfelschnitz. „Ich dachte immer, alle, die freiwillig in die Kirche gehen, sind dumm." Er wandte sich jetzt wieder in Richtung der Hirschdame, die aber noch mit Kauen beschäftigt war. „Das schien mir die einfachste Erklärung zu sein. Aber dieser Priester ist garantiert nicht dumm. Er ist auch ... Er ist Gärtner. Ein einfacher Mensch, der mir kein einziges Mal von oben herab mit Schuld gedroht hat. Und weil das eben so gepasst hat, das Zwischenmenschliche, hatte ich das Gefühl, ihm etwas beichten zu müssen.

Also habe ich ihm gesagt, ich sei nur wegen des Buches hier. Ich sagte, ich kenne John. Ich möchte wissen, wo Das Buch ist und es sehen. Und ich habe Bedenken, dass es diverse ... Gruppierungen zu ihrem Vorteil auslegen könnten."

Acht Augen richteten sich auf Paul. Zwei davon schienen bemerkt zu haben, dass keine Apfelschnitze mehr in Reichweite waren, hatten aber die Hoffnung auf Nachschub noch nicht vollends aufgegeben. Die anderen warteten gebannt auf das, was kommen würde.

„Ich fürchte, auch wenn ich nichts Konkretes verraten habe, weiß er nun, dass wir etwas vorhaben. Aber", sagte er schließlich nach einer weiteren kurzen Pause, „auch da hat er ganz cool reagiert. Er sagte mir, Das Buch würde hier verwahrt und geprüft. Es gehöre natürlich nicht der Kirche und wenn wir es sehen wollten, dann gäbe es morgen Abend eine Gelegenheit. Mother Mary würde da für geladene Gäste den Inhalt des Buches präsentieren. Wir dürfen natürlich gerne kommen."

Es herrschte unschlüssiges Schweigen. Sie hatten ihr eigentliches Ziel irgendwie erreicht, jedoch wieder einmal nicht auf dem geraden, geplanten Weg, sondern über ein Labyrinth gepflastert mit Zufall und Naivität. Dennoch: Sie hatten zumindest eine weitere Etappe genommen und waren ihrem Ziel wieder einen Schritt näher gekommen.

Vielleicht war es jetzt langsam an der Zeit, sich darüber Gedanken zu machen, was genau eigentlich ihr Ziel war.

Auf dem Weg zurück setzte sich Paul mit Julia ein Stück von den anderen ab. Sie hatte das Gefühl, dass er ihr noch etwas sagen wollte, ohne dass die anderen es hörten. Und genau so war es auch.

„Ich habe dem Priester auch noch ein paar andere Sachen gebeichtet."

Julia spürte deutlich, dass es ihn einiges an Überwindung kostete, und so sagte sie nichts und ließ ihn einfach reden.

„Es war seltsam, aber ich hatte das Gefühl, nachdem ich schon mal im Beichtstuhl war, als wäre ich irgendwie verpflichtet, etwas zu erzählen. Zuerst fiel mir nichts ein, dann habe ich ihm das von Tante Betty damals im Urlaub in Slowenien gesagt."

Julia nickte und biss sich auf die Unterlippe. An diese Geschichte hatte sie schon lange nicht mehr gedacht. Das war zu lustig gewesen. Außer für Tante Betty natürlich.

„Plötzlich ging es los, zack, zack, eines nach dem anderen, bis gestern, wo ich deinen Mann versetzt habe, damit ich hier sein kann. Und weißt du was? Das Verrückte ist, ich fühle mich jetzt ... leichter."

Julia nickte wieder. In Gedanken war sie aber plötzlich woanders. Paul hatte ihren Mann versetzt. Sie war sich nicht sicher, ob ihm in diesem Fall eine Absolution reichen würde. Seit der Trennung hatte sie eigentlich keine Bedenken gehabt, ihr baldiger Ex-Mann könne sich in irgendeiner Form an ihr rächen. Das war nicht sein Stil.

Paul jedoch war direkt abhängig von ihm. Letztendlich war sein Job auf der Farm so etwas wie eine Arbeitsbeschaffungsmaßnahme, die nicht zuletzt durch Julias Einfluss zustande gekommen war. Dieser Einfluss war nun weg und somit befand sich Paul plötzlich zwischen zwei Fronten. Er lief Gefahr, als Bauernopfer missbraucht zu werden. Ihr Mann würde dabei nicht einmal unbedingt aus Rache handeln, sondern mehr aus Prinzip, eben weil er es konnte.

Den Rest des Weges hing jeder seinen eigenen Gedanken nach und so stieß Julia fast mit George zusammen, als der plötzlich „Stopp“ rief und unmittelbar vor ihr stehen blieb. Sie konnte ihm ansehen, dass er eine Idee hatte. Unter neugierigen, fragenden Blicken sammelte er sich noch für einen kurzen Augenblick, um dann direkt auf den Punkt zu kommen.

„Das Buch. Das gibt es zweimal.“

John nickte, offenbar unschlüssig, was George damit sagen wollte.

„Wie groß ist der Unterschied zwischen den zwei Büchern?“

John überlegte. „Der Inhalt ist nahezu gleich, der größte Unterschied dürfte die Handschrift sein. Wobei ich auch einige Seiten in Tonys Buch geschrieben habe. Und umgekehrt. Wieso?“

„Würde jemand außer Tony bemerken, wenn ... jemand ... die beiden Bücher zufällig vertauschen würde?“

John schnitt eine Grimasse. Paul grinste.

Julia schloss die Augen und seufzte.

„Du meinst ...“

„Genau.“

„Und was?“

„Nur ein paar Kleinigkeiten, nicht viel.“

„Wer und wann?“

George sah sich um.

„Du und ich. Wenn das Buch morgen veröffentlicht wird. Dann bleibt uns nur noch heute Abend.“

„Probleme?“

George zuckte mit den Schultern. „Irische Kirchen sind nie abgeschlossen.“

Mit Georges Unterstützung war es für Julia nicht weiter schwer, in der Dunkelheit den Weg zurück zur Kapelle zu finden. Den Fluss entlang und dann rechts – die beiden waren die Strecke in letzter Zeit oft genug gegangen. Die Taschenlampen blieben aus, denn sie durften natürlich nicht gesehen werden.

Julia hatte Johns Ausgabe des Buches in der Tasche. Mit einigen Ergänzungen. Diese Ergänzungen waren lange und kontrovers diskutiert worden. Die Vorstellung, die Thesen im Buch noch auszuweiten und zu verändern, war natürlich verlockend, denn auf diese Weise konnten sie Tony nahezu alles in den Mund legen. Entsprechend vielfältig waren die Vorschläge, doch John blockte fast alles ab.

Er wollte Das Buch und alles, für was es stand, nicht mit einer kurz gedachten Retourkutsche in den Schmutz ziehen. Julia konnte das verstehen, war es doch so etwas wie sein Lebenswerk. Letztendlich hatten sie sich auf drei Punkte beziehungsweise Ergänzungen geeinigt.

Ein Punkt, den John besonders ernst nahm, war die Loyalität von gewählten Volksvertretern und wem sie galt. Das war ein Thema, das in Irland gerade wieder diskutiert wurde, denn es gab durchaus Regelungen für das Verhältnis zwischen Politik und Lobbyisten, nur sorgten diese nicht wirklich für mehr Transparenz. Da dieses Thema sowieso im Buch behandelt wurde, hatte ein kleiner Nebensatz ausgereicht, um genau das zu fordern, was Tonys Konservative verhindern wollten.

Punkt zwei hatte mit dem Streben nach immer mehr Macht zu tun und war wohl eine Breitseite in Richtung Generalsekretär. Da Julia ihn nicht kannte, konnte sie auch mit diesem Punkt nicht viel anfangen.

Zuletzt gab es noch ein Umweltthema, das Tony durchaus in Erklärungsnot bringen konnte, da er sich im Wahlkampf für den Ausbau einer Straße und gegen ein Naturschutzgebiet ausgesprochen hatte. In Julias Augen war das sicher nicht der große Wurf, falls es ihnen aber gelang, Das Buch zu tauschen, konnte es durchaus einen gewissen Unterhaltungswert haben und Tony einen Dämpfer verpassen.

Sie näherten sich der Kirche. Um sie richtig in Szene zu setzen, wären einige vereinzelte Nebelschwaden angebracht gewesen, fand zumindest Julia. Doch wer immer heute für das Wetter zuständig war, erfüllte ihr diesen Wunsch nicht. Die Nacht blieb klar und dunkel, nicht einmal der Mond ließ sich blicken. Lediglich das Flackern einiger vereinzelter Kerzen war durch die Bleiglasfenster der Kapelle zu erahnen und sorgte so zumindest für ein Mindestmaß an Stimmung.

Gerade als sie um die Ecke zur Eingangstür gehen wollte, zog George sie an sich und hielt ihr eine Hand vor den Mund. Julia blickte zu seiner anderen Hand hinunter, die auf einem anderen Körperteil platziert war, und hob die Augenbrauen. Verschmitzt lächelnd ließ er mit beiden Händen los und legte den Zeigefinger vor seinen Mund.

Er hatte wohl etwas gehört. Vorsichtig spähte George um die Ecke, blickte Julia fragend an, sah noch mal um die Ecke und blickte sie erneut fragend an.

„Ich glaube, da ist Tony", flüsterte er schließlich.

Nun spähte Julia vorsichtig um die Ecke. Es handelte sich um zwei Personen, die da, keine zehn Meter entfernt, im tiefen Dunkel des Eingangsportals standen und leise, aber eindringlich diskutierten. Der Stimme nach könnte einer davon tatsächlich Tony sein, den anderen erkannte sie nicht.

Sie blickte zu George. Der nickte nur wissend und bestätigte so ihre Vermutung: Auch die beiden waren hinter dem Buch her. Vermutlich hatten sie eine ähnliche Idee gehabt und wollten eine letzte Feinjustierung an dessen Inhalt vornehmen.

Julia versuchte mitzukriegen, über was die beiden redeten. Der Unbekannte sprach deutlich mehr, dem Tonfall nach zu urteilen versuchte er wohl, Tony von etwas zu überzeugen. Leider konnte sie den genauen Wortlaut nicht verstehen, sie hörte nur immer wieder das Wort „Partei". Auch „Tür" schien ein wichtiger Bestandteil des Gesprächs zu sein, sowie „Schnitzelwagen", aber Letzteres konnte sie auch falsch verstanden haben.

Sie wandte sich an George. „Ich dachte, irische Kirchen sind nie abgeschlossen?"

George zuckte nur mit den Schultern. Julia überlegte. Das brachte den Plan natürlich gehörig durcheinander, doch zumindest konnten die anderen so auch nichts unternehmen. Ihr Blick glitt hinüber zum Cottage. Durch das Fenster erkannte sie einen schwachen Lichtschein.

Julia hob einen Kiesel vom Boden auf. „Vielleicht hauen die beiden ab, wenn jemand kommt."

George zuckte erneut mit den Schultern, er schien von der Idee nicht begeistert zu sein, hatte aber auch keine Alternative parat.

Sie warf den kleinen Stein gegen das Fenster. In der Dunkelheit und in Julias Wahrnehmung ertönte das „Klack" von Stein auf Glas wie ein Paukenschlag, doch Tony und der Unbekannte waren anscheinend so in ihre geflüsterte Diskussion vertieft, dass sie es nicht wahrnahmen. Sie hob einen weiteren Stein vom Boden auf und warf ihn. Genau in dem Moment, als erneut Stein auf Glas traf, ertönte stilgerecht das Quietschen eiserner Türangeln. Der Priester stand gebeugt in der niedrigen Tür und spähte in die Dunkelheit. Keiner regte sich.

Der Priester zückte eine Lampe und leuchtete in Richtung Kapellenportal. „Tony, Herr Generalsekretär. Was verschafft mir die Ehre so spät am Abend?"

Julia wagte erneut einen Blick um die Ecke, sie konnte sich das einfach nicht entgehen lassen.

„Ähem, ja. Guten Abend." Auch hier schien wieder der andere, bei dem es sich wohl um den besagten Generalsekretär handelte, das Reden zu übernehmen. „Nun ...", er zögerte. „Sie wissen ja, dass morgen Tonys ... Buch ... präsentiert wird. Und da Tony und natürlich auch die Konservative Partei gerade mitten im Wahlkampf stecken, wollten wir sichergehen, dass ..." Er machte eine ausladende Geste, die im Grunde alles bedeuten konnte.

Der Priester kam näher und nickte. „Ich verstehe schon", sagte er schließlich. „Sie haben Bedenken wegen morgen. Und Sie möchten sicherstellen, dass alles richtig abläuft. Und deswegen möchten Sie ..."

Der Generalsekretär nickte schnell. Tony nickte nachdenklich. Der Priester nickte verständnisvoll. Julia schüttelte den Kopf. Der Priester drehte sich um und machte sich daran, zurück ins Haus zu gehen. „Einen Moment, ich ziehe mir nur kurz etwas Wärmeres an."

„Es dauert nicht lange, wenn Sie uns nur die Tür ..."

Der Priester hielt an, drehte sich wieder um und fixierte den Generalsekretär. Julia hätte schwören können, für den Bruchteil einer Sekunde so etwas wie ein schelmisches Grinsen auf seinem Gesicht zu sehen. „Herr Generalsekretär. Wenn am späten Abend zwei Politiker zu mir kommen, um die Beichte abzulegen, denn was sonst würden Sie beide denn hier draußen zu dieser Uhrzeit suchen, dann stelle ich mich, gerade in diesem speziellen Fall, auf eine lange Nacht ein. Und nun würde ich vorschlagen, dass Sie sich, solange ich mir noch ein zusätzliches Beinkleid aus Schafwolle suche, schon einmal Gedanken über Ihre Sünden machen. Ich denke, Sie wissen, wie das geht, schließlich trägt Ihre Partei ja das Wort ‚christlich' im Namen.

Ich vermute stark, wir haben heute Abend noch einiges zu erledigen. Beichten, Büßen, Absolution, Bußsakramente ... Ich sehe da einige Ave-Maria auf uns zukommen. Doch wenn wir das alles geschafft haben, dann gehen Sie beide geläutert in den morgigen Tag und alles wird richtig ablaufen. Oder?"

Ohne eine Antwort abzuwarten, ging der Priester zurück in sein Cottage. Julia und George zogen sich vorsichtig ein Stück zurück. Aus diesem Grund konnten sie nichts mehr von dem verstehen, was zwischen Kapelle und Cottage gesprochen wurde. Lediglich am Tonfall konnten sie erahnen, dass Tony und der Generalsekretär nicht gerade bester Laune waren.

Ganz im Gegensatz zum Priester, der nach kurzer Zeit wieder erschien. Warm gekleidet, ein Lied summend und bereit, im Dienste des Herrn eine lange Nachtschicht einzulegen.

Es gab an diesem Abend einen unausgesprochenen und somit einstimmigen Entschluss, das bisher Geschehene als Sieg zu verbuchen und diesen Umstand abends im Pub zu feiern.

Der Deerstalker war voll. Zu voll. Es schien, als würde nicht nur alle Welt auf Kildalough schauen, sondern hier auch gleich ein Bier trinken wollen. Simon der Barkeeper zuckte nur mit den Schultern, es war einfach kein Platz mehr frei. Also steuerten sie einfach den nächstbesten Pub an, das Burkes of Kildalough.

Auch hier hatte sich am heutigen Abend zu den üblichen Stammgästen noch eine große Anzahl Auswärtiger gesellt. Rein optisch unterteilte Julia die Besucher in drei Gruppen: Esoteriker auf der Suche nach einer höheren Macht, Reporter auf der Suche nach einer Story und Goldgräber auf der Suche nach Profit.

Erst beim zweiten Bier – das erste hatten sie im Stehen an der Bar getrunken – hatten sie Glück und bekamen einen Sitzplatz in der Ecke. Ihre Gruppe hatte mittlerweile Zuwachs bekommen, Beata war mit Brigh zu ihnen gestoßen und so drängten sie sich zu sechst an einen Vierertisch, was aber keinen der Anwesenden weiter störte.

Beim dritten Bier klingelte Pauls Smartphone. Da er es neben seinem Glas auf dem Tisch liegen hatte, sah Julia, dass ihr Mann anrief. Paul sah sie fragend an, aber sie zuckte nur mit den Schultern nach dem Motto: Dein Telefon, dein Geschäftspartner, mach, was du meinst.

Zögernd nahm Paul ab. Das Gespräch verlief – zumindest für Paul – ziemlich einsilbig und beschränkte sich vorwiegend auf ein gelegentliches „Ja", das ab und an durch ein „Mhhm" ergänzt wurde. Schließlich legte er auf, seufzte und warf Julia einen entschuldigenden Blick zu.

„Er kommt her. Er war ohne mich auf diesem Geschäftsmeeting an der Westküste. Jetzt ist er auf dem Rückweg und möchte, da Kildalough sowieso fast auf dem Weg liegt, das Ergebnis mit mir besprechen. Sagt er."

Julia zuckte nur mit den Schultern. Und sie spürte: Es war ihr wirklich egal.

Beim vierten Bier war er schon da. Sogar in dieser bunt zusammengewürfelten Menge stach er heraus. Es war vermutlich der Anzug, der einfach nicht in ein Irish Pub passte. Julia wusste, dass er sich nur so kleidete, wenn er wirklich keine andere Wahl hatte. Es schien sich also doch um ein wichtiges Businessmeeting gehandelt zu haben.

Gleichzeitig war ihr klar, dass er natürlich auch die aktuelle Lage einschätzen wollte. Anscheinend verließ er sich nicht mehr auf die Berichte von Paul, falls der überhaupt noch welche ablieferte. Aus diesem Grund hatte sie auch beschlossen, hier im Pub zu bleiben. Sie hatte hier ein Leben oder war zumindest dabei, sich eines aufzubauen. Das wollte sie ihm klarmachen, indem sie zeigte, dass sie mit Freunden ausging.

Als er ihren Tisch erreichte, wirkte er kurz etwas verwirrt. Vermutlich hatte er nicht mit so vielen Personen gerechnet. Die Begrüßung Julia gegenüber fiel sehr rudimentär aus und da der Tisch sowieso schon überbelegt war und keiner Anstalten machte, noch weiter zusammenzurücken, stand Paul schließlich auf und ging mit ihm an die Bar.

George und John hatten das Ganze kaum beachtet. Sie diskutierten schon den ganzen Abend über Sport im Allgemeinen und jetzt gerade über Gaelic Football im Speziellen und hatten sich weitgehend aus der Gruppenkonversation ausgeklinkt. Brigh und Beata jedoch musterten Julia nun mit großen, erwartungsvollen Augen. Sie witterten Klatsch.

„Dein Ex-Mann ...?" Brighs Augen wurden noch größer.

„Getrennt lebend." Julia seufzte und rollte mit den Augen. „Auseinandergelebt, verschiedene Vorstellungen von der Zukunft, keine Kinder, er ist Erbe des Familienunternehmens, das er eigentlich nie richtig wollte, und sein Vater mischt sich mit über siebzig immer noch in die Geschäftsführung ein. Punkt. Das war's."

„Er sieht gut aus in Anzug." Nach dem vierten Bier schien sich Beatas polnische Herkunft in ihrem Satzbau bemerkbar zu machen. Zumindest hatte es den Anschein, Julia vermutete jedoch, dass vielleicht mehr dahintersteckte, dass sie ihren Akzent beliebig an- und ausschalten konnte, um damit zu kokettieren. Ganz sicher war sie aber noch nicht, sie würde das weiter beobachten.

Beata wandte sich an George und boxte ihn in die Schulter. „Schaust du, Ex-Mann von Julia sieht gut aus in Anzug." Sie sprach das Wort Anzug mit einem langen, rollenden A aus. Anschließend zwinkerte sie Julia zu.

Es war klar, dass sie George zu einer Reaktion provozieren wollte. Als auch Brigh dem zustimmte, wandte sich George von John und der Sportdiskussion ab und musterte Julias Mann. Dann legte er seine Hand auf ihre, nahm sie aber sofort weg, als er ihren abschätzigen Blick bemerkte.

Diese Art von Revierkampf hatte sie noch nie verstanden, denn schließlich entschied nur sie selbst, mit wem sie heute Abend nach Hause ging. George wirkte verunsichert. Schließlich trank er einen

Schluck Bier und stand auf, woraufhin Julia ihn sofort wieder zurück auf seinen Stuhl zog.

„Er sitzt dort drüben, ich bin hier, niemand bedroht meine Ehre. Wenn es dir Spaß macht, dann geh raus und pinkle an sein Auto, aber hier drin ist kein Schwanzvergleich notwendig", sagte sie streng.

George setzte sich wieder mit einem dermaßen neutralen Gesichtsausdruck, dass sich Julia nicht sicher war, ob er verärgert oder erleichtert war. Brigh und Beata spielten die Enttäuschten, da es zu keinem offenen Schlagabtausch gekommen war, und John ging die fünfte Runde Bier holen.

Schweigen machte sich am Tisch breit, aber Julia konnte anhand der Blicke, die Brigh und Beata sich zuwarfen, ablesen, dass sie etwas planten. Sie sah hinüber zur Bar. Auch Paul schwieg, nickte und hörte den Erläuterungen ihres Noch-Mannes zu, die dieser mit weit ausladenden Gesten untermalte.

Julia nahm einen Schluck Bier. Schließlich schienen sich Brigh und Beata auf einer mentalen Ebene geeinigt zu haben.

„Lasst uns haben ein bisschen Spaß." Beata hatte beim Wort Spaß wieder mindestens zwei A eingefügt.

„Genau." Brigh pflichtete ihrer Freundin bei. „Es sind so viele Leute von außerhalb in der Stadt und immerhin ist es hier Tradition, Fremde ein bisschen auf die Schippe zu nehmen. Die sind alle hier, um ein Wunder zu sehen, also sollten wir sie nicht enttäuschen."

George sah John an.

„Sollen wir die Geschichte mit dem exklusiven Export von Kleeblättern bringen? Vielleicht interessiert sich ein Reporter dafür?"

Brigh und Beata rollten synchron mit den Augen.

„Ich sehe, mit Mäännern ist heute nichts los, immer nur aalte, aufgewäärmte Geschichten."

„Ich vermute mal, wir müssen das selbst in die Hand nehmen." Brigh sah sich um, flüsterte Beata etwas ins Ohr und ging an die Bar.

Sie kam mit fünf Bier zurück, ging damit aber zum Nachbartisch, an dem sich einige Reporter versammelt hatten. Dort stellte sie jedem der Männer ein Glas hin, garniert mit einem zuckersüßen Augenaufschlag und einem breiten Lächeln. Mit dieser Kombination hatte sie sofort die ungeteilte Aufmerksamkeit.

„Hallo, mein Name ist Mary und ich darf Sie im Namen der Tirnua Tourist Society herzlich begrüßen. Sie sind doch die Kollegen von Reuters? Gut.“ Brigh redete schnell und ließ den Reportern gar keine Zeit, über ihre Worte nachzudenken. Sie hätten vermutlich zu allem Ja gesagt, solange Brigh Bier brachte und ihnen ein Lächeln schenkte.

Dass diese fünf Reporter keiner namhaften Nachrichtenagentur angehörten, war allen Anwesenden klar. Sie machten eher den Eindruck, Freiberufler auf der Suche nach einem Schnappschuss oder einer Verschwörungstheorie zu sein. Vermutlich ginge auch irgendetwas mit Sex, denn sie schienen hauptsächlich für Zeitungen und Onlinedienste zu arbeiten, die sich weniger mit Fakten, Texten und Inhalten belasteten und sich stattdessen mehr auf Bilder und reißerische Überschriften konzentrierten.

„Wir haben Ihnen ja schon die Unterlagen über unsere schöne Stadt zukommen lassen und wir würden uns natürlich freuen, wenn Sie in Ihren Berichten das ein oder andere Detail über unsere Attraktionen einfließen lassen könnten. Sie wissen schon.“ Brigh zwinkerte. Die fünf Männer nickten unisono. Keiner von ihnen wusste, wieso.

„Da wäre nur noch eine Sache.“ Brigh sah sich verstohlen um und setzte sich dann dazu. Die Männer rückten so eifrig zusammen, dass der Letzte fast von der Bank fiel.

In verschwörerischem Tonfall fuhr sie fort: „So wie ich es verstanden habe, sind Sie heute unfreiwillig Zeugen eines ... Missverständnisses geworden. Dafür möchte ich mich nochmals entschuldigen und Ihnen auch im Namen des Bürgermeisters versichern: Es gibt keinen Plan, hier in Kildalough einen Wallfahrtsort zu errichten. Es ist auch völlig aus der Luft gegriffen, dass es schon einen Investor gibt, der sich das Grundstück am Fluss gesichert hat, um dort ein Besucherzentrum zu bauen. Sie müssen verstehen, bevor die Untersuchung des Vatikans, ob es sich hier tatsächlich um ein Wunder handelt, noch nicht abgeschlossen ist, kann auch gar nichts entschieden werden.“

Um das Gesagte sacken zu lassen, zog sich Brigh einfach mit einem Lächeln zurück und ging in den hinteren Teil des Pubs, vermutlich, um auch dort alles Mögliche zu dementieren und auch andere Reporter zu bitten, nichts darüber zu berichten.

Die fünf am Nachbartisch hatten schon ihre Smartphones gezückt und tippten diverse Nachrichten.

Beata lächelte. John und George gaben sich unbeeindruckt.

„War erst Stufe eins“, erklärte Beata. „Aber für Stufe zwei etwas fehlt.“ Sie deutete auf ihr Glas. „Was seht ihr hier?“

Die Männer sahen sich an. Ohne eine erkennbare Regung einigten sie sich auf George als Sprecher.

„Dein Glas ist halb leer?“

Beata lächelte und sah Julia an. Diese lächelte ebenfalls.

„Ich glaube, Beatas Glas ist halb voll“, sagte sie und sah Beata erwartungsvoll an, die jedoch den Kopf schüttelte.

„In Irland Glas ist halb leer, in England Glas ist halb voll. In Polen das Glas ist Kurwa, Arschloch, ist nix mehr drin. Wir brauchen erst mehr Bier.“

Es war Julias Runde. Nach irischer Tradition ging das mindestens so lange, bis jeder einmal eine Runde ausgegeben hatte. Das war jetzt der Fall und Julia nahm sich wieder einmal vor, niemals mit mehr als sechs Personen ein Pub zu besuchen.

Sie brachte Brigh ein Pint, die gerade wieder sehr glaubhaft dementierte, dass der Vatikan die Überprüfung schon abgeschlossen hatte. Dann ging sie zurück zum Tisch, an dem Beata schon etwas aufgekratzt auf sie wartete. Anscheinend war es Zeit für Teil zwei.

Als Julia sich gesetzt hatte, winkte Beata einem Mann an der Bar zu und versuchte, dessen Aufmerksamkeit zu erregen, was ihr nach einiger Zeit auch gelang. Als er sich auf den Weg zu ihnen machte, flüsterte Beata kurz „Zweiter Bürgermeister“ in ihre Richtung. Schließlich stand der dann vor ihrem Tisch und sah Beata fragend an.

„Paddy“, begann sie etwas lauter und deutlicher als eigentlich notwendig. „Weißt du, wer der Mann da drüben an der Bar ist?“

Sie deutete auf Julias Mann. Der Zweite Bürgermeister schüttelte den Kopf. Beata winkte ihn mit dem Finger näher heran, sodass er sich zu ihr herunterbeugte und sie seine ungeteilte Aufmerksamkeit hatte.

„Das ist ein Investor aus England, Malcolm Johnson, ich kenne sein Gesicht zufällig aus der Zeitung. Er hat daheim in Polen, in der Nähe von Katowice vor ein paar Jahren groß investiert. Hat da ein Besucherzentrum für Pilger gebaut.“ Paddy nickte.

Beata seufzte. Am Nachbartisch verebbte das Gespräch. „Verstehst du, Malcolm ist ein Immobilieninvestor. Erzkatholisch, mit guten Beziehungen in den Vatikan. Er hat einige Hotels an verschiedenen Wallfahrtsorten gebaut, finanziert von der Vatikanbank. Lourdes, Santiago de Compostela, Sankt Annaberg daheim in Polen ...“

Der Zweite Bürgermeister nickte erneut, verstand jedoch immer noch nichts. Paddy war in Kildalough quasi mitsamt seiner kleinen, parteilosen Fraktion als Zweiter Bürgermeister installiert worden, weil eben einer gebraucht wurde. Er stellte kaum Fragen, hatte keinerlei politische Ambitionen und hörte im Großen und Ganzen auf den Ersten Bürgermeister.

„Okay“, Beata seufzte erneut theatralisch, „ich erkläre es dir jetzt laut und deutlich.“

Letzteres schien auch an die versammelten Reporter des Nebentischs gerichtet zu sein, jedenfalls entspannten die sich etwas und versuchten nicht mehr, ihre Ohren möglichst unauffällig in Richtung Beata auszurichten. Dafür legte diese in puncto Lautstärke noch mal eine Schippe drauf.

„Also! Malcolm. Investiert. In Hotels an verschiedenen Wallfahrtsorten weltweit. Er ist nicht zufällig hier, er hat gute Kontakte in den Vatikan. Verstehst du?“

Es war förmlich zu sehen, wie bei Paddy der Groschen in Zeitlupe fiel.

„Du meinst, er möchte hier ...“

Beata winkte ab.

„Leise!“, sagte sie laut. „Wenn das bekannt wird, explodieren hier die Immobilienpreise. Die eigentliche Frage ist aber ...“ Paddy beugte sich noch näher zu Beata herunter. „Wo ist Angus?“

„Angus?“

„Es ist schon schwer, etwas über Malcolm herauszufinden. Er arbeitet eng mit der Vatikanbank zusammen und die sind ja nicht gerade bekannt für ihre Transparenz.“ Paddy nickte wieder. Es schien eher ein Reflex als ein Zeichen des Verstehens zu sein. „Aber Angus. Angus ist nicht nur sein Bruder, sie sind auch Geschäftspartner. Malcolm ist das Gesicht der Firma, Angus ist ein Phantom. Er wirkt im Hintergrund, niemand kennt ihn richtig, es gibt fast keine Informationen über die beiden. Wenn Angus auch hier ist, dann planen sie bestimmt etwas. Während Malcolm hier sitzt und alles beobachtet, fädelt Angus schon die ersten Immobiliendeals ein, schmiert Grundbesitzer und Entscheidungsträger. Er erscheint wie ein Donnerschlag, ist aufbrausend wie TNT und verfolgt seine Ziele unter Hochspannung. Wenn du ..."

Beatas Blick glitt zur Bar hinüber. Julias Mann, der vermeintliche Malcolm, ging gerade zur Tür hinaus und Paul kam wieder zu ihnen herüber. Alle Versammelten einschließlich Paddy sahen ihn fragend und etwas unschlüssig an. Paul blieb ebenso unschlüssig vor ihrem Tisch stehen und blickte fragend zurück.

Julia brach schließlich das Schweigen.

„Ähem", räusperte sie sich. „Was ... wollte er?"

Paul schien zu überlegen, ob er das wirklich vor allen Versammelten sagen sollte. Er entschied sich für eine ausweichende Antwort.

„Geschäftliches. Vorwiegend. Die Sache in Galway wird sich wohl bald erledigt haben. Er möchte ... woanders investieren."

„Und ... Angus? Hast du etwas von Angus gehört? Ist er hier?" Julia pokerte.

Ein falsches Wort von Paul und der ganze Bluff war dahin. Aber sie hatte ein gutes Gefühl und letztendlich nichts zu verlieren. Das war ihre Gelegenheit, das Spiel auch mal mitzuspielen, vor allem nachdem ihr Brigh und Beata diese Steilvorlage geliefert hatten. Paul sah George an, der sah Julia an, die mit ihrem Blick wiederum Paul fixierte.

„Er war hier", sagte er zögernd. „Ich bin mir nicht sicher, ob er es noch ist ..."

Julia stand auf. Jedes weitere Wort wäre hier zu viel und so drängte sie zum Aufbruch. Sie hinterließen einen etwas ratlosen Zweiten Bürgermeister, einige angefixt wirkende Klatschreporter sowie Brigh, die, umringt von einer Horde Männer, weiterhin alles Mögliche dementierte.

Kapitel 16, Like a Prayer

Kildalough, Irland, Herbst 2019

Julia und Paul hatten sich um halb elf zu einem späten Frühstück oder frühen Mittagessen im Kariba's Café verabredet. Eigentlich musste Paul danach zurück nach Galway fahren. Eigentlich wollte Julia ihn zuerst über das Gespräch mit ihrem Mann ausfragen. Eigentlich hatte er heute Morgen beziehungsweise Vormittag erstaunlich gute Laune.

Dies weckte ihren Schwesterninstinkt und anstatt Paul auszufragen, bestellte sie lediglich eine Tasse Kaffee, die sie schweigend, langsam und geduldig umrührte, obwohl sie ihn schwarz trank.

Lange hielt er das nicht aus.

„Wir, ich ... Es gibt mittlerweile einige Spuren im Internet. Zu Malcolm und Angus. Also eigentlich gibt es nur Verweise darauf, dass es eben keine Hinweise auf die beiden gibt, dazu ein paar mutmaßliche Verwicklungen mit der Vatikanbank. Ich dachte mir, das wäre besser so."

Julia rührte ihren Kaffee weiter, Paul ließ das Gesagte noch einmal Revue passieren und bemerkte, dass wohl eine Information fehlte.

„Beata hat mir gestern Abend noch alles erzählt und da haben wir ..."

Julia änderte die Drehrichtung des Löffels, wobei ein kleiner Strudel in der Tasse entstand.

„Wir dachten, es wäre gut, wenn wir gleich noch einige Fährten legen, bevor sich heute alle möglichen Leute auf Spurensuche begeben, und da haben wir noch die halbe Nacht ..."

Daher kam also seine gute Laune. Nicht von der halben Nacht, die er am PC verbracht hatte. Es ging dabei wohl mehr um die andere Hälfte der Nacht. Julia hörte auf, in ihrem Kaffee zu rühren. Es war dann wohl an der Zeit, das Thema zu wechseln, bevor er noch weiter ins Detail ging.

„Was wollte er?"

Paul zuckte mit der Schulter.

„Ich glaube, eigentlich wollte er die Lage sondieren. Ob es dir ernst ist, wo genau ich stehe, ob er sich auf mich verlassen kann. Nachdem er wohl mit dem Ergebnis nicht zufrieden war, hat er angedeutet, den Betrieb in Galway zu schließen. Natürlich unter einem Vorwand."

Julia warf ihm einen entschuldigenden Blick zu, aber er winkte nur ab. „Mach dir keine Sorgen, ich schlag' noch eine schöne Abfindung für mich raus und dann bin ich den Job dort endlich los. Vermutlich ist das seine Art, mit der Trennung fertig zu werden."

Nun rührte Paul in seinem Kaffee. Lange.

„Weißt du, er war ja nicht immer so." Julia brach das Schweigen.

Paul rührte weiter.

„Es war eben alles anders, bevor er die Firma übernehmen musste."

Paul gab einen Löffel Zucker in den Kaffee.

„Bei unserem ersten Date lud er mich doch tatsächlich in eine Science-Fiction-Doppelvorführung ein. Das fand ich mutig und lustig. Vor allem, als auf dem Heimweg sein Auto mitten im Nirgendwo eine Panne hatte. Wir mussten nachts an einem alten Schloss klingeln, um zu fragen, ob wir kurz telefonieren könnten, weil wir beide keinen Handyempfang hatten. Da gerieten wir in etwas, das ich nur als Fetischparty beschreiben kann.

Und unser erstes Wochenende zusammen verbrachten wir in Montreux. Eigentlich wollten wir uns ein Konzert im Casino ansehen, aber kurz vorher ist das Gebäude abgebrannt. Ich sehe heute noch den Rauch auf dem Wasser ... Er zog solche Missgeschicke regelrecht an, das war ..."

Paul beendete das Umrühren und warf ihr einen Blick zu. Julia wusste, was ihm durch den Kopf ging, wollte es aber nicht hören. Die Kellnerin kam mit dem Frühstück, einem Scone für Julia sowie Speck, Eier, Bohnen und Würstchen für Paul. Das schien ein passender Anlass zu sein, das Thema zu wechseln.

„Was hältst du von dem Ganzen hier?", fragte Julia, als sie ihr Scone mit Butter und Marmelade bestrichen hatte.

Paul stoppte mitten in der Bewegung, legte die Gabel mit Speck und Ei wieder zurück auf den Teller und lehnte sich zurück. Er dachte einen kurzen Moment nach, dann schüttelte er den Kopf.

„Das ist ... eigentlich ... nun, wenn irgendjemand so etwas planen würde. Nüchtern, professionell, zielgerichtet, das würde nie funktionieren. Irgendwie hat es das aber. Zumindest bis jetzt und nun gibt es, meines Erachtens, zwei Möglichkeiten: Die eine ist, Kildalough erlebt gerade seine fünfzehn Minuten Ruhm und in ein paar Wochen ist alles vergessen. Die andere ist, dass sich die Dinge weiter entwickeln, dass alles weiterhin an Fahrt aufnimmt, bis...“ Er zuckte mit den Schultern.

„Und was hältst du für wahrscheinlicher?“

„Nun“, Paul wiegte den Kopf hin und her. „Die Sache ist ja noch lange nicht gelaufen. Die Veröffentlichung des Buches heute Abend wird sicher für die weitere Entwicklung wichtig sein, aber“, er nahm die Gabel mit dem Ei wieder auf, hielt sie jedoch auf halbem Weg zwischen Teller und Mund in der Luft, „wenn dieses ganze ... Ding irgendwo funktioniert, dann hier in Irland. Das ist schwer zu erklären, die Leute sind irgendwie noch ... offen für Wunder. Auch wenn sich das dumm anhört. Aber es gibt hier eine tief verwurzelte Sehnsucht. Naturgeister, Dolmen, keltische Symbole sind hier allgegenwärtig. Ich kann mir das in England nicht vorstellen, dort gibt es eher so etwas wie einen Hang zu den verkrusteten Strukturen des Empires, ganz zu schweigen von Deutschland, wo es vermutlich ein Bundesamt für die Sichtung von Wundern und eine Ausführungsverordnung zur Erscheinung von weißen Hirschen im direkten Bezug auf christliche oder heidnische Symbolik des ausklingenden Spätmittelalters gibt.“

Paul führte schließlich die Gabel zum Mund und begann dann, auch den Rest seines Frühstücks in sich reinzuschaufeln. Julia hatte wieder damit begonnen, Teile ihres Scones zu vierteln. Mit ihren Gedanken war sie bei dem, was Paul gerade gesagt hatte. Dass der heutige Abend wichtig wäre.

Die Tatsache, dass sie es nicht geschafft hatten, Das Buch auszutauschen, enttäuschte sie ein wenig. Auf der anderen Seite hatten Tony und der Generalsekretär ihren Plan auch nicht umsetzen können.

Julia fragte sich, wie der Priester so tickte. Hatte er ein ernsthaftes Interesse daran, Das Buch zu bewachen, oder nahm er nur allen möglichen Leuten gerne die Beichte ab? So oder so, der Abend würde sicher etwas Neues bringen. Auch ohne die überarbeitete Ausgabe des Buches. Und dabei würde mehr entstehen als lediglich fünfzehn Minuten Ruhm, da war sie sich sicher, denn sie brauchte und wollte das volle Programm. Sie wollte Gerechtigkeit. Einen Denkzettel für alle, die einen verdienten.

Die Thesen des Buches mussten endlich als das gesehen werden, was sie waren: ein Denkanstoß, ein Weg zu einem besseren System und ein gewaltiger Tritt in den Arsch des Establishments.

An diesem Abend war die Kapelle hell beleuchtet, was den Kirchenfenstern endlich einmal die Gelegenheit gab, mit ihrem strahlenden, bunten Licht gegen die einsetzende Dämmerung anzukämpfen.

Als die vier das Gebetshaus betraten, hatten sich die Sitzbänke bereits gut gefüllt. Es handelte sich um handverlesenes Publikum, das konnte selbst Julia sehen, die eigentlich fremd in der Stadt war. Bürgermeister. Zweiter Bürgermeister. Stadträte. Kirchenfunktionäre. Und einige von der Sorte, die zwar weder Amt noch Funktion hatten, von solchen Veranstaltungen aber angezogen wurden wie die Klosterschwestern von der Kirchenglocke.

Da keine vier Plätze nebeneinander frei waren, mussten sie sich aufteilen. Julia und George setzten sich nach links außen, wo George seine alte Videokamera mit dem Stativ aufbauen konnte. Paul und John fanden noch ein Plätzchen rechts in der Mitte.

Verwundert sah Julia, wie ein sehr professionell wirkendes, dreiköpfiges Filmteam letzte Hand an Kamera und Tontechnik legte. Bei näherem Hinsehen stellte sie fest, dass ein Logo in Form eines Rosenkranzes das komplette Equipment der Kameracrew zierte. Konnte das sein? Die Kirche hatte ein eigenes Filmteam geschickt?

Das ungute Gefühl in ihrem Magen verlagerte sich und wurde zu einem dumpfen Kopfschmerz. Das hier lief anders als gedacht, sie alle hatten die Situation wohl falsch eingeschätzt. Aber wenn die Kirche nicht versuchte, die Thesen des Buches unter den Tisch zu kehren, was hatte sie dann vor? Julia ärgerte sich, war aber auch gespannt. Ihr Blick fiel auf Georges Kamera, die nun, im direkten Vergleich mit der Ausstattung des professionellen Kamerateams, alt und schäbig aussah. Da aber anscheinend keine unabhängigen Medienvertreter vor Ort waren, musste das eben ausreichen.

Mother Mary trat vor und läutete eine Glocke. Alle Anwesenden erhoben sich, der Dekan trat aus der Sakristei und stellte sich hinter den Altar. Interessanterweise war die Einleitung des Dekans eher organisatorischer Natur. Er sagte lediglich ein paar Grußworte und etwas über den Ablauf der Veranstaltung, um sich dann, mit steinerner Miene, zu den anderen Würdenträgern in der ersten Reihe zu setzen. Jetzt wurde deutlich, wer in dieser Kapelle das Sagen hatte, auch wenn diejenige bisher noch nicht ein Wort gesprochen hatte. Mother Mary blickte zur Kanzel.

Der Priester schob sich aus dem Schatten nach vorn zur Brüstung. Er hatte ein gutes Gefühl für Timing, denn er tat es genau in dem Moment, als die Augen aller Anwesenden dem Blick Mother Marys nach oben folgten. Erneut läutete eine Glocke, wohl als Zeichen zum Gebet. Da der Ablauf heute aber nicht mit dem üblichen Zeremoniell einer Messe übereinstimmte, sorgte das zuerst für etwas Verwirrung.

Der überwiegende Teil der Anwesenden kniete sich hin. Einige erhoben sich von den Plätzen. Julia beschloss, einfach sitzen zu bleiben. Sie fühlte sich außen vor, eher als Beobachterin und nicht als Teil der Gemeinde und wollte dies auch bleiben.

Der Priester ließ seinen Blick kurz über die Anwesenden gleiten, entschied sich aber offenbar dagegen, sie zu einer einheitlichen Haltung aufzufordern. Sollten sie doch knien, stehen oder sitzen. Er pries Gott, bekreuzigte sich, was ihm die meisten der Anwesenden gleichtaten, und fing mit einer Art Predigt an.

„Heilige Mutter Madonna, das Leben ist ein Mysterium. Jeder steht allein, doch höre ich dich meinen Namen rufen, fühlt es sich an wie ... daheim.“ Er machte eine Kunstpause und ließ die Worte sacken.

Julia musste sich eingestehen, dass sie beeindruckt war. Auf den ersten Blick wirkte der Priester klein und unscheinbar, etwas zerzaust und wirr, doch jetzt, oben auf der Kanzel, schien er auf einmal deutlich größer und erhabener. Auch die gefiel Julia, die Kanzel. Kein Mikrofon. Kein Lautsprecher. Er sprach die Leute in der Kapelle direkt an, ohne jedoch von oben herab zu wirken. Das Predigen schien seine Berufung zu sein.

„Denn wenn du meinen Namen rufst, dann ist das wie ein kleines Gebet. Ich knie nieder und möchte dich mitnehmen, ich höre deine Stimme, sie ist wie ein seufzender Engel …“

Das Gebet war kurz, aber eindrucksvoll, auch wenn sich Julia nicht sicher war, was er damit eigentlich hatte sagen wollen. Der Priester beendete das Gebet mit einem „Amen“, das wie ein Echo von den Anwesenden durch die kleine Kapelle getragen wurde, bis es auch den hintersten Winkel erreicht hatte.

Alle setzten sich und es herrschte wieder ein einheitliches Bild. Der Priester schlug ein Buch auf. „Lesung aus dem Buch Genesis: Denn Jesus, er kennt mich. Und er weiß, ich bin der Richtige. Denn ich spreche zu Jesus schon mein ganzes Leben. O ja, er kennt mich, und er weiß, ich bin der Richtige. Und er sagt zu mir, alles wird gut werden.“

Er schloss sein Buch und zog sich wieder in den Schatten zurück. In der Kapelle schwang noch ein nachdenkliches Schweigen nach, das erst nach längerer Zeit von Mother Mary unterbrochen wurde. Jetzt war sie an der Reihe.

Mother Mary nickte der Filmcrew kurz zu. Eilig wurde eine Leinwand entrollt und etwas, das Julia an einen Overhead-Projektor aus ihrer Schulzeit erinnerte, wurde auf einen Tisch neben dem Altar gestellt. Die Schwester kramte in den unergründlichen Tiefen ihrer Ordenstracht und holte Das Buch hervor. Die erste Seite erschien übergroß auf der Leinwand: „Thesen für eine bessere Gesellschaft. Tony Walsh & John Learey.“

„Thesen für eine bessere Gesellschaft. Von Tony Walsh und John Learey.“ Mother Mary betrachtete das Bild auf der großen Leinwand. Die Schrift war krakelig, das Papier etwas vergilbt und an den Ecken waren deutlich die Spuren von umgeknickten und wieder ausgebogenen Eselsohren zu sehen.

„Am Tag des Herbstfestes hatten wir eine … Begegnung. Die meisten der hier Anwesenden waren dabei und wissen somit, dass es schien, als wollte uns der … Hirsch auf dieses Werk aufmerksam machen.

Ein sicherlich nicht alltägliches Ereignis und aus diesem Grund haben wir uns auch etwas Zeit genommen, um dieses Buch zu untersuchen und zu analysieren. Das Ergebnis wollten wir hier und heute zuerst im kleinen Kreis präsentieren.“

Natürlich, dachte Julia und sah sich erneut in der Kapelle um. Das Publikum erschien ihr durch und durch konservativ. Deutlich mehr Männer als Frauen, viele waren dem Rentenalter nahe oder hatten es schon erreicht.

„Dennoch ...", Julias Blick fiel wieder auf Mother Mary. „Dennoch sind wir uns natürlich im Klaren, dass ein enormes öffentliches Interesse an dem Buch besteht, deshalb haben wir uns entschlossen, es heute live in verschiedene Netzwerke auszustrahlen."

Das war neu. Transparenz. Nicht gerade eine Disziplin, in der die Kirche sich sonst besonders hervortat. Julia starrte gebannt auf die Leinwand. Sie wusste, was nun kommen würde, schließlich hatte sie sich in den letzten Tagen des Öfteren mit dem Inhalt des Buches beschäftigt.

Jedoch hatte sie keine Ahnung, wie die allgemeine Reaktion darauf ausfallen würde. Mother Mary blätterte Das Buch um, wobei sie die rechte Seite noch bedeckt ließ. Freddie Mercury ist Gott. Diese Aussage in einer Kirche, vor einem erzkonservativen Publikum war ...

„Freddie Mercury ist näher bei Gott", las Mother Mary laut vor.

Julia blickte erneut auf die Leinwand. Das stand da. Eindeutig. Soweit sie das beurteilen konnte in Tonys Handschrift. Hatte sie da etwas falsch verstanden? Sie sah zu George, der nur mit den Schultern zuckte. Paul erwiderte ihren fragenden Blick und John war strikt auf die Leinwand fokussiert und wirkte ansonsten abwesend.

„Freddie Mercury", begann Mother Mary wieder, „ein Ausnahmekünstler. Musik und Kirche, das gehört schon seit jeher zusammen. Wir deuten das als Zeichen, dass wir uns auch offen gegenüber modernen Künstlern zeigen sollten. Immerhin stammt von Freddie Mercury selbst ein Lied über Wunder."

Und über fettärschige Mädchen, dachte Julia bei sich.

„Nun, warum ist Freddie Mercury näher bei Gott? Wir ..."

Julia sah zum Dekan. Sein steinerner Gesichtsausdruck ließ darauf schließen, dass er eher kein Teil von „Wir" war. Er hatte sich wohl nicht gegen die Naturgewalt Mother Marys durchsetzen können. Ihr Blick glitt in den hinteren Teil der Kapelle. Dort stand der Priester. Er hatte sich an die Wand gelehnt und sein Gesichtsausdruck strahlte eine gewisse Zufriedenheit aus. Interessant.

„Wir sind außerdem der Meinung, dass Freddie Mercurys homosexuelle Neigung kein Grund mehr dafür ist, wieso er nicht nahe bei Gott sein kann."

Eine nicht sichtbare Woge durchfuhr die Kapelle. Normalerweise hätte Julia hier mit einem empörten Flüstern gerechnet, aber es schien, als wollte keiner der Erste sein, der sich Mother Marys Interpretation entgegenstellte. Aus diesem Grund konzentrierten sich die meisten der Anwesenden darauf, nicht zu flüstern, keinesfalls Blickkontakt mit dem Banknachbarn herzustellen und möglichst unauffällig zu atmen. Letzteres fiel einigen, sobald sie sich darauf konzentrierten, erstaunlich schwer.

Als Mother Mary die zweite Seite aufdeckte und das Thema Homosexualität damit erledigt war, ging ein diesmal deutlich spürbares Aufatmen durch den Raum. Typisch katholisch, als würde das bloße Erwähnen von Homosexualität die Möglichkeit einer Ansteckung mit sich bringen.

Julia sah auf die Leinwand. „Fehler im System", stand da. Darunter waren etliche Punkte als Aufzählungszeichen aufgelistet, den Text hinter den Punkten hielt Mother Mary noch verdeckt.

Der Abend versprach, interessant zu werden.

Victoria, Kanada, Herbst 2039

Julia saß wieder vor einem Feuer. Es war der letzte Teil des Interviews und der fand traditionell in Franks Wohnzimmer statt. Sie war schon etwas früher als geplant eingetroffen und hatte es sich mit Franks Frau Janine auf dem alten Ledersofa vor dem Kamin gemütlich gemacht. Mit der Begründung, noch einiges vorbereiten zu müssen, lief Frank rastlos von einer Ecke das Zimmers zur anderen, während er etwas Unverständliches vor sich hin murmelte.

Julia war sich sicher, dass es nur ein Vorwand war. Es dauerte maximal zwei Minuten, das Mikrofon in Stellung zu bringen, aber anscheinend wollte er den beiden Frauen die Gelegenheit lassen, sich in Ruhe zu unterhalten. Julia nahm das gerne wahr. Schließlich hatten sie sich sehr lange nicht mehr gesehen und es gab viel zu erzählen. Nach einiger Zeit glaubte Julia zu spüren, wie Franks Geduld sich dem Ende zuneigte. Janines Blick bestätigte dies, woraufhin sie sich unter einem Vorwand etwas zurückzog, damit das Interview beginnen konnte.

„Freddie Mercury ist näher bei Gott“, sagte Frank, während er ein Scheit Holz nachlegte. Janine saß still etwas abseits und zwinkerte Julia zu, als ihre Blicke sich trafen.

„So stand es im Buch.“ Julia zwinkerte zurück. „Damals sicher provokativ. Heute ...“ Frank setzte sich wieder zu ihr. „Heute ist das eher eine lustige Anekdote als ein Aufreger. Bedenken Sie nur, wie viel über das Thema Homosexualität in der katholischen Kirche in den letzten Jahren an die Öffentlichkeit gelangt ist.“ Julia führte Franks Satz zu Ende. „Aber das war ja nur der Anfang. Der eigentliche Zündstoff lag in den fünf Thesen, die einige der größten Probleme im politischen System der damaligen Zeit benannten.“

„Sie meinen sieben.“ Frank lächelte Julia an.

„Habe ich fünf gesagt? Ich meinte natürlich sieben.“

Kildalough, Irland, Herbst 2019

„Fehler im System.“ Mother Mary sprach langsam, laut und deutlich. Das Flüstern, das sich für einen Moment in der Kapelle ausgebreitet hatte, verstummte sofort. Es schien, als hätte ihre lebenslange Erfahrung in der vorschulischen Früherziehung Mother Mary genau auf diesen Augenblick vorbereitet. Alles hörte auf ihr Kommando. „Ich möchte die einzelnen Punkte nicht weiter kommentieren, ich denke, das sollte jedem selbst überlassen bleiben. Also. Punkt eins ...“

Politik kommt nicht aus der Mitte der Gesellschaft, dachte Julia bei sich.

„Die Politik kommt nicht mehr aus der Mitte der Gesellschaft“, las Mother Mary vor.

Julia nickte zufrieden.

„In unserer Wohlstandsgesellschaft haben wir immer mehr Berufspolitiker ohne Erfahrung im wirklichen Leben, denen Karriere und vor allem Parteipolitik wichtiger sind als eine sachliche Entscheidung zum Wohle aller", kommentierte Mother Mary, ganz entgegen ihrer vorher getätigten Aussage.

„Punkt zwei. Abgeordnete dürften nur gegenüber ihrem Gewissen und der Verfassung verpflichtet sein. Parteipolitische Machtstrukturen, undurchsichtige Lobbyverbände und die Abhängigkeit gegenüber Parteispenden korrumpieren das."

Mother Mary machte eine kurze Kunstpause. „Dem habe ich nichts hinzuzufügen", sagte sie und überraschenderweise war dem auch so.

„Punkt drei. Um wiedergewählt zu werden, müssen sich Politiker Problemen widmen, die viel Prestige einbringen. Weniger beachtete Themen oder auch unpopuläre Entscheidungen, die aber vielleicht wichtig sind, bleiben auf der Strecke.

Punkt vier. Macht birgt eine Suchtgefahr. Bei vielen Posten und Mandaten ist eine Wiederwahl beliebig oft möglich. Es gibt kein verbindliches Rentenalter. Dabei sollte von vornherein klar sein, dass die Anzahl der Amtszeiten bestimmter Positionen begrenzt ist, beziehungsweise, dass ab einem bestimmten Alter eine Wiederwahl nicht mehr möglich ist."

Mother Mary wirkte, als wollte sie das kommentieren, ließ aber dann doch davon ab. Sie blätterte um. „Punkt fünf. Parlamente, Ministerien und Regierungsorganisationen haben keinen Anreiz, schlank, effizient, sparsam und nicht zuletzt kunden-, beziehungsweise bürgerfreundlich zu arbeiten."

Diese fünf Punkte kannte Julia.

„Punkt sechs."

Julia blickte George fragend an. Es gab eine Nummer sechs? George blickte ebenso erstaunt zurück. Diesen Punkt hatten sie nicht besprochen, der war neu.

„Viele Medien sind nicht neutral, sie machen Meinungen und haben so eine Macht über die Politik, die nicht den demokratischen Grundsätzen entspricht. Wirklich neutrale Medien sollten immer nur das Pro und Contra abwägen und es den Bürgern überlassen, sich daraus selbst eine Meinung zu bilden. Insbesondere die ‚sozialen Medien' dienen nicht der Meinungsbildung, sondern allein der Gewinnmaximierung der jeweiligen Konzerne. Dabei dominieren gerade die in letzter Zeit mehr und mehr unseren Alltag."

Julia rieb sich mit Daumen und Zeigefinger die Augen. Ihr Blick fiel auf das Kamerateam und sie fragte sich, wie unabhängig kirchliche Medien denn wohl sein mochten. Dann fiel ihr der Ausfall von TV und Internet ein, mit ein bisschen Glauben könnte dieser Punkt ja schon fast als Prophezeiung gedeutet werden.

Aber wem nützte diese Aussage? Sie hatte etwas den Überblick verloren. Sie glaubte nicht daran, dass Tony Das Buch letzte Nacht noch einmal umgeschrieben hatte, die Reaktion des Priesters war eindeutig gewesen. Doch wer konnte dann ...?

Weiter:

„Punkt sieben. Die Gesellschaft läuft in Gefahr, in einer Welt, die immer schnelllebiger und komplizierter wird, ihren moralischen Kompass zu verlieren. Wirtschaftliche Interessen werden über alles gestellt, wir brauchen wieder mehr Philosophie als Ökonomie."

Julia sah über die Schulter nach hinten. Der Priester lächelte selig. Philosophie. Hatte er das nicht Paul gegenüber erwähnt? Sie sah nach vorn. Der Dekan wirkte unverändert unzufrieden, die Kirchenfunktionäre dafür eher verwirrt. In Julia erhärtete sich ein Verdacht.

Mother Mary blätterte erneut um. „Fragen" stand da.

„Es folgt eine Reihe von Fragen." Mother Mary hatte wieder ihren Alles-hört-auf-mein-Kommando-Tonfall angenommen. „Es handelt sich meiner Ansicht nach um Fragen, die ... wir alle ... in erster Linie uns selbst stellen sollten. Dennoch wäre es durchaus interessant zu hören, ob unsere gewählten Volksvertreter auch die passenden Antworten dazu haben.

Frage eins: Wie definiert sich eine repräsentative Demokratie? Wie repräsentativ ist eine Volksvertretung, deren Vertreter nicht aus allen Schichten des Volkes kommen, ja, wenn nicht einmal die Hälfte davon aus Frauen besteht? Wenn eine bestimmte Berufsgruppe, wie zum Beispiel Anwälte, überproportional in einer Volksvertretung vorhanden ist, wie wahrscheinlich ist es, dass einseitige Entscheidungen zu Gunsten ..."

Julia kannte diese Fragen. Die Fragen waren gut, die Fragen waren richtig und mussten gestellt werden, doch die Fragen waren auch ein wenig langatmig. Sie wandte sich an George, hörte jedoch mit einem Ohr Mother Mary zu, die vorn die Fragen herunterbetete. So glaubte sie, anhand verschiedener Stichworte erkennen zu können, ob es die ursprünglichen Fragen waren oder ob jemand auch hier kreativ nachgebessert hatte.

„Was glaubst du, wer hat die zusätzlichen Thesen in Das Buch geschrieben?“, flüsterte sie George zu.

Lobbyismus ... Wirtschaft ... abhängig ..., nahm sie mit dem nach vorn gerichteten Ohr wahr. George blickte nur zum Priester und bestätigte so Julias Verdacht.

Alter ... Leistungsträger ... Nachfolger ...

Julia beobachtete Tony, der neben dem Generalsekretär saß. Er machte einen angespannten Eindruck, so als wäre er lieber woanders. Sie vermutete, dass das mit einigen seiner eigenen Thesen zusammenhing, die zum Teil in einem krassen Gegensatz zur Marschrichtung der Partei standen. Der verzweifelte Versuch, noch alles zurechtzubiegen, war letzte Nacht ja gescheitert.

Sie musste sich ein Lachen verkneifen. George sah sie fragend an. „Ich finde nicht, dass die beiden da vorn heute besonders geläutert aussehen. Vermutlich sind sie noch müde von den vielen Ave-Maria.“

Steuerlast ... Wetten auf Verluste ... Too big to fail ...

Auch George musste nun grinsen. Julia konzentrierte sich wieder auf Mother Mary.

„Kennen Sie einen Politiker, der sich jemals für die Steuern beim Volk bedankt hat?“

Julia blickte zum Altar. Sie mochte diese Frage. So banal sie sich anhörte, sagte sie doch einiges über das aktuelle Verhältnis zwischen den Politikern und „ihrem“ Volk aus. In den vorderen Bänken gab es einige verstörte Blicke und Tony rutschte auf seiner Kirchenbank immer tiefer. Julia hatte den Verdacht, dass diese Frage letzte Nacht auf der Abschussliste gestanden hatte.

Mother Mary blätterte erneut um. John und Tony hatten jeder Frage eine eigene Seite gewidmet. Vielleicht wollten sie damit ihre Wichtigkeit unterstreichen, vielleicht war es nur aus einer Laune heraus geschehen.

Parteizugehörigkeit ... Wahlbeteiligung ... Parteispenden ...

Zur Auflockerung war hin und wieder ein Bandlogo oder das Emblem eines Sportvereins – natürlich handgemalt – eingefügt worden. Eine Tatsache, die dann doch wieder daran erinnerte, dass es sich hier letztendlich um das Werk zweier Teenager handelte, und die von Mother Mary schlichtweg ignoriert wurde.

„Wie hoch muss eine Wahlbeteiligung sein, damit das Ergebnis als ‚Wille des Volkes' gilt?"

Julia erinnerte diese Frage an den Abend im Pub, an dem sie Tony kennengelernt hatte. Auch diese Frage war so simpel, doch sobald ein Wahlergebnis einmal mathematisch betrachtet wurde, war das Ergebnis erschreckend.

„Müssen diejenigen, die ein Gesetz beschließen, es auch verstehen? Muss ein Gesetz so einfach sein, dass es jeder Volksvertreter verstehen kann, oder müssen die Volksvertreter so gebildet sein, dass sie komplexe Gesetze beschließen können? Wie groß darf der Einfluss externer Beraterfirmen auf ein Parlament sein?"

Das war neu. Julia hatte sich noch nicht dazu entschlossen, ob sie es auch zutreffend fand, dafür wollte sie erst noch weiter darüber nachdenken. Trotzdem fand sie diese Frage sehr philosophisch.

„Ist es demokratisch, wenn die Parteien ihren Abgeordneten einen Kurs vorgeben? Was wäre, wenn die Parteien sich nach der Regierungsbildung nicht mehr in die Entscheidungen der Abgeordneten einmischen würden? Warum werden die Wähler nicht gefragt, ob sie mit der Arbeit ihrer Volksvertreter zufrieden sind? Eine Wahl bietet den idealen Rahmen, um die Wähler nach ihrer Meinung zu fragen."

Auch diese Punkte kannte sie noch nicht und auch hierzu hatte sie sich bisher keine Gedanken gemacht. Allerdings zielte diese Frage deutlich gegen Tonys Partei. Interessant.

Vorn war Mother Mary mit dem Vorlesen der Fragen zum Ende gekommen. Der Geräuschpegel in der Kapelle stieg merklich an, die zugegeben durchaus provokante Fragestellung gab dann wohl doch einigen Anlass für Diskussionen.

Mother Mary läutete die Glocke und zog eine Augenbraue hoch. Julia konnte nicht sagen, was davon den größeren Effekt hatte. Auf jeden Fall herrschte sofort wieder Stille in der Kapelle.

„Bevor wir weitermachen, würde ich eine kurze Pause vorschlagen. Lasst uns an die frische Luft gehen und danach werden wir uns den zweiten Teil des Buches vornehmen", sagte sie, verstaute Das

Buch wieder in den tiefsten Tiefen ihrer Tracht und begab sich in die Sakristei.

Der Rest der Gemeinde verharrte noch kurz führungslos, so als wäre mit Mother Mary das Alphatier verschwunden, und begab sich dann nach draußen.

Sofort bildeten sich Grüppchen. Die meisten scharten sich natürlich um Tony, wobei Julia auffiel, dass die Fragen zwar an Tony gerichtet wurden, der Generalsekretär jedoch meist die Antworten gab.

Eine deutlich kleinere Gruppe bildete sich um den Dekan, dessen versteinerte Miene nun auch auf die Menschen in seinem Umfeld übergegangen war. Anscheinend verlief der Abend nicht ganz nach ihrem Geschmack. Auch Julia, Paul, George und John standen zusammen, wobei Letzterer immer noch abwesend, aber lange nicht mehr so schlecht gelaunt wirkte. Trotzdem tat es Julia leid, dass er, quasi als Mitautor, gar keine Aufmerksamkeit bekam.

„Was läuft hier?", warf Paul als Erster in die Runde. „Das ist doch alles manipuliert."

John nickte, kommentierte das Ganze aber nicht weiter.

„Was hast du erwartet?", meinte George. „Die produzieren seit Jahrhunderten Wunder, da sind die uns einfach voraus. Deswegen auch die ‚uneingeschränkte Transparenz'. Das ist einfach, wenn das Endergebnis manipuliert ist."

Julias Blick ging wieder hinüber zu der kleinen Gruppe um den Dekan. Sein mürrischer Gesichtsausdruck wirkte auf sie irgendwie entspannend.

„Wir sollten uns aufteilen und hören, was in den anderen Gruppen so besprochen wird", schlug sie vor.

Unter zustimmendem Nicken setzten sich die vier in Bewegung und gingen ein paar Meter weiter, um sich dann, gemeinsam, der Gruppe um Tony anzuschließen. So hatte sich Julia das Aufteilen nicht vorgestellt, sie musste aber zugeben, dass Tonys Reaktion auf die Thesen, die er selbst mitverfasst hatte, natürlich mit Abstand das interessanteste Gesprächsthema auf diesem Kirchenhof war.

Anscheinend handelte das Gespräch hier von dem Symbol, das auf den Hirschen zu sehen gewesen war, der Triquetra. Wie zu erwarten, dominierte der Generalsekretär das Gespräch. Er redete schnell und laut, so als würden Lautstärke und Geschwindigkeit seine Argumente zusätzlich untermauern.

„Die Triquetra ist eindeutig ein christliches Zeichen, erscheint sie doch auch auf verschiedenen Steinkreuzen."

„Sie ist aber ursprünglich ein keltisches Symbol", warf ein anderer ein, „so wie das keltische Kreuz auch. Die stammen beide aus einer Zeit, lange bevor es das Christentum gab, sie wurden nur teilweise von der Kirche übernommen. Tony, was sagst du? Du bist dem Hirsch am nächsten gekommen."

Tony musste kurz seine Gedanken sammeln.

„Die Begegnung war ... Es war eindeutig eine Triquetra und ich habe lange über ihre Bedeutung nachgedacht. In der Mythologie steht sie für Erde, Wasser und Luft. Oder für Körper, Geist und Seele."

„Halten Sie diesen Gedanken für einen Moment fest." Der Priester hatte sich nahezu unbemerkt der Gruppe angeschlossen. „Körper, Geist und Seele sollten immer im Gleichgewicht sein. Wäre es möglich, dass uns diese Erscheinung auf ein Ungleichgewicht aufmerksam machen wollte?"

Tony zuckte mit den Schultern, nickte aber dann. Natürlich war es möglich.

„Was gedenken Sie nun zu tun?" Diese Frage ging wieder an Tony. Der sah den Priester verständnislos an. „Ich meine, Sie haben Das Buch geschrieben. Beziehungsweise", sein Blick wanderte zu John, „beziehungsweise mitgeschrieben, wie ich hörte, zusammen mit Ihrem Freund. Sie hatten eine wahrhaft außergewöhnliche Begegnung und wurden von diesem Hirsch eindrücklich auf Das Buch aufmerksam gemacht. Und nun stehen Sie als Spitzenkandidat einer christlichen Partei für ein hohes Amt zur Wahl. Mit einem Buch voller Thesen, das Ihnen von einer Erscheinung, wenn schon nicht überbracht, dann zumindest nahegelegt worden ist."

Tony zögerte. Der Generalsekretär flüsterte ihm etwas ins Ohr und gab ihm einen Stups mit dem Ellenbogen.

„Als, als, als christliche Partei ..." Tonys Ansprache wirkte zögerlich und auswendig gelernt. Julia vermutete stark, dass es sich hier mehr um die Meinung der Partei als um Tonys eigene handelte. „Als christliche Partei der Mitte ist es unsere Pflicht, die christlichen Werte in unserer Politik umzusetzen. Wir sehen dieses Buch als eine Erinnerung an eben jene Werte, die elementar wichtig sind. Ehrlichkeit, Demut, Verlässlichkeit und Moral sind seit jeher Eckpfeiler unserer Politik und ich werde mich dafür einsetzen, dass dies in Zukunft auch so bleibt."

„Das ist doch alles auswendig gelernt", raunte George Julia zu. Sie nickte. Tony hatte es nach typischer Politikermanier geschafft, viel zu reden und nichts zu sagen.

George wollte gerade zu einem Zwischenruf ansetzen, doch Julia hielt ihn zurück. Sie sah noch einmal in die Runde. Der Dekan stand abgeschlagen und resigniert mit einer Handvoll seiner Unterstützer am Rande des Geschehens. Der Priester versuchte vergeblich, ein breites Grinsen zu verbergen. Sogar John wirkte seltsam zufrieden.

„Lass uns erst mal sehen, in welche Richtung das geht", flüsterte sie.

George sah sie verständnislos an, nickte aber dann. Er wollte noch etwas erwidern, doch plötzlich ertönte laute Musik aus der Kapelle. „Pink Floyd", hörte Julia Paul nur noch sagen und schon war er, fast rennend, im Inneren der Kapelle verschwunden.

Als Julia und George schließlich die Kapelle betraten, war das Lied – „Comfortably Numb", gerade an dem Punkt angelangt, an dem das Gitarrensolo einsetzte. Die Lautsprecher in der Kirche waren nicht wirklich auf Rockmusik ausgelegt, doch sie hielten sich tapfer und sorgten so zusammen mit David Gilmours E-Gitarre und der Akustik der Kirche für ein sehr intensives Klangerlebnis.

Mother Mary hatte sich wieder hinter und Das Buch wieder auf dem Altar platziert. Überraschenderweise schien sie die Musik zu mögen, denn sie drehte das Lied weder leiser, noch beendete sie die Aufnahme, bevor der letzte Ton verklungen war.

„Comfortably Numb." Mother Mary eröffnete den zweiten Teil des Abends. „Ein Lied, das an späterer Stelle in dem Buch vorkommt. Vielleicht sollten wir mal darüber nachdenken, auch wieder moderne Lieder in das kirchliche Repertoire aufzunehmen. Hier hat sich in den letzten hundert Jahren nicht viel Neues ergeben.

Doch ich denke, auch wenn Musik ein wichtiger Bestandteil des Buches ist, wir sollten uns wieder auf die gesellschaftlichen Aspekte konzentrieren. Wir hatten bisher Fehler und Fragen zum politischen System. Es folgen nun einige Lösungsansätze und hinterher werden wir natürlich auch den Verfassern die Möglichkeit geben, ihr Werk zu kommentieren."

Mother Mary schaltete den Projektor wieder ein. „Innovationen" stand da. Doppelt unterstrichen.

„Es herrscht eine Kluft zwischen Politik und dem Volk. Den Bürgern muss wieder klar sein, dass sie der Souverän des Staates sind. Deswegen ist ein Wahlsystem, das sich auf ein einfaches Ankreuzen alle paar Jahre beschränkt, nicht ausreichend. Es sollte Feedback in beide Richtungen geben. Im Positiven wie im Negativen.

Da Veränderungen von innen sehr schwer sind, sollte es eine unabhängige Institution geben, die den Willen der Bevölkerung bündelt und ihn an die Politik weitergibt, eine ‚Volkslobby'. Von den Mitgliedern wird ehrenamtliches Engagement verlangt, dafür erhalten sie ein Mitspracherecht. Um zu verhindern, dass sich in den Gruppen nur die üblichen Nörgler sammeln und um ein realistisches Abbild der Gesellschaft zu erhalten, müssen mindestens 50 Prozent der Bevölkerung der Gruppe angehören."

Julia glaubte zu sehen, wie Mother Mary dem Priester einen kurzen Blick zuwarf, was sie in ihrem Verdacht bestätigte, dass die beiden hier, unabhängig vom Rest der Kirche, ihre Finger mit im Spiel hatten.

„Weiterhin sollte die Philosophie eine tragende Rolle in der Politik spielen. Vor allem die Lehren Kants und Roger Waters stellen einen guten Leitfaden dar, denn die politische Führung eines Landes sollte allen ein Vorbild sein. Eine Volksvertretung kann nur das vom Volk verlangen, was sie ihm auch vorlebt."

Julia war sich nicht sicher, was sie vom letzten Absatz halten sollte. Auch der stammte nicht aus dem Originaltext. Philosophie. Schon wieder. Warum Philosophie? Schließlich hätten sie, wer immer „sie" waren, auch die zehn Gebote in Das Buch aufnehmen können und das Ganze so, zumindest ideologisch, zurück in die Steinzeit beziehungsweise die Zeit vor dem Zweiten Vatikanischen Konzil schießen können.

Trotzdem schwebte der Begriff „Moral" über allem, was Julia nicht unbedingt gefiel, denn was „Moral" bedeutete, bestimmten meist diejenigen, die sich selbst für besonders moralisch hielten.

Sie hatte eine ungefähre Vorstellung von Kants Philosophie. Was du nicht willst, was man dir tu ... Kant in einer Nussschale. Von Waters hingegen wusste sie nichts, hatte aber das Gefühl, als sollte sich das bald ändern.

Mother Mary hatte wieder umgeblättert. Aus dem Augenwinkel sah Julia, wie John sich erhob. Er sagte nichts, er bewegte sich nicht, er stand einfach da, als wartete er darauf, von Mother Mary aufgerufen zu werden.

Zum ersten Mal sah Julia so etwas wie Unsicherheit in Mother Marys Miene. Erst schien es, als wolle sie ihn ignorieren.

„Wir kommen nun zum ...", begann sie, doch ihr Blick glitt wieder zu John und sie brach mitten im Satz ab. Schweigen herrschte im Raum. Keiner rührte sich, keiner wagte zu atmen. „John", sagte sie schließlich in einem Ton, der als Aufforderung, bloße Feststellung oder Tadel gewertet werden konnte. John räusperte sich.

„Es ..." Seine Stimme überschlug sich. Er räusperte sich erneut und fuhr fort: „Es fehlt noch eine Seite."

Schweigen. Mother Mary blätterte zurück.

„Ich bin mir sicher, ich habe keine ..."

„Nein!" John hatte Mother Mary unterbrochen und war damit durchgekommen. Er hob seine rechte Hand, die, wie Julia nun sah, eine zerknitterte Seite hielt. „Diese Seite fehlt."

Erneuter Blickkontakt zwischen den beiden, dann ein angedeutetes Nicken Mother Marys. John machte sich auf den Weg zum Altar, was zu Beginn gar nicht so leicht war, da er inmitten einer engen Kirchenbank saß, auf der die Leute schon beim normalen Sitzen nicht so recht wussten, wo sie ihre Knie unterbringen sollten. Doch schließlich schaffte er es und sah sich plötzlich, hinter dem Altar, Mother Mary gegenüber.

Wieder Blickkontakt. Und dann – machte Mother Mary einen Schritt zur Seite. John stand da, das Blatt Papier in der Hand.

„Ihr wisst", begann er, ohne jedoch die besagte Seite auf den Projektor zu legen, „ich habe Das Buch zusammen mit Tony geschrieben. Ich war dabei, als der Hirsch erschienen ist. Und als der zweite Hirsch erschienen ist. Und später ist der Hirsch dann noch mal im Fernsehen und im Internet erschienen, kurz bevor das alles zusammenbrach. Es scheint also, als wolle uns etwas unbedingt auf dieses kleine Buch hier hinweisen, und weil das so ist, denke ich, sollte Das Buch auch vollständig sein. Denn eine Seite fehlt." Er hielt die Seite wieder hoch. „Und die Wahrheit ist, die Seite fehlt, weil Tony und ich einen Streit hatten. Einen Streit wegen des Buches und dem, was darin geschrieben steht."

John machte eine Pause und sah in die Runde. Sein Blick blieb kurz an Tony hängen. Seine Körperhaltung straffte sich und sein Gesichtsausdruck wurde entschlossener. Er fuhr fort.

„Tony und ich haben, seit wir Teenager waren, an diesem Buch gearbeitet. Und auch wenn es nur einige wenige Sätze sind, glaubt mir, wir haben uns alles lange überlegt, haben um jedes Wort, um jede Frage und jede Problemdefinition gefeilscht und diskutiert, haben Szenarien entworfen und wieder verworfen und somit ist dies die Quintessenz unserer, wenn man so möchte, Thesen.

Und jetzt, nach weißen Hirschen und anderen seltsamen Ereignissen, stehe ich nun hier und Das Buch steht endlich im Mittelpunkt der Aufmerksamkeit. Es ist alles besser, als ich – als wir uns das jemals erträumt hätten, und deshalb möchte ich Ihnen hier und jetzt eines ganz deutlich sagen."

Er blickte in die Runde, als wolle er mit jedem der hier Anwesenden Augenkontakt herstellen.

„Es funktioniert nicht."

Julia hätte auch hier ein Raunen erwartet, das durch die Kapelle ging, aber es blieb wieder einmal aus.

„Wir wollten nicht weniger als eine Veränderung der Gesellschaft, ein zugegeben nicht gerade bescheidenes Ziel, aber wir waren uns sicher, wir hätten die passende Strategie. Dabei hatten wir einige Punkte nicht beachtet, die, zumindest ich, erst jetzt begreife. Denn als Erwachsener sehe ich naturgemäß einige Dinge anders, bewerte differenzierter, setze andere Prioritäten."

John sammelte kurz seine Gedanken. Er hielt die Seite nach wie vor in seiner Hand, nicht mehr so hoch erhoben wie vorher, aber dennoch weit entfernt von dem Projektor.

„Philosophie und Werte in der Politik. Ich bin mir ehrlich gesagt nicht sicher, ob ein politisches System funktionieren kann, in dem keiner lügt. Obwohl das natürlich eine gewaltige Botschaft an die

Bürger schicken würde: Wir stehen zu unserer Vorbildfunktion und halten, was wir versprechen. Besser noch, wir versprechen nur, was wir auch halten können, und verpflichten uns zu ethischen Grundsätzen. Bei Zuwiderhandlungen stehen wir dafür ein. Das wäre spannend."

Johns Sprachstil hatte sich verändert, fand Julia. Der Ton war etwas schärfer geworden, was sie überraschte, da John ansonsten sehr ruhig und ausgeglichen war.

„Die nächste Variable ist das Volk, der Wähler. Denn die vorgeschlagenen Veränderungen funktionieren nur, wenn sich alle konstruktiv an einem neuen System beteiligen. Dafür braucht es aber verantwortungsbewusste Staatsbürger und leider beobachte ich hier die Tendenz, dass sich ein Großteil der Bürger nur zu Empfängern entwickelt hat. Es gibt ein hohes Anspruchsdenken, aber niemand möchte mehr etwas dafür leisten. Dabei sind wir doch der Staat und nicht die da oben. Und genau hier geht die Kluft zwischen Volk und Politik seit Jahren auseinander. Einfaches Politiker-Bashing reicht eben nicht. Anstatt immer nur draufzuhauen, sollten wir uns bei seriösen Quellen über die Hintergründe informieren. Dafür brauchen wir wiederum wirklich unabhängige Medien, die nicht nur Schlagzeilen und fett gedruckte Überschriften produzieren, sondern auch mal über die positiven Errungenschaften berichten, die es ja durchaus gibt."

John schien einen Moment mit sich zu kämpfen, blickte erneut ins Publikum und fuhr dann fort. „Zentrales Thema meiner Thesen ist es, eine Lobby für das Volk zu bilden, die ein Abbild dessen, was die Leute wirklich wollen, an die Politik weitergibt." Nun wurde sein Tonfall latent aggressiv. „Das ist grundsätzlich eine wünschenswerte Einrichtung, doch wird es daran scheitern, dass sich vermutlich zu wenig Menschen daran beteiligen. Es wird Parallel- und Gegenbewegungen geben, die alle ein Stück des Kuchens abhaben möchten, und zum Schluss wird es dann eben statt einer repräsentativen Einrichtung fünf, zehn oder noch mehr Institutionen geben. Denn natürlich werden auch hier verschiedene Interessengruppen versuchen, ihren Einfluss geltend zu machen.

Außerdem wirken solche Vereinigungen anscheinend besonders anziehend auf einen gewissen Menschenschlag, egozentrische

Dampfplauderer, die sich gerne selbst reden hören und immer dann auf der Bildfläche erscheinen, wenn es darum geht, einfach gegen etwas zu sein, ohne jedoch selbst Verantwortung zu übernehmen." John blickte in Richtung des Generalsekretärs. „Ihre Partei, die Regierungspartei, würde sich dagegen sträuben, denn die Politik kommt wie gesagt nicht mehr aus der Mitte der Gesellschaft. Auch wenn Sie immer das Gegenteil behaupten. Wirtschaftsverbände und andere Interessengruppen haben einen viel zu großen Einfluss auf die Entscheidungsträger in der Politik. Aus diesem Grund werden diejenigen, die an der Macht sind, alles tun, damit das so bleibt.

Was natürlich die These bestätigt, dass die Abgeordneten in ihren Fraktionen nicht unabhängig sind. Jegliche Veränderung hier würde mit einem Machtverlust einhergehen und ich habe noch keinen politischen Entscheidungsträger getroffen, der freiwillig ein Stück seiner Macht abgeben würde."

Nun war es Tony, der plötzlich aufstand. Allerdings nicht ganz freiwillig, er wurde vom Generalsekretär regelrecht vor sich hergeschoben. Die beiden preschten knapp an Mother Mary vorbei, sodass die ihnen mit einem Schritt nach hinten ausweichen musste, und drängten sich hinter den Altar. John trat, ohne zu zögern, einen Schritt zurück, das Blatt Papier immer noch fest in der Hand haltend.

Der Generalsekretär ergriff das Wort.

„Meinesehrverehrtendamenundherrn. Bitte entschuldigen Sie, dass ich mich einmische. Eigentlich ist dies nicht der richtige Ort für Politik, aber da die Opposition mit einem derart durchschaubaren Manöver versucht, die Aussagen dieses ...", er deutete auf Das Buch, „... für sich zu instrumentalisieren, sehe ich mich gezwungen, klar Stellung zu nehmen. Wir, die konservative Partei Irlands, stehen für ..."

Julia schaltete ab und blickte zu George, der mit den Augen rollte. Sie hasste diese Politikerphrasen, mit denen der Generalsekretär nun um sich warf, jede Einzelne von Johns Aussagen widerlegte und versicherte, die Christdemokraten seien die einzige Partei, die sich schon vor der Erscheinung des Buches für Moral, direkte Demokratie und eine Politik aus der Mitte der Gesellschaft eingesetzt hatte. Selbstverständlich würden sie diese Ziele auch nach der Wahl weiter verfolgen.

Dann schob er Tony regelrecht vor das Mikrofon, damit der noch ein paar Worte sagen konnte.

Der wirkte unsicher. Für Julia war relativ klar, wer hier welche Rolle spielte. Der Generalsekretär war als Anstandsdame der Partei hier, um Tony auf Kurs zu halten, unabhängig davon, was in dem Buch geschrieben stand. Mit Nebensächlichkeiten wie Fakten konnten sie sich immer noch nach der Wahl beschäftigen. Tony selbst stand zwischen Partei, seinen eigenen Thesen und John, den er, im Gegensatz zum Generalsekretär, besser einschätzen konnte.

„Lieber ... John“, begann Tony stockend. „Du sagst, die Thesen funktionieren nicht. Die Menschen sind dafür nicht bereit. Gut. Nächste Woche entscheidet sich, wer die Mehrheit hat. Wer die meisten Stimmen bekommt, kann den Kurs festlegen. Ganz simpel. Das ist gelebte Demokratie. Ich stehe für den Kurs meiner Partei und werde dabei natürlich die Thesen des Buches respektieren. Und gegebenenfalls umsetzen.“ Tony blickte zu den Funktionären in der ersten Reihe. Sie nickten zustimmend.

Mother Mary räusperte sich. Langsam und deutlich. Der sonst so souveräne Tony stockte erneut. Ihr Blick fiel auf den Dekan, der sich nun erhob und plötzlich etwas besser gelaunt wirkte, vermutlich, weil er nun doch noch mal etwas sagen durfte. Langsam wurde es eng hinter dem Altar, weder John noch Tony machten Anstalten, den Bereich zu räumen. Doch der Dekan drängte sich unbeirrt bis in die Reichweite des Mikrofons durch.

„Der Herr in seiner unendlichen Weisheit hat uns ein Zeichen geschickt. Ein Zeichen für die Menschen. Ein Zeichen für die Mächtigen.“ Wieder nickte die erste Reihe unisono, sichtlich gebauchpinselt von der Verwendung des Begriffes „Macht“ in Verbindung mit ihrer Person.

Julia hingegen schwante Böses. Für sie sah es eher so aus, als würde gleich die dunkle Seite der Mächtigen versuchen, die Rebellenallianz zu zerschlagen.

„Ein Zeichen aber auch an uns Gläubige und an die Institution der Kirche.“

Julia konnte gerade noch das Seufzen, das ihr etwas zu laut herausgerutscht war, als Hustenanfall kaschieren.

„Denn in der Kirche gibt es eine lange Tradition, sich für die Schwachen einzusetzen und sich bei den Mächtigen für sie stark zu machen."

Julia rieb sich die Schläfen. Sie fragte sich, in welchen Sphären der Dekan sich gerade aufgehalten hatte, als es hier, nur ein paar Minuten zuvor, darum ging, dass die ganze Macht beim Volk war und wie es wohl gelänge, eben diese Macht nun letztendlich auszuüben. Aber vermutlich passte das einfach nicht in sein Denkmuster.

„Und so sehe ich dieses Zeichen als einen Auftrag des Herrn, dass wir, die katholische Kirche, hier die Stimmen des Volkes bündeln und als Vermittler zwischen den Bürgern und der Politik agieren."

Irgendwo ertönte ein „O Gott ..."

Julia kannte die Stimme, das war eindeutig Paul, der sich auch immer nur schwerlich mit seiner Entrüstung zurückhalten konnte. Der Dekan, in seiner Filterblase schwebend, ließ sich davon jedoch nicht beirren, im Gegenteil.

„Lobet den Herrn", predigte er mit ausgestreckten Armen und er erhielt dafür sogar aus den Reihen der hier Versammelten das ein oder andere etwas verloren wirkende „Halleluja". Er zögerte einen Moment. Anscheinend hatte er in seiner Euphorie mit etwas mehr Begeisterung seitens der Gemeinde gerechnet. „Wer, ich frage euch, könnte besser dafür geeignet sein, den Willen der Bürger zu bündeln, als eine Institution, der schon ein Großteil dieser Menschen angehört. Der größten Institution Irlands, ja sogar der Welt. Und deshalb nehme ich diese mir auferlegte Bürde an und werde im Namen des Herrn alles Nötige dafür tun, um diese Aufgabe zu erfüllen."

Wieder herrschte Schweigen im Saal. Wieder schien der Dekan etwas verwirrt zu sein, er hatte sich wohl mehr erhofft.

Nun räusperte sich John. Er drängte den Dekan langsam, aber stetig weg vom Altar, bis er wieder seinen Platz hinter dem Mikrofon einnehmen konnte. „Vielen Dank, Dekan. Und nur, um das nochmals klarzustellen: Sie möchten mit der Kirche die Verbindung zwischen dem Volk und der Politik schaffen." Der Dekan nickte euphorisch. „Und Sie werden sich dabei auf dieses von ..." John überlegte kurz, denn es wollte ihm nicht gelingen, einen Satz zu formulieren, in dem sowohl „Gott" als auch „Hirsch" vorkam.

„Sie wollen sich dabei auf Das Buch beziehen, das uns auf so wunderliche Weise ...“ Er kämpfte sichtlich mit sich selbst um eine Formulierung, die keine Lüge enthielt. „Nun, dieses Vermitteln, das ja nach Ihrer Aussage von oben gewollt ist, ich nehme an, das sollte sich dann ja sehr eng an den Thesen, den Fragen und Problemen, die im Buch beschrieben sind, orientieren. Vermutlich in enger Zusammenarbeit mit der Konservativen Partei, die sich ja auch für die Thesen des Buches einsetzt.“

Wieder nickte der Dekan übereifrig.

„Gut“, sagte John nur.

Schweigen herrschte in der Kapelle. Ein unsicherer Blickkontakt ging zwischen Mother Mary, dem Dekan und Tony hin und her. John ließ sich davon nicht aus der Ruhe bringen. Er stand einfach entspannt hinter dem Altar und schien den Spannungsbogen, der sich unter dem Schweigen aller Mitwirkenden gerade aufbaute, zu genießen.

„Ach ja“, sagte er schließlich und hob die rechte Hand wieder hoch. „Jetzt hätte ich fast die fehlende Seite vergessen.“

Statt sie jedoch auf den Projektor zu legen, händigte er sie Mother Mary aus. Die las den Text auf der Vorderseite, drehte sie um und las auch die Rückseite. Daraufhin warf sie John einen sehr fragenden Blick zu.

„Ich würde Sie bitten, zu prüfen, ob das auch die Seite ist, die in dem Buch fehlt. Vielleicht anhand der ausgerissenen Zacken im Papier“, bat er.

Mother Mary trat langsam an den Projektor und legte das Stück Papier so an, dass genau zu sehen war, wie die beiden Stücke zusammenpassten. Der Text blieb dabei noch bedeckt.

„Ich habe keine Zweifel daran, diese Seite stammt eindeutig aus dem Buch.“

Damit war alles gesagt, keiner der Anwesenden würde es je infrage stellen. John bat Mother Mary mit einer Geste, den Text weiter vorzulesen.

„Maßnahmen“, stand da als Überschrift. Darunter: „Aktives Feedback.“

„Es sollte die Option geben, auf einem Wahlschein ein direktes Feedback zur Zufriedenheit zu geben. Ein kleines Gedankenspiel:

Stellen Sie sich vor, es gäbe auf einem Wahlschein neben den ganzen Parteien zusätzlich ein Feld mit einem erhobenen Mittelfinger, das Sie ankreuzen können, um Ihren Unmut auszudrücken. Wie würde dies das Wahlergebnis verändern? Wie die Wahlbeteiligung?"

Wieder einmal herrschte peinlich berührtes Schweigen in der Kapelle. Nur John versuchte mehr oder minder erfolglos, das Lächeln auf seinem Gesicht zu überspielen.

Mother Mary kam zum nächsten Punkt.

„Die freundliche Übernahme. Treten Sie der Vereinigung bei, mit der Sie am wenigsten gemein haben. Hören Sie auf, sich zu beschweren, und arbeiten Sie aktiv an einer Veränderung. Wie viele Personen braucht es, um den Ortsverband einer Institution zu beeinflussen, zu verändern oder gar zu übernehmen?"

Die Stimmung in der Kapelle wurde aggressiver. Dieser Teil schien den meisten der hier Anwesenden nicht zu gefallen. Vermutlich überschlug der ein oder andere Parteifunktionär gerade, wie viele aktive Parteimitglieder es wohl in einem Ortsverband wie in dem von Kildalough gab.

Mother Mary ließ ihren berüchtigten Blick ins Publikum gleiten und sorgte so zumindest für etwas Ruhe. Sie fuhr fort.

„Politiker spielen gerne mit Emotionen, um ihre Ziele zu erreichen. Wer mit Angst, Unsicherheit oder sogar Hass Emotionen erzeugt, muss sich auch anhand einer emotionalen, also einer gefühlten Wahrheit messen lassen.

Gedankenspiel: Was würde eine repräsentative Meinungsumfrage ergeben, bei der die Wähler danach gefragt werden, ob sie sich von ihren Volksvertretern fair, loyal und unabhängig vertreten fühlen?"

Es wurde erneut laut in der Kapelle. Von den Funktionären in den vorderen Reihen erklangen die ersten Zwischenrufe.

„Audit", fuhr Mother Mary unbeirrt fort. „Wer Vorratsdatenspeicherung, Videoüberwachung oder Finanzprüfungen damit begründet, dass ein rechtschaffener Mensch sich vor nichts zu fürchten braucht, der sollte auch nichts dagegen haben, dass Volksvertreter in ihrer Loyalität und Integrität gegenüber den Bürgern überprüft werden."

„Die Maßnahmen, die im Buch beschrieben sind, werden nach wie vor kontrovers diskutiert.“ Frank stand auf und schenkte Wein nach, ohne jedoch das Interview zu unterbrechen. „Gerade die Konsequenzen aus der sogenannten gefühlten Wahrheit sind strittig.“

Später würden in der Aufnahme Geräusche von Wein, der in ein Glas fließt, zu hören sein.

Julia nahm einen Schluck, bevor sie antwortete. „Dieser Punkt darf ruhig kontrovers diskutiert werden. Überhaupt alles, was in dem Buch steht, darf diskutiert werden. Es geht hier nicht um Dogmen, es handelt sich lediglich um Anregungen, die das ein oder andere eventuell verbessern könnten. Aber weil Gefühle eben individuell sind und natürlich auch leicht beeinflusst werden können, halte ich es für wichtig, ein Auge darauf zu haben. Letztendlich hören die meisten Leute auf ihr Bauchgefühl, wenn es darum geht, wen sie wählen. Und deshalb ist dieser Ansatz wichtig. Auch wenn natürlich die freundliche Übernahme und das direkte Feedback schon kurz nach ihrer Veröffentlichung für deutlich mehr Aufsehen gesorgt haben.“

Kapitel 17, Freiheit

Kildalough, Irland, Herbst 2019

Der Dienstag begann, wie ein irischer Dienstag eben so beginnt. Mit Nieselregen. Mit Würstchen, Grilltomaten, Black & White Pudding zum Frühstück. Julia wohnte bei George. Das war eine pragmatische Entscheidung gewesen, die die beiden nicht einmal richtig besprochen hatten. Es war einfach passiert und Julia versuchte, nicht weiter darüber nachzudenken, da sie sonst ihren Beziehungsstatus konkret definieren müsste.

Den Großteil des Vormittags war Julia mit Alltäglichem beschäftigt und den Großteil des Nachmittags verbrachte sie damit, ihren guten Vorsatz, täglich Yoga zu machen, auf einen anderen Tag zu verschieben. Stattdessen las sie vor dem offenen Kamin ein Buch, was sie für sich einfach als geistiges Yoga deklarierte und so mit dem Verlauf des Tages recht zufrieden war.

Zwischendurch erhielt sie verschiedene Square-U-Mitteilungen von Ricky, Lee und Jessie, in denen es um eine Aktion heute Abend ging, die sie aber einfach ignorierte. Abends kam George nach Hause, sie kochten und aßen zusammen. Julias Plan war eigentlich, auch den Rest des Tages vor dem Feuer zu verbringen und nichts zu tun. Vor dem Kamin nichts zu tun war das Zweitbeste, das Julia sich für einen verregneten Tag vorstellen konnte, und die Chancen waren gut, dass das Zweitbeste, das sie an einem verregneten Tag tun konnte, zum Erstbesten führen würde, das sie an einem verregneten Tag tun konnte. Von Georges Seite aus rechnete sie jedenfalls nicht mit allzu viel Widerstand.

Gerade als der Whiskey bereitstand, das Torfbrikett im Kamin schön loderte und die Diskussion, ob das Kuhfell eines schwedischen Möbelhauses vor dem offenen Kamin romantisch oder geschmacklos sei, zuungunsten der Kuh ausging, klingelte es an der Tür. George verharrte beim Aufrollen besagten Felles. Julia hielt die Wolldecken, die es ersetzen sollten, schon in der Hand. Sie warfen sich einen Blick zu. Beiden war klar, dass das Öffnen der Tür höchstwahrscheinlich ihre Pläne für den Abend über den Haufen warf. Leider war es offensichtlich, dass sie zu Hause waren, es brannte überall Licht und der Kamin rauchte.

Überraschenderweise stand John vor der Tür.

„Kommt mit, das müsst ihr sehen“, sagte er und drängte die beiden zum Aufbruch.

George zuckte nur mit den Schultern und Julia zog, ohne weiter nachzufragen, Schuhe und Jacke an.

John trieb sie zur Eile. Er führte sie Richtung Kirche, ohne jedoch zu erklären, was denn los sei. Als sie die Kirchenpforte erreicht hatten, öffnete John sie vorsichtig und signalisierte ihnen, möglichst leise einzutreten.

Das Innere war hell erleuchtet. Julia erschien es heller als üblich, doch das Licht wirkte nicht sehr andächtig, eher praktisch. Etwa ein Drittel aller Bänke war besetzt, aber auch hier war etwas anders als bei einer Messe. Bunter. Lebendiger. Die drei setzten sich in eine freie Bank.

„Heute ist die Wahl zum Kirchengemeindebeirat“, flüsterte John. „Normalerweise findet die relativ unbeachtet im Pfarrheim statt. Im Großen und Ganzen stehen die zwölf Pfarrgemeinderäte schon vorher fest, sie müssen nur vorgeschlagen und per Handzeichen gewählt werden. Gegenkandidaten sind praktisch ausgeschlossen. Im Prinzip kann jeder Katholik ab sechzehn wählen und natürlich auch gewählt werden, aber praktisch nimmt immer nur der innere Zirkel um den Dekan an der Wahl teil. Die Zusammensetzung des Rates ist seit Jahren nahezu unverändert. Bis heute. Heute war der Andrang so groß, dass sie vom Pfarrheim in die Kirche ausweichen mussten, um alle unterzubringen.“

Julia sah sich genauer um. In den vordersten vier Bänken saß eine Ansammlung alter Männer, vereinzelt begleitet von ihren Ehefrauen. Sie waren allesamt in Schwarz oder Grau gekleidet. Ein Großteil dieser Männer wurde vom aktuellen Hipster-Trend zum Vollbart gerade eingeholt und war somit, ohne sich dessen bewusst zu sein, top modern. Schweigend, ratlos und durchaus latent aggressiv sahen sie dem Schauspiel zu, das sich hier bot.

Vor dem Altar stellte sich gerade ein Kandidat für einen Sitz im Rat vor. Das Einzige, was er mit den Herren der ersten Reihen gemein hatte, war der Bart. Jedoch trug er nichts Graues oder Schwarzes, seine Jeans hatte Löcher und auf dem Hoodie war ein Hanfblatt abgebildet. Dennoch hielt er seine Basecap brav in der Hand und redete höflich darüber, wieso er sich in der Kirchengemeinde engagieren wollte.

Julia zückte ihr Smartphone. Vielleicht sollte sie doch besser einen Blick auf die Nachrichten werfen, die Ricky & Co. ihr heute geschickt hatten. Gleich beim ersten Link blieb sie hängen. Die Seite trug den Titel „Oh Deer“ und zeigte ein großes Bild von Blondie im Hintergrund.

Ganz oben stand der letzte Post: „Wichtig!!! Heute ist Kirchengemeindebeiratswahl. Steht die Kirche in der Mitte der Gesellschaft? Wie hoch ist der Frauenanteil? Ab wann ist man zu alt, um zu gestalten? Wie hoch muss die Wahlbeteiligung sein, damit ein Mandat rechtens ist? Tretet der Vereinigung bei, mit der ihr am wenigsten gemein habt. Wie viel braucht es, um einen Ortsverband zu übernehmen?“

Es handelte sich hier unverkennbar um Zitate aus dem Buch, der letzte Satz war sogar fett gedruckt und unterstrichen. Darunter folgte eine sehr lange Liste von Kommentaren und sowohl die „Likes“ als auch die „Shares“ lagen im vierstelligen Bereich. Julia blickte wieder nach vorn. Hier und heute würde es wohl die eine oder andere Antwort auf die gestellten Fragen geben.

Im vorderen Teil der Kirche wurde gerade wirklich per Handzeichen abgestimmt, wie Julia verwundert feststellte. Jede Klassensprecherwahl wurde professioneller durchgeführt, aber es schien sich niemand daran zu stören.

Eine überwiegende Mehrheit stimmte für den Skater-Typen, sein Gegner hatte keine Chance. Sichtlich irritiert trat der Dekan wieder vor die Versammlung und kündigte den nächsten Tagesordnungspunkt an. Ein weiterer Kirchenrat, dessen Namen Julia sofort wieder vergaß, stand zur Wiederwahl an. Der Dekan atmete tief durch und stellte vorsichtig, aber wohl schon ahnend, was da kommen würde, seine Frage.

„Gibt es Vorschläge für Gegenkandidaten?“ Er hatte den Satz noch nicht beendet, da stand ein junges Mädchen auf. Julia schätzte sie auf höchstens siebzehn.

„Ich möchte Melanie O'Brian vorschlagen", sagte sie und setzte sich wieder.

Ohne auf eine weitere Aufforderung zu warten, stand inmitten der Jugendlichen ein Mädchen auf, vermutlich besagte Melanie O'Brian, und trat vor die versammelte Mannschaft. Auch sie trug löchrige Jeans und dazu ein Holzfällerhemd, das allerdings für den Geschmack einiger Anwesender vermutlich eine Spur zu weit aufgeknöpft war. Sie hatte versucht, ihre schwarzen Locken mit einem Haarband zu zähmen, was ihr allerdings nur teilweise gelungen war.

„Hallo, ich bin Melanie B., siebzehn Jahre alt und katholisch. Ich mache eine Ausbildung zur Krankenschwester und möchte mich in der Kirche für die Armen und Kranken einsetzen. In meiner Freizeit höre ich gerne Musik und hänge mit meinen Freunden ab." Sie spulte ihren zweifellos auswendig gelernten Spruch in einem sehr freundlichen Tonfall herunter, ohne viel Zeit zu verlieren, und sah den Dekan herausfordernd an.

Dieser nickte nur resigniert und rief erneut zur Abstimmung auf. Wieder war das Ergebnis eindeutig. Wieder ging das Prozedere von vorn los. Der Dekan fragte nach Gegenkandidaten, das gleiche junge Mädchen schlug einen vor, der wurde gewählt. Bereits vier junge, neue, bunte Mitglieder des Kildalough-Kirchengemeindebeirates saßen somit auf einer separaten Bank an der Seitenwand der Kirche. Zwei junge Frauen, zwei junge Männer.

Die Fünfte stellte sich gerade vor, ihr Name war ebenfalls Melanie und um nicht verwechselt zu werden, nannte sie sich Melanie C.

George neigte seinen Kopf zu Julia herüber und flüsterte ihr zu: „Als Coup wäre das ein Kaufmann von Venedig, sie befolgen die Rechte und Gesetze genauestens und legen sie zu ihren Gunsten aus."

Julia lächelte. Das fühlte sich richtig an. Sie freute sich schon darauf, Paul zu erzählen, wie sie Zeugin eines echten „Kaufmanns von Venedig" geworden war. Und sie nahm sich vor, den gequälten Gesichtsausdruck, den er zweifellos bei der Erwähnung Shakespeares aufsetzen würde, nur ein wenig zu genießen.

Julia hörte die Kirchentür, Schritte, Flüstern. Nach und nach erschienen, sichtlich verspätet und etwas gehetzt wirkend, noch weitere wahlberechtigte Katholiken. Da sie vorwiegend grau und schwarz gekleidet waren, vermutete Julia stark, dass sie dem konservativen Lager angehörten. Anscheinend hatte jemand die Kavallerie gerufen, denn langsam füllte sich die Kirche.

Mit der steigenden Anzahl der Zuschauer wurde nun auch das Schauspiel vorn interessanter. Melanie C. war mit klarer Mehrheit gewählt worden und der Dekan versuchte nun, Zeit zu schinden, indem er den aktuellen Amtsinhaber detailliert vorstellte und einen kleinen Rückblick über seine Arbeit in der letzten Amtsperiode gab.

Kaum war er fertig, schnellte wieder das Mädchen in die Höhe, um den nächsten Gegenkandidaten vorzuschlagen. Jetzt wieder einen jungen Mann, Garry B., der auch gewählt wurde. Allerdings diesmal mit deutlich mehr Gegenstimmen, die vom Dekan auch genauestens gezählt und dokumentiert wurden. Beim siebten Wahlgang, mit Gegenkandidatin Victoria, bat der aktuelle Amtsinhaber vor der Wahl noch um das Wort, das ihm auch umgehend erteilt wurde.

Sein improvisiertes Wahlprogramm war ebenso ausführlich wie einschläfernd und hatte den einzigen Zweck, die Wahl so lange hinauszuzögern, bis genügend Unterstützer des konservativen Lagers anwesend waren. Der Dekan hatte wohl das ungefähre Stimmenverhältnis des letzten Wahlganges im Kopf behalten und verglich dies nun überschlagsweise mit der Anzahl Menschen, die in der Zwischenzeit die Kirche betreten hatten. Siegessicher startete er die nächste Abstimmung, nur um dann, nach zweimaligem Nachzählen, Victoria mit vier Stimmen Vorsprung zur Siegerin erklären zu müssen. Bei der Verkündung des Ergebnisses gab es sogar einige Jubelrufe.

Später stellte sich heraus, dass diese von Vickys Großmutter, ihrer Tante und einigen weiteren Verwandten stammten. Der Dekan hatte die wohl aufgrund ihrer Erscheinung zum konservativen Lager gezählt. Anscheinend hatten also auch die … Julia überlegte, wie sie sie nennen sollte. „Die jungen Wilden“, war der erste Begriff, der ihr einfiel, doch der klang nicht richtig. Das war kein 68er-Style. Was die junge Generation hier gerade zeigte, fühlte sich deutlich eleganter an.

Nun, auch die jungen Aktivisten hatten auf jeden Fall noch schnell Unterstützer rekrutiert. Das war allerdings der letzte Sitz, der an die Jugendlichen ging, mittlerweile war die Kirche fast voll und jetzt dominierten die Älteren. Doch sie hatten bereits eine klare Mehrheit, sieben von zwölf Sitzen, und es würde demnächst wohl einige Veränderungen in der Kirchengemeinde geben.

Victoria, Kanada, Herbst 2039

„Die freundliche Übernahme des Kirchenrates, möchten Sie mir darüber etwas erzählen?“

Julia musste lachen. Daran hatte sie schon lange nicht mehr gedacht, zu vieles war seither passiert.

„Das“, setzte sie an, „war der Anfang. Dass diese Kids den Laden so einfach übernommen haben, hatte natürlich einen deutlichen Symbolcharakter. Und“, sie musste wieder lachen, „die haben den Begriff freundliche Übernahme wörtlich genommen. Sie haben sich höflich vorgestellt, immer brav Bitte und Danke zu allem gesagt und sich danach noch demütig für das in sie gesetzte Vertrauen bedankt. Ich glaube, das hat die alten Männer wahnsinnig wütend gemacht, das passte einfach nicht in ihr Weltbild.“

„Die Wahl stellte sich später als ungültig heraus“, bemerkte Frank.

Julia setzte sich in ihrem Stuhl auf und hob ihren rechten Zeigefinger in die Luft.

„Diese Wahl wurde nicht nach gültigem Recht abgehalten. Das war aber allgemein bekannt, insbesondere der Dekan als Kirchenoberhaupt wusste das. Die Rechtsgrundlage dazu hatte sich schon viele Jahre zuvor geändert. Eine Wahl muss eben geheim abgehalten werden, die Kandidaten sollten schon vorher bekannt sein, das kleine Einmaleins einer demokratischen Wahl eben. Aber aus reiner Bequemlichkeit hatte er das alte System beibehalten, eine einfache Abstimmung per Handzeichen. Was so lange toleriert wurde, bis genau diejenigen, die bisher davon profitiert hatten, mit dem Ergebnis nicht mehr zufrieden waren.“

„Deswegen wurde die Wahl angefochten und von höchster Stelle für ungültig erklärt. Sogar der Bischof meldete sich zu Wort.“

„Ja, und in seiner Stellungnahme wies er unverhohlen darauf hin, dass er sich bei der Neuwahl ein anderes Ergebnis wünschen würde. Der Wunsch wurde ihm auch prompt erfüllt, allerdings anders als gedacht. Durch die beleidigte, bockige Reaktion der Verlierer war die Sympathie der Masse bei den jungen Herausforderern, die bei der erneuten Wahl dann noch einen Sitz mehr herausholten. Mit einer rekordträchtigen Wahlbeteiligung übrigens." Julia senkte den Zeigefinger wieder, rutschte tiefer in ihren Sessel und nahm einen Schluck Wasser. „Der Bischof, der Dekan, die Ex-Ratsmitglieder, sie alle hatten das normale Rentenalter schon lange überschritten."

Julia hielt kurz inne. „Verstehen Sie mich nicht falsch, ich möchte wirklich niemanden wegen seines Alters diskriminieren. Aber ich finde, obwohl ich jetzt langsam selbst in dieses Alter komme, dass man sich zu einem klar definierten Zeitpunkt aus dem Tagesgeschäft zurückziehen sollte. Gerne noch beraten, aber nicht mehr entscheiden. Die Jüngeren müssen ihre Zukunft selbst gestalten, die Älteren tendieren meist dazu, Veränderungen gegenüber eher skeptisch zu sein.

Diese Kirchenratswahl ist das beste Beispiel. Allein die Tatsache, dass ihnen allen nicht bewusst war, dass sie mit ihrem Handeln genau das Gegenteil von dem bewirkten, was sie eigentlich wollten, stützt diese These. Und obwohl ich oft dafür kritisiert wurde, sage ich es noch mal: Die Fähigkeit und der Wille, sich auf etwas Neues einzulassen und kreativ die Zukunft zu gestalten, nimmt mit zunehmendem Alter ab. Im gleichen Maße nehmen aber meist auch die Einsicht und die Bereitschaft ab, die Verantwortung an die nächste Generation weiterzugeben."

Kildalough, Irland, Herbst 2019

Julia, George und John hatten die Kirche verlassen.

Die Wahl war beendet, jedoch gab es noch Ausschüsse zu besetzen und Organisatorisches zu besprechen. Und dann war da noch der berüchtigtste Punkt auf der Tagesordnung: „Sonstiges". Dieser so unschuldig wirkende Punkt, traditionell der letzte auf der Liste, erwies sich in der Praxis meist als erstaunlich hartnäckig. Er deckte eine unendliche Bandbreite an Themen ab und keiner der drei hatte Lust darauf, den bisher erstaunlich ereignisreichen Abend mit endlos-belanglosen Diskussionen ausklingen zu lassen.

Sie gingen ein Stück schweigend durch die Nacht. John wirkte sehr zufrieden, was ja auch verständlich war, denn er hatte die verkrusteten Strukturen der Kirche immer kritisiert. Dennoch hatte er sich bei der Veröffentlichung des Buches gegen seine eigenen Thesen gestellt und zugelassen, dass die Kirche die Funktion einer Kontrollinstanz übernehmen wollte. Anscheinend stand also am heutigen Abend doch noch etwas unter „Sonstiges" auf der Tagesordnung und Julia beschloss, es endlich anzusprechen, direkt, sachlich und ohne Schnörkel.

John schien seine gute Laune dadurch nicht zu verlieren. Er nahm sich aber einen kurzen bis mittellangen Moment, um über seine Antwort nachzudenken.

„Die Buchveröffentlichung lief anders als ursprünglich gedacht", erklärte er. „Ich hatte natürlich von vornherein vor, die fehlende Seite als Joker zu benutzen, das war einfach zu verlockend. Doch dann standen da auf einmal Punkte in Tonys Buch, die gar nicht von uns stammten. Ich vermute Mother Mary und den Priester dahinter, wieso auch immer."

Julia nickte. Das war ja auch ihre Vermutung gewesen, der Teil über die Philosophen roch förmlich danach.

„Der Rest war relativ einfach. Wichtig war nur, dass ich als Erster reden konnte. So habe ich Tony provoziert, meine Aussagen zu widerlegen. Der Generalsekretär hat mir die Sache sogar noch einfacher gemacht, da er nicht wusste, was auf der fehlenden Seite stand. Man muss kein Raketenwissenschaftler sein, um bei den Konservativen gewisse Reflexe auszulösen. Generell neigen sie dazu, immer das Gegenteil der Opposition zu behaupten. Dazu einige Schlüsselreize und die reden sich um Kopf und Kragen."

Er sah die beiden an, als würde er eine Reaktion erwarten, die aber vorerst ausblieb. Schweigend gingen sie ein Stück weiter. John holte seinen Flachmann aus der Innentasche und bot allen eine Runde Inis Mór Craic an, die sie in dieser kalten, nebligen Nacht gerne annahmen.

„Und der Plan ging auf“, fuhr er dann fort. „Die Konservativen haben sich vor laufender Kamera dazu bekannt, die Thesen des Buches umzusetzen, obwohl vieles, vor allem die Aussagen auf meinem ‚Extrablatt‘ direkt mit der Parteilinie kollidieren.“ Nachdem er sich vergewissert hatte, dass es keinen weiteren Bedarf an Whiskey gab, schraubte John den Flachmann zu und verstaute ihn wieder in seiner Jackentasche.

„Und der Dekan?“ Julia sah John fragend an.

„Der Dekan möchte die Kirche als Volkslobby installieren. Und glaub mir, dieser Gedanke ist für mich fast unerträglich. Doch auch hier gilt: Er hat sich zu den Thesen des Buches bekannt und das bedeutet ...“ Er sah Julia erwartungsvoll an.

„... dass er direkte Demokratie in seinem totalitären System zulassen muss“, beendete Julia den Satz.

John schmunzelte. „Der heutige Abend, und ich sage das durchaus mit Stolz, hat meine Taktik bestätigt. Ich habe behauptet, die Menschen wären noch nicht so weit, sich konstruktiv einzubringen, aber diese jungen Menschen haben heute Abend genau das Gegenteil bewiesen.“

Sie gingen schweigend weiter, bis sie vor Georges Haus standen.

„Trotzdem bleiben noch einige Fragen offen.“ Julia war mit Johns Antworten nicht ganz zufrieden. „Wo steht Tony? Er hat doch gewusst, was auf der fehlenden Seite stand“, fragte sie. „Wo Mother Mary? Wieso war sie heute Abend nicht da, wo doch sonst nichts in der Kirche ohne ihren Segen läuft?“

John winkte ab.

„Ich glaube, wir müssen uns von dieser Sicht auf die Dinge lösen. Schwarz und Weiß, Gut und Böse, das funktioniert nicht mehr. Ich glaube übrigens nicht, dass es jemals funktioniert hat, die Realität ist eben deutlich komplexer. Vielleicht gehen wir, jeder auf dem Weg zu seinem eigenen Ziel, einfach ein Stück des Weges zusammen. Die eigentliche Frage für mich, ganz pragmatisch als Politiker, ist nur noch die: Wie schaffen wir es, diese Aufbruchstimmung bis zur Wahl mitzunehmen und zu nutzen?“

„Wir haben noch einiges an Filmmaterial. Ich rufe mal Paul an, er kennt sich ein bisschen damit aus. Ich denke, er kann das so schneiden, dass wir einiges in den sozialen Medien verbreiten können.

Das ist vermutlich das Beste, was wir in der Kürze der Zeit unternehmen können", sagte Julia und sah John fragend an. Der nickte nur nachdenklich.

Nun war es an George, das Schweigen, das ein für ihn durchaus angenehmer Zustand war, zu brechen.

„Verrückte Zeiten, wenn eine eher unbedeutende Regionalwahl in Irland im Internet entschieden wird." Er sah zu John hinüber. „Nichts für ungut."

John lächelte zurück.

„Verrückte Zeiten, wenn eine eher unbedeutende Regionalwahl in Irland eine Revolution auslöst." Er drehte sich um, erhob noch eine Hand zum Abschied und machte sich in die Dunkelheit davon.

Im Haus machten George und Julia, vor einem erneut entfachten Feuer, dort weiter, wo sie vor einigen Stunden aufgehört hatten. Der Tag wechselte schließlich vom Mittwoch auf den Donnerstag, noch drei Tage bis zur Wahl.

Kapitel 18, I‘d Do Anything for Love (but I won‘t do that)

Kildalough, Irland, Herbst 2019

Paul erschien gegen Mittag. Er hatte Renoslav Gozny mitgebracht, zwei Laptops, genügend Kaninchenfleisch für eine ganze Kompanie und einen riesigen Korb selbst gesammelter Steinpilze. Die Lebensmittel wurden im Kühlschrank verstaut und die Laptops im Wohnzimmer aufgebaut.

Den frühen Nachmittag verbrachten die drei mit Recherche. Sie versuchten, sich ein Bild davon zu machen, wie Kildalough, Blondie und die freundliche Übernahme der lokalen Kirche in den Medien dargestellt wurden. Das Ergebnis war, gelinde gesagt, vielseitig.

Die Printmedien sowie ihre Online-Ableger berichteten alle über das Herbstfest, die Sichtung des Hirsches, ein wenig über die Veröffentlichung des Buches und dafür wieder mehr über die freundliche Übernahme des Rates. Es schaffte aber keiner, diese Vorfälle richtig miteinander in Verbindung zu bringen.

Anders sah es in den sozialen Netzwerken aus. Hier wurden durchaus die gewollten Verbindungen hergestellt, das Problem war nur, dass sie hier nicht endeten. Blondie diente abwechselnd sowohl als Symbol für als auch gegen die „Neue Weltordnung“. Welche Weltordnung das sein sollte, blieb jedoch meist eher vage formuliert. Und auch darüber, ob diese Welt nun flach, rund oder innen hohl sei, herrschte keine Einigkeit.

Die Hirschdame musste als Projektionsfläche für alle möglichen kruden Verschwörungstheorien herhalten und das hatte sie, nach Julias Meinung, nicht verdient. Vielleicht wäre es besser gewesen, ihr eine Steintafel mit zehn aktualisierten und detailliert formulierten Geboten mitzugeben, um zu vermeiden, dass sie von allen möglichen Spinnern für ihre Zwecke missbraucht wurde.

Du sollst nicht haten deines Nächsten Post, du sollst nicht liken eines Irren Bullshit ... Bei einem Blick auf die Menge der Kommentare, Likes und Follower, die solche Beiträge erzielten, wurde es Julia schwindlig. Sie brachte es zu Sprache, aber Rengo lachte nur und winkte sie zu sich an den Computer. Er hatte gerade selbst eine Seite erstellt und dafür, als Anfangskapital sozusagen, für nicht einmal 100 Euro zwanzigtausend Follower gekauft.

Er zwinkerte Julia zu.

„Sitzen alle in Ukraine, ist billiger als hier."

Julia beschloss, einen Spaziergang zu machen, um ihren Kopf wieder freizubekommen. Die Jungs hatten auch ohne sie ihren Spaß, sie würden eine Weile allein zurechtkommen.

Ihr Weg führte sie zuerst zum B@rbershop. Dort waren alle ziemlich beschäftigt, was ihr allerdings nichts ausmachte, denn das Ziel ihres Besuches waren weder George noch Beata. Julia wollte sich nur eine Tasse Kaffee aus der monströsen Siebträgermaschine holen und den dann mit auf ihren weiteren Weg nehmen.

Ohne Plan schlenderte sie in Richtung der Kirche. Auf dem Platz davor gab es einige Bänke und da die Sonne gerade etwas zwischen den Wolken hervorkam, nahm Julia spontan auf einer von ihnen Platz und genoss die Ruhe, die Sonnenstrahlen und natürlich ihren heißen schwarzen Kaffee.

Sie merkte kaum, dass sich jemand hinter sie setzte, die Bänke standen mit dem Rücken zueinander, doch als ihr Blick zur Seite schweifte, stellte sie erstaunt fest, dass es sich dabei um Mother Mary handelte. Julia nickte, lächelte und widmete sich wieder ihrem Kaffee. Mother Mary nickte, lächelte und faltete ihre Hände. So saßen die beiden schweigend da.

Julia war sich sicher, dass das Erscheinen Mother Marys keinesfalls zufällig war. Es war ein bisschen wie ein Spiel: Wer würde das Schweigen zuerst brechen? Sie beschloss, das Ganze auszusitzen, egal wie lange es dauern würde. Schließlich hatte sich die Schwester zu ihr gesetzt, nicht umgekehrt. Sollte sie doch einfach sagen, was sie wollte. Julia war auf jeden Fall in der stärkeren Position.

Schließlich wandte Mother Mary ihren Kopf Julia zu.

„Ich habe das Gefühl, etwas bedrückt Sie", sagte sie. „Wenn Sie sich etwas von der Seele reden möchten, ich bin gerne für Sie da."

Julias stärkere Position begann zu bröckeln. Was wusste Mother Mary? Ihr Tonfall suggerierte, sie wisse Bescheid, aber wusste sie überhaupt etwas oder bluffte sie nur? Vermutlich lag die Wahrheit wieder einmal irgendwo dazwischen. Julia sah zu ihr hinüber. Mother Mary verzog keine Miene. Aus dieser Frau konnte sie einfach nicht schlau werden.

„Danke“, sagte sie schließlich, „aber beichten ... zu viel Sünde, Schuld und Vergebungsgedöns.“

Beide nickten und schwiegen wieder eine Weile.

Entgegen ihrer ursprünglichen Absicht beendete Julia diesmal das Schweigen.

„Darf ich Sie etwas fragen, Mother Mary?“

Sie nickte.

„Wieso ...“ Julia kämpfte mit sich um die richtige Formulierung.

„Sagen Sie es einfach geradeheraus. Ich kann mir denken, was Sie wissen möchten. Versuchen Sie erst gar nicht, etwas schönzureden. Na los, nur raus damit.“

„Nun, wieso lassen Sie sich das gefallen? Ich meine Ihre Rolle in diesem sexistischen, totalitären System?“

Mother Mary nickte, als hätte sie mit Julias harter Kritik am System Kirche gerechnet.

„Sie meinen die Tatsache, dass in der katholischen Kirche alle höheren Ämter nur von Männern übernommen werden können?“

Julia nickte.

„Schauen Sie mich an!“ Mother Mary wandte sich Julia zu, die sich nun auch auf der Bank etwas drehte, sodass die beiden Frauen einander ansehen konnten. „Finden Sie, ich werde hier unterdrückt?“

Julia schüttelte den Kopf.

„Finden Sie, der Dekan bestimmt hier in der Pfarrei, wo es langgeht?“

Julia hatte plötzlich das Bild des Dekans vor sich, wie er am Tag der Buchveröffentlichung schmollend vor der Kapelle stand. Sie musste lachen.

„Ich sehe, Sie verstehen, worauf ich hinauswill.“ Mother Mary entspannte sich wieder etwas.

„Aber Sie lassen sich von der Kirche vorschreiben, dass Sie kinderlos bleiben müssen.“ Julia wusste in dem Moment, als sie es aussprach, dass es ein Fehler gewesen war. Für einen ganz kurzen

Moment bröckelte Mother Marys Fassade. Sie fing sich zwar sofort wieder, schwieg aber trotzdem noch eine Weile.

„Wissen Sie", sagte sie schließlich. „Diese Entscheidung hat weder die Kirche getroffen noch ich selbst. Anscheinend hat der Herr diesen Weg für mich festgelegt. Und auch wenn das für Sie vermutlich schwer zu verstehen ist, ich glaube daran, dass der Herr mir gerade deswegen die Kinder dieser Stadt anvertraut hat, und ich habe bei jedem Einzelnen davon mein Bestes gegeben, um sie auf den richtigen Weg zu führen. Glauben Sie mir, das war nicht immer einfach." Mother Mary wirkte jetzt wieder entspannt. Anscheinend hatte sie sich mit ihrem Schicksal abgefunden. „Aber es gibt immer wieder einige ganz spezielle Exemplare, die auch jenseits des Kindergartenalters noch eine gewisse Führung brauchen."

Julia ahnte, dass sie mit einigen dieser Exemplare kürzlich sehr viel Zeit verbracht hatte.

„Vorwiegend Jungs natürlich", fuhr Mother Mary fort. „Jungs sind ... nun, im Grunde hören sie eigentlich nie auf, Jungs zu sein, egal wie alt sie werden. Vermutlich werden Sie mir bei dem, was ich jetzt sage, nicht zustimmen. Sie sind jung und vermutlich sind Ihre Ansichten deutlich moderner als die einer alten Klosterschwester. Aber ich finde, genau das ist unsere Rolle als Frau. Stellen Sie sich mal vor, was passieren würde, wenn die Frauen im Hintergrund plötzlich nicht mehr dafür sorgen würden, dass die Jungs nicht allzu viel Mist bauen."

„Und die Männer stehen vorn und sacken die Lorbeeren für die Verdienste der Frauen ein, die im Hintergrund alles regeln?"

Mother Mary lachte auf. „Kindchen", sagte sie, „das mit den Lorbeeren ist so eine Sache. Die sind für alles gut, aber für nichts zu gebrauchen. Ein Spielzeug für Jungs eben, letztendlich ein Symbol für was weiß ich, hat wahrscheinlich wie immer etwas mit Sex zu tun. Die Frage ist doch, ob es der Gleichberechtigung hilft, wenn wir uns mit den Jungs um unnütze Küchenkräuter streiten, obwohl wir doch etwas viel Besseres haben."

„Und was wäre das?" Julia sah die Schwester fragend an.

„Nun, ich für meinen Teil habe, spätestens hinterher, immer recht." Beide lächelten. „Nun aber zurück zum Thema."

„Das da wäre?"

„Jungs aus dem Hintergrund in die richtige Richtung lenken."

Julia schwieg. Sie musste zugeben, es war ein erfrischend nettes Gespräch mit Mother Mary, auch wenn sie nicht alle Aspekte ihrer Weltanschauung teilte. Dennoch wollte sie ihr keine Geheimnisse anvertrauen, denn Mother Marys Beweggründe waren ihr nach wie vor nicht ganz klar.

„Kindchen, ich werde das mal abkürzen. Ihr habt Tony mit dem Hirsch hereingelegt. Ein hervorragender Schachzug übrigens, irgendwann müssen Sie mir mal verraten, wie Sie das gemacht haben. Wir haben die Kirche mit ins Spiel gebracht und noch einiges ergänzt. Wir alle möchten, dass sich etwas ändert, angefangen an der Basis. Die Zeit ist knapp und deswegen finde ich, wir sollten unsere Kräfte bündeln und, wie immer, die Jungs so in die richtige Richtung weisen. Natürlich sollen sie dabei denken, es wäre ihre eigene Idee gewesen."

Julia dachte kurz nach. Es fiel ihr nicht schwer, über ihren Schatten zu springen, momentan stand die Sonne, metaphorisch gesprochen, relativ hoch und so war es nur ein kleiner Schatten, den es zu überqueren galt.

„Aus irgendeinem Grund geht in der Stadt das Gerücht um, Ihr Bruder hätte gute Beziehungen zu einem sehr mysteriösen Immobilienmakler, der sich auf Wallfahrtsorte spezialisiert hat?"

Julia zuckte nur mit den Schultern.

„Das habe ich auch gehört. Aber ... nun, es könnte sein, dass Beata und Brigh da im Pub etwas falsch verstanden haben. Eigentlich ist Paul Kaninchenmetzger."

Nun zuckte Mother Mary mit den Schultern. „Das ist ein wenig enttäuschend, denn der Dekan, der Bürgermeister, die Parteioberen, sie alle malen sich schon aus, was es für die Region bedeuten würde, ein Besucherzentrum zu bekommen."

„Ich habe gehört, die Untersuchung im Vatikan diesbezüglich wäre noch nicht beendet."

Mother Mary bekam plötzlich einen verdächtig klingenden Hustenanfall.

„Leider hat der Vatikan sich bisher nicht öffentlich geäußert. Was allerdings nichts bedeutet, denn die dafür zuständige Untersuchungskommission arbeitet sehr vertraulich."

Die beiden Frauen schwiegen wieder eine Weile.

„Vielleicht sollte Paul das Missverständnis mit dem Dekan besprechen. Nicht, dass da falsche Erwartungen entstehen." Julia bemühte sich, möglichst unschuldig dreinzuschauen.

„Das finde ich auch, es wäre nicht zu verantworten, wenn das hiesige Kirchenoberhaupt viel Arbeit in diverse Planungen steckt, ohne dass dabei eine Aussicht auf Erfolg besteht."

Die beiden Frauen drehten sich wieder einander zu und sahen sich anerkennend an.

„Könnten Sie Ihren Bruder dazu überreden?"

„Das sollte kein Problem sein." Julia dachte kurz nach. „Am besten, ich schicke ihn gleich morgen zum Beichten, das macht er in letzter Zeit sowieso gerne."

Sie nickten einander zu, die Sache war also beschlossen. Nun saßen sie wieder Rücken an Rücken.

„Jemand sollte auch mit den politischen Funktionären reden. Gerade so kurz vor der Wahl wäre es fatal, wenn sie sich in eine Sache verstricken, die auf einem Missverständnis beruht. Die Stimmung ist ohnehin schon politisch aufgeheizt. Stellen Sie sich vor, was durch ein falsches Gerücht alles passieren könnte. Das Letzte, was wir so kurz vor der Wahl brauchen, ist blinder Aktionismus." Mother Mary sprach jetzt wieder scheinbar zu dem leeren Platz, der sich vor ihr befand.

Auch Julia blickte wieder starr geradeaus. Sie antwortete nicht sofort, aber ihr war klar, was zu tun war. Und vor allem wie, denn wenn sie Ideologie und persönliche Befindlichkeiten beiseiteließ, dann gab es, pragmatisch betrachtet, nur eine Möglichkeit.

„Mother Mary", sagte sie. „Wie vertraut sind Sie mit Shakespeare?" Mother Mary zückte eine Augenbraue. Julia blickte über ihre Schulter. „Ich glaube, wir müssen viel Lärm um nichts machen."

Johns Haus war ein ehemaliges Bed & Breakfast. Er hatte es zusammen mit seiner Frau aus dem Nachlass einer alten Dame gekauft, die es fast bis zu ihrem Tod bewirtschaftet hatte. Seitdem hatten sie viel renoviert, ohne jedoch dabei den Charakter des Hauses zu verändern. Sogar das Schild aus Naturstein hing noch an der efeuberankten Hauswand: „The Nurseries, 41 Daylisfort Road." Auf einem Schild darunter stand allerdings: „Permanently No Vacancies."

Julia und George trafen pünktlich um 19 Uhr ein. Sie hatten Johns Haus für heute zum Treffpunkt erkoren, da hier die Infrastruktur besser war. Johns Frau Joanne war ebenfalls Lehrerin und somit verfügten sie über zwei Büros mit je einem PC und, anders als bei George, einen schnelleren Internetanschluss. Außerdem war die Küche größer und besser eingerichtet, schließlich war hier früher Frühstück für die Gäste zubereitet worden.

Während also Rengo sich mit den Vorzügen des schnellen Internets vergnügte, wollte Paul sich in der Küche austoben und Kaninchen mit Steinpilzen unter die Versammlung bringen.

Julia klingelte und John öffnete die Tür. Innen erwartete sie ein Meer von Pastelltönen und geblümten Tapeten. John führte sie ins Wohnzimmer. Die Erbauer des Hauses hatten auch hier nichts ausgelassen. Ein Erkerfenster mit Bleiverglasung, Seidentapeten, geblümte Vorhänge und, natürlich, einen großen offenen Kamin, um den eine Sitzgruppe platziert war.

Julia fühlte sich sofort wohl. Irische B&Bs hatten dieses einzigartige Flair, das sie, zumindest bisher, noch nirgendwo anders so erlebt hatte. Vor dem Kamin kniete Johns Frau und legte einige Scheite Holz nach. Sie erhob sich, kam auf Julia zu und schüttelte ihr die Hand.

„Hallo. Joanne. Freut mich wirklich. Ich würde gerne sagen, ich hätte schon viel von dir gehört, aber der da", sie deutete mit ihrem Daumen über die Schulter in Richtung John, „redet zwar ständig von dir, allerdings ohne die wirklich wichtigen Dinge zu erwähnen, und dem da", diesmal deutete sie Richtung George, „muss ich alles aus der Nase ziehen."

Ihr Lächeln war bezaubernd und ehrlich, also erwiderte Julia es. Joanne war etwas kleiner als Julia, etwas schlanker als Julia und hätte mit ihrer hellen Haut, den rotblonden Haaren und ihren Sommersprossen direkt dem Katalog eines irischen Reiseveranstalters entspringen können.

Sie alle setzten sich um das Feuer, John versorgte sie mit Getränken und es entstand eine lockere Unterhaltung, bis Paul und Rengo eintrafen, die auf dem Weg noch einige Zutaten für das Abendessen besorgt hatten.

Als sie schließlich vollständig waren, wollten es sich Paul und Rengo nicht nehmen lassen, zuerst allen den kurzen Clip zu präsentieren, den sie aus dem Filmmaterial zusammengeschnitten hatten. Julia musste zugeben, dass das Ergebnis sich durchaus sehen lassen konnte.

Der Clip zeigte Tony auf dem Herbstfest, danach seine Begegnung mit Blondie, die Buchveröffentlichung und, da es davon leider keine Bilder gab, einige Zeitungsausschnitte über die freundliche Übernahme. Die ganze Zeit über liefen Auszüge aus dem Buch als Text unter den Bildern durch und das Ganze war sogar mit Musik unterlegt.

Es folgte eine kurze Diskussion über das weitere Vorgehen und John, um den es ja letztendlich bei der Wahl am Sonntag ging, fasste ihre Strategie noch einmal zusammen:

„Okay, meine offizielle Stellungnahme im Groben lautet: Die Politik muss wieder aus der Mitte der Gesellschaft kommen. Ich provoziere aber mit der Aussage, dass die Gesellschaft noch nicht bereit für mehr direkte Demokratie ist, und hoffe, damit genau das Gegenteil zu erreichen. Außerdem bezweifle ich die Relevanz von Blondies Auftritt und weise so auf Tonys Rede hin, in der er ja vor der ganzen Stadt versprochen hat, die Richtung zu ändern, wenn er ein Zeichen bekäme.

Schließlich konfrontiere ich Tony in den sozialen Medien, wo ich weitere Aussagen des Buches anzweifle, und dränge ihn somit hoffentlich dazu, die Thesen erneut als gut und wichtig zu bestätigen. Inoffiziell ...“, John deutete auf Rengo, „... verbreiten wir den Film großflächig im Internet und zeigen anhand der Kirchenratswahl, wie schnell eine Veränderung möglich ist, wenn die Leute nur wieder beginnen, sich zu engagieren.“

„Ich verstehe trotzdem nicht, wie du so die Wahl gewinnen willst.“ George sah fragend in die Runde.

„Es geht um mehr als die Wahl. Tony hat sich mit seiner Rede beim Herbstfest sehr weit aus dem Fenster gelehnt. Meine Chancen, die Wahl zu gewinnen, waren niemals vorhanden, aber so können wir vielleicht eine Veränderung bewirken. Wir müssen ihn nur weiter in die Ecke drängen, in die er sich selbst hineinmanövriert hat. Und wir müssen auf jeden Fall verhindern, dass sich die Kirche als Kontrollinstanz in Stellung bringt. Das darf nicht passieren, eine Religionsgemeinschaft, die Einfluss auf die Politik nimmt ..." Er schüttelte den Kopf. „Und dann", fügte er mit einem verschmitzten Lächeln hinzu, „wer weiß, vielleicht sollten wir eine gewisse Außenseiterchance nicht unterschätzen. Vielleicht geschieht ja bei der Wahl am Sonntag noch mal ein Wunder."

Julia, die in den letzten Wochen den Glauben an Wunder vollends verloren hatte, kommentierte das nicht weiter, obwohl sie nicht Johns Meinung war. Zum einen war er nicht objektiv, da er den Streit mit Tony zu persönlich nahm und einfach zu nahe an der Sache dran war. Zum anderen wusste Julia, dass es auch in der Kirche gewisse Strömungen gab, die einen Wandel herbeisehnten, der diese angestaubte Institution endlich auf den Weg aus dem Mittelalter führen könnte.

Außerdem hatte sie noch einen Plan für heute Abend, ein Ass im Ärmel sozusagen, das sie aber erst zu späterer Stunde ausspielen wollte. Erst einmal machten sich alle an die Arbeit. Paul in der Küche, George und John in einem der Büros und Rengo im anderen. Julia beschloss, sich noch ein wenig mit Joanne im Wohnzimmer zu unterhalten. Ihr Gespräch mit Mother Mary über die Rolle der Frau im Allgemeinen gab ihr immer noch zu denken und sie wollte versuchen, zu diesem Thema eine weitere Meinung einzuholen.

Nachdem Joanne Paul eine kurze Einweisung in der Küche gegeben hatte, kehrte sie mit zwei Gin Tonic zurück. Sie reichte Julia ein Glas, legte noch ein Scheit Holz nach und setzte sich neben sie.

„Ich dachte, wir lassen die Jungs erst mal spielen und machen es uns hier bequem."

Jungs. Die gleiche Bezeichnung hatte Mother Mary benutzt und in dem einen Punkt schienen sie alle einer Meinung zu sein. Julia hatte lediglich Zweifel daran, ob das wirklich noch ein Spiel war und ob die „Jungs" zwischen verletztem Stolz und ihren Egos das eigentliche Ziel überhaupt noch im Blick hatten.

„Was hältst du von dem Ganzen hier?", fragte sie Joanne.

„Was ich davon halte, dass ein weißer Hirsch als Zeichen des was-weiß-ich erschienen ist, um einen Sprücheklopfer und seine

Entourage in die Schranken zu weisen? Davon, dass Internet und Fernsehen zusammengebrochen sind und dafür ein Buch mit ein paar Thesen in den Mittelpunkt gerückt ist? Nun, bisher würde ich sagen, es ist interessant."

„Aber?"

Joanne dachte nach.

„Aber am Sonntag ist Wahl. Und ich hoffe, das Ganze ist dann endlich vorbei, es wird ein anderes Schaf durchs Dorf getrieben und John, nun, nimmt auch wieder am Familienleben teil."

„Du glaubst nicht, dass sich so etwas wie die freundliche Übernahme durchsetzen wird?"

Wieder überlegte Joanne kurz.

„Ich glaube, wir erleben hier gerade einen kurzen Hype. Versteh mich nicht falsch, ich finde es großartig, wie sich John für seine Ziele einsetzt. Und, hey, die ganze Welt schaut im Moment auf uns. Aber die Aufmerksamkeitsspanne der Welt ist beschränkt und wenn morgen auf Twitter woanders ein Sack Populismus umfällt, dann schert sich keiner mehr um Kildalough."

Julia musste ihr recht geben. Es musste noch mehr passieren. Glücklicherweise wusste sie schon genau, welcher Aufreger noch kurz vor der Wahl einschlagen würde. Hoffentlich.

„Wie siehst du Johns Chancen am Sonntag?", fragte sie.

Joanne lächelte.

„John hatte nie eine Chance. Das weiß er. Es war ihm aber einfach wichtig, ein Zeichen zu setzen, nicht von vornherein kampflos aufzugeben. Auch oder vor allem gegen Tony. Was vielleicht schwer zu verstehen ist."

„Weil sie seit Langem befreundet sind?"

Joannes Antwort kam zögerlich.

„Jaaa, nun, John ist grundsätzlich friedfertig, fair und harmoniebedürftig. Alles Eigenschaften, die in der Politik eigentlich fehl am Platz sind. Tony ist da anders, ehrgeiziger. Und ich glaube, wenn John nicht so gutmütig wäre, dann hätte diese Freundschaft nie so lange gehalten, vor allem nicht seit sie sich in so gegensätzlichen Parteien engagieren. Aber John hat ihm immer alles nachgesehen, ich glaube, er hat Tony gegenüber immer noch Schuldgefühle."

„Schuldgefühle?"

„Nun", Joanne lächelte, etwas gequält jetzt, „Tony hat den Erfolg. Er ist jetzt Kandidat für einen Wahlkreis und wird, falls er nicht das Tafelsilber klaut, mit Sicherheit Karriere in der Partei machen. Aber eines hat John ihm voraus, es gibt eine Sache, bei der er und nicht Tony als Gewinner hervorgegangen ist. Denn auch wenn Tony John meilenweit voraus ist, was die Karriere angeht, so hatte John letztendlich Erfolg auf einem Gebiet, in dem Tony leer ausgegangen ist. Er hat das Mädchen abgekriegt."

Victoria, Kanada, Herbst 2039

Es wurde spät und doch schien der Abend seinen Höhepunkt gerade erst erreicht zu haben. Julia hatte Spaß, Frank war, vielleicht dank der Anwesenheit seiner Frau, noch charmanter als sonst und Janine hörte das ganze Gespräch stillschweigend im Hintergrund mit, kommentierte aber durchaus die eine oder andere Bemerkung Julias mit einem Augenzwinkern.

Julia überschlug im Kopf die bisherige Dauer des Interviews. Frank würde aus den Aufnahmen eine einstündige Sendung zusammenstellen. Darüber hinaus würde es das gesamte Material nahezu ungekürzt als Podcast geben. Dies resultierte daraus, dass er sich nicht vorwerfen lassen wollte, die Antworten seiner Interviewpartner in seinem Sinne zu schneiden. Interessanterweise erzeugten beide Formate nahezu die gleiche Reichweite.

Julia fand es erfrischend, dass sich die Aufmerksamkeitsspanne der Nutzer in den letzten Jahren wieder deutlich verlängert hatte. Überhaupt, das Medium Radio, totgesagt und nahezu unbedeutend, hatte sich mit Inhalten gegenüber trashigen Fernsehformaten behauptet und somit einen Kultcharakter erreicht, der vielleicht auch in der Tatsache begründet war, dass es einen Anachronismus darstellte.

Frank sah seine Notizen durch. Er schien kurzzeitig den Überblick über seine Fragen verloren zu haben, etwas, das ihm während dieses Interviews noch nie passiert war, und was wohl der vorgerückten Stunde anzulasten war. Er lächelte ihr zu, Julia lächelte schweigend zurück.

Schließlich bekam sie Mitleid und beschloss, Frank zu erlösen.

„Es gab ein Ereignis, kurz vor der Wahl, das, nun, bislang wohl nicht im Fokus der Öffentlichkeit stand."

Frank blickte auf. Sein Gesichtsausdruck sprang sehr schnell von verwirrt zu erfreut.

„In den letzten Tagen vor der Wahl gab es eigentlich nicht viel zu tun. Ich habe einige Zeit mit John und seiner Frau verbracht und mich dabei recht schnell mit Joanne angefreundet. Eines Abends kontaktierte mich jemand von der Kirche mit der Bitte, ein Treffen zu vermitteln. Mir ist bis heute nicht klar, wieso sie gerade mich wollten, aber wir haben uns dann bei John und Joanne daheim getroffen, im kleinen Kreis, sozusagen unter acht Augen, nur um uns anzuhören, was sie zu sagen hatte."

Kildalough, Irland, Herbst 2019

„Joco?" George hatte den Kopf zur Tür hereingesteckt.

„Joco?" Julia sah Joanne fragend an.

„Ein Relikt von früher. Hat mit meinem Mädchennamen zu tun, früher hieß ich Joanne Connely, kurz Joco." Sie wandte sich George zu, der im Auftrag Johns erschienen war, da der im Büro das USB-Kabel für sein Smartphone nicht finden konnte.

Joanne rollte mit den Augen. „Wollen wir wetten, dass es genau da ist, wo es hingehört?" Sie folgte George nach oben.

Julia trank ihren Gin Tonic aus und beschloss, in der Küche nachzusehen. Nach dem Rechten, nach Paul, dem Essen und noch mehr Gin. Paul kochte nicht oft, aber wenn, dann arbeitete er präzise, überraschend sauber und immer genau nach Rezept. Er war schon relativ weit mit dem Abendessen, das Kaninchen war im Backofen, an dessen Display der Timer gerade auf vierzehn Minuten sprang und weiter rückwärts zählte. Die Pilze waren zu einem Ragout verarbeitet worden und dabei erstaunlich zusammengeschrumpft. Aktuell war Paul gerade mit dem Schälen von Pellkartoffeln beschäftigt.

„Na, wie läufts?", fragte Julia.

Paul nickte nur und deutete auf den Herd und die Töpfe, als würde alles für sich sprechen. Was es ja irgendwie auch tat. Small Talk war noch nie seine Stärke gewesen.

„Wann gibt's Essen?", fragte sie weiter.

Paul deutete mit einem Kopfnicken in Richtung Ofentimer. Auch hier war jedes Wort überflüssig.

Julia nickte. „Und du weißt Bescheid, wir machen ‚Viel Lärm um nichts'."

Paul hielt kurz inne. Julia wusste, dass er mit der Bezeichnung des Coups nicht zufrieden war, vor allem, weil sie nicht von ihm kam. Sie hatte ihn am Nachmittag eingeweiht, da sie Hilfe brauchte und Paul neuerdings mehr vertraute als je zuvor.

„Und du glaubst, das funktioniert?" Er hatte schon gestern einige Bedenken an ihrem Plan angemeldet. Julia zuckte mit den Schultern. „Nun, irgendwie gehen unsere Pläne doch immer auf, meist auf eine eher unkonventionelle Weise, aber hey." Sie lächelte verschmitzt. „Wichtig ist, dass John nicht kompromittiert wird. Deswegen müssen wir ihm ein Angebot machen, das er unmöglich annehmen kann. Er muss sauber dastehen, wenn später alles ans Licht kommt. Wichtig ist nur, dass die Konservativen denken, er würde einen Deal mit der Kirche aushandeln. Dann müssen wir dem Dekan ein Angebot machen ..."

„Ich weiß, eines, das er unmöglich annehmen kann. Es soll ihn aber auf die Idee bringen ..." Paul nickte Julia zu. Diese nickte zurück.

„Genau."

Julia sah auf die Uhr: zwölf Minuten bis zum Essen. Also würde sie langsam anfangen, die Leute, die überall im Haus verteilt waren, zusammenzutrommeln.

Sie begann bei RenGo, der den Computerbildschirm geviertelt hatte. In jedem Viertel war die gleiche Oberfläche eines bekannten Netzwerkes zu sehen, jedoch war er in jedem Fenster unter einem anderen Benutzernamen angemeldet. Er kommentierte, teilte und likte sich größtenteils gegenseitig, zumindest soweit Julia es erkennen konnte. Ob das etwas nutzen würde, konnte sie nicht genau sagen, es schien aber, als hätte er Spaß dabei. Zumindest war er beschäftigt.

„Essen in fünf Minuten", sagte sie nur, wohl wissend, dass es sich hier um eine irische Zeitangabe handelte, die durchaus großzügig ausgelegt werden konnte.

George und John diskutierten. Auch sie waren in einem sozialen Netzwerk unterwegs. Sie hatten auf der offiziellen Seite einer

Jugendorganisation der Christdemokraten einen Artikel über die Sichtung Blondies gefunden und wollten ihn nun kommentieren. Ihre Diskussion ging um nichts, was ihr den Schlaf rauben würde.

„Essen ist fertig", sagte sie nur kurz und war schon wieder auf dem Weg nach unten, bevor sie in eine Diskussion um Banales hineingezogen werden konnte.

Im Esszimmer half sie Joanne ganz gemütlich beim Decken des Tisches. Genau wie erwartet lief zwanzig Minuten später eine Horde hungriger Möchtegernhacker ein.

Beim Essen selbst wurde nicht über Politik gesprochen – eine eiserne Hausregel bei den Leareys. Anfangs bot die Mahlzeit selbst genügend Gesprächsstoff, denn Paul hatte sich selbst übertroffen. Das Kaninchen war perfekt, die Steinpilze waren schon allein deswegen eine Sensation, weil Paul sie selbst gesammelt hatte, aber die Kartoffeln ...

Dass Kartoffeln in Irland einen besonderen Stellenwert hatten, war Julia schon seit Langem klar. Sie vermutete, ohne es jedoch laut auszusprechen, dass die Iren seit der großen Hungersnot achtzehnhundert ..., nun, vor langer Zeit eben einen Kartoffelkomplex hatten. Praktisch gab es in Irland keine Mahlzeit ohne Kartoffeln.

Paul hatte die Pellkartoffeln nur ganz leicht zerdrückt, grobes Meersalz und eine unanständige Menge gebräunter Butter darüber gegeben und das Ganze noch mal kurz in den Backofen geschoben. Viel frische Petersilie drüber, fertig. Ein Traum, das musste Julia gestehen, nicht nur für Iren.

Julia sah in die Runde. John, Paul, George und RenGo. Und Joco, die sich gerade zwischen John und Paul drängte, um die Schüssel mit den Kartoffeln noch einmal herumzureichen. Die Töpfe hatten sich geleert, alle waren satt und hatten schon das eine oder andere Bier. Die ideale Ausgangsposition für die nächste Stufe ihres Plans. Sie nickte Paul zu und zückte ihr Smartphone.

Julia entsperrte den Bildschirm ihres Smartphones und setzte eine erstaunte Miene auf. Keiner beachtete sie. Egal.

„Äh, hallo?" Nun gingen alle Augen in ihre Richtung. „Ich habe gerade eine Nachricht bekommen."

„Eine Nachricht?", sagte Paul überenthusiastisch. „Was steht denn drin?"

Vielleicht war es ein Fehler gewesen, ihn einzuweihen. Er nahm die Sache einfach nicht ernst genug und würde nur versuchen, sie in Verlegenheit zu bringen.

„Nun, anscheinend gibt es jemanden von der Kirche, der mit uns über das Ganze reden möchte. Über Das Buch, die Thesen und so. Sie haben wohl einen Vorschlag für John. Mehr steht da nicht."

„Wieso schreiben sie dir, wenn sie zu John möchten?" Georges Einwand war natürlich berechtigt, trotzdem erstaunte es Julia, dass er gerade von ihm kam.

„Ja genau, wieso bekommst du eine Textnachricht für John?" Pauls Bohren in der Wunde überraschte sie weit weniger.

„Das ging über Ricky. Wir sind so etwas wie Online-Freunde, deswegen hat sie meine Kontaktdaten. Ich denke, das ist der Grund." Sie sah, wie Paul zu einem weiteren Einwand ansetzte, warf ihm aber einen eindeutigen Blick zu, der diesen sofort im Keim erstickte. Es sollte besser keiner auf die Idee kommen, ihr Telefon zu überprüfen.

Nun stand John im Focus. Er zuckte nur mit den Schultern.

„Ich schreib zurück, dass wir uns gerne mal anhören, was sie zu sagen haben." Julia fasste zusammen, wie sie Johns Schulterzucken verstanden hatte. Es gab keine Einwände.

Keine zehn Minuten später klingelte es.

„Wow, das war schnell", kommentierte Paul wieder etwas überdreht. „Findet ihr nicht, dass das schnell war? Ich fand's schnell."

Julia sparte sich den bösen Blick. Sie war gespannt, wen Mother Mary für die Aktion ausgewählt hatte. Joanne ging zur Haustür und kam mit einer jungen Frau zurück. Julia kannte sie, war sie doch ein frisch gewähltes Mitglied des Kirchenrates, eine der beiden Melanies.

Sie schaute etwas unsicher in die Runde. Joanne bot ihr ihren Platz an und zog sich etwas zurück. Mel setzte sich, stützte die Ellenbogen auf den Tisch und faltete die Hände.

Sie atmete noch einmal durch und dann legte sie los. „Hi. Ich denke, die meisten kennen mich. Ich bin Melanie B. und seit Kurzem Mitglied des Kirchengemeindebeirates, oder KGB, wie wir sagen." Sie lachte kurz über ihren eigenen Witz, ohne auf die etwas irritierten Mienen der anderen Anwesenden zu achten. „Wir sind ja ein neues, junges Team und haben einiges vor, wir möchten frischen Wind in die angestaubten Strukturen der Pfarrei bringen. Und da wir unseren großen Erfolg bei den KGB-Wahlen im Prinzip dem Buch verdanken, möchten wir das Ganze jetzt natürlich ausweiten und die Thesen des Buches weiter umsetzen."

Mel redete schnell. Ihre anfängliche Unsicherheit war nun einem ungebremsten Idealismus gewichen. Sie gehörte zu der Art junger Menschen, die noch der festen Überzeugung waren, die Welt verändern zu können. Julia hoffte, dass dem auch so war und dass sie nicht aufgrund von Rückschlägen und der Konfrontation mit dem Leben an sich eines Tages resigniert auf dem Boden dessen landen würde, was allgemein als Tatsachen bezeichnet wurde.

„Wir glauben, nichts ist so unaufhaltsam, wie eine Idee, deren Zeit gekommen ist. Wir haben jetzt die Möglichkeit einer Zäsur, kommende Generationen werden sich nicht mehr vorstellen können, wie eine Volksvertretung nicht zur Hälfte aus Frauen bestehen konnte, wie Lobbyisten im verborgenen Einfluss auf die Politik nehmen konnten und Parteien über Spendengelder gekauft wurden. Deshalb möchten wir hier im County Tirnua beginnen. Wir möchten, dass dieses County als Vorbild für das ganze Land dient."

Mel B. konnte reden, das musste Julia ihr lassen. Und sie erzielte den gewünschten Effekt, alle hingen an ihren Lippen und malten sich aus, was wohl sein würde, wenn sich die Thesen landesweit in der Politik durchsetzten.

Nun war es aber an der Zeit für die Wende und Mel sah das wohl genauso. „Wir als Kirche sind die einzige Organisation, in der ein Großteil der Bevölkerung vertreten ist. Aus diesem Grund sind wir als Lobby des Volkes prädestiniert. Wir werden streng über die moralischen Grundsätze entscheiden, werden ein Vermittler der Stimme des Volkes und der des Herrn sein und darauf achten, dass die Medien wieder auf den rechten Weg kommen. Dafür hätten wir gerne eure Unterstützung. Und ein Statement des Kandidaten, sich für uns und unser Anliegen einzusetzen. Als Vertreter einer Oppositionspartei sozusagen."

Bumm. Das hatte gesessen. Diese unschuldig dreinschauende junge Frau hatte es gerade geschafft, in nur drei Sätzen mit Zensur und Doppelmoral zu drohen. Außerdem hatte sie John schon vor der Wahl als Oppositionellen bezeichnet und ihm damit elegant deutlich gemacht, dass sie nicht an seinen Erfolg glaubte.

Nach Johns Gesichtsausdruck zu urteilen, war das bei ihm auch so angekommen.

„Danke für das ... Angebot?", sagte er zögernd, hin- und hergerissen zwischen der Bewunderung, was die jungen KGB-Mitglieder erreicht hatten, und dem Ärger darüber, wie sie nun versuchten, als religiöse Lobby noch mehr Einfluss auf die Politik zu nehmen. „Aber nein." John hatte sich gegen weitere Erklärungen und Diskussionen entschieden.

„Nein?", fragte Mel B., ihr Ton war eine Spur zu erstaunt.

„Wenn sie mein ‚Nein' nicht verstehen, dann haben Sie Das Buch nicht verstanden."

Stille.

Melanie stand auf und wandte sich zum Gehen.

„Vielen Dank und einen schönen Abend."

Joanne wollte gerade aufstehen und sie zur Tür bringen, doch Julia kam ihr zuvor.

Sie rief: „Ich muss nur noch schnell ..." in die Runde, schnappte sich ihre Jacke und war mit Melanie vor der Tür, bevor noch jemand fragen konnte, was sie musste.

Sie gingen ein Stück, bevor Mel das Schweigen brach.

„Das lief doch gut. Aber ... nun, ich verstehe auch, zumindest einigermaßen, den Plan, der dahintersteckt. Aber was hat das Ganze mit Shakespeare zu tun?" Julia lächelte, hatte sie doch vor Kurzem eine ähnliche Diskussion mit Paul gehabt.

„In ‚Viel Lärm um nichts' geht es unter anderem darum, dass sich Beatrice und Benedikt, die sich nicht ausstehen können, zum Schluss ineinander verlieben. Es wird über den jeweils anderen behauptet, dass die Abneigung in Wirklichkeit ein Zeichen für Liebe ist. Ihnen wird eine Idee in den Kopf gesetzt, die sich dann entwickelt, obwohl sie gar keine Grundlage hat"

Melanie sah sie skeptisch an. „Ist das nicht ein wenig weit hergeholt?"

Julia seufzte. „Ich weiß ... Komm, lass uns Lärm machen."

Sie gingen flott Richtung Kirche. Ohne zu klingeln, betraten die beiden das Pfarrhaus, die Tür war nicht abgeschlossen. Um diese Zeit arbeitete der Dekan gewöhnlich an seiner Predigt oder erledigte sonstigen Papierkram, das hatte zumindest Melanie behauptet und das erleuchtete Arbeitszimmer gab ihr recht.

Mel klopfte an und öffnete die Tür einen Spalt, ohne auf eine Antwort zu warten. Der Dekan saß in seinem überraschend modern eingerichteten Büro und schaute von einem Stapel Unterlagen auf. Er wirkte nicht gerade erfreut über die späte Störung.

Mel B. legte direkt los, ohne ihn überhaupt zu Wort kommen zu lassen.

„Guten Abend, Dekan, Sie sagten ja, ich kann immer zu Ihnen kommen, wenn ich etwas auf dem Herzen habe, und, nun, das ist Julia, eine Freundin von John Learey. Sie ist sozusagen als Vermittlerin hier mit einem Vorschlag."

Der Dekan blickte von Mel B. zu Julia.

„Guten Abend, Dekan. Wir haben uns, glaube ich, noch nicht offiziell kennengelernt, mein Name ist Julia. Wie gesagt, ich bin quasi als Vermittlerin da. John hat da einen Vorschlag und ich möchte sozusagen inoffiziell vorfühlen, ob wir nicht eine ... Vereinbarung treffen könnten."

Der Dekan blickte von Julia zu Mel und wieder zurück. Julia seufzte innerlich und fuhr fort. „Das Buch mit den Thesen hat ja für große Aufmerksamkeit gesorgt. Kildalough ist ja schon fast zu einer Wallfahrtsstätte für Sinnsuchende geworden."

Der Dekan entspannte sich etwas, die beiden Frauen konnten förmlich sehen, wie ihm die Vorstellung einer Wallfahrtsstätte gefiel.

„Und das soll natürlich auch so bleiben, immerhin war es ja eine wunderbare Erscheinung, die wir hier hatten. Johns Idee wäre es nun, hier im County Tirnua einen Präzedenzfall zu schaffen, ein Vorbild basierend auf den Thesen des Buches, der dann landesweit Schule machen wird. Und welche Institution bietet sich als Lobby des Volkes besser an als die Kirche?"

Der Dekan sah sie immer noch entgeistert an.

„Keine", fuhr Julia vorsichtig fort. „Die Kirche. Als Vermittler zwischen dem Volk und der Politik, das County als Vorbild für das ganze Land, Kildalough als Wallfahrtsort. Sie verstehen?"

Plötzlich leuchteten die Augen des Dekans. Anscheinend war der Groschen jetzt gefallen. Julia seufzte innerlich und gab ihm ein paar Sekunden, damit der Gedanke sich bei ihm festigen konnte.

„Natürlich“, fuhr sie ganz langsam fort, „setzen wir gewisse Erwartungen an die Kirche.“

Keine spürbare Reaktion.

„Die Institution Kirche muss natürlich streng neutral bleiben, also keine ideologische Einmischung in politische Themen. Allerdings wäre eine Wahlempfehlung zugunsten der Grünen durchaus hilfreich, denn das Ganze kann natürlich nur umgesetzt werden, wenn John den Wahlkreis letztlich gewinnt. Und um das zu gewährleisten, sollte sich die Kirche natürlich auch öffnen. Sie sollte gewisse Werte und Ansichten von Johns Partei teilen. Eine Lobby des Volkes muss ja repräsentativ sein, deswegen wäre es wichtig, dass Sie deutlich Stellung beziehen, was Genderfragen angeht, Homo-Ehe, Gleichberechtigung, Marihuana und das Tanzverbot am Karfreitag.“

Julia hatte keine Ahnung, was es mit dem Tanzverbot auf sich hatte, aber den Tipp hatte sie von Mel B. bekommen und der Gesichtsausdruck des Dekans bei der Erwähnung sprach Bände. Sie hatte Bedenken wegen ihrer durchaus widersprüchlichen Argumentation gehabt, aber anscheinend waren die geforderten Zugeständnisse für ihn so unzumutbar, dass er das gar nicht bemerkte.

Der Dekan lehnte sich in seinem Arbeitsstuhl zurück.

„Wieso sollte ich mich darauf einlassen?“

Auf diese Frage hatte Julia gehofft.

„Nun, Sie würden einen Wallfahrtsort bekommen und könnten in einer neuen Organisation eine tragende, wegweisende Rolle übernehmen.“

„Und wozu brauche ich John Learey?“

Julia zögerte.

„Es war auch sein Buch. Seine Thesen.“

„Er hat sie zusammen mit Tony erarbeitet. Tony hatte Das Buch in der Tasche. Tony hat deutlich größere Chancen, die Wahl zu gewinnen“, sagte der Dekan.

„Und was bietet Tonys Partei Ihnen an? Bitte denken Sie einfach über unseren Vorschlag nach. Aber nicht zu lange, das Angebot ist befristet.“

Jetzt konnte sich der Dekan ein spöttisches Lachen nicht verkneifen. Die beiden Frauen verabschiedeten sich und verließen schleunigst das Haus.

Als sie außer Hörweite waren, schüttelte sich Julia erst einmal. „Uh, das war ... unangenehm."

Mel musste lachen. „Ich dachte, der kapiert's gar nicht. Nicht gerade die hellste Kerze in der Kirche, unser Dekan. Dein Ultimatum fand ich übrigens gut. Denken Sie nicht zu lange nach, das Angebot ist befristet."

„Glaubst du, er hat das geschluckt?"

Mel B. nickte. „Ich bin mir sicher, er wacht morgen früh auf und glaubt, er wäre selbst auf die Idee gekommen, aus Kildalough einen Wallfahrtsort zu machen." Schweigend gingen sie ein Stück des Weges weiter.

„Wieso tust du das?" Julia war stehen geblieben und sah Mel B. an.

„Weil ich mich nicht über die Missstände beschweren darf, solange ich nichts dagegen unternehme. Weil alles, was in dem Buch über Politik steht, letztendlich auch für die Kirche gilt. Weil ich gerne an etwas glauben möchte. Weil es wichtig ist, veraltete Strukturen aufzubrechen, da sie sonst alles zugrunde richten. Und weil vieles aus dem Buch mich einfach berührt und mir und vielen anderen Hoffnung gegeben hat."

Mel B. hatte sich anscheinend genaue Gedanken über ihre Motivation gemacht.

„Na dann", Julia machte eine ausladende Geste mit dem Arm. „Auf zur letzten Station. Wir müssen noch etwas Futterneid schüren."

Das Gráinne Mhaol war das genaue Gegenteil des Deerstalker Pubs. Allerdings nur aufgrund der Gäste, denn der Pub selbst war, rein optisch zumindest, typisch irisch. Holzvertäfelungen, Spiegel an der Wand, Fotos längst verblichener Stammgäste, die zu ihrer Zeit wohl auch einen gewissen Bekanntheitsgrad innegehabt hatten, und einiges an Trödel waren hier zu finden.

Das Publikum jedoch war sehr konservativ. Hier trafen Christdemokraten, Mitglieder des (alten) Kirchenrates und lokale Würdenträger zusammen. Manchmal waren sie ein und dieselbe Person. Da bekannterweise in Irland Wahlkampf im Pub gemacht wird, standen die Chancen, hier und heute die richtigen Leute anzutreffen, sehr gut.

Die beiden Frauen traten durch die schwere, rot gestrichene Tür. Die Stimmung war anders als im Deerstalker, jedoch konnte Julia nicht richtig einordnen, wieso. Vielleicht war es hier einfach so, wie sich konservativ anfühlte.

Das Publikum war gemischt, allerdings fiel auf, dass Julia und Mel die einzige Frauengruppe waren. Was nicht bedeutete, dass außer ihnen keine Frauen im Pub waren, die anderen wirkten jedoch eher wie Deko. Julia fiel der Spruch „Hinter jedem starken Mann steht eine Frau, die ihm den Rücken stärkt" ein. Sie hasste ihn. Und auch Mother Marys Bemerkung, dass Lorbeeren nur Küchenkräuter waren, die zu nichts zu gebrauchen sind, änderte nichts daran.

Die beiden entschieden sich für einen Platz an der Bar, da sie so mitten im Geschehen wären. Julia bestellte die Getränke, wobei sie sich selbst für Tonic entschied und vorerst auf den Gin verzichtete. Die Umgebung machte sie nervös und sie wollte den bisherigen Erfolg des Abends nicht zunichtemachen, indem sie zu viel trank und es dann doch noch auf den letzten Metern verpatzte.

Sie sah sich um. Im Publikum waren die üblichen Verdächtigen, wegen derer sie hier waren. Bis auf einen.

„Siehst du Tony irgendwo?", wandte sie sich an Mel.

„Nein. Alle anderen sind da. Bürgermeister, Gemeinderäte. Und sogar einige aktive und auch ehemalige Mitglieder des KGB." Sie winkte einigen Leuten sehr höflich und zurückhaltend zu. Julia hätte ihr das fast abgenommen. „Nur Tony fehlt."

Die beiden schwiegen eine Weile. Julia sah auf die Uhr. Es wurde spät. Ihr Blick traf Mels. Die nickte nur kaum merklich. Es brachte nichts, noch zu warten, die Zeit war knapp, jetzt oder nie. Julia tippte unauffällig etwas in ihr Smartphone, das kurz darauf klingelte. Sie wartete etwas ab, damit der laute und nervige Klingelton auch für maximale Aufmerksamkeit sorgte. Unzählige abschätzige Blicke gaben ihr schließlich das Signal zum Abheben.

Das Gespräch war kurz und bestand im Wesentlichen aus den Worten „Ja", „Aha" und „Ich verstehe".

Julia legte auf und wandte sich an Mel.

„Das war mein Bruder", sagte sie vorwurfsvoll.

Mel setzte eine schnippische Mine auf und wandte sich ab.

„Er ist bei John. Und sie hatten gerade Besuch."

Der Anfang war gemacht, einige Leute sahen herüber, jedoch längst nicht alle. Julia nahm demonstrativ einen großen Schluck Tonic. Die Leute sollten ruhig glauben, sie wäre betrunken, dem Tonic war ja nicht anzusehen, dass es keinen Gin enthielt.

Also, auch wenn es ihr schwerfiel. Lauter. „Kannst du mir sagen, wieso du mich unter einem Vorwand weglockst, nur damit einer deiner Kirchenge...dingsratsfreunde sich kurz vor der Wahl heimlich mit John und Paul treffen kann?"

Das war nicht wirklich logisch, aber Julia war zuversichtlich, dass es keiner bemerkte, solange sie zügig mit dem Schauspiel weitermachten und ihren Zuschauern eine gute Show boten.

„Es war nicht wirklich schwer, dich in den Pub zu locken", sagte Mel schnippisch, die Arme vor der Brust verschränkt. „Und ich weiß nichts von einem geheimen Treffen. Und überhaupt. Was mischt sich dein Bruder da ein?"

„Mein Bruder dürfte der Einzige sein, der Kontakt zu Angus und Malcolm herstellen kann. Und lenk nicht vom Thema ab. Ihr vom Kirchen...rat...", Julia deutete auf Mel, sah aber zum Tisch mit den alten Ratsmitgliedern. Gut, sie hatte deren Aufmerksamkeit. „... Ihr wollt hier einen Wallfahrtsort errichten? Und ihr wollt, dass die Kirche eine Lobby für die Bürger wird, damit ihr noch mehr Einfluss auf die Politik bekommt? Zuerst hier und dann in ganz Irland?"

„Und wenn es so wäre. Wozu brauchen wir John?"

„Du weißt genau, dass es seine Idee war. Dass es schon Gespräche mit dem Dekan gab und nun wollen die Konservativen alles für sich verbuchen. Aber das wird nicht funktionieren, schließlich stammen die meisten Thesen von John. Das Buch war auch seins. Ohne seine Unterstützung geht gar nichts."

„Tony hat es zusammen mit John verfasst. Und ..." Mel stand auf und baute sich vor Julia auf.

Nun herrschte Schweigen im Pub. Allerdings sah Julia auch im Augenwinkel, wie sich der bullige Barkeeper in Stellung brachte. Er würde das Schauspiel bald beenden und die beiden vermeintlich angetrunkenen Frauen vor die Tür setzen.

„Er gewinnt die Wahl sowieso. Tony hatte Das Buch und der Hirsch hat ihn ... nun. Er ist der Auserwählte!"

Vor Julia baute sich eine Wand auf, die ein Geschirrtuch über der Schulter trug. Sie sah hoch und es war ein relativ weiter Weg nach oben, bis sie in die Augen des Barkeepers sehen konnte. Sein Blick war eindeutig, aber sie zögerte trotzdem.

Sie hatte eigentlich auch hier noch auf die unterschiedlichen Werte hinweisen wollen, auf das Tanzverbot und so, aber der Barkeeper machte ihr unmittelbar deutlich, dass es an der Zeit war zu gehen. Interessanterweise schaffte er das ohne jegliche Regung.

Na gut, Mel B. hatte mit der Bemerkung, Tony sei der Auserwählte improvisiert und, nach Julias Meinung, etwas überzogen, aber vielleicht war es gut, das quasi als Schlusspunkt so im Raum stehen zu lassen, damit es sich alle Anwesenden gut einprägen konnten.

Die beiden Frauen fanden sich relativ schnell vor der Tür wieder, dicht gefolgt vom Barkeeper, der noch einige Zeit vor der Tür des Pubs stehen blieb, die Arme verschränkt und den Blick starr auf Julia und Mel B. gerichtet. Die beiden gingen in verschiedenen Richtungen auseinander, alles andere wäre verdächtig und würde gefährden, was sie am heutigen Abend hoffentlich erreicht hatten.

Als Julia ein Stück gegangen war, löste sich eine Silhouette aus dem Schatten eines Hauses. Es war Paul.

„Und?“, fragte er. „Habt ihr?“

Julia nickte.

„Heute Nacht werden sich einige Leute den Kopf zerbrechen. Der Dekan darüber, wie er aus Kildalough einen Wallfahrtsort machen und dabei die Kirche als Volkslobby positionieren kann. Und im konservativen Lager wird hoffentlich Panik und wilder Aktionismus einsetzen, da es ja schon vermeintliche Verhandlungen zwischen John und der Kirche gibt.“

„Und John ist fein raus.“ Paul nickte anerkennend. „Er hat sich auf keine unmoralischen Absprachen eingelassen.“

„Vermutlich werden sie dich danach fragen, was denn nun der geheimnisumwitterte Investor in Kildalough vorhat. Hat sich eigentlich jemand über mein Verschwinden gewundert?“

Paul schüttelte den Kopf.

„Ich habe gesagt, du wärst schon den ganzen Tag über seltsam gewesen und vermutlich ...“ Er zuckte mit den Schultern. Paul. Charmant wie immer.

Doch Julia war zufrieden mit sich.

„Ich habe dir gesagt, ‚Viel Lärm um nichts' funktioniert."

Paul seufzte. „Du hast das System nicht verstanden. Zum einen klingt das nicht, der Titel ist viel zu lang. Außerdem geht es in dem Stück darum, zwei Menschen dazu zu bringen, sich zu verlieben. Und das nur als Nebenhandlung. Du möchtest ja genau das Gegenteil. Ich verstehe den Bezug nicht."

Julia blieb stehen und drehte sich zu Paul. „Im Stück wird eine Ehe eingefädelt, indem den beiden jeweils versichert wird, dass der eine unsterblich in den jeweils anderen verliebt wäre. Wir wollen das Gegenteil, wir machen das Angebot zur Zusammenarbeit unter dermaßen überzogenen Forderungen, dass sie eben nicht zustande kommt. Die Idee aber bleibt. Wir machen die Parteien quasi eifersüchtig, damit sie mit dem jeweils anderen ins Bett gehen."

„Dann wäre es ein ‚Umgedrehter Lärm um nichts', trotzdem, ein besserer Name wäre ..."

Julia fixierte Paul mit ihrem Blick und hob den Finger. Ihr Ton war freundlich, vielleicht etwas zu freundlich, aber bestimmt.

„Meinetwegen ein ‚umgedrehter Lärm um nichts', aber der Name bleibt, es war meine Idee. Ich habe das mit Mel durchgezogen. Und es ist das einzige Theaterstück von Shakespeare, das ich kenne. Wirklich, der Name. Spielt. Keine. Rolle."

Paul zuckte mit den Schultern. Er folgte seinem Instinkt, der ihm riet, nicht weiter nachzufragen, wieso die Diskussion um den Namen des Coups von ihr so emotional geführt wurde, wenn er doch keine Rolle spielte.

„Ach ja, und du musst morgen früh zum Dekan, beichten."

Paul warf ihr einen vernichtenden Blick zu, den Julia elegant ignorierte. Sie erklärte ihm, worum es ging, was seine Laune auch nicht besserte. Schweigend gingen sie das letzte Stück, bevor sie sich vor Georges Haus verabschiedeten.

Es war immer noch Donnerstag. Drei Tage bis zur Wahl.

„John hat sich natürlich auf nichts eingelassen. Er hat den Vorstoß der Katholiken sofort als das durchschaut, was er war: ein verzweifelter Versuch, mehr politischen Einfluss zu gewinnen." Julia schaute wieder ins Feuer. Beziehungsweise in die Glut, denn das Feuer war am Verlöschen, keiner hatte zu dieser vorgerückten Stunde noch Holz nachgelegt.

Auch sie war müde. Und so verging eine ganze Weile, ehe ihr auffiel, dass sie eigentlich schon zu lange auf eine Reaktion von Frank wartete. Sie sah zu ihm hinüber. Er schlief tief und fest. Weder sitzend noch liegend, es sah aus, als wäre er eingeschlafen, als er sich gerade hinlegen wollte, quasi auf dem halben Weg.

So hing er nur schief auf dem Sofa, was nicht sehr komfortabel aussah. Julia sah zu Janine hinüber, die sich die Hände vor den Mund halten musste, um nicht laut loszulachen. Sie ging zu ihrem Mann, drückte Frank sanft in die Horizontale und deckte ihn zu.

Julia wollte das Aufnahmegerät ausschalten, doch Janine schüttelte nur den Kopf und deutete zur Tür. Das Gästezimmer war bereits für sie hergerichtet und so sank auch Julia bald in einen angenehmen Schlaf.

Kapitel 19, Entre dos Tierras

Kildalough, Irland, Herbst 2019

Eine von Johns Thesen, die es allerdings nicht in Das Buch geschafft hatte, lautete folgendermaßen: Die Menschen hatten entweder ein zu großes oder ein zu kleines Selbstbewusstsein. Dazwischen gab es nicht viel.

Die Politik war eine Spielwiese für Menschen mit einem übergroßen Ego. Selbstzweifel waren ihnen fremd, wichtig war ihnen vor allem, sich so öffentlichkeitswirksam wie möglich in Szene zu setzen. Dabei wäre es viel wichtiger, dass Entscheidungsträger sich selbstkritisch mit den Konsequenzen ihrer Arbeit auseinandersetzten. Pragmatische statt ideologische Lösungen suchten und dafür weniger Energie in die Selbstdarstellung steckten.

Was aber in der Praxis nicht funktionierte.

Ein weiterer Fehler im System.

John zweifelte plötzlich an den Thesen. Das ganze Buch schien ihm plötzlich so weit hergeholt. Das alles war völlig sinnlos, die Aufmerksamkeit, die gerade auf Kildalough gerichtet war, würde nach der Wahl wieder verpuffen und alles würde weitergehen wie bisher, daran würde er allein nichts ändern können.

Ausschlaggebend für seine schlechte Laune war die Gemeindeversammlung am Samstagabend in der Stadthalle. Auch die war eine traditionelle Veranstaltung und der Höhepunkt des Wahlkampfes. „Traditionell" bedeutete natürlich wieder „konservativ". Und auch wenn John es eigentlich hätte besser wissen müssen, irgendwie hatte er nach all den Ereignissen doch darauf gehofft, eine Einladung als Redner zu bekommen. Schließlich war es, offiziell zumindest, eine politisch neutrale Veranstaltung der Stadt. Und er war einer der Kandidaten der Stadt.

Doch hier hatten wohl wieder alle konservativen Reflexe eingesetzt, um das zu verhindern. Es war alles so festgefahren, Mel B.s Vorschlag vom gestrigen Abend hatte das bestätigt. Anstatt sich einer neuen Idee zu öffnen, fielen alle in die alten Verhaltensmuster zurück und versuchten lediglich, Machtstrukturen zu festigen und auszubauen. John fühlte sich leer. Er sehnte den Sonntagabend herbei, dann war alles vorbei und er konnte sich wieder seinem Job und vor allem seiner Familie widmen.

Mother Mary kannte keine Selbstzweifel. Jedoch fiel sie dabei nicht zwingend in Johns Schema, denn es war ihr nicht wichtig, sich öffentlich zu profilieren. Und sie war durchaus für pragmatische Lösungen zu haben, sofern die natürlich dem Willen des Herrn dienlich waren.

Momentan beschäftigte sie sich trotzdem mit einem Fall mangelnden Selbstvertrauens. Es handelte sich aber nicht um ihr Ego, sondern um das des Dekans. Der Dekan war relativ einfach gestrickt und wies einige Wesenszüge auf, die für einen katholischen Pfarrer schon fast zu klischeehaft wirkten. Das ermöglichte es Mother Mary, mit relativ wenig Aufwand relativ großen Einfluss auf ihn zu nehmen. Sie musste nur immer etwas Druck auf einen wunden Punkt ausüben und von denen gab es genügend.

Aktuell saß sie mit dem Priester zusammen. Sie hatten sich in dessen Cottage bei der Kapelle getroffen, um über ihr weiteres Vorgehen zu beraten. Trotz einiger unvorhergesehener Wendungen hatte sich bisher alles, zumindest im Großen und Ganzen, in die richtige Richtung entwickelt. Auf eine haarsträubend wahnwitzige Art und Weise, zugegeben, aber das war letztendlich unwichtig, was zählte, war das Ergebnis.

Nun, quasi auf der Zielgeraden, war ihr nächster und vermutlich letzter Schritt vor der Wahl entscheidend. Sie hatte auf dem Tisch, zwischen Tee, Scones und Marmelade einige Blätter ausgebreitet.

Paul hatte sich als sehr nützlich erwiesen. Mother Mary hatte sein „Beichtgespräch" zufällig belauscht. Es gab da in der Kirche eine Stelle mit einer besonderen Akustik, auf jeden Fall war das Gespräch ... Paul hatte dem Dekan ganz klar die Wahrheit gesagt.

Mother Mary hatte zufällig ebenso konzentriert wie fasziniert mitgehört, wie der Dekan alles so in seinem Sinn interpretiert hatte, dass daraus die Wahrheit wurde, die er sich wünschte. Gier frisst

Verstand, zugegeben eine alte Binsenweisheit, die sich aber wieder einmal bewahrheitet hatte.

Sie blickte hinüber zum Priester. Er nickte. Gut, dann auf zum nächsten Spielzug. Mother Mary spielte kein Schach und selbst wenn, nach dem bisherigen Spielverlauf wäre ein Vergleich mit dem Spiel der Könige sowieso unpassend. Mother Mary fühlte sich eher als ein Teil von etwas, das am ehesten als eine Mischung aus „Monopoly“ und „Mensch ärgere dich nicht“ bezeichnet werden konnte.

Julias Laune war an diesem Tag auch nicht die beste. Ohne es zu wissen, hatte sie ähnliche Selbstzweifel wie John. Aus diesem Grund hatte sie auch einen Großteil des Tages auf dem Sofa verbracht. Kurz nach Mittag, als das Fernsehprogramm schlechter wurde und Julia weder Trash-TV noch irgendwelche Sitcoms mit Dauerlachschleife mehr ertragen konnte, zog sie sich an und verließ ohne genaues Ziel das Haus. Kurz zuvor hatte sie noch eine Nachricht von Paul bekommen. Das „Beichtgespräch“ mit dem Dekan sei gut verlaufen und er wäre an der Sache dran. Was immer das bedeuten mochte, ihr war es heute relativ egal.

Ihr ganzer Aktionismus, ihre ganze Energie hatte sich heute irgendwie im Nieselregen aufgelöst, der sich gerade wieder zurück zu Nebel verwandelt hatte.

Die drückende Feuchtigkeit sorgte dafür, dass der Rauch aus den Kaminen der Häuser nicht richtig abzog und die ganze Stadt nach verbranntem Torf roch. Julia gefiel das, denn es war eben der Duft Irlands. Sie stoppte kurz bei O'Sullivans Metzgerei, wo sie sich ein Sandwich und das letzte Paar polnischer Würste kaufte, und machte sich dann auf den Weg aus der Stadt heraus.

Sie dachte nicht groß darüber nach, wohin sie gehen wollte, sie war nur nicht in der Stimmung, irgendwelchen Bekannten über den Weg zu laufen, mit denen sie sich womöglich noch unterhalten musste. Deswegen schien alles außerhalb der Stadtmauern ein gutes Ziel zu sein. Es war nass und neblig und die Anzahl der Spaziergänger sollte dadurch überschaubar bleiben.

Nach einiger Zeit bemerkte Julia, dass sie unbewusst den Weg Richtung Hirschgehege eingeschlagen hatte. Sie verfluchte kurz ihr

Unterbewusstsein. Nicht weil es sie hierhergeführt hatte, im Gegenteil, es war eine schöne Strecke, zumindest bis das unansehnliche Torfabbaugebiet in Sicht kam. Nein, sie ärgerte sich, dass sie weder Äpfel noch Whiskey oder Kartoffelchips mitgebracht hatte, um den Tieren eine kleine Freude zu machen. Andererseits war es natürlich überaus fraglich, ob diese Whiskey-Kartoffelchips-Diät auf Dauer gut für die Hirsche war.

Als sie das Gehege erreichte, war etwas anders als sonst. Zuerst wusste sie nicht, was es war, doch plötzlich fuhr ihr ein kalter Schauer über den Rücken. Natürlich. Es waren deutlich weniger Hirsche als beim letzten Mal. Die Schlussfolgerung war offensichtlich. Es war Herbst und der eigentliche Zweck des Geheges war ... Fleisch.

Sie glaubte, sich sogar düster an einen Aushang in O'Sullivans Metzgerei zu erinnern. Amadeus war sofort zu sehen, doch Blondie konnte sie nirgends finden. Mick hatte sie doch wohl nicht ...?

Schließlich entdeckte sie Blondie doch noch, allerdings erst, als die sich erhob und ein kleines Stück auf sie zukam. Der Unterschied zu den anderen lag weniger im Aussehen als mehr in ihrem Wesen. Besser konnte Julia das nicht beschreiben, sie erkannte sie eben, wenn sie sie sah.

Julia war erleichtert und doch ... Was hatte sie erwartet? Und wieso blieb Blondie nun einfach im Rudel und kam nicht ganz zu ihr an den Zaun? Sie wusste, dass es ein schwerer Fehler war, Tiere zu vermenschlichen, hey, schließlich drehte sich in ihrer Familie alles um Fleisch. Eine Weisheit ihres Vaters fiel ihr ein: Nicht das Essen von Fleisch war das Problem, sondern das Verdrängen, dass Tiere dafür geschlachtet werden mussten.

Julia wusste, dass die Hirsche es hier gut hatten. Mick hatte eine sehr enge Bindung zu seinen Tieren. Julia wusste auch, dass Blondie keinerlei Erinnerung an ihren Auftritt vor den Dorfbewohnern mehr haben konnte, geblieben war ihr höchstens eine Schwäche für alten irischen Whiskey.

Jetzt wusste sie, was ihr Problem war. Sie wollte ein Happy End. Und zwar aus egoistischen Gründen, denn es ging dabei vor allem darum, sich selbst gut zu fühlen. Blondies Schicksal war nebensächlich.

Julia machte sich wieder auf den Weg. Ihre Laune hatte sich nicht gerade gebessert.

Es würde nichts bringen, so mies gelaunt in die Stadt zurückzukehren, das wusste sie. Ihr war klar, dass sie momentan ungenießbar war und in dieser Stimmung wollte sie sich niemandem zumuten. Sie musste diesen Gemütszustand weglaufen, ihn herausschwitzen. Meist funktionierte das bei ihr.

Den Weg zur Kapelle wählte Julia bewusst. Er führte in einem großen Bogen an der Stadt vorbei und dort gab es die Möglichkeit, eine Pause zu machen und sich unterzustellen, die Wetteraussichten waren nicht gerade vielversprechend. Sie zog sich ihre Kapuze tiefer ins Gesicht und ging los, zügig, aber nicht übereilt. Es ging darum, die schlechte Laune wegzulaufen, und nicht darum, ihr davonzulaufen. Dinge, von denen sie davonlief, würden sie wieder einholen, das hatte sie gelernt.

Das Gehen beruhigte sie etwas. Die Nebeltropfen im Gesicht und das rhythmische Platschen ihrer Schritte auf dem nassen Boden verdrängten nach und nach das Gedankenkarussell in ihrem Kopf. Nachdem sie versehentlich in eine Pfütze getreten war, beschloss sie, den Pfützen ab sofort nicht mehr auszuweichen, sondern einfach durch sie hindurch zu marschieren. Nach einiger Zeit, sie hatte sich strikt an den Plan gehalten und keine einzige Pfütze ausgelassen, huschte sogar so etwas wie ein Lächeln über ihr Gesicht. Sie rügte sich selbst über dieses kindische Verhalten, nur um dann, mit Anlauf, in die nächste Pfütze zu springen.

Wieso nicht? Kinder hatten bestimmt mehr Spaß als Erwachsene, sie war wetterfest angezogen und niemand konnte sie sehen. Julia war deutlich entspannter, als sie an der Kapelle ankam.

Das Gebäude war wieder abgeschlossen. Irische Kapellen sind nie abgeschlossen, hörte sie George in ihrem Kopf sagen und schüttelte diesen, um seine Stimme daraus zu vertreiben. Letztendlich spielte es keine Rolle, denn auf einer Kirchenbank ein Sandwich zu verspeisen, war natürlich undenkbar.

Sie kauerte sich unter das Vordach vor dem Haupteingang und wollte gerade ihr Mittagessen auspacken, als die Tür der kleinen, strohgedeckten Hütte gegenüber aufging. Der Priester erschien und winkte sie zu sich.

Julia zögerte. Sie war sich nicht sicher, auf welcher Seite der Priester stand. Andererseits war ihr das mittlerweile relativ egal und vielleicht war das ja eine gute Gelegenheit, zu sehen, wie er so tickte. Schließlich hatte er bei Paul einen bleibenden Eindruck hinterlassen. Also ging sie zu ihm.

„Bitte kommen Sie doch herein. Ich habe gerade Tee gekocht und vor dem Feuer ist es bei diesem Wetter doch gemütlicher als draußen", sagte er.

Julia nickte ihm dankend zu und betrat das Cottage durch die niedrige Tür. Die Hütte war überraschend warm und hätte einem dieser Heile-Welt-Kinderbücher entstammen können, die kein Klischee ausließen. Es gab einen winzigen Eingangsbereich, von dem zwei Zimmer abgingen. Links war ein Schlaf- und Arbeitszimmer, Julia erhaschte nur einen kurzen Blick darauf, denn die Tür war nur einen Spalt offen und der Priester führte sie direkt nach rechts. Ins Koch-Wohn-Esszimmer.

Von innen wirkte das Cottage größer als gedacht, was wohl daran lag, dass der Raum bis zum Giebel offen war. An der Stirnseite befand sich, wie nicht anders zu erwarten, ein riesiger offener Kamin mit einem schwarzen Eichensims, an dem einige ebenso schwarze Töpfe und Pfannen hingen. Julia war sich sicher, dass Letztere nicht nur Dekoration waren, hier wurde wirklich noch am offenen Feuer gekocht.

Links und rechts der Feuerstelle trockneten auf einem Gestell Wäschestücke des Priesters, die Julia bestmöglich ignorierte. Die restlichen Einrichtungsgegenstände wirkten bunt zusammengewürfelt. Ein pastellfarbener Geschirrschrank, der nach den 1960er-Jahren aussah, ein rustikaler Tisch, Stühle verschiedenster Epochen und eine Eckbank. An der Wand ein Kruzifix und Bilder der Jungfrau Maria.

Der Priester rückte zwei Stühle vor den Kamin und nahm Julia die Jacke ab, um sie neben seinen Wäschestücken zum Trocknen aufzuhängen. Dann drückte er ihr ungefragt eine Tasse Tee in die Hand und schenkte sich auch selbst welchen ein. Julias Tasse hatte die Aufschrift „Worlds best Granddad", während auf der Tasse des Priesters das Logo einer ihr unbekannten Angelsportmarke prangte mit dem Motto „Eat, sleep, go fishing".

„Ich muss mich entschuldigen“, sagte der Priester und setzte sich neben sie. „Ich habe die Kapelle heute noch gar nicht aufgeschlossen. Bei dem Wetter verirrt sich während der Woche kaum jemand hier heraus. Wollen Sie die Beichte ablegen?“

Julia verneinte dankend. Sie hatte nicht vor, einem Wildfremden ihre sogenannten Sünden zu gestehen.

„Dann machen Sie hier Urlaub?“ Wieder verneinte Julia, doch der Priester gab nicht auf. „Dann sind Sie bestimmt auf der Suche nach einem weißen Hirsch?“

„Nein.“ Julias Antwort war etwas aggressiver ausgefallen als geplant. Sie wollte den Satz zu Ende bringen, wusste aber plötzlich nicht mehr, was sie sagen wollte. „Entschuldigung“, sagte sie. „Ich bin heute etwas schlecht gelaunt. Deswegen bin ich auch hier draußen unterwegs. Dabei habe ich mich bei Ihnen noch nicht einmal für den Tee bedankt.“ Sie flüsterte ein kaum hörbares „Danke“, das der Priester wohlwollend nickend quittierte.

„Ich verstehe das gut“, sagte er. „Deswegen lebe ich auch gerne hier, mit etwas Abstand zur Stadt. Gerade an Tagen wie diesen habe ich hier meine Ruhe und kann mich um wichtige Dinge kümmern. Heute zum Beispiel ist Waschtag, deswegen bitte ich Sie auch, das rustikale Ambiente zu verzeihen.“

Er deutete auf den Wäscheständer und Julia huschte ein Lächeln übers Gesicht. Es folgte ein längeres Schweigen, das Julia aber nicht als unangenehm empfand. Sie genoss einfach den Tee und das Feuer.

Der Priester holte eine angeschlagene Teekanne und schenkte Julia nach. „Ich würde Ihnen gerne eine Kleinigkeit zum Tee anbieten, aber leider habe ich gerade gar nichts da.“

Einem Impuls folgend ging Julia zu ihrer Jacke und holte die polnischen Würste und das Sandwich aus ihrer Tasche. Sie riss das Brot einfach in zwei Teile und reichte dem Priester eine Wurst und ein halbes Sandwich. Er nahm beides ohne mit der Wimper zu zucken an und es folgte wieder eine längere, schweigsame Pause, in der die beiden mit Tee, Sandwiches und dem Beobachten der Flammen beschäftigt waren.

Julia entspannte sich immer mehr und obwohl ihr hier eigentlich alles fremd vorkommen sollte, fühlte sie sich geborgen. Alles schien so warm zu sein, so unkompliziert. Ganz im Gegensatz zur kalten und harten Atmosphäre in der Kapelle gegenüber.

Diesmal war es an ihr, das Schweigen zu brechen. Sie hatte das Gefühl, der Priester wollte ihr Zeit geben, bis sie bereit war. Nur bereit für was?

„Wie sind Sie denn hier draußen gelandet?“ Das war vermutlich keine allzu originelle Frage, doch der Priester lächelte diese Tatsache einfach weg.

„Nun, wie das so ist. Ich war jung, machte Pläne und plötzlich grätschte mir das Leben dazwischen. Jetzt bin ich alt, meine Wanderjahre sind vorbei und irgendjemand muss sich ja um die Kapelle kümmern.“

„Haben Sie so etwas wie ein Armutsgelübde abgelegt?“

Wieder lächelte der Priester.

„Als Franziskaner habe ich das streng genommen sogar gemacht. Allerdings habe ich nie in Armut gelebt, schauen Sie sich doch um. Es gibt Menschen, die würden viel Geld ausgeben, um an einem Ort wie diesem Urlaub zu machen. Und was fehlt mir denn hier? Ich habe es immer als eine Gelegenheit gesehen, mich frei zu machen vom Streben nach Besitztümern, um mich, ganz in der Tradition der Franziskanerbrüder, in Ruhe der Philosophie widmen zu können.“

„Dann beschäftigen Sie sich also mit Kant und Roger Waters?“ Julia verzog keine Miene. Es war, zugegeben, ein Schuss ins Blaue, aber sie vermutete stark, dass der Priester hinter dem zusätzlichen Eintrag in Johns Buch stand.

Er schaute sie lange an. Es schien, als würde er versuchen, Julia einzuordnen, was ihm aber anscheinend nicht sofort gelang.

„Kants Philosophie hat sehr viel mit den Lehren Jesu gemein. Es wäre einiges wesentlich einfacher auf dieser Welt, wenn sich mehr Menschen danach richten würden. Und Roger Waters ...“ Jetzt begannen seine Augen zu leuchten. „Es ist sehr bedauerlich, dass sich die Kirchenmusik in den letzten hundert Jahren nicht mehr verändert hat. Viele Lieder von Pink Floyd lesen sich wie ein Gebet, ‚Wish you were here‘ und ‚Comfortably Numb‘ zum Beispiel. Beides Meisterwerke von Roger Waters. Und wenn ich mir dann noch vorstelle, wie David Gilmour in einer großen Kirche ein Gitarrensolo spielt ... Ich glaube, das würde dem Herrn gefallen.“

„Vermutlich würde das aber bei Ihren Chefs nicht gerade auf viel Gegenliebe stoßen?"

Der Priester seufzte.

„Wissen Sie, vieles, was in dem Buch über Politik geschrieben steht, gilt auch für die Kirche. Auch hier herrscht eine Kluft zwischen der Basis und den Würdenträgern. Und hier entsteht gerade ein gefährliches Vakuum. Die Menschen möchten ja an etwas glauben, kommen aber mit den starren Vorstellungen der Kirche nicht mehr zurecht. Denn die Amtskirche bietet leider auch keine Lösungen für die aktuellen Krisen, sie dreht sich meist nur um sich selbst. Die Konsequenz ist, dass andere Bereiche des Lebens religiös zelebriert werden. Sport. Ernährung. Verschwörungstheorien. Fußballer werden verehrt wie der Erlöser und Veganer missionieren im Internet."

Julia nickte. Der Priester bestätigte genau das, was Mel B. ihr erzählt hatte. „Kritiker könnten Ihnen das als Neid auslegen, schließlich hat die Kirche ihren Einfluss auch immer dazu benutzt, die Menschen zu manipulieren."

„Und auch dagegen hilft echte Demokratie. Und Transparenz. Als gläubiger Katholik bin ich übrigens der festen Überzeugung, dass dies die einzige Möglichkeit ist, die Kirche zu retten. Wenn wir das nicht schaffen, dann sind die Menschen bald wieder davon überzeugt, die Erde sei eine Scheibe und würde von Reptiloiden regiert."

Julia lachte auf.

„Sie sehen die Ironie? Wenn sich ein Vertreter der Kirche dafür einsetzt, dass die Erde keine Scheibe sei?"

Der Priester nickte resigniert.

„Leider ja. Und dennoch. Ich bin mir sicher, seit die Menschen immer weniger in die Kirche gehen, vermissen sie etwas, ohne das jedoch zu bemerken."

Julia dachte kurz nach, zuckte aber mit den Schultern. Für sie war der Gedanke an die Kirche meist negativ besetzt, sie konnte sich nicht vorstellen, daran etwas zu vermissen. Nicht einmal unbewusst.

„Nun", der Priester versuchte, sie aus der Reserve zu locken. „Wann haben Sie zuletzt gesungen?"

Julia musste überlegen. Sie zuckte erneut mit den Schultern.

„Vermutlich in der Dusche?“, antwortete sie ausweichend. Doch anscheinend war das genau die Antwort, die der Priester erwartet hatte.

„Genau, unter der Dusche“, sagte er. „Und wieso singen Sie nicht bei der Arbeit, beim Spazierengehen, wieso nur, wenn Sie niemand hören kann, ja, Sie sich selbst kaum hören können? Wieso ist es Ihnen peinlich, beim Singen ertappt zu werden? Ich bin mir sicher, Sie haben eine schöne Stimme. Haben Sie schon einmal beobachtet, wie begeistert Kinder singen und klatschen?

Es ist, zugegeben, meine persönliche Meinung, aber ich glaube, dass die Welt eine bessere wäre, wenn wieder mehr Menschen singen würden. Gemeinsam. Aus Spaß. Denn die Begeisterung der Kinder geht später meist verloren oder, besser gesagt, sie wird unterdrückt, denn ich glaube, dass in jedem das Verlangen nach Musik steckt. Dabei ist gemeinsames Singen nicht nur ein spirituelles Erlebnis. Es macht einfach Freude, macht glücklich und stärkt aus dieser Gruppendynamik heraus das Selbstwertgefühl. Es gibt einem also genau die Bestätigung, die die meisten Menschen heute mithilfe von Klicks und Likes zu erreichen versuchen.“

Julia sah den Punkt des Priesters. Sie dachte zurück, wie sie eben noch mit kindischer Begeisterung durch Pfützen gesprungen war, eine Erfahrung, die alte Erinnerungen wieder zum Vorschein gebracht hatte. Vielleicht war das mit dem Singen ja ähnlich, trotzdem konnte sie seine Argumentation nicht hundertprozentig teilen.

Wäre die Welt wirklich besser, wenn alle Menschen singen würden? Vermutlich wäre sie zumindest nicht schlechter.

„Sie meinen also, die Menschen sollten, statt ihre Kommentare in Internetforen zu verbreiten, lieber das Ave-Maria singen?“

„Ich bin der festen Überzeugung, wer einmal die Woche mit anderen in einer großen Kirche im Chor singt, der hat keinen Drang mehr, sein Mittagessen zu posten. Denn dort bekommt jeder etwas Richtiges zurück, Applaus und ein reales Erfolgserlebnis. Nicht nur ein Like, das keinen Wert hat. Und es schadet doch nicht, nebenher Gott zu preisen. Es muss ja nicht unbedingt das Ave-Maria sein, ‚Halleluja‘ von Leonard Cohen kommt auch gut. Am liebsten würde ich aber einmal den Chor von ‚Another Brick in the Wall‘ in einer großen Kirche hören.“

We don't need no thought control, dachte Julia, ein Lied gegen sadistische Lehrkräfte, gegen Gedankenkontrolle. Alles Paradedisziplinen der katholischen Kirche.

Sie fragte sich, ob der Priester wirklich nur ein hoffnungsloser Pink-Floyd-Fan war oder ob dieser Kommentar nicht doch sogar selbstkritisch gemeint war. Eine Eigenschaft, die bei katholischen Priestern eigentlich nicht sehr weit verbreitet war.

Es war an der Zeit, zurück zur Stadt zu gehen. Der Priester brachte sie zur Tür und sie verabschiedeten sich. Gerade als sie losgelaufen war, öffnete sich die Tür des Cottages noch einmal und der Priester steckte seinen Kopf heraus.

„Julia“, rief er ihr nach. Sie drehte sich zu ihm herum. „Mother Mary möchte Sie treffen. Am üblichen Platz.“ Julia nickte. „Und an Gruaß an dein Bruader. Servus.“

„Auf Wiedersehen“, antwortete Julia, ebenfalls auf Deutsch und machte sich auf den Weg, ohne sich über irgendetwas zu wundern.

Sie ging direkt zurück zum Haus. Die Feuchtigkeit in der Luft konnte sich wieder einmal nicht entscheiden, ob sie Nebel oder Regen sein wollte, und so beschloss Julia, dass es sich wohl um Nieselnebel handeln musste.

Das war die erste Erkenntnis dieser Wanderung. Die zweite Erkenntnis betraf ihre schlechte Laune, die, objektiv betrachtet, nur deswegen so schlecht war, weil am Sonntag die Wahl stattfand. Bisher hatte sie eine Aufgabe gehabt, auch wenn die nur darin bestanden hatte ...

Verschiedene Bilder tauchten in ihrem Kopf auf, leider weigerte der sich aber hartnäckig, sie in Worte zu fassen. Nun, sie hatte die Jungs davor bewahrt, zu großen Mist zu bauen, und sie hatten zusammen versucht, einigermaßen für Gerechtigkeit zu sorgen. Und für eine bessere Gesellschaft.

Das wurde ihr erst jetzt so richtig klar, denn darum ging es letztendlich. Und es fühlte sich gut an. Doch mit der Wahl am Sonntag würde das vorbei sein, sie würde Entscheidungen für ihre Zukunft treffen müssen. Auch die Beziehung oder was immer das mit George war, musste zumindest einmal irgendwie definiert werden.

Arbeit. Wohnung. Alltag. Denn dieses Abenteuer würde am Sonntag vorbei sein. Zumindest dachte Julia das.

Im Haus angekommen, zog sie sich nur schnell um und machte sich wieder auf den Weg, denn anscheinend hatte sie noch einen Termin. Obwohl weder Zeit noch Ort vereinbart worden waren. Doch da in dieser Stadt sowieso nichts geschah, ohne dass Mother Mary es bemerkte, war Julia zuversichtlich, dass sie ein spontanes Treffen ganz nach Plan arrangieren konnte.

Sie machte die gleiche Runde wie am Tag zuvor. Kaffee holen im B@rbershop, einmal durch die Stadt schlendern und dann auf der Bank vor der Kirche Platz nehmen. Letzteres jedoch mit hochgezogenem Kragen, denn obwohl der Nieselnebel gerade Pause machte, war es noch lange kein Wetter, um gemütlich mit einem Heißgetränk im Freien zu sitzen.

Ihr Kaffee war noch nicht einmal zur Hälfte leer, als sie eine Bewegung aus dem Augenwinkel wahrnahm. Es war natürlich Mother Mary. Die beiden saßen erneut wie in einem Agentenfilm Rücken an Rücken.

„Wie lautet die Parole?“, sagte Julia zum Spaß und, natürlich, ohne sich umzudrehen.

Sie hatte erwartet, Mother Mary damit aus der Fassung zu bringen, aber ohne zu zögern sagte die: „Und es war an den Flüssen von Babylon und dort, wo wir uns setzten, da weinten wir und erinnerten uns an Zion.“

Nun war Julia sprachlos.

„Aus der Bibel?“, fragte sie.

„Boney M.“, erwiderte Mother Mary nur trocken. „Das ‚Beichtgespräch‘ Ihres Bruders hatte den gewünschten Erfolg. Eigentlich hat es die Erwartungen sogar übertroffen. Und dennoch ... oder deswegen. Wir müssen den Plan ändern.“

Julia hatte gar nicht gewusst, dass es einen Plan gab. Wollte Mother Mary jetzt, so kurz vor der Wahl, einen Rückzieher machen? Zwei zusammengerollte Dokumente wurden unauffällig zu ihr hinübergeschoben. „Nur damit Sie verstehen.“

Julia entrollte die Papiere und las. Paul hatte wieder einmal den Vogel abgeschossen. Julia schob die Dokumente wieder unauffällig zurück.

„Und Sie möchten jetzt ...?"

„Einen größeren Effekt erzielen."

Julia nickte. Das konnte funktionieren. Es konnte aber auch komplett in die Hose gehen. Gerade deswegen würde es zweifellos funktionieren, so wie alles bisher, da machte sie sich keine Sorgen.

„Ich werde ...", setzte Julia an, doch die Atmosphäre hatte sich geändert.

Sie drehte den Kopf. Mother Mary war gegangen. Gut. Dann heute keinen Small Talk mehr.

Zurück im Haus machte sie zuerst ein Feuer. Das nasskalte Wetter war ihr in die Knochen gekrochen und so beschloss sie, den Rest dieses Tages vor dem Kamin zu verbringen. Um näher am Feuer zu sein, richtete sie sich einen Platz am Boden vor dem Sofa ein. In eine Decke gehüllt, die Kanne Tee griffbereit, startete sie das Notebook auf ihrem Schoß und checkte die sozialen Medien.

Blondie, die KGB-Wahl, Das Buch, alles wurde nach wie vor kontrovers diskutiert. Und nicht nur in Irland, sie fand auch Seiten in Deutschland. Hier waren viele der Thesen und Fragen des Buches schon übersetzt worden und nun wurde darüber debattiert, wie sich deren Umsetzung wohl auf die deutsche und europäische Politik auswirken würde. Besonders gelungen fand sie den Hashtag einer katholischen Jugendorganisation: Altar-native für Deutschland!

Verschiedene Influencer mischten sich ein und sogar bekannte Aktivisten sprachen sich für die Thesen aus. Allen voran Bono und Bob Geldof. Auch eher konservativ ausgerichtete Printmedien beziehungsweise deren Online-Ableger hatten sich des Themas angenommen, deutlich zurückhaltender, natürlich, aber das allgemeine Interesse war einfach zu groß, um das Ganze zu ignorieren.

Julia versuchte, Paul zu erreichen, was ihr nicht gelang. Sie würde sich wohl noch gedulden müssen, alles über sein „Beichtgespräch" mit dem Dekan in Erfahrung zu bringen. Schade.

Es war Freitag, sehr später Nachmittag, als Julia sich dazu entschied, den Tag für heute zu beschließen. Es waren immer noch zwei Tage bis zur Wahl.

Victoria, Kanada, Herbst 2039

Als Julia morgens ins Esszimmer kam, war es für ihre Verhältnisse schon relativ spät. Sie hatte ausgezeichnet geschlafen und fühlte sich jetzt frisch und ausgeruht, spürte aber sofort, dass die eigentlichen Bewohner des Hauses noch nicht wach waren. Es war diese besondere Atmosphäre, die ein Haus mit schlafenden Menschen ausstrahlte, so als wäre das Gebäude selbst in tiefen Schlaf gefallen und hätte Atmung und Puls heruntergefahren.

Vorsichtig öffnete sie die Tür zum Wohnzimmer. Frank lag nicht mehr auf dem Sofa. Anscheinend hatte er dann doch noch im Laufe der Nacht beziehungsweise des frühen Morgens seinen Weg ins Bett gefunden.

Ihr nächster Weg führte sie in die Küche. Julia öffnete die Kühlschranktür. Angeblich sagte der Inhalt des Kühlschranks viel über dessen Besitzer aus. Sie sah Butter, Marmelade, Milch. Ein gut gefülltes Gemüsefach, einige Glasschüsseln mit Essensresten. Und fünf Sorten Senf. Sie fragte sich, was das wohl über Frank und Janine aussagte, außer dass zumindest einer von den beiden gerne Senf aß.

Sie schloss die Kühlschranktür und öffnete einige Schränke. Nicht aus Neugierde, sie war auf der Suche nach Kaffee. Sie hatte beschlossen, sich nützlich zu machen. Nicht ganz uneigennützig, denn so würde natürlich auch sie in den Genuss einer Tasse Kaffee kommen. Auch wenn er nicht nach Franks Geheimrezept zubereitet wäre. Ein weiterer Grund, um schnell Kaffee zu kochen, bevor Frank erwachte.

Es gab in der Küche keine Kaffeemaschine, nur einen Porzellankaffeefilter, um das Getränk mit der Hand aufzugießen. Eine typische Reduzierung auf das Wesentliche, die den aktuellen Zeitgeist widerspiegelte. Julia machte sich ans Werk und füllte eine Thermoskanne mit handgebrühtem Kaffee. Sie nahm sich eine Tasse und setzte sich damit auf das Sofa im Wohnzimmer.

Es dauerte nicht lange, dann ging die Tür auf und Janine schlich herein. Im Schlafanzug, ihre schwarzen Locken verstrubbelt und über das ganze Gesicht grinsend. Genau so hatte Julia sie in Erinnerung, auch wenn sie sich schon viel zu lange nicht mehr gesehen hatten.

„Guten Morgen, Mel B.“, sagte Julia, ebenfalls mit einem breiten Grinsen auf dem Gesicht.

Janine schüttelte lachend den Kopf.

„Diesen Namen habe ich schon lange nicht mehr gehört.“

„Warum hast du ihn geändert?“

„Nun, die Heirat mit Frank, das hat sich irgendwie angeboten. Ich wäre ja sonst Mel Z. gewesen und ich finde, das klingt nicht. Außerdem habe ich meinen zweiten Vornamen eigentlich schon immer bevorzugt. Es hat sich einfach richtig angefühlt, nach dem Neuanfang in Kanada.“

Julia nickte. Sie konnte Janine-Melanie gut verstehen.

„Es freut mich sehr, dass du meiner Bitte gefolgt bist und das Interview mit Frank machst“, sagte Janine.

Julia senkte den Blick und trank einen Schluck Kaffee. Sie dachte zurück an die Zeit, die sie zusammen in Irland verbracht hatten. Und an ihre Mitstreiter.

„Hast du noch Kontakt zu den anderen?“

„Wenig. Vor einiger Zeit habe ich Victoria getroffen, die lebt jetzt in den Staaten und ist mit einem Fußballer verheiratet, aber sonst beschränkt sich das meiste auf Weihnachtskarten oder Glückwünsche zum Geburtstag.“

„Vermisst du die alten Zeiten?“

Janine dachte lange nach.

„Nein“, resümierte sie schließlich. „Es war ... Hammer. Wir haben so viel erreicht, so vieles verändert, aber jetzt ist es an der Zeit, dass sich andere darum kümmern. Genau dafür haben wir ja gekämpft.“

Julia nickte nur, sie hatte dem nichts hinzuzufügen.

„Aber ich erinnere mich immer gerne. Insbesondere an den Samstag vor der Wahl.“

Wieder nickte Julia nur. Aber es stimmte, die Bürgerversammlung am Samstag vor der Wahl würde auch sie ihr Leben lang nicht vergessen.

Kapitel 20, Wicked Game

Kildalough, Irland, Herbst 2019

George drängte Julia zum Aufbruch, was äußerst ungewöhnlich war. Normalerweise war eher das Gegenteil der Fall, da Julias innere Uhr immer anders tickte als Georges.

In diesem speziellen Fall war es aber so, dass gleich zwei total unterschiedliche Körperteile das Ticken übernahmen, bei Julia eben die innere Uhr, bei George hingegen der Magen. Denn auf ihr kritisches Nachfragen hin, gab er zu, dass er nur deswegen loswollte, weil es am Anfang der Veranstaltung immer einen Kuchenverkauf für einen guten Zweck gab. Und dazu, auch das war Tradition, steuerte Tonys Mutter, die auch beim Herbstfest wieder einmal den ersten Preis im Backwettbewerb gewonnen hatte, immer einige ihrer sensationellen Apfelkuchen bei. Mit extra vielen Streuseln. Aus diesem Grund wollte George auf jeden Fall spätestens um 15 Uhr da sein, auch wenn der offizielle Teil erst zwei Stunden später begann.

Julia seufzte und beeilte sich. Sie hatte Politik immer für relativ kompliziert gehalten. Dabei gehörte nicht viel dazu, die Massen zumindest zu mobilisieren: Freibier. Fähnchen. Streuselkuchen. Brot und Spiele eben. Das Brot beziehungsweise die Streusel waren schon dort, nun sollten also die Spiele beginnen.

Der Saal war spärlich geschmückt, es war sehr deutlich, dass es sich hier nicht um ein Volksfest, sondern um eine politische Veranstaltung handelte. Doch die Stimmung war ebenso gut, wie die Schlange am Kuchenbuffet lang war.

George war einsilbig und wirkte abwesend. Erst als er zwei Stücke des berühmten Apfelkuchens ergattert hatte, normalisierte sich sein Zustand wieder. Julia verstand nicht, wie er ein solches Theater um Apfelkuchen machen konnte. Bis sie den ersten Bissen probierte. Das war … George grinste sie mit seinem Das-hab-ich-dir-doch-gesagt-Lächeln an. Ihr Blick ging wieder von George zu ihrem Kuchenstück. Sie war noch immer sprachlos.

Mit der Gabel fing sie vorsichtig an, den Kuchen zu sezieren. Unten Teig. In der Mitte Äpfel. Oben wieder Teig, in der Form von Streuseln. Das waren maximal sechs Zutaten. Sie probierte die einzelnen Komponenten. Die waren gut. Sie probierte wieder alles zusammen. Wahnsinn. Sie blickte wieder zu George.

Der beugte sich zu ihr herüber und flüsterte ihr ins Ohr: „Das Geheimnis sind die Äpfel. Auf dem Anwesen von Tonys Eltern steht ein uralter Apfelbaum. Keiner weiß, welche Sorte, die Äpfel sind klein, haben eine ledrige Schale und halten auch nicht lange. Es ist sehr aufwendig, sie zu verarbeiten, aber dann ..." Er deutete mit einem Kopfnicken auf den Apfelkuchen. „Ach ja, und, äh, Whiskey", fügte er hinzu, als wäre das selbstverständlich.

Whiskey. Es war erstaunlich und ein wenig beängstigend, welch wichtige Rolle dieses Destillat in der ganzen Geschichte spielte. Julia musste an Paul denken. Das würde ihm gefallen, ein uralter, mysteriöser Apfelbaum und die Tatsache, dass Äpfel und Whiskey nicht nur Hirsche zähmen konnten.

Auch wenn es sich gelohnt hatte, für den Apfelkuchen früh hier zu sein, die nächsten zwei Stunden zogen sich schier endlos hin, denn es gab kein Unterhaltungsprogramm. George war zufrieden und schweigsam, John war noch nicht da, Mel B. blieb auf Abstand.

Julia nutzte die Gelegenheit, um die sozialen Netzwerke zu checken. Auch hier war alles verdächtig ruhig. Der letzte Eintrag auf der „Oh Deer"-Seite war drei Tage alt, was im Netz etwa einer mittleren Ewigkeit entsprach. Es gab weder aktuelle Statusmeldungen noch Aufrufe zu geplanten Aktionen.

Das konnte nur eines bedeuten: Es war etwas im Busch. Und das Ganze wurde hinter dem Busch gehalten. Julia verstand das nicht: Wieso gab es so viele Redewendungen mit Büschen? Natürlich wurde etwas geplant und offensichtlich hatten die jungen Vorsichtigen dazugelernt. Bei der KGB-Wahl hatten sie noch das Überraschungsmoment auf ihrer Seite gehabt, doch die Gegner waren nun gewarnt und würden sich nicht noch einmal so einfach überrumpeln lassen. Julia hoffte, dass sie heute Abend kräftig auf den Busch klopfen würden, und beschloss dann, dass es für heute genug war mit Redewendungen, die einen Bezug zu Gehölzen hatten.

Kurz vor fünf erschien auch John. Er wirkte launisch und blieb einsilbig, was nur verständlich war. Sie hatten keinen richtigen Plan; die Wanze, die Videoaufzeichnungen, nichts hatte etwas gebracht. Außerdem wusste er nichts von ihrer Abmachung mit Mother Mary und Mel B. und sie konnte ihm nichts davon erzählen. Erstens sollte er glaubhaft versichern können, von nichts gewusst zu haben, und zweitens würde er jede Einmischung vonseiten der Kirche von vornherein ablehnen.

Nun gut, es würde sich zeigen, was der Abend noch so brachte.

Schließlich begann der offizielle Teil. Der Bürgermeister trat auf das Podium, hielt eine typische Bürgermeisterrede und streute einige Bürgermeisterfloskeln ein. Er begrüßte die üblichen Verdächtigen, die überwiegend in dunklem Anzug und mit Seitenscheitel in den ersten Reihen saßen. Beim Anblick der grauen Herren ploppte in Julias Kopf das Wort „Staatsmann“ auf. Ein Begriff, den sie seit ihrer Kindheit mit alten Männern mit Hornbrillen verknüpfte. Callaghan, Brandt, Honecker. Alles Relikte aus vergangenen Tagen. Staatsmännisch.

Staatsmenschlich. Das wäre doch etwas Neues. Der Gedanke gefiel Julia und sie musste lächeln.

Auf der Bühne kündigte der Bürgermeister noch die Redner des Abends an und kam dann überraschend zügig zum Schluss. Als Erster würde der Generalsekretär der Christdemokraten auftreten. Danach sollte der Dekan einige besinnliche Worte an die Versammlung richten, bevor Tonys Auftritt anstand. Vorher aber noch, als Überraschung, würde ein kurzer Film gezeigt, den einige „engagierte Gemeindemitglieder“ produziert hatten.

Der Verdacht, dass Letzteres vermutlich nicht der Wahrheit entsprach, bestätigte sich bereits in den ersten Sekunden des Films. Julia erkannte einige Aufnahmen von der Buchveröffentlichung und ihr war sofort klar, dass sie von dem Kamerateam mit dem Rosenkranzlogo stammten und somit kirchlichen Ursprungs waren.

Der Film war eine knappe Minute lang und triefte nur so vor Pathos. Zitate aus dem Buch wurden mit Bildern hinterlegt, die wohl die Vorzüge Kildaloughs aufzeigen sollten. Konservative Werte wurden gelobt und den Schluss machte eine Zeitrafferaufnahme, vermutlich mit einer Drohne gefilmt, die über das Meer nach

Kildalough flog, die Kirche und das Rathaus umrundete, um dann am Fluss entlang zu der Stelle zu fliegen, an der Blondie erschienen war. Unterlegt war das Ganze mit Orgelmusik.

Auch hier im Film erschien ein weißer Hirsch, jedoch als eher abstrakte, aber durchaus gelungene Animation. Zum Schluss wurde noch, Julia konnte es kaum glauben, ein großes Logo eingeblendet. Es wirkte sehr professionell, auch hier wieder ein stilisiertes Hirschgeweih, Weiß auf blauem Hintergrund. In der Mitte eine Friedenstaube und darunter der Satz: „Kildalough. Discover the Miracle."

Das war auf so vielen Ebenen falsch. Das Geweih. Sexistisch. Was hatten alte Männer immer nur mit ihren Phallussymbolen? Die Friedenstaube statt der Triquetra. Ein Schlag ins Gesicht. „Discover the Miracle." Ihr fehlten die Worte.

Der Film war schwer misszuverstehen, es war ein Bewerbungsvideo für Kildalough als Wallfahrtsort, das nebenbei noch einige konservative Werte anpries. Der Applaus war dementsprechend eher höflich. Die verhaltene Reaktion des Publikums weckte eine gewisse Hoffnung in Julia und der weitere Verlauf des Abends würde zeigen, ob sich diese Hoffnung bestätigte.

Der Generalsekretär betrat klatschend die Bühne. Julia fand es immer verstörend, wenn jemand das tat. Beklatschte er den Film oder sich selbst? Oder wollte er nur zeigen, dass er auf eins und drei klatschen konnte, ohne aus dem Takt zu kommen? Julia wusste es wirklich nicht.

Er begann mit seiner Rede. Auch hier: Grußworte. Politikerphrasen. Wenig Inhalt. Den brauchte er auch nicht, er war siegessicher. Julia schaltete ab. Nach einigen Minuten jedoch hörte sie, wie jemand hinter ihr laut „Bingo" rief. Gleichzeitig erhob sich in einer anderen Ecke des Saals jemand und bahnte sich unter einem „Entschuldigung, Entschuldigung, Entschuldigung" seinen Weg durch die Stuhlreihen zur Bühne.

Julia erkannte das Mädchen, das bei der KGB-Wahl die Kandidaten vorgeschlagen hatte. Sie war sich sicher, dass George ihr gegenüber schon einmal den Namen der jungen Frau erwähnt hatte, im Moment kam sie aber nicht darauf. Sie nahm sich vor, ihn danach zu fragen. Später. Denn jetzt gerade schien sich vorn etwas anzubahnen.

Das Mädchen trug etwas in der Hand, das wie ein goldfarben lackiertes Stück Holz aussah. Der Generalsekretär schaute verwirrt drein, als sie die Bühne erklomm, doch sie ließ ihn gar nicht erst zu Wort kommen und überfiel ihn sofort mit einem Redeschwall.

„Entschuldigen Sie bitte vielmals, Herr General, aber wir haben hier einen kleinen Wettbewerb für einen guten Zweck veranstaltet und ich freue mich, zu berichten, dass hier in der Gemeinde eine beachtliche Summe zusammengekommen ist, die wir gleich heute spenden wollen. Ich hoffe, Sie haben nichts gegen Spenden für einen guten Zweck?"

Der Generalsekretär schüttelte den Kopf. Er tat es, ohne groß nachzudenken, es war wie ein pawlowscher Reflex, er hatte „guter Zweck" gehört und da musste er als Politiker einfach dafür sein.

„Gut", fuhr das Mädchen fort. „Was haben wir denn?"

Ein junger Mann stand auf, einen Zettel in der Hand. „Ich habe ‚Zukunft gestalten', ‚Klartext reden', ‚alternativlos' und ‚die kleinen Leute'."

Die junge Frau sah den Generalsekretär kurz an und überlegte. Sie trat einen Schritt auf ihn zu. „Herr General, haben Sie ..."

„Bitte nennen Sie mich nicht General", fuhr er ihr sanft, aber bestimmt ins Wort.

Julia ahnte, wieso der Generalsekretär das alles relativ gelassen hinnahm. Die Jungen und in diesem Fall Aufgebrezelten hatten ihre Waffe gut gewählt, das Mädchen war sexy gekleidet, der Ausschnitt saß tief und selbst von hier hinten konnte Julia sehen, dass der Mann auf der Bühne seinem Gegenüber nicht nur in die Augen schaute. Anscheinend hatten sie einen Schwachpunkt des Gegners entdeckt und nutzten den zu ihrem Vorteil aus.

„Entschuldigung. Herr Sekretär. Sagten Sie ‚die kleinen Leute' oder ‚die einfachen Leute'?" Sie wartete keine Antwort ab und wandte sich direkt an den jungen Mann, der „Bingo" gerufen hatte: „Tut mir leid, es waren ‚die einfachen Leute'." Der junge Mann setzte sich wieder und das Mädchen zog sich zum Rand der Bühne zurück, ohne sie jedoch zu verlassen.

Der Generalsekretär fuhr fort: „Ja, meine Damen und Herren, wir als Partei der Mitte suchen natürlich immer den Dialog mit der Jugend ..."

„Bingo!", rief es wieder, diesmal stand eine junge Frau auf und hielt ein Blatt Papier in die Höhe.

„Was hast du?", fragte das Mädchen, das wieder zur Mitte der Bühne zurückgekehrt war.

„Ich habe ‚Stabilitätspakt', ‚aufs Schärfste verurteilen', ‚Partei der Mitte' und ‚Dialog mit der Jugend'."

„Meine Damen und Herren, das diesjährige goldene Kant-Holz geht an Mirijam, Applaus bitte." Die Hälfte der Anwesenden im Saal klatschte frenetisch Beifall, die andere Hälfte eher aus Höflichkeit, woraus durchaus Schlüsse über die Zusammensetzung des Publikums im Saal möglich waren.

Das Mädchen, deren Namen Julia immer noch nicht kannte, drückte der Siegerin schnell die „Trophäe" in die Hand und wandte sich sogleich wieder an den Generalsekretär.

„Ich bitte Sie nochmals darum, die kurze Unterbrechung zu entschuldigen, Herr Sekretär, aber wir haben fast 2.500 Euro mit dem Wettbewerb gesammelt und möchten diesen Betrag nun einer gemeinnützigen Vereinigung spenden, die sich auch für die Jugend einsetzt. Setzt sich denn Ihre Partei für die Jugend ein?"

„Als Partei der Mitte ist die ...", begann der Generalsekretär, doch erst als er sich selbst reden hörte, schien er zu bemerken, dass er schon wieder nur Phrasen von sich gab und verstummte. Er sah sich kurz im Saal um. Wenigstens rief keiner „Bingo". Dann blickte er wieder das Mädchen an, beschränkte sich dabei jedoch auf ihr Gesicht und sagte einfach, „Ja", um dann noch hinzuzufügen: „Natürlich gibt es in unserer Partei auch eine Jugendorganisation."

Dann nickte er selbstzufrieden, als wäre es eine große Leistung, zwei Sätze zu sagen, ohne dabei politische Phrasen zu dreschen.

„Dann freuen wir uns, diese Jugendorganisation zu unterstützen", sagte das Mädchen und hielt ihrem Gegenüber ein Kuvert hin, das er ohne zu zögern entgegennahm. „Ich möchte noch einmal betonen", fuhr sie fort, „dass wir eine lose Interessengemeinschaft aus fast achthundert engagierten Menschen sind, die meisten davon volljährig und somit wahlberechtigt. Die Spende ist natürlich nicht zweckgebunden, wir würden es aber dennoch begrüßen, wenn wir uns, natürlich nach der Wahl, einmal mit Ihnen über das ein oder andere Thema unterhalten könnten."

Der Generalsekretär sagte das zu und fuhr dann mit seiner Rede fort, die er jedoch relativ zügig herunterleierte.

Der tiefere Sinn der Spendenaktion hatte sich Julia nicht so recht erschlossen. Gut, das Bullshit-Bingo war sehr unterhaltsam gewesen, zumindest für diejenigen, die überhaupt verstanden hatten, um was es dabei ging. Bei der Spende war irgendetwas Hintergründiges irgendwie nett verpackt und so dem Generalsekretär untergejubelt worden.

Vermutlich war das erst die Einleitung, es würde also heute Abend wohl noch weitere Aktionen geben. Nur welche Absicht diese genau verfolgten, blieb erst einmal unklar. Der Abend versprach, spannend zu bleiben.

Der Dekan betrat die Bühne.

„Discover the Miracle“, frohlockte er.

Diesen Eindruck hatte zumindest Julia, denn auch wenn sie den Begriff des Frohlockens nie mit einer bestimmten Tätigkeit assoziiert hatte, es musste genau das sein, was der Dekan gerade auf der Bühne zelebrierte. Mit strahlenden Augen schien er in höheren Sphären zu schweben. Seine Ansprache richtete sich auch eher Richtung Himmel als an das Publikum.

So einfach war es also, sich einen kirchlichen Würdenträger zu kaufen: Es genügte, ihm einen Wallfahrtsort zu versprechen.

In dem Schriftstück, das Mother Mary ihr gegeben hatte, waren verschiedene Rahmenbedingungen für den Bau eines Besucherzentrums aufgelistet. Vereinbart wurden diese zwischen dem Dekan, der Stadt und dem County auf der einen und „Angus“ als Investor auf der anderen Seite. Der Inhalt war eindeutig genug, das Schriftstück war zustande gekommen, ohne die demokratischen Kriterien dafür zu beachten. Insbesondere die Tatsache, dass den Vertragspartnern für ihr Mitwirken verschiedene Posten im Aufsichtsrat versprochen wurden, war pikant.

Julias Blick richtete sich wieder Richtung Podest. Der langatmige Monolog des Dekans hatte sie abschweifen lassen, doch jetzt tat sich wieder etwas auf der Bühne. Sie war nicht überrascht, dasselbe Mädchen wie vorher dort oben zu sehen. Der Dekan hingegen schien aus all jenen Wolken zu fallen, über denen er noch einen

Augenblick vorher geschwebt war. Er war es nicht gewohnt, beim Predigen unterbrochen zu werden. Und dann noch von dieser ... Person. Schließlich war sie unter anderem dafür verantwortlich, dass die Kirchenratswahl so aus dem Ruder gelaufen war. Das alles war ihm deutlich anzusehen. Er war von der Situation nicht gerade begeistert.

Julia hingegen schon. Es schien, als hätte der zweite Akt des Abends begonnen und sie konnte es kaum erwarten, zu sehen, wie er ausging. Allerdings konnte sie es sich nicht vorstellen, dass bei einem Mann wie dem Dekan weibliche Reize oder ein dicker Scheck funktionieren würden. Julia tippte auf Unterwürfigkeit, damit war ein Kirchenfunktionär doch bestimmt etwas milder zu stimmen. Sie wurde jedoch umgehend vom Gegenteil überzeugt. Anscheinend hatte sich das Mädchen dafür entschieden, in die Offensive zu gehen.

„Herr Dekan, ich bitte um Entschuldigung für die erneute Störung, aber wir haben ein wichtiges Anliegen“, sagte sie.

Der Dekan starrte sie nur mit ausdruckslosem Gesicht an.

„Wie Sie wissen, sind wir eine lose Vereinigung aus etwa achthundert vorwiegend katholischen und sozial engagierten Menschen.“

Der Dekan nickte. Zögerlich. Vermutlich ein Reflex, der durch die Benutzung des Wortes „katholisch“ ausgelöst worden war.

„Und wir haben eine enge Beziehung zur konservativen Partei. Insbesondere zum General Sekretär.“

Diesmal nickten der Dekan und der Generalsekretär. Julia vermutete, dass in diesem Fall das Wort „konservativ“ ausschlaggebend gewesen war. Anscheinend gab es verschiedene Stichworte, die ein Nicken direkt auslösen konnten, ohne zuerst den langwierigen Weg durch den kognitiven Bereich des Gehirns zu nehmen.

„Da wir einen Platz für eine Versammlung benötigen und für unsere Vereinigung natürlich auch um den Segen von oben bitten möchten, wollten wir fragen, ob wir diese Versammlung nicht nächste Woche in Ihrer Kirche abhalten könnten?“

Der Dekan regte sich nicht. Er schien mit der Situation überfordert zu sein. Das Mädchen legte den Kopf schief und schien zu überlegen.

„Ich verstehe natürlich, dass Sie so eine Entscheidung vermutlich nicht allein treffen können. Immerhin gibt es in einer modernen Kirche ja demokratische Strukturen. Ist denn heute Abend zufällig jemand vom Kirchengemeindebeirat anwesend?“

Sofort standen acht Personen auf, von denen aber einer, ein älterer Herr, sofort von der Frau neben ihm zurück auf die Bank gezogen wurde.

„Werte KGB-Mitglieder, ich würde um ein Handzeichen bitten, wenn Sie mein bescheidenes Anliegen unterstützen.“ Sieben Hände schnellten in die Höhe. „Gut, dann möchte ich hier nicht weiter stören. Ich würde die Versammlung dann für Freitag, 17 Uhr ansetzen?“

Ohne eine etwaige Antwort des Dekans abzuwarten, ging sie von der Bühne. Er benötigte einen Moment, um sich wieder zu sammeln. Da er zum einen nicht sicher war, wie er auf diesen Vorfall reagieren sollte, zum anderen aber nicht einfach so von der Bühne gehen wollte, entschloss er sich, abschließend ein Gebet auf Latein zu halten.

„Wer ist das Mädchen?“ Julia sah George fragend an, doch bevor er antworten konnte, wandten sich beide wieder nach vorn. Tony betrat die Bühne.

Er war locker, gut gelaunt und auch sein Auftreten war sehr siegessicher. Die Begrüßung der anwesenden Würdenträger fiel recht unförmlich aus, der Großteil gehörte seiner eigenen Partei an oder stand ihr nahe, alle Funktionäre waren per Du. Das verlieh dem Ganzen eine gewisse Lässigkeit. Sogar für die bisher namenlose Vereinigung aus dem Dunstkreis der jungen KGB-Mitglieder hatte er einige freundliche, jedoch unverbindliche Worte übrig.

Es folgten etwa fünfzehn Minuten Vortrag, eine Zusammenfassung der bisherigen Arbeit seiner Partei, hier im Wahlkreis und im ganzen Land, dazu die Ziele aus seinem persönlichen Wahlprogramm, die ihm als Abgeordneten wichtig waren. Wirtschaftspolitik, christliche Werte, Familie - gut. Unregulierte Zuwanderung, Steuererhöhungen, Europäische Zentralbank - schlecht. Die Quintessenz seiner Ansprache hätte auch durchaus als Blaupause für ein konservatives Wahlprogramm durchgehen können.

Kurz bevor er seine abschließenden Worte auch abschließen konnte, betrat das Mädchen zum dritten Mal die Bühne.

„Äh, hallo“, winkte sie ins Publikum und wirkte diesmal etwas schüchterner als zuvor. „Ihr kennt mich ja schon, und, äh, hallo, Tony. Ich wollte nur die Gelegenheit nutzen und dir einige Fragen stellen.“

Tony trat lächelnd beiseite und überließ ihr das Mikrofon.

„Nun, als Erstes wollte ich dich fragen, ob du am Freitag zu unserer Gründungsveranstaltung kommst, damit wir dich dort, vermutlich als frisch gewählten Abgeordneten, etwas ausführlicher zu einigen Themen befragen können?“

Tony nickte und sicherte dies zu.

„Das ist schön und nachdem ja heute Abend auch die Presse vor Ort ist, würde ich mich freuen, wenn Sie vielleicht etwas über uns schreiben könnten.“ Sie machte eine Kunstpause, um sich die Aufmerksamkeit der versammelten Pressevertreter zu sichern. Julia sah, dass sich auch einige vorwiegend junge Leute mit ihren Smartphones in Stellung brachten. Was jetzt kam, sollte anscheinend genauestens dokumentiert werden.

„Am Freitag um 17 Uhr findet unsere Gründungsveranstaltung statt. Es wäre ideal, wenn wir an diesem Abend etwa achthundert Mitglieder zusammenbekommen könnten. Auf einen Mitgliedsbeitrag wird verzichtet, aber wir benötigen natürlich freiwillige Spenden, da wir für unsere Lobbykampagne bisher bereits Ausgaben von etwa 2.500 Euro hatten. Als Gegenleistung haben wir einen direkten Draht zu den Christdemokraten und die Unterstützung der Kirche.

Außerdem wird uns ein Parlamentsabgeordneter für Fragen und Anregungen zur Verfügung stehen. Die Themen des Abends stehen noch nicht hundertprozentig fest, aber es wird unter anderem um die Gründung eines Besucherzentrums für keltische Mythologie und vorchristliches Brauchtum unten am Fluss gehen. Danke.“

Lächelnd ging sie von der Bühne und ließ Tony dort zurück. Ebenfalls lächelnd, er hatte anscheinend Gefallen an der Vorstellung gefunden. Immerhin war sie mutig, kreativ und auch ein wenig dreist abgelaufen.

Er ging zurück ans Mikrofon. „Meine Damen und Herren, ich fand diese kleine Vorstellung heute Abend durchaus erfrischend. Es kann auf jeden Fall keiner behaupten, die Jugend interessiere sich nicht für Politik.“

Verhaltener Applaus.

„Ich würde aber gerne für Freitag einen weiteren Punkt auf die Tagesordnung setzen, nämlich ‚Die demokratischen Grundsätze in der Gesellschaft'. Denn, auch wenn der Wunsch nach einem Zentrum für keltische Mythologie durchaus interessant erscheint, es dürften einige Hindernisse auf dem Weg liegen. Und um diese wegzuräumen, müsst ihr, ob es euch gefällt oder nicht, den offiziellen Weg gehen." Tony schaltete das Mikro aus und nickte in die Menge.

Doch bevor er die Bühne verlassen konnte, rief jemand im Publikum laut: „Und welche Hindernisse wären das?"

Tony konnte die Stimme im Publikum nicht genau lokalisieren. Er zögerte kurz, beschloss aber dann, das Mikro wieder einzuschalten.

„Wollen wir das nicht am Freitag diskutieren?", fragte er in die Menge. Das nun ertönende Gemurmel konnte alles Mögliche bedeuten, also beschloss er wohl, die Frage zu beantworten. „Nun, wenn es denn unten am Fluss sein soll, dann ist natürlich erst einmal die wichtigste Frage, wem das Grundstück gehört und ob derjenige damit einverstanden ist. Wisst ihr denn, wem das Grundstück gehört?"

„Es ist im Besitz der Stadt." Wieder eine Stimme aus dem Hintergrund.

„Nun gut, also, Gemeindegrund. Natürlich dürft ihr auch nicht vergessen, dass das Ganze außerhalb des Stadtgebietes ist, und ihr könnt ja nicht einfach mitten im Wald ein Gebäude bauen, da gibt es jede Menge Hürden, Naturschutzauflagen, die ganze Erschließung und so weiter. Aber zuerst einmal solltet ihr euch natürlich mit dem Eigentümer unterhalten."

Tony blickte zum Bürgermeister. Der stierte nur starr vor sich hin und reagierte nicht.

„Herr Bürgermeister ..."

Der Bürgermeister schüttelte nur den Kopf, sah zur Seite, überlegte es sich dann doch anders und stand auf.

„Leider steht der Grund dort nicht zur Verfügung", sagte er schließlich und setzte sich wieder.

Es folgten Buhrufe und ein lautes Pfeifkonzert. Tony versuchte, die Menge zu beruhigen. „Ruhig, Ruhe bitte. Ich bin mir sicher, der Herr Bürgermeister hat gute Gründe für diese Entscheidung. Bitte, Herr Bürgermeister."

Er machte eine ausladende Geste, um den Bürgermeister auf die Bühne zu bitten. Der blieb aber sitzen, mit verschränkten Armen und gesenktem Blick. Schließlich überlegte er es sich doch wieder anders und stand auf.

„Leider wurde für dieses Gelände ein Vorkaufsrecht für eine andere gemeinnützige Institution vereinbart, deswegen steht es nicht mehr zur Verfügung", erklärte er.

Nun stutzte auch Tony. Schließlich war er Mitglied des Stadtrates und wusste offensichtlich nichts von einem Vorkaufsrecht.

„Besteht das schon länger?", fragte er.

Der Bürgermeister hatte die Haltung eines trotzigen Kindes angenommen. Dennoch beantwortete er Tonys Frage.

„Das ist eine Entwicklung, die mit den jüngsten Vorkommnissen hier in der Stadt zu tun hat."

„Und darf ich fragen, welche gemeinnützige Institution hier ihre Finger im Spiel hat?"

Der Bürgermeister blickte zum Dekan, dem die Farbe aus dem Gesicht gewichen war. Mehr war gar nicht nötig, trotzdem sagte er das Offensichtliche:

„Die Kirche hat auch Pläne mit dem Grundstück."

Wieder ging ein Raunen durch die Menge. Tony wirkte unsicher. Sein Blick glitt über die Funktionäre in der ersten Reihe, doch alle wichen ihm aus.

Schließlich ergriff er wieder das Wort.

„Ich denke, da gibt es einen gewissen Klärungsbedarf. Ich glaube aber nicht, dass das hier und heute der richtige Rahmen ..."

Im Publikum hatte sich Mel B. erhoben.

„Tony, ich glaube, es muss sich um ein Missverständnis handeln. Wir vom Kirchengemeinderat wissen auch von nichts. Und ich kann mir nicht vorstellen, dass solche Entscheidungen ohne die demokratische Legitimation der Stadt- und Kirchenräte beschlossen wurden. Aber wenn wir heute Abend schon alle Beteiligten versammelt haben, dann können wir das ja vermutlich schnell aus der Welt schaffen. Sonst kommt noch das Gerücht auf, es gäbe hier irgendwelche Mauscheleien. Und das so kurz vor der Wahl. Das wollen wir doch nicht."

Ihr Gesichtsausdruck zeigte eine wilde Entschlossenheit und auch Tony musste jetzt klar werden, dass das hier kein Zufall war.

Julia betrachtete das Spektakel gebannt. Sie hatte von Anfang an vermutet, dass sich die Jungen und hoch Motivierten etwas für den heutigen Abend überlegt hatten. Jedoch hätte sie nie damit gerechnet, dass sie von der Vereinbarung des Dekans mit „Angus“ wussten. War es möglich, dass Mother Mary ...

Sie sah zu John. Für ihn als Kandidaten wäre das auf jeden Fall von Vorteil. Schließlich hatte er das „Angebot“ der Kirche nicht angenommen, somit war er sauber raus aus der Sache.

Victoria, Kanada, Herbst 2039

„Es war ein typisches Beispiel dafür, wie schnell durch eine Mischung aus Ignoranz, Eitelkeit und Inkompetenz die demokratischen Prinzipien über Bord geworfen wurden. Zwei kleine Räder im sozialen Getriebe hatten vermeintlich die Möglichkeit bekommen, sich selbst ein Denkmal zu setzen. Was zur Folge hatte, dass sie jegliches rationale Handeln einstellten.“ Julia und Frank saßen im Wintergarten und führten das Interview beim Frühstück weiter.

„Angus.“ Frank lächelte.

„Angus.“ Julia lächelte zurück. „Dabei war Angus nur ein Mythos. Ich meine, mittlerweile hat sich ‚Angus‘ natürlich zu einer Art Legende entwickelt, heute taucht er immer auf, um einem korrupten System auf den Zahn zu fühlen. Damals ging lediglich das Gerücht um, es würde sich um einen Investor handeln, der gute Verbindungen in den Vatikan hat und an Wallfahrtsorten Besucherzentren baut.“ Frank musste lachen und Julia stimmte mit ein. „Natürlich klingt das total lächerlich und wer immer das Gerücht in die Welt gesetzt hat, besonders subtil war die Vorgehensweise dabei nicht. Doch es hat immerhin ausgereicht, um bei den Beteiligten die entsprechenden Reflexe auszulösen. Vielleicht hat es ja gerade deswegen geklappt. Eine einfache Lösung für einfache Gemüter.“

Julia hatte ihr Frühstücksei ausgelöffelt und betrachtete nun den üppigen Obstkorb, unschlüssig, für was sie sich entscheiden sollte.

„Und der Vertrag?“

„Nun, es handelte sich eigentlich um gar keinen richtigen Vertrag. Es war mehr eine Absichtserklärung, ein Vorvertrag. Eigentlich waren es sogar zwei Vereinbarungen. Einmal zwischen der Gemeinde und der Kirche. Hier wurde dem Dekan für das Grundstück am Fluss ein Vorkaufsrecht eingeräumt, zu einem nicht definierten, aber ‚aufgrund der sozialen und wirtschaftlichen Bedeutung des Projekts für die Region reduzierten Kaufpreises'. So stand das, glaube ich, in dem Schriftstück. Außerdem wurden Unterstützung bei der Erschließung und ein vereinfachtes Genehmigungsverfahren in Aussicht gestellt. Als Gegenleistung wurde dem Bürgermeister und dem Vorsitzenden des County Councils je ein Sitz im Aufsichtsrat der Betreibergesellschaft versprochen."

Die Grapefruit. Julia hatte sich für eine Grapefruit entschieden und nahm sich das Stück Obst aus der Schale. „Die andere Vereinbarung war zwischen der Kirche und dem, wie sich bald herausstellte, fiktiven Investor. Hier wurde erst einmal eine große fünfstellige Spende versprochen, die natürlich mit dem Ausgang der Vertragsverhandlungen gar nichts zu tun hatte und natürlich auch nicht zweckgebunden war.

Dann wurde die Investition in ein Besucherzentrum in Aussicht gestellt. Voraussetzung dafür war, dass die Gemeinde das Grundstück zu einem reduzierten Kaufpreis veräußert und Hilfestellung bei Erschließung und Genehmigung gibt. Als Gegenleistung wurden auch hier einige Sitze im Aufsichtsrat sowie diverse Posten für den Dekan versprochen, ich glaube, zumindest sinngemäß, als oberster Seelsorger und Berater für religiöse ... irgendwas. Ach ja, und beide Vereinbarungen waren mit einer Geheimhaltungsklausel versehen."

Etwas unentschlossen setzte Julia das Messer an und versuchte, möglichst leise und dezent, das störrische Stück Obst in der Mitte zu halbieren.

„Klingt bestimmt verlockend, besonders für einen Bürgermeister und einen Geistlichen", sagte Frank.

„Das sollte es sicherlich auch, wer immer das eingefädelt hat, wusste, welche Knöpfe er bei den Beteiligten drücken musste."

„Wie war die rechtliche Lage?"

„Umstritten." Ein Quietschen ertönte, als Julia mit dem Messer ausrutschte und damit über den Teller schrammte. Alle Härchen an Unterarm und Nacken stellten sich auf. Sie warf Frank einen entschuldigenden Blick zu. Er lächelte nur, sagte aber nichts.

„Grundsätzlich hätten wohl weder der Bürgermeister noch der Dekan dieses Schriftstück ohne die Billigung des jeweiligen Rates unterschreiben dürfen. Rechtlich sah es so aus: Wäre es ein richtiger Vertrag gewesen, wäre gegen eine Menge Gesetze verstoßen worden. Gegen grundlegende demokratische Grundsätze, denn so eine Entscheidung muss immer vom Stadtrat getroffen werden, gegen EU-Vergabe- und Beihilferichtlinien. Korruption war auch dabei, es wurden ja immer diverse Posten in Aussicht gestellt und einiges mehr.

Zusätzlich würde, wieder einmal, Staatseigentum privatisiert, die Unkosten dem Steuerzahler aufgebürdet und die Gewinne wären in diesem Fall auch nicht im Land geblieben, denn der Sitz der fiktiven Firma lag im Vatikan. Doch wie gesagt, das Dokument war rechtlich nicht bindend, es war eben mehr eine Absichtserklärung. Das war aber auch nicht ausschlaggebend."

„Sondern?"

Julia schnitt die halbe Frucht so ein, dass sich das Fleisch leichter herauslöffeln ließ. „Alle Beteiligten, also natürlich der Bürgermeister und der Dekan, aber auch der ein oder andere Vertreter von Stadt- beziehungsweise Kirchengemeinderat und einige Vertreter der Kommunalregierung waren in die Sache verwickelt. Und zwar die gleichen Leute, die gerade erst beim Herbstfest darüber doziert hatten, wie sehr sie auf dem rechten, dem moralischen Weg wandelten.

Bei der Veröffentlichung des Buches hatten sie erneut viel über Moral diskutiert, hatten sich echauffiert, dass politischen Mandatsträgern fehlende Neutralität, Vorteilsnahme und Parteiklüngelei nachgesagt wurde. Und bei der – zumindest vermeintlich – erstbesten Gelegenheit warfen sie alle ihren moralischen Kompass über Bord, um sich und ihrer jeweiligen Institution Posten, Spendengelder und Einfluss zu sichern. Das Ganze natürlich ohne demokratische Legitimation."

Endlich hatte sie es geschafft, mit dem Löffel ein Stück Fruchtfleisch herauszulösen. Es schmeckte herrlich sauer und hinterließ ein angenehmes Kitzeln am Gaumen.

„Es war eine Falle", sagte Frank.

„Es war ein Test, ein Auditing, wenn Sie so wollen. Das alle Beteiligten aber mit Anlauf versemmelt haben. Das Ergebnis machte deutlich, wie schnell öffentliche Personen in diesem System das Unrechtsbewusstsein verlieren konnten, denn ich glaube nicht, dass sich die Beteiligten ihrer Schuld bewusst waren. Und letztendlich war es auch ein Beleg für die Richtigkeit der Thesen. Wie schon die KGB-Wahl zuvor und wie einige andere Aktionen, die noch folgten."

Kildalough, Irland, Herbst 2019

Mel B. stand immer noch, ihren Blick fordernd auf Tony gerichtet. Der versuchte wiederum, von Bürgermeister oder Generalsekretär ein Zeichen zu bekommen, was denn nun Sache war, doch beide wichen seinem Blick aus. Der Dekan war verschwunden. Für einen Moment herrschte Stille im Saal.

Dann rief jemand aus dem Hintergrund: „Der Beweis. Online."

Sofort scharten sich eine Menge Leute um ihn. Smartphones wurden gezückt, Links weitergegeben. Ihrer Intuition folgend warf Julia einen Blick auf ihr Smartphone und sie wurde nicht enttäuscht. Auf „Oh Deer" waren zwei Dokumente verlinkt.

Die Unzufriedenheit der Versammlung war deutlich zu spüren, etwas, worauf die erfolgsverwöhnten Parteifunktionäre nicht eingestellt waren. Nach einem kurzen, aber zähen Ringen, wer denn jetzt die Wogen glätten sollte, betrat der Generalsekretär wieder das Podium. Diesmal deutlich widerwilliger als bei seinem ersten Auftritt, bei dem seine kleine Welt noch in Ordnung gewesen war.

Victoria, Kanada, Herbst 2039

„Kennen Sie die fünf Stufen des Sterbens nach Kübler-Ross?"

Frank musste einen Moment überlegen.

„Zorn, Ignoranz, Verhandeln ..."

„Fast. Verweigerung, Zorn, Verhandlung, Depression, Zustimmung. Ein ähnliches Muster gibt es auch in der Politik. Immer wenn ein Skandal öffentlich wird, reagieren die Betroffenen nach demselben Muster. Verweigerung. Beschuldigen der Opposition. Zorn. Beschuldigen der Opposition. Einräumen etwaiger Missverständnisse, wobei das in homöopathischen Dosen erfolgt, stets unter dem Vorbehalt, dass eigentlich kein Fehlverhalten vorliegt, was sich sicher durch ein absolut transparentes Aufklärungsverfahren bestätigen wird."

Kildalough, Irland, Herbst 2019

Der Generalsekretär hatte es erstaunlich schnell geschafft, im Saal wieder Ruhe herzustellen. Tony hatte ihm das Mikrofon überlassen, hielt sich aber im Hintergrund der Tribüne.

„Meine sehr verehrten Damen und Herren, als Vertreter der Christdemokraten muss ich die ungeheuerlichen Vorwürfe, die hier und heute gegen Mitglieder meiner Partei erhoben wurden, aufs Schärfste zurückweisen. Sie sind absolut haltlos und dienen nur dazu, so kurz vor der Wahl unseren Kandidaten zu schädigen. Ein sehr durchschaubares Manöver, das die Verzweiflung der Opposition zeigt.

Dieses Verhalten, meine sehr verehrten Damen und Herren, dieses Täuschen der Wählerinnen und Wähler macht mich wütend. Hier zeigt sich erneut, dass die Opposition nicht einmal davor zurückschreckt, verdiente Gemeindemitglieder zu kompromittieren und ..."

In seiner Wutrede hatte der Generalsekretär nicht bemerkt, dass sich eine weitere Person auf die Bühne begeben hatte. Er sah den Priester erst, als der schon fast neben ihm stand. Ihm entfuhr ein resigniertes Seufzen.

Überhaupt wirkte der Parteifunktionär dünnhäutig, all die Selbstsicherheit, die er noch vor Kurzem auf genau dieser Bühne ausgestrahlt hatte, war verflogen. Ihm war deutlich anzusehen, dass er den Priester nicht dahaben wollte, dass seine Anwesenheit hier auf der Bühne nichts Gutes bedeuten konnte. Dennoch hatte er keine Wahl. Es war natürlich undenkbar, dass ein Christdemokrat einen katholischen Priester öffentlich zurechtwies.

„Was?", sagte er nur scharf.

Eine rhetorische Frage, denn ohne auf eine Antwort zu warten, räumte er seinen Platz hinter dem Mikrofon.

Der Priester trat aber nicht hinter das Podium, er zog es vor, an den Rand der Bühne zu kommen und von dort zur Versammlung zu sprechen.

„Liebe Brüder und Schwestern, ich verstehe, dass ihr aufgebracht seid, aber lasst uns einen Moment innehalten und durchatmen." Die Stimmung im Saal wurde etwas ruhiger. „Ich glaube, dass ich etwas Licht ins Dunkel bringen kann. Ich habe von einem Gemeindemitglied einige Unterlagen bekommen. Sie werden verstehen, dass ich dies vertraulich behandeln muss und keine Angaben über die Person machen werde. Die Person hat mir aber versichert, und ich glaube es, dass sie sich mit dieser Aktion keinen persönlichen Vorteil verschaffen wollte.

Vielmehr geht es darum, etwaige Schwachstellen offenzulegen und auch einige Thesen aus dem Buch zu belegen, um damit mehr philosophische und moralische Grundwerte in die Politik zu bringen. Ich möchte es mir nicht anmaßen, diese Dokumente zu bewerten, ich bin nur der Überbringer. Wem soll ich sie geben?"

Der Generalsekretär näherte sich dem Priester und streckte die Hand nach den Dokumenten aus. Nachdem der Priester aber keine Anstalten machte, ihm die Papiere auszuhändigen, zog er sich wieder in eine Ecke der Bühne zurück.

Der Blick des Priesters glitt über die Menschen im Publikum. „Vielleicht", sagte er, nachdem er alle Zuschauer sondiert hatte. „Vielleicht wäre es gut, wenn wir je einen Vertreter der verschiedenen Interessensgruppen hier auf der Bühne hätten." Er deutete auf Tony. „Ein Kandidat ist schon hier. Eventuell möchte der Herausforderer noch dazukommen." Diesmal war John gemeint. „Und vom Kirchenrat ..." Er deutete auf Mel.

Die beiden machen sich auf den Weg zur Bühne. Der Priester übergab die Dokumente an die drei und begab sich wieder auf seinen Platz unten im Saal. Zusammen lasen sie alles sorgfältig durch, beratschlagten sich kurz und Mel wurde auserwählt, dem Publikum ihr Ergebnis mitzuteilen. Das Ganze hatte keine fünf Minuten gedauert.

„Nun, um das kurz und knapp auf den Punkt zu bringen: Die Dokumente sehen echt aus. Sie scheinen mit den online gestellten identisch zu sein. Ob die Unterschriften echt sind, können wir nicht beurteilen, das können nur die mutmaßlichen Unterzeichner. Leider hat uns der Dekan schon verlassen. Also. Herr Bürgermeister!"

Der Bürgermeister erhob sich wie in Zeitlupe von seinem Sitz. Er war noch blasser geworden, ging unsicher auf die Bühne und hinter das Podium, an dem er sich schließlich festhielt.

„Meine Damen und Herren ..." Er sprach leise und undeutlich. „Ich muss hier zu meinem tiefsten Bedauern einige Missverständnisse und Fehler einräumen. Unter Vorspiegelung falscher Tatsachen hat die Kirche sich meine Unterschrift erschlichen. Die Gründe hierzu müssen jetzt natürlich umgehend vollständig und transparent aufgeklärt werden, ich bin mir aber sicher, dass sich die Anschuldigungen als nicht haltbar erweisen werden, da ich lediglich zum Wohle der Stadt gehandelt habe."

Sobald er seinen Satz beendet hatte, machte sich der Bürgermeister, ohne auf weitere Fragen aus dem Publikum zu reagieren, auf den Weg von der Bühne und durch den Haupteingang in die Nacht. Den gleichen Weg schlug der Generalsekretär ein, anscheinend war auch sein Bedarf an kritischen Fragen für diesen Abend gedeckt.

Übrig blieben Mel, John und Tony. Sie blickten sich an, ratlos, aber trotzdem ... John und Tony kannten sich lange genug, um sich ohne Worte zu verstehen. Das schien auch auf Mel B. abzufärben, denn ohne ein weiteres Wort zu wechseln, nickten sie unisono, dann trat Mel wieder ans Mikrofon.

„Ich werde die Dokumente erst einmal sicherstellen und aufbewahren. Da sie schon online gestellt wurden, steht der Inhalt ohnehin allen zur Verfügung. Der Kirchengemeinderat wird sehr bald klären, was es mit dieser Immobilienfirma auf sich hat, und dann eine Erklärung abgeben. Ich hoffe, dass der Dekan sehr zeitnah für Fragen zur Verfügung steht. Danke." Dann verließ auch sie die Bühne.

John wollte als Nächster das Wort ergreifen, doch Tony kam ihm zuvor. „Meine Damen und Herren, wir waren heute Abend alle Zeugen einer unschönen Episode. Ich kann Ihnen versichern, dass die hier beteiligten Personen nicht im Namen der konservativen Partei gehandelt haben. Wir werden alles daransetzen, die Geschehnisse der letzten Tage vollständig und transparent aufzuarbeiten." Er machte sich daran, von der Bühne zu gehen.

„Bingo." Johns Ausruf ließ Tony innehalten. Das war eindeutig an ihn adressiert. John hatte es geschafft, dieses eine Wort so zu betonen, dass es Anklage, Spott und Missbilligung in einem ausdrückte. Bin-Go! „Ich glaube, ich habe vier Richtige.“

John fixierte Tony mit seinem Blick. „Lass mal sehen: Wir haben einen Dekan, der sich selbst ein Denkmal setzen will. Einen Bürgermeister, der nicht über den eigenen Tellerrand hinaussieht, aber auf der internationalen Bühne mit den großen Jungs spielen möchte. Dann mein Favorit, der Generalsekretär, der vor Kurzem noch versichert hat, dass sich seine Partei schon seit Langem für mehr Transparenz und direkte Demokratie einsetzt, und dann bei der ersten Gelegenheit das Tafelsilber verscherbelt, um sich einen Sitz in einem Aufsichtsrat zu sichern. Sie alle saßen bei der Veröffentlichung des Buches in der ersten Reihe und haben genickt, als es um Moral und Integrität ging. Und um Philosophie. Wie war das noch mal mit Kant?“

John sah zum Priester.

„Handle nach der Maxime, von der du willst, dass sie ein allgemeingültiges Gesetz werde“, sagte der Priester.

John fixierte den Priester noch für einen Moment, der aber zog sich wieder an den Rand der Bühne zurück.

„Genau“, fuhr John schließlich fort. „Jetzt fehlt mir noch die Nummer vier. Wie steht es mit dir, Tony? Du hast dich genauso für Das Buch ausgesprochen. Waren das auch nur Lippenbekenntnisse, die nach der Wahl wieder vergessen sind? Wirst du dich deinen Parteifreunden anschließen und den Saal verlassen, bevor noch mehr unangenehme Fragen kommen?“

Tony zögerte. Es war ihm anzusehen, dass er genau das gern getan hätte. Dennoch machte er kehrt und ging zurück zur Mitte der Bühne. John reichte ihm bereitwillig das Mikrofon.

„Nun“, begann Tony zögernd, als müsse er zuerst noch seine Gedanken sammeln. „Abgesehen von einigen unangenehmen Folgen, die das spektakuläre Auftauchen des Buches verursacht hat, denke ich …“ Er sah John lange unschlüssig an. „Ich denke, letztendlich müssen das die Menschen entscheiden. Denn wir haben eine gut funktionierende Demokratie. Wir haben ein gutes System und die Wahl wird zeigen, ob die Menschen mit der Linie, die ich, die die konservative Partei fährt, zufrieden sind. Ihr alle habt die Wahl. Und letztendlich wird sich morgen Abend zeigen, was die Menschen wollen.

Politik ist ein ständiger Prozess. Natürlich gibt es immer etwas zu verändern, etwas zu verbessern und dafür stehe ich. Wenn ich die Mehrheit bekomme, werde ich meine Politik so weiterführen. Wenn nicht, na ja, vielleicht gewinnst du ja die Wahl und kannst dann endlich all deine Ideen umsetzen. Diese Entscheidung fällt morgen. Danach sehen wir weiter."

Er drückte John das Mikro in die Hand und ging.

„Nun", begann der zögerlich, „ich habe eigentlich gar nicht damit gerechnet, dass ich hier und heute noch eine Rede halten darf." Er pausierte und ließ seinen Blick über das Publikum gleiten. „Ich habe aber auch nicht damit gerechnet ... Wisst ihr, weiße Hirsche, Investoren aus dem Vatikan, das hat mir keiner erzählt, als es darum ging, mich auf den Wahlkampf vorzubereiten." Verhaltenes Gelächter. „Und plötzlich gibt es, über alle Lager hinweg, ein Interesse an philosophischen Grundsätzen für die Politik. Die Menschen stellen die richtigen, die unangenehmen Fragen und lassen sich nicht mehr mit Phrasen abspeisen. Junge Leute mischen sich wieder ein und nehmen die Verantwortung an. Lasst uns das hinaustragen, lasst nicht zu, dass es kaputtgeredet wird von den ewig Gestrigen, die jede Veränderung als Bedrohung sehen.

Lasst auch nicht zu, dass es instrumentalisiert wird, von links, von rechts. Wir sollten uns von Ideologien freimachen und den gesunden Menschenverstand wieder in den Mittelpunkt rücken. Wir müssen aus der Mitte heraus laut sagen, was wir wirklich möchten, was wir denken, die, da bin ich mir sicher, vernünftige Masse. Nur so kann echte Demokratie gelebt werden.

Lasst uns nicht nur auf die hören, die am lautesten schreien. Wir müssen der Mitte eine Stimme geben, die nicht mehr zu ignorieren ist. Echte Demokratie ist nicht nur ein Kreuz auf einem Wahlschein, es ist ein Dialog in beide Richtungen. Damit Inhalte wieder wichtiger sind als Ideologien, Parteien und Posten."

Wieder ertönte verhaltener Applaus. Wenn die Stimmung durch die vorherigen Ereignisse nicht so mies gewesen wäre, hätten die Leute bestimmt auf den Tischen gestanden. So jedoch war verhaltener Applaus mit Sicherheit das Beste, das am heutigen Abend noch zu erwarten war.

„Deswegen, geht wählen. Sucht euch den besten Kandidaten aus.

Und falls ihr keinen findet", er zuckte mit den Schultern. „Ihr kennt ja nun die These mit dem Mittelfinger."

John schaltete das Mikrofon aus und ging denselben Weg, den zuvor der Bürgermeister, der Generalsekretär und Tony zurückgelegt hatten. Er jedoch ging langsam, gut gelaunt und erhobenen Kopfes. Es war schon spät, als Julia und George zu Hause ankamen. Dennoch entschied sie sich dafür, noch bei Paul anzurufen. Sie wusste, dass sie keine Ruhe finden würde, bevor er ihr nicht erklärt hatte, wie er bei seinem „Beichtgespräch" mit dem Dekan dessen Unterschrift auf diesem fragwürdigen Dokument bekommen hatte.

„Japp?" Pauls euphorische Meldung schon nach dem ersten Klingeln überforderte Julia im ersten Moment.

„Hi ... ich bin es. Ich war gerade bei der Gemeindeversammlung und ..."

„Die ersten Videos sind schon online, ich habe das von hier aus verfolgt. Scheint ja gut gelaufen zu sein."

Julia überlegte einen Moment. Johns aggressive Art hatte sie zuerst etwas irritiert. Diese Seite von ihm kannte sie bisher noch nicht. Letztendlich hatte er es damit aber geschafft, den Generalsekretär und Tony in die Ecke zu drängen. Ob er sein Ziel erreicht hatte, würde sich morgen zeigen.

„Ja, lief eigentlich, irgendwie gut. Es gab sogar eine Preisverleihung mit ..." Plötzlich musste sie loslachen. Ein gewisses ratloses, aber nicht besonders überraschtes Schweigen herrschte am anderen Ende der Leitung. „Ich habe nur ...", brachte Julia nach einiger Zeit hervor, „ich habe erst jetzt, weißt du. Kantholz." Wieder herrschte Schweigen auf der einen und Kichern auf der anderen Seite der Leitung. Schließlich fing sich Julia wieder. „Wie sind die Reaktionen online? Ich bin noch gar nicht dazu gekommen, mir das anzusehen."

„Das Internet läuft heiß. Der übliche Shitstorm bei den Konservativen, die Thesen aus dem Buch werden diskutiert und in den Internetforen wird natürlich über die Wahl debattiert."

„Glaubst du, das ändert noch etwas? Am Abend vor der Wahl?"

„Johns Rede war super, die hat richtig eingeschlagen. Und es wurde deutlich, dass Veränderungen auch im Kleinen starten können. Ich denke, er hat eine Chance."

Julia war sich plötzlich nicht mehr sicher, ob das überhaupt wichtig war. Sie beschloss jedoch, das erst einmal für sich zu behalten und das Thema zu wechseln.

„Erzähl mir von deiner ‚Beichte'. Wir sind noch gar nicht dazu gekommen, darüber zu reden."

Paul lachte laut auf. „Das glaubst du mir ja sowieso nicht. Nun, das Gespräch fand im Büro des Dekans statt, Mother Mary hat das so eingefädelt, damit niemand stört. Ich betrat also das Büro und sah ihm schon an, dass er glaubte, zu wissen, wer ich ‚wirklich' bin. Ich sagte also ‚Hallo, Herr Dekan. Ich möchte mir einiges von der Seele reden. Aber erst einmal möchte ich, dass Sie wissen, dass ich nicht der bin, für den Sie mich halten.'

Und er hatte diesen Glanz in den Augen und mir war klar, egal was ich sage, er würde es sich so zurechtlegen, dass es in seiner Realität einen Sinn ergab. Ich redete also weiter als Mitarbeiter eines Kaninchenzuchtbetriebes. Was bei ihm aber ankam, muss sich wohl eher nach Immobilieninvestor angehört haben, ich kann mir das auch nicht erklären."

Julia konnte Pauls ironisches Grinsen fast durch das Telefon hören.

„Er also so: ‚Jeder ist bei mir willkommen. Was kann ich für Sie tun?', und ich: ‚Ich mache mir Sorgen um meine Zukunft in Irland. Mein Arbeitgeber möchte sein Engagement hier nicht weiter vertiefen. Es haben sich wohl einige Voraussetzungen für seine geschäftlichen Interessen geändert.' Und er so: ‚Bla, bla, Verständnis, bla, bla, Hilfe?' Und ich: ‚Nun, da wird es nicht viele Möglichkeiten geben. Mein Geschäftspartner stemmt ja die ganze Finanzierung und er hat eben beschlossen, an einem anderen Standort zu investieren, an dem die Rahmenbedingungen besser sind.' Und er wieder: ‚Bla, bla, vielleicht könne er helfen, hier gute Bedingungen zu schaffen.' Und ich: ‚Ganz schlecht, neuer Standort ist so gut wie sicher.' Und er: ‚Mal versuchen?' Und ich: ‚Schwierig, eilt, außerdem muss die Bank mit ins Boot, es ist eine spezielle Bank, im Ausland.' Und er: ‚Zwinker, zwinker', das kenne er. Und der Herr sagt, wer nicht wagt und so weiter und ich dann wieder: ‚Okay, aber wir brauchen eine Vereinbarung, die Stadt muss mit im Boot sein, gute Konditionen, dafür gibt es Posten und ein Mitspracherecht.

Und jede Menge Spenden, wenn es klappt. Und es eilt, denn morgen Abend findet eine wichtige Versammlung statt, das Ergebnis steht eigentlich schon fest. Um das Ruder noch herumzureißen, benötige ich die Unterlagen bis gestern. Wenn er das schaffen würde, wäre vielen Menschen geholfen, die ihre Hoffnungen in mich setzen.' Und er: ‚Schüttel die Hand, passt.'"

Als sie das Telefongespräch beendet hatte, holte Julia noch mal den Laptop hervor, um sich das brisante Dokument genauer anzusehen.

Der Briefkopf und das Papier schienen hochwertig zu sein. Sie googelte die Adresse und fand tatsächlich eine Anwaltskanzlei in Rom. Auf was sich die genau spezialisiert hatte, konnte sie nicht feststellen, da die Homepage nur auf Italienisch war. Vermutlich war es auch egal, da sie sowieso keine Auskunft über Mandanten geben würden, egal ob die echt oder fiktiv waren.

Die Vereinbarung war kurz und knapp gehalten, ein Anhaltspunkt, bei dem rational denkende Menschen eigentlich hätten stutzig werden müssen, schließlich waren Anwälte nicht gerade dafür bekannt, sich kurz, bündig und verständlich auszudrücken.

Im Text stand, sinngemäß, dass die Kanzlei für ihren Klienten den Standort Kildalough prüfe. Es folgten der bekannte Inhalt und zum Schluss eine Vertraulichkeitsklausel und die Unterschriften. Links deutlich die des Dekans und rechts etwas, das einem Forensiker bestimmt jede Menge Spaß bereitet hätte. Julia konnte nicht einmal einen einzelnen Buchstaben erahnen, das Gekritzel konnte alles Mögliche bedeuten.

Die Vereinbarung war frei für jegliche Interpretation. Mit etwas Fantasie war da zwischen den Zeilen etwas über einen geheimnisvollen Investor herauszulesen, der sich auf Wallfahrtsorte spezialisiert hatte. Oder auch alles andere.

Als Julia an diesem Abend schließlich gut gelaunt einschlief, war es immer noch Samstag, ein Tag vor der Wahl.

Kapitel 21, Thunderstruck

Victoria, Kanada, Herbst 2039

„Der Ausgang der Wahl.“ Frank gab Julia das nächste Stichwort.

„War zunächst eindeutig“, vervollständigte Julia den Satz. „Und natürlich gab es, wie immer bei einer Wahl, nur Gewinner. Die Konservativen hatten die Mehrheit geholt, wenn auch nicht so deutlich wie erhofft. Die Grünen, also John, konnten ein Rekordergebnis für sich verbuchen, das allerdings längst nicht zum Sieg reichte. Und auch die anderen Beteiligten fanden Gründe dafür, mit ihrem Stimmenanteil irgendwie zufrieden zu sein.“

„Hat Sie das Ergebnis überrascht? Ich meine, nach den Vorkommnissen am Samstag vor der Wahl.“

Nun musste Julia einen Moment überlegen.

„Eigentlich nicht. Ich hätte mir natürlich ein anderes Ergebnis gewünscht, es ist ja kein Geheimnis, dass ich John unterstützte, aber, wie schon gesagt, er war ja von Anfang an chancenlos. Zumindest im Rennen um den Sitz im Parlament.

Doch wie sich schon kurz nach der Wahl herausstellte, wurde an diesem Sonntag eben nicht nur über den Sitz im Parlament abgestimmt. Es hatte sich ja während des Wahlkampfes bereits abgezeichnet, dass einige Thesen aus dem Buch eine ungeahnte Eigendynamik entwickelt hatten. Es ist etwas in Bewegung geraten und das hat sich auch bei der Wahl abgezeichnet. Nur eben nicht auf den ersten Blick.“

Kildalough, Irland, Herbst 2019

Am Montag fuhr Julia mit Paul für ein paar Tage nach Galway. Er hatte sie darum gebeten, um zusammen mit ihm seine kreative Buchhaltung zu kontrollieren. Pauls Bedenken in dieser Hinsicht waren mehr als gerechtfertigt, denn er war überaus großzügig damit gewesen, diverse Kosten jeglicher Art als betriebliche Ausgaben zu deklarieren. Nun hatte Julia keine Funktion mehr in der Firma und Paul stand auf der Abschussliste, was es sehr wahrscheinlich machte, dass Ungereimtheiten in der Buchhaltung, die bisher vielleicht großzügig übersehen wurden, nun gegen ihn verwendet werden könnten.

Julia brachte zwei Tage lang Ordnung in Pauls Schuhschachtel-Ablagesystem und verzweifelte dabei immer mehr. Die Tatsache, dass er für Julias Mann immer wieder Aufträge übernommen hatte, die besser nicht im Jahresbericht der Firma publik gemacht werden sollten, hatte ihn seinerseits etwas übermütig werden lassen.

Nachdem der Stapel der fragwürdigen Belege immer höher geworden war, entschied sie sich dafür, drastische Maßnahmen zu ergreifen. Sie verbuchte alles auf einem neuen Konto, das sie „OMD. Ltd., Guernsey Island" nannte. OMD war eine Tochterfirma ihres Mannes, die zwischen Frankreich und England auf einer der malerischen Kanalinseln platziert war und im Großen und Ganzen aus einem Briefkasten bestand. Nur wenige Mitarbeiter der Firma wussten, welchen Zweck OMD.Ltd. hatte, denn es gab nur einen und der war, möglichst viele Steuern zu sparen.

Julia hoffte, dass Fragen dazu ebenso in der Versenkung verschwanden wie die Originalbelege, die sie kurzerhand schredderte. Sie sollte recht behalten, Irlands einzige Bio-Kaninchenzucht wurde zum Jahresende abgewickelt, ohne dass irgendjemand Pauls Buchhaltung beanstandete.

Eigentlich wollte sie bis zum Wochenende bleiben und in Galway ein wenig Kultur tanken, denn als Studentenstadt war das Angebot hier entsprechend vielseitig. Doch schon am Mittwoch bekam sie eine Textnachricht von George: Es hätte sich etwas Neues ergeben und es könnte gut sein, dass sie etwas verpasste, wenn sie nicht zurückkam.

Neugierig und leicht genervt von Georges kurzer, kryptischer Botschaft machte sie sich am nächsten Tag auf nach Kildalough. Da sie bei ihrer Ankunft den polnischen Donnerstagvormittag knapp verpasst hatte und alle Stadtbewohner nachmittags wieder am Arbeiten waren, drehte sie ihre übliche Runde. Sie sagte kurz im B@rbershop Hallo, nahm ihren üblichen Kaffee mit und setzte sich vor der Kirche auf ihre gewohnte Bank, in der Hoffnung, Mother

Mary möge auftauchen und ihr einen Tipp zur aktuellen Entwicklung der Dinge in Kildalough geben.

Sie nutzte die Zeit, um auf ihrem Smartphone die sozialen Medien zu checken. Diese quollen über vor, nun, der Begriff „Informationen" war wohl etwas zu hoch gegriffen. „Content" war wohl passender für diese Mischung aus Meinungen, Fakten und Irrsinn. Die letzte Aktion der jungen Revolutionäre hatte ein gewaltiges Echo erzeugt.

Julia musste gestehen, dass auch sie beeindruckt war, denn es war wirklich leicht gewesen, diversen Funktionären mit ihrer eigenen Doppelmoral eins auszuwischen. Dennoch: Ein Echo war laut, undeutlich und kam aus allen Richtungen und genauso waren die Reaktionen im Netz.

Aus der linken Ecke kam der Vorwurf, die Kirche wolle ihren ohnehin großen Einfluss auf die Politik festigen. Aus der rechten Ecke wurde davor gewarnt, linksradikale Aktivisten würden eben diese Kirche unterwandern. Konservative Katholiken verurteilten die geplante Versammlung mit dem Argument, Jesus hatte einst die Händler aus dem Tempel geworfen, da dies ein Ort des Gebetes sei. Und die Anhänger anderer Glaubensrichtungen beschwerten sich darüber, dass ihre Meinung zu wenig berücksichtigt würde. Diese Reaktionen waren noch relativ verständlich.

Als Julia jedoch über diverse Theorien von Esoterikern, Veganern und allgemein Menschen, die einfach nicht mehr alle Latten am Zaun hatten, stolperte, wurden ihr sowohl der Inhalt als auch die ruppige und egozentrische Art der Beiträge zu viel. Nachdem sie auf einen Post gestoßen war, der sich damit befasste, dass es sich bei der anstehenden Gründungsversammlung der jungen Geheimnisvollen um ein Treffen der Illuminati handelte, schloss sie ihren Webbrowser und steckte das Smartphone weg.

Es war durchaus beeindruckend, was die jungen Jünger des Buches in dieser kurzen Zeit geschafft hatten, und auch die Thesen selbst beeindruckten Julia nachhaltig. Das ergab alles einen Sinn. Die politische Realität war so weit von der tatsächlichen entfernt und die Fragen aus dem Buch mussten nicht nur gestellt, sondern auch beantwortet werden.

Und dennoch. John hatte selbst gesagt, es würden die verschiedensten Interessengruppen versuchen, ihren Einfluss geltend zu machen. Außerdem scheiterten die meisten Revolutionen daran, dass sie sich letztendlich selbst zerfleischten. Entsprechend sah Julia der großen Versammlung durchaus kritisch entgegen. Sie glaubte nicht, dass die jungen Blauäugigen wussten, was sie da losgetreten hatten.

Als ihr Kaffee schließlich leer und Mother Mary immer noch nicht aufgetaucht war, schlenderte Julia weiter ziellos durch die Stadt und überlegte, ob sie raus zur Kapelle gehen sollte, um den Priester zu besuchen. Als sie am Kindergarten vorbeikam, hörte sie plötzlich, wie jemand ihren Namen rief. Sie stellte sich auf Zehenspitzen und konnte so Mother Mary im Garten erkennen, umringt von einer Menge Kinder. Wie hatte sie …? Sie musste Augen wie ein Habicht haben, dieser Frau entging wirklich nichts.

„Hallo, Julia, kommen Sie doch herein, ich kann hier gerade nicht weg."

Julia suchte das Eingangstor und trat ein.

Mother Mary saß auf einer viel zu niedrigen Bank, die offensichtlich nicht für Erwachsene gemacht war. Sie musste wohl stark im Glauben an den Herrn und den Erbauer der Bank sein, um dieser das Gewicht einer ausgewachsenen Person zuzumuten. Da Julias Glauben generell nicht so ausgeprägt war und sie den Erbauer der Sitzgelegenheit nicht kannte, lehnte sie Mother Marys Angebot, neben ihr Platz zu nehmen, nach kurzem Zögern ab. Stattdessen holte sie sich einen ebenfalls viel zu kleinen Schemel und nahm, das Kinn fast auf die Knie gestützt, gegenüber der Schwester Platz.

Die half gerade noch einem kleinen Jungen in seine Gummistiefel, um ihn dann zu den anderen Kindern zu schicken, die bereits damit angefangen hatten, all die pädagogisch wertvollen Spielgelegenheiten ignorierend, in einer Pfütze aus allen ihnen zur Verfügung stehenden Materialien Matsch zu produzieren. Anscheinend war genau das das Ziel des heutigen Nachmittags, denn die Klosterschwester sah sehr wohlwollend zu den Kindern hinüber, mischte sich aber nicht weiter in das Geschehen ein.

Sie sah Julia lange an. Die erwiderte den Blick durchaus freundlich, die Atmosphäre war locker.

„Es gibt für sie nichts Schöneres, als im Matsch zu spielen. Manchmal denke ich mir, es ist schade, dass sich so etwas für Erwachsene nicht mehr gehört."

Julia nickte und versuchte, sich nichts anmerken zu lassen, hatte sie doch vor Kurzem auf dem Weg zur Kapelle selbst keine einzige Pfütze ausgelassen. Mehr einer Laune als einer Intuition folgend beschloss sie, Mother Mary einfach so lange anzulächeln, bis sie mit dem herausrückte, was sie ihr eigentlich mitteilen wollte.

„Sie sollten die Wahlzettel noch einmal auszählen."

Julia hatte es geschafft, sie hatte so lange lächelnd geschwiegen, bis Mother Mary ohne Umschweife auf den Punkt gekommen war.

„Glauben Sie an Wahlmanipulation?" Julia konnte sich das nicht vorstellen und auch Mother Mary schüttelte unverzüglich den Kopf.

„Nein, es gibt kein Anzeichen für eine Manipulation. Aber es scheint eine sehr hohe Anzahl ungültiger Stimmen zu geben und wenn meine Ahnung stimmt, könnte es sein, dass diese durchaus einen gewissen Symbolwert haben."

Julia bekam ebenfalls eine Ahnung, um welche Ahnung es sich handelte, und musste lächeln. Wenn dieser Verdacht sich bestätigte, wäre das Ergebnis durchaus pikant. Die beiden Frauen verstanden sich.

„Verraten Sie mir eines." Julia hatte Mut gefasst und traute sich aus der Deckung. „Wenn Sie, rein hypothetisch, ein handschriftlich verfasstes Buch, sagen wir, ergänzen möchten. Ohne dass diese Ergänzung weiter auffällt. Wie würden Sie vorgehen?"

Mother Mary tat einen kurzen Augenblick so, als würde sie überlegen.

„Vermutlich würde ich mir Hilfe holen. Angeblich gibt es in verschiedenen Klöstern Brüder. Und Schwestern, die ehemaligen IRA-Anhängern, die sich zur Umkehr entschlossen haben, bei der Beschaffung von Papieren behilflich waren und dabei erstaunliche Fähigkeiten entwickelten. Angeblich gibt es auch in unserer Kirche revolutionäre Strömungen. Und es ist ja quasi eine altehrwürdige Tradition, handgeschriebene Texte in Klosterbibliotheken zu vervielfältigen."

Mother Mary wandte den Blick von Julia ab, sie schien, zumindest für einen kurzen Augenblick, in der Defensive zu sein. „Wissen Sie, ich bin zutiefst davon überzeugt, dass der Glaube an den Herrn Berge versetzen kann. Ich glaube aber auch, dass der Herr uns zu einem bestimmten Zweck hierhergeschickt hat und dass wir deswegen das Schicksal in die eigene Hand nehmen müssen, um ihm zu dienen. Manchmal auf unkonventionellen Wegen."

Mother Mary suchte wieder den Blickkontakt mit Julia. Der Moment war vorbei. Julia blickte erwartungsvoll zurück.

Die Schwester seufzte. „Soll ich Ihnen nun wirklich den Gefallen tun und fragen, wer hier in der Stadt einem Hirsch eine Blondierung inklusive Dauerwelle verpassen könnte?"

Julia schüttelte den Kopf.

„Es wäre ziemlich unverantwortlich, so etwas zu versuchen. Vor allem, da das Tier ja über einen längeren Zeitraum ruhiggestellt werden müsste. Was vermutlich nur mit Äpfeln, Whiskey und Kartoffelchips funktionieren würde."

Julia konnte es Mother Mary förmlich ansehen, wie sie sich die Begriffe „Äpfel", „Whiskey" und „Kartoffelchips" auf der Zunge zergehen ließ und dabei ein Lächeln unterdrückte. Wieder folgte ein beidseitiges, anerkennendes Nicken, ein Zustand gegenseitiger Wertschätzung, der kurz anhielt, um dann, recht plötzlich, von einem kleinen Kind unterbrochen zu werden. Das Mädchen hatte sich vor Mother Mary aufgebaut und sah sie unter dem Rand ihrer Kapuze mit großen Augen an.

„Jeanny, wo ist dein Schuh?" Jeanny, Mother Mary und Julia betrachteten alle zusammen verdutzt das rechte Bein des Kindes, das im Gegensatz zum linken nicht mehr in einem Gummistiefel steckte. „Du hast ihn verloren." Mother Mary sprach das Offensichtliche sehr verständnisvoll aus, wobei Jeanny überrascht auf ihren Fuß zeigte, als hätte sie den Verlust gerade erst bemerkt.

Der Blick der drei Damen aus den unterschiedlichsten Altersschichten glitt hinüber zu den spielenden Kindern. Dort steckte ein einsamer Gummistiefel im Schlamm. Da der Stiefel, die Kinder und Jeannys Socken mittlerweile alle die Farbe des Matsches angenommen hatten, hielt es Mother Mary für an der Zeit, sich zu verabschieden und dort doch einmal nach dem Rechten zu sehen.

Julia macht sich wieder auf den Weg.

Victoria, Kanada, Herbst 2039

„Wie kamen Sie auf die Idee, die Wahlzettel erneut auszuzählen?"

Julia stand auf und ging zum Kamin. Frank hatte aus der letzten Glut des vergangenen Abends wieder ein moderates Feuer entfacht. Das Feuer selbst schien den Raum nicht wirklich aufzuheizen, es glühte und glimmte lediglich, so als diene es nur als Platzhalter für das richtige Feuer, zu dem es später vielleicht noch werden würde.

Sie drehte sich um und ging zurück zum Tisch. Allerdings setzte sie sich nicht, sie hatte das Bedürfnis, sich zu bewegen, und ging im Zimmer auf und ab, um diesem Drang nachzugeben und ihre Gedanken dabei zu ordnen.

„Wie gesagt", erklärte sie. „Einige Ideen aus dem Buch entwickelten eine erstaunliche Dynamik. So eben auch in diesem Fall. Und da sich bei einigen anderen Gelegenheiten bereits gezeigt hatte, dass die Thesen durchaus in der Praxis funktionierten, wurde hier letztendlich wieder einmal das System an sich provoziert. Und auf diese Provokation hin wurde natürlich eine Reaktion erwartet. Aber statt das als Chance zu sehen, verfiel das ‚Establishment' wieder in die typischen alten Verhaltensmuster. Der große Anteil der ungültigen Stimmen sollte totgeschwiegen werden. Den eigentlichen Vorwurf hier mache ich den Medien, denn die hätten viel kritischer nachfragen müssen.

Es gab also in der Woche nach der Wahl viele Forderungen, das Wahlergebnis noch einmal genauer zu betrachten. Und das nicht nur aus dem Umfeld der bisherigen Aktivisten. Die Sympathisanten der Thesen kamen mittlerweile aus den verschiedensten Schichten der Gesellschaft oder, wenn Sie so möchten, aus der Mitte. Und somit traf sich am Freitagmorgen eine Gruppe engagierter Bürger vor dem Rathaus, um einen genaueren Blick auf die Wahlunterlagen zu werfen."

Kildalough, Irland, Herbst 2019

Der Gewölbekeller war dunkel und eng. Die Stadtverwaltung hatte sich nicht die Mühe gemacht, die Wahlunterlagen hervorzuholen oder den Sitzungssaal zur Verfügung zu stellen. Schon die Entscheidung, ein erneutes Auszählen der Wahlscheine überhaupt zuzulassen, war erst gefallen, als sich an diesem Freitagvormittag immer mehr Bürger im Rathaus einfanden und genau dies forderten.

Es war einer dieser typischen Reflexe, unangenehme Tatsachen einfach so lange wie möglich zu ignorieren oder zu dementieren.

Da die Verwaltung den Zugang zum Archiv aus Sicherheitsgründen nur vier Personen auf einmal gestatten wollte, traf John kurzerhand eine Entscheidung, wer denn mitkommen sollte. Da niemand diese Entscheidung infrage stellte, fand sich Julia plötzlich, zusammen mit John, Mel B. und einem mittleren Verwaltungsangestellten, auf dem Weg in die Katakomben des Rathauses wieder. Sie hätte sich nicht gewundert, hier unten noch Fackeln und ein Schild mit der Aufschrift „Vorsicht, bissiger Leprechaun“ vorzufinden, aber auch so war die Atmosphäre nicht besonders einladend.

Der Verwaltungsangestellte händigte ihnen die Kartons mit den Stimmzetteln aus. Sein zerknirschtes Gesicht ließ darauf schließen, dass ihm die Situation peinlich war, er aber genaue Anweisungen von oben hatte. Da es weder Tische noch Stühle gab, machten die drei sich auf dem Fußboden daran, die Stimmzettel auszubreiten, während der Vertreter der Stadt in einer Ecke stand und sie nicht aus den Augen ließ. Es dauerte nicht lange, bis sie entdeckten, was alle schon vorher vermutet hatten.

„Bingo“, rief Mel B. freudig und hielt einen Stimmzettel in die Höhe.

Der anonyme Wähler hatte am Ende der Liste einen weiteren Kreis gezeichnet, diesen auch angekreuzt und daneben, sehr plastisch und durchaus mit etwas künstlerischem Elan eine Hand mit einem erhobenen Mittelfinger gezeichnet.

Auf anderen Stimmzetteln folgten weitere Variationen, die dem gleichen Muster folgten. Es gab Mittelfinger, die über den ganzen Wahlschein gezeichnet waren, manche waren bestimmten Kandidaten oder Parteien zugeordnet, manche waren eher klein und unscheinbar irgendwo am Rand platziert. Der Stapel wurde immer höher.

Da sie die Wahlzettel bisher nur stichprobenhaft kontrolliert hatten und der kalte Steinboden nicht bequemer wurde, fassten sie den

Entschluss, zuerst einmal fünfhundert Stimmzettel auszuwerten, um einen groben Anhaltspunkt zu bekommen. Alles Weitere würde sich dann ergeben.

Victoria, Kanada, Herbst 2039

Julias Bewegungsdrang war noch nicht gestillt. Sie umkreiste Sofa, Couchtisch und die beiden Lehnsessel, um sich nicht zu weit vom Mikrofon wegzubewegen.

„Bei der ersten Hochrechnung kamen wir auf fast 20 Prozent erhobene Mittelfinger."

„Kein besonders schönes Bild."

„Aber ein eindeutiges. Wenn jeder fünfte seiner Regierung den Finger zeigt, ist das ein mehr als deutliches Signal. Dazu kamen noch die, die sich nicht getraut oder sich einfach nur für das kleinere Übel entschieden hatten. Es gab einen eindeutigen Handlungsbedarf, um diese Kluft zwischen Politik und Bürgern wieder zu schließen."

„Trotzdem waren die Stimmen ungültig."

„Und sie blieben es auch. Allerdings relativierten sie das Ergebnis der Wahl. Denn, ob gültig oder nicht, wenn sie in das Ergebnis mit einbezogen wurden, änderte sich auf einmal alles."

Kapitel 22, Nothing Else Matters

Kildalough, Irland, Herbst 2019

Julia, Mel und John kamen fast zu spät zur Versammlung.

Während die beiden Frauen weiterhin Wahlscheine auszählten, hatte John lange versucht, mit der Stadtverwaltung einen Kompromiss für diese Nachprüfung auszuhandeln. Leider vergeblich, denn die Verantwortlichen hatten sich stur gestellt und beriefen sich auf gesetzliche Vorgaben, die keiner der Anwesenden hier und heute widerlegen konnte. Also blieb es dabei, sie konnten nur zu dritt arbeiten und mussten sich nach wie vor auf die viel zu engen Katakomben beschränken.

Trotzdem war die Stimmung gut, der erstaunlich hohe Anteil ungültiger, aber dennoch deutlich erhobener Mittelfinger begeisterte sie alle. War es doch ein deutliches Zeichen für die Thesen und gegen das System.

Diese Begeisterung galt es nun weiter hinauszutragen, das Problem an der Sache war nur, dass die beste Gelegenheit dafür die heutige Versammlung der jungen Volkslobbyisten in der Kirche war. Und die fand bereits in einigen Stunden statt, die Zeit war also mehr als knapp.

Johns Vorstoß, die Wahlscheine im Sitzungssaal mit mehreren Helfern auszuzählen, war ja bereits gescheitert. Außerdem hatten sich im Rathaus schon gegen Mittag alle Entscheidungsträger ins Wochenende verabschiedet. Um 14 Uhr würde auch der Rest der Verwaltung den Laden übers Wochenende dichtmachen. Der einzige Lichtblick an diesem Nachmittag war der Verwaltungsmitarbeiter, der im Keller als Aufpasser fungierte.

Als die Uhr im Kellergewölbe fast 13.30 Uhr anzeigte, stellte er, ohne mit der Wimper zu zucken, kurzerhand die Zeiger zwei Stunden zurück und ließ John mit den beiden Frauen eine Weile allein, um später mit vier Tassen Kaffee zurückzukommen. Bei der ganzen Vorstellung schaffte er es, nicht einmal mit der Mine zu zucken.

Gegen halb fünf hatten sie etwa zwei Drittel der Stimmen ausgezählt. Da die Zeit drängte, beschlossen sie, dass das für eine erste Hochrechnung reichen musste, und machten sich auf zur Kirche.

Die Kirche war voll. Nicht nur voll im Sinne von jeder Sitzplatz war besetzt, sondern voll in der puren Essenz des Wortes „voll". Im Gang und sogar hinter dem Altar waren Menschen aller Altersgruppen versammelt und auf der Empore hatten es einige Kamerateams geschafft, sich durch die Menschenmenge nach vorn zu drängen.

Julia versuchte, die Anzahl der Anwesenden zu überschlagen, musste aber aufgeben, ohne auch nur ansatzweise zu einem Ergebnis zu kommen.

Es war gut, sie hatten die Massen mobilisiert, die Frage war nur, ob die jungen Organisatoren diese Masse auch im Zaum halten konnten oder ob ihnen heute Abend alles um die Ohren flog. Mel B. schien der gleichen Meinung zu sein. Ihr Gesichtsausdruck wirkte durchaus angespannt, als sie sich wortlos mit einem Zwinkern verabschiedete und nach vorn in Richtung Altar ging, wo sich der Rest des KGB schon versammelt hatte.

Julia und John blieben in der Nähe der Tür stehen. Sie versuchte, George in der Menge zu finden, was ihr auch nach einigem Suchen gelang, und sie winkte ihn zu sich herüber. Es erstaunte sie kaum, dass er mit Paul im Schlepptau bei ihnen ankam. Der hatte sein Kommen zwar nicht angekündigt, es hätte sie aber doch überrascht, wenn er sich dieses Spektakel hätte entgehen lassen.

Das Mädchen, das bereits bei der Kirchenbeiratswahl und der Bürgerversammlung gesprochen hatte und deren Namen Julia nun endlich herausfinden musste, trat ans Mikrofon.

„Äh, hallo. Ich freue mich sehr darüber, dass heute so viele gekommen sind. Wow, das ist ja wirklich eine ganze Menge. Aber darum ging es ja." Auch sie wirkte längst nicht mehr so souverän wie bei den anderen Veranstaltungen. Sie fing sich jedoch schnell. „Ich darf euch auf jeden Fall herzlich zur Gründungsveranstaltung unserer kleinen Vereinigung begrüßen, die ja noch nicht einmal einen Namen hat, doch dazu komme ich später noch. Der Grund, weshalb wir uns heute treffen, ist der, dass wir alle etwas verändern möchten, weil ..."

Jemand rief etwas von der Empore herunter. Es war nicht zu verstehen, was er rief, aber der Tonfall machte deutlich, dass er dem Zweck der heutigen Versammlung, gelinde gesagt, eher skeptisch gegenüberstand.

„Nun, es wäre verwunderlich, wenn wir hier alle der gleichen Meinung wären. Und das ist okay, aber die vergangenen Wochen haben gezeigt, dass unsere Aktionen Korruption …"

„Betrogen habt ihr." Dieser Zwischenruf war deutlicher. Eine Frau mittleren Alters, die gar nicht weit von Julia entfernt stand, hatte die Ansprache unterbrochen und sie war noch nicht fertig. „Von wegen achthundert Mitglieder, das war alles gelogen. So habt ihr …" Ihre Empörung war so groß, dass sie für einen Moment nicht wusste, wie sie sich ausdrücken sollte. „… alle … anderen … auf ganz billige Weise ausgetrickst."

„Wir haben nur Schwachstellen im System aufgedeckt", erwiderte das Mädchen nun, deutlich in der Defensive. „Wir möchten nur dabei helfen, alles zum Besseren zu verändern. Wir engagieren uns ja selbst aktiv im Kirchenbeirat."

„Ihr habt die Kirche lächerlich gemacht und jetzt wollt ihr landesweit alle Kirchenratsmitglieder mit euren Leuten ersetzen." Diesmal rief ein Mann dazwischen, weiter vorn.

„Und dann wollt ihr mit euren liberalen Ideen die Kirche im Auftrag der Zionisten von innen her zerstören." Diese wirre These kam wieder von der Empore, doch die dazugehörige Dame hatte ein dermaßen lautes Organ, dass sie auch ohne Mikrofon in der ganzen Kirche verstanden wurde.

Vorn herrschte Stille. Die KGB-Mitglieder schienen sich durch bloßen Blickkontakt zu verständigen. Als alle nickten, trat die junge Frau wieder ans Mikrofon.

„Wir sind, oder besser gesagt, werden eine basisdemokratische Organisation sein. Bei uns erhält jeder das Recht, sich zu äußern. Jedoch nicht anonym aus der Masse heraus. Außerdem sollten natürlich gewisse Regeln befolgt werden, zum Beispiel unterbrechen wir niemanden, der gerade spricht. Wenn Sie sich aber trauen, hier hochzukommen, und uns sagen, wer Sie sind und was Sie auf dem Herzen haben, dann bitte." Sie machte eine einladende Geste.

Sofort machten sich einige Personen auf den Weg zum Altar. Julia hatte vier Zwischenrufe gehört, vorn standen aber plötzlich sechs Personen. Anscheinend war die Aussicht, vor einem großen Publikum zu sprechen, für einige Leute einfach zu verlockend gewesen.

Julia befürchtete, dass es ein langer, zäher Abend werden würde. Sie sah zu John. Auch der seufzte resigniert. Seine Vorhersage, dass verschiedene Interessengruppen die Bewegung zerreißen würden, schien heute Abend wahr zu werden.

Vorn hatte Gary B. vom Kirchenrat übernommen. Er hielt jedem der sechs Wutbürger ein Mikro unter die Nase, damit diese sich vorstellen konnten. Von links nach rechts standen da eine besorgte Bürgerin, ein strammer Nationaler, ein katholischer Hardliner, eine Verschwörungstheoretikerin, ein besorgter Bürger und einer, der die Ketten der Verblendung abgeworfen hatte und nun alles klar durchschaute. Zumindest war das der Eindruck, den sie, gemessen daran, was sie sagten, auf Julia machten. Bis auf den Letzten, der wortwörtlich sagte, er habe die Ketten der Verblendung abgeworfen und sehe jetzt alles klar. Er war auch der Einzige, dessen Gesichtsausdruck nicht so angespannt wirkte. Anscheinend hatte das Abwerfen der Ketten der Verblendung eine durchaus entspannende Wirkung.

Nachdem die kurze Vorstellungsrunde beendet war, gab Gary B. das Mikrofon an die Verschwörungstheoretikerin ab. Sie nutzte die Gunst der Stunde und begann einen langatmigen Monolog darüber, wie die zionistische Weltverschwörung die Bevölkerung Europas umvolken wolle und welche Rolle die jüngsten Entwicklungen in Kildalough dabei spielten.

Der Vortrag war wirr und holprig und so schaltete Julia etwas genervt ab und konzentrierte sich auf den Hintergrund, denn dort schien etwas vorzugehen. Es wurden eine Leinwand aufgebaut und ein Beamer in Position gebracht. Einige Mitglieder des KGB kamen aus der Sakristei und tauschten geflüsterte Informationen und geschriebene Notizen aus.

Ganz hinten stand Mother Mary, die sich in das Geschehen nicht weiter einmischte, es aber durchaus wohlwollend beobachtete. Vielleicht war Julias erster Gedanke ja voreilig gewesen und sie hatten doch noch ein Ass im Ärmel.

Als sich die KGB-Mitglieder soweit verständigt und geeinigt hatten, trat das Mädchen auf die Sprecherin zu und versuchte, sie in ihrem Monolog zu unterbrechen. Was sich als nicht ganz einfach erwies, denn zum einen war das für sie natürlich eine einmalige Gelegenheit – so viel Publikum würde sie so schnell nicht wieder bekommen. Zum anderen hatte sie sich dermaßen in sehr konstruiert wirkenden Nebensächlichkeiten verstrickt, dass sie es zuerst gar nicht merkte, als sie unterbrochen wurde.

Selbst hartnäckiges Pochen auf ihre Schulter kam bei ihr erst zeitversetzt an, doch schließlich senkte sie das Mikrofon und schwieg zumindest für einen Moment.

„Gertrud, vielen Dank für deine Meinung." Das Mädchen nutzte die Gelegenheit und ergriff nun wieder das Wort. „Ich sehe, du bist sehr beunruhigt. Könntest du uns zum besseren Verständnis bitte sagen, woher du diese Informationen hast?"

Gertrud hob das Mikro kurz zum Mund, ließ es jedoch wieder sinken. Anscheinend hatte ihr Mut sie, zumindest kurzfristig, verlassen.

„Vieles wird ja gerade in den sozialen Netzwerken diskutiert. Nutzt du die auch, um dir eine Meinung zu bilden?"

Gertrud nickte etwas unsicher, sagte jedoch auch weiterhin nichts.

„Kennst du die Gruppe ‚Sheeplesawake.IE'?"

Nun fand Gertrud ihre Sprache wieder.

„Dort wird endlich Klartext gesprochen. Alles, was in den gleichgeschalteten Medien nicht gesagt werden darf. Da schreiben Insider, Whistleblower, die damit ihre Freiheit aufs Spiel setzen. Die Menschen müssen endlich aufwachen und wieder klarsehen. Denn sie werden die ganze Zeit nur von den dunklen Mächten beeinflusst."

Das Mädchen ohne Namen nickte.

„Das stimmt allerdings, wir alle werden beeinflusst."

Plötzlich projizierte der Beamer ein Bild auf die Leinwand. Darauf waren Forenbeiträge und die Kommentare darunter zu sehen. Das Mädchen legte den Arm um Gertruds Schultern, zum einen, um sie umzudrehen, zum anderen wirkte es aber auch, als wollte sie ihr Halt geben für das, was jetzt kam.

„Gertrud, es stimmt. Alle werden beeinflusst. Und es fällt mir jetzt sehr schwer, dir das zu sagen, aber wir“, sie deutete auf die anderen KGB-Mitglieder, „wir haben Sheeplesawake.IE gegründet und online gestellt. Um zu zeigen, wie leicht alle möglichen Interessengruppen die öffentliche Meinung beeinflussen können.“

Sie gab Gary B. ein Zeichen, darauf wechselte das Bild und es erschien eine Liste der Administratoren der Seite. Zwar hatte keiner der aufgelisteten Personen seinen echten Namen benutzt, aber auf den Profilfotos waren deutlich einige Mitglieder der jungen Admins zu erkennen.

Gertrud schüttelte nur ungläubig den Kopf. Mel B. ging zu ihr und nahm sie zur Seite, um leise mit ihr zu reden, während das Mädchen sich wieder dem Publikum zuwandte.

„Wir haben für etwa 200 Euro Follower und Chatbots gekauft. Alle Inhalte dort sind rein fiktiv. Mit einigen Euros haben wir so Klicks und Likes im fünfstelligen Bereich erzielt und das ohne jegliche Substanz. Natürlich haben wir das alles genau dokumentiert, auf ‚Oh Deer‘ gibt es ab sofort mehr Informationen darüber.“

Sie wandte sich dem Nächsten in der Reihe zu, dem stramm Nationalen. Der stand mit Schnürstiefeln, Lederjacke und Seitenscheitel da und grinste zwar etwas angespannt, aber auch arrogant, so als wäre er fast überzeugt davon, dass ihm keiner etwas könne.

„Liam.“ Sie musste zu ihm hochsehen, denn er war einen guten Kopf größer als sie. Jegliche Empathie war aus ihrer Stimme gewichen, dafür blitzte jetzt Kampfeslust in ihren Augen.

Julia beobachtete die Szene von ihrem Platz aus und hoffte, dass Liam das Mädchen endlich einmal mit ihrem Namen ansprach. Es machte sie wahnsinnig, den nicht zu wissen. Aber er tat ihr den Gefallen nicht, er starrte sein Gegenüber lediglich an. Es war sehr deutlich, dass sich hier zwei absolut gegensätzliche Charaktere gegenüberstanden.

„Liam engagiert sich bei verschiedenen identitären Gruppen.“

„Erzähl doch was Neues, die ganze Stadt weiß das doch längst. Und ein wenig Patriotismus würde dir auch nicht schaden“, entgegnete Liam nur.

„Der Ehrlichkeit halber sollte ich sagen, dass wir uns schon länger kennen. Und es dürfte keine Überraschung sein, dass wir zwei ziemlich gegensätzliche Anschauungen haben."

Er lächelte nur. Er lächelte auch weiter, als sie ihn einfach links liegen ließ und zum Nächsten in der Reihe ging. Es war der besorgte Bürger.

„Keine Angst", beruhigte sie ihn, als sie seinen mittlerweile doch etwas verunsicherten Blick sah. „Wir haben nicht in Ihrem Privatleben geschnüffelt. Ich möchte hier noch einmal deutlich sagen, dass wir das bei keinem gemacht haben. Alle Informationen, die wir hier zeigen, über Personen, über Chatgruppen und Webseiten sind jederzeit im Internet zugänglich. Für jeden, der sie nur finden möchte."

Der Mann entspannte sich etwas.

„Sie sagten, Sie machen sich Sorgen. Und ich möchte Ihnen versichern, die machen wir uns auch, und vielleicht sind wir mit unseren Meinungen gar nicht so weit voneinander entfernt." Sie wandte sich an die besorgte Bürgerin.

„Mary Jane, Sie machen sich auch große Sorgen?"

Doch Mary Jane hatte keine Lust auf Spielchen, sie riss das Mikrofon an sich und begann, darauf loszuschimpfen. Über die Regierung, das staatliche Fernsehen, die Kirche. Über das Finanzamt, das Sozialamt, die Stadtverwaltung. Über ihre Nachbarn, eine bekannte Fast-Food-Kette, noch mal die Regierung. Erst als sie bereits zum zweiten Mal beim Finanzamt angekommen war, bemerkte sie, dass, entgegen ihrer Annahme, niemand versucht hatte, sie zu unterbrechen. Eine völlig neue Situation für sie und so musste sie sich erst einmal geistig sammeln, da sie einen Großteil ihrer Munition in einem wahren Feuerwerk aus Vorwürfen, Hasstiraden und einem allgemeinen Rundumschlag verschossen hatte.

„Ich weiß ...", setzte das Mädchen an, aber anscheinend hatte sie Mary Jane falsch eingeschätzt, denn die baute sich drohend vor ihr auf und fing sofort wieder mit einer Schimpftirade an.

„Gar nichts wisst ihr. Woher auch? Ihr jungen Leute glaubt, die Weisheit mit Löffeln gefressen zu haben. Nehmt doch mal eure Scheuklappen ab und geht für den Mindestlohn arbeiten, zahlt Steuern und Miete, anstatt großspurig Versammlungen in dieser Scheißkirche hier zu ..."

Der Priester war plötzlich aus dem Hintergrund aufgetaucht und hatte ihr das Mikrofon abgenommen.

„Entschuldigung, dass ich mich einmische. Aber schließlich bin ich hier ja so etwas wie der Hausherr, wenn auch nur in Vertretung, solange der Dekan ... indisponiert ist. Und auch wenn mir klar ist, dass es sich hier um eine weltliche Veranstaltung handelt, möchte ich doch um etwas Respekt bitten, denn es ist immer noch ein Ort der Besinnung und der Begegnung. Ich bitte, auf weitere Beschimpfungen zu verzichten."

Der Priester sah in die Runde. In der ganzen Kirche war Ruhe eingekehrt und auch Mary Jane hatte den Blick gesenkt.

„Danke. Und ich möchte Ihnen versichern, ich verstehe Ihre Wut. Ich verstehe Ihre Unzufriedenheit. Letztendlich sind wir deswegen hier. Wir alle haben das Gefühl, in einer Welt zu leben, die aus den Fugen geraten ist. Und nicht zu Unrecht. Vor nicht allzu langer Zeit haben einige gierige Banker durch ihre Zockerei eine weltweite Krise ausgelöst. Bezahlt hat das der Steuerzahler. Auch hier in Irland. Folgen für die Verantwortlichen: keine. Änderungen im Finanzsystem: keine. Höchstens etwas Kosmetik.

Die britische Regierung hat sich durch gezielte Lügen eine Mehrheit im Unterhaus und den Brexit erschwindelt. Mit der Unterstützung einiger großer Verlagshäuser übrigens, für die das Ganze ordentlich Auflage brachte. Die Folgen: keine. Wir wurden von der Autoindustrie systematisch betrogen. Große Konzerne zahlen hier, entgegen EU-Recht übrigens, so gut wie keine Steuern. Und ich möchte erst gar nicht davon anfangen, wie salonfähig schamloses Lügen bei einigen mehr oder weniger demokratisch gewählten Staatsoberhäuptern geworden ist.

Ich verstehe also diese Wut, die letztendlich ausdrückt, wie machtlos und, Sie verzeihen mir diesen Ausdruck, verarscht wir uns vorkommen."

Bei dem Wort „verarscht" ging ein allgemeines Nicken durch die Kirche.

Der Priester blickte kurz demütig nach oben, um sich für seine Wortwahl zu entschuldigen. „Und somit verstehe ich es auch, wenn jemand an für mich eher unwahrscheinliche Dinge wie eine Weltverschwörung oder an Chemtrails glaubt. Wie gesagt, ich glaube absolut nicht daran, aber ich verstehe, dass einige Menschen diese abstrusen Theorien für möglich halten. Denn zu viele schwer zu glaubende Tatsachen sind in den letzten Jahren ans Licht gekommen.

Wikileaks, Panama Papers, der Einfluss von russischen und chinesischen Hackern auf den Wahlkampf weltweit. All das hätte ich vor einigen Jahren noch als Spinnerei abgetan, heute ist es Realität.

Und um das zu ändern, um eine Kehrtwende einzuleiten, um deutlich zu sagen, was wir als Volk wirklich von der Politik erwarten, müssen wir handeln. Wir dürfen nicht darauf vertrauen, dass sich alles von selbst regelt, wir müssen unser Schicksal in die eigene Hand nehmen. Vielleicht auch mal auf unkonventionellen Wegen. Nicht nur schimpfen, lamentieren und uns beschweren. Wir ..."

Der Zwischenruf kam etwas zögerlich und war somit kaum zu verstehen. Er kam von Liam, dessen arrogantes Grinsen mittlerweile einem arroganten Schmollen gewichen war. Der Priester hielt ihm das Mikrofon hin.

„Junger Mann, haben Sie eine Frage dazu?"

„Wo ist Ihre Legitimation? Wie können Sie diese Versammlung hier als Bewegung bezeichnen? Letztendlich haben sich hier doch nur ein Haufen Schaulustige versammelt, um zu sehen, wie diese ganze Sache heute Abend scheitert."

Julia knuffte John in die Seite.

„Geh. Jetzt!", sagte sie. „Du musst da hoch."

John sah sie für eine Sekunde verständnislos an. Dann begriff er und lief los. So schnell es ging, bahnte er sich den Weg nach vorn, wo ihm der Priester nur kurz zunickte und ihm wortlos das Mikro überließ.

„Guten Abend." John war von seinem kurzen Sprint etwas außer Atem und musste erst einmal tief Luft holen.

Er nickte auch Liam zu und über sein Gesicht schien dabei ganz kurz so etwas wie ein schelmisches Grinsen zu huschen.

„Ich komme ohne die üblichen Floskeln gleich zum Punkt", sagte er. „Es stellte sich die Frage nach der Legitimation. Ich darf also verkünden, und ich sage das durchaus mit Stolz, wir haben heute nochmals einen genaueren Blick auf die Wahlscheine geworfen und dabei festgestellt, dass sich etwa 20 Prozent der Stimmberechtigten, anstatt sich für einen Kandidaten zu entscheiden ..." John genoss den Spannungsbogen sichtlich, den er mit seiner kurzen Pause aufbaute. „Nun, etwa jeder Fünfte hat sich dafür entschieden, seinen Unmut über die aktuelle Situation mit einem erhobenen Mittelfinger zu kommentieren."

Es dauerte einen Moment, bis diese Tatsache, oder besser gesagt, die Symbolik dieser Tatsache in den Köpfen der Anwesenden ankam. Wieder ging ein Raunen durch die Kirche.

„Mir ist auch klar, dass dieser Fingerzeig nicht sehr elegant ist. Trotzdem, oder gerade deswegen, ist das Ergebnis sehr eindeutig. Da dies eine der Thesen des Buches war und zusammen mit anderen Thesen, Problem- und Fragestellungen zu dieser heutigen Versammlung geführt hat, sehe ich durchaus eine Daseinsberechtigung für diese Bewegung."

John warf einen Seitenblick auf Liam, der weiterhin arrogant schmollte. „Und ich denke, alles Weitere wird eine einfache Abstimmung ergeben."

In der Kirche wurde es laut. Applaus, Pfiffe und Gemurmel bildeten eine Geräuschkulisse, die zumindest einige der vorn versammelten Zwischenrufer dazu nutzten, sich unauffällig aus dem Fokus der Versammlung zurückzuziehen und dem aufziehenden Gegenwind zu entkommen. Übrig blieben lediglich Liam, der zwar verkrampft, aber dennoch entschlossen wirkte, und Neil, der die Ketten der Verblendung abgeworfen hatte und nun alles klar durchschaute. Im Gegensatz zu Liam wirkte er durchaus entspannt, wenn auch geistig eher abwesend.

Es dauerte eine Weile, bis sich John wieder Gehör verschaffen konnte. Die Stimmung in der Kirche hatte sich gedreht. Zum Positiven, diesen Eindruck hatte zumindest Julia. Das Ergebnis der zweiten Auszählung hatte die Anhänger der Aktivisten beflügelt und anscheinend auch den ein oder anderen Skeptiker mitgerissen.

Einige andere hatten die Kirche inzwischen verlassen, da sie anscheinend doch mehr Gegenwind abbekommen hatten als erwartet.

„Bevor ich zum Punkt komme." John hatte es geschafft, wieder halbwegs für Ruhe zu sorgen. „Gibt es heute wieder ein Politiker-Bingo oder einen Preis, von dem ich wissen sollte?" Er sah zu den KGB-Mitgliedern, die unisono den Kopf schüttelten. „Gut. Ich werde trotzdem versuchen, mich relativ normal auszudrücken."

Der erwartete Lacher blieb aus, die Menge war einfach zu gespannt. John atmete tief durch. Taffes Publikum.

„Na gut. Ich glaube nicht, dass irgendjemand hier schon realisiert hat, was diese leider ungültigen 20 Prozent bedeuten.“ Wieder ging ein empörtes Raunen durch die Kirche. „Denn erst einmal ändern sie gar nichts. Rechtlich gesehen bleiben die Stimmen ungültig.“

Einige Pfiffe ertönten. John hob die Hände, um die Menge zu beruhigen. „Und trotzdem ...“ Es dauerte noch einen Moment, bis er weitersprechen konnte. „Und trotzdem wäre es für einen Politiker äußerst unklug, dieses, nun, ich würde ja schon von einem Misstrauensvotum sprechen, zu ignorieren. Aber erst einmal möchte ich auf etwas anderes hinaus. Wir müssen uns das Ergebnis der Wahl nämlich noch einmal genauer ansehen.“ Er wandte sich suchend um. „Tony, würdest du bitte ...“

Tony stand zögerlich auf und machte sich auf den Weg nach vorn. Es war ihm deutlich anzusehen, dass er sich dabei nicht sonderlich wohl in seiner Haut fühlte.

John hatte damit begonnen, etwas in sein Smartphone zu tippen. „Haben wir hier einen Laptop mit dem Beamer verbunden?“

Einige KGB-Mitglieder verschwanden nach hinten und kurz darauf erschien eine Windows-Oberfläche auf dem Bildschirm.

„Okay, ich würde nur gerne mal die Wahlergebnisse grafisch darstellen. Das waren bei Tony 58 Prozent, bei mir 24 Prozent und beim Rest bleiben dann noch 18 Prozent, die wir aber momentan außer Acht lassen können.“

Es dauerte einen kurzen Augenblick, dann erschienen die Werte auf dem Bildschirm.

„Bei diesem Ergebnis wurden aber nur die gültigen Stimmen berücksichtigt. Wenn wir jetzt diese 20 Prozent als gültige Stimmen behandeln ...“ Er sah hinüber zu Tony, der wie versteinert da stand. „Dreisatzrechnen ist bei uns beiden schon eine Weile her“, sagte er augenzwinkernd in Richtung Tony, ohne dabei ernsthaft eine Reaktion zu erwarten.

Er tippte weiter Zahlen in sein Smartphone, kratzte sich dabei am Hinterkopf und machte wie wild Notizen auf einem Zettel. Schließlich blickte er hoch.

„Okay“, begann John, „ich muss gestehen, ich bin vorher noch nicht dazu gekommen, es auszurechnen. Aber wenn wir es so betrachten, dann ändert sich wirklich einiges. Zum Beispiel mein Ergebnis. Ich hatte ja 24 Prozent von 80 Prozent der Stimmen, da die ‚ungültigen‘ nicht mitgerechnet wurden.“ Bei dem Wort „ungültig“ hatte John mit Zeige- und Mittelfinger beider Hände die Anführungszeichen in die Luft gemalt. „Wenn wir die aber mitrechnen, dann werden aus meinen 24 Prozent nur noch 19,2 Prozent.“

Er blickte zur Leinwand und kurz darauf erschien das Ergebnis dort in einer zweiten Spalte. John lächelte, als er nochmals die Zahlen auf seinem Notizzettel überflog. „Dann mach‘ ich es mal spannend. Bei den sonstigen Stimmen werden aus 18 Prozent nun 14,4, die 20 Prozent der erhobenen Finger bleiben so bestehen, was bedeutet, für Tony bleiben noch ...“ Er machte eine Kunstpause. „46,4 Prozent.“

Victoria, Kanada, Herbst 2039

„Tony hatte keine Mehrheit. Sein Stimmanteil relativierte sich auf unter 50 Prozent, wenn die ‚ungültigen‘ Stimmen mitgerechnet wurden. So etwas hatte es für die Konservativen in diesem Wahlkreis noch nie gegeben. Doch auch hier galt wieder, rechtlich war das nicht ausschlaggebend.

Das Wahlrecht funktioniert bei einer Abgeordnetenwahl ohnehin anders, aber im Buch war ja auch die Frage aufgetaucht, ab wann denn eigentlich von einem Willen des Volkes die Rede sein konnte. Und wenn zusätzlich die Wahlbeteiligung von etwa 70 Prozent noch mit eingerechnet wurde, dann relativierte sich das Ergebnis erneut.

Konkret sah das dann folgendermaßen aus: Von tausend Wahlberechtigten haben 30 Prozent nicht gewählt, es bleiben also siebenhundert übrig. Von denen haben sich hundertvierzig für einen erhobenen Mittelfinger entschieden und etwa dreihundertvierundzwanzig für Tony. Hier von einem klaren Mandat zu sprechen, war schon fragwürdig.“ Julia sah zu Frank hinüber, der einfach nur dasaß und lächelte. Sie zog eine Augenbraue hoch. „So wurden die Stimmen damals gezählt. Das war eine von vielen Veränderungen, an denen wir mitgewirkt haben, aber mir persönlich war gerade dieser Punkt sehr wichtig."

„Hat es denn wirklich so viel bewirkt, den Auszählungsmodus zu verändern?"

„Zumindest hat es die Selbstgefälligkeit einiger Politiker etwas geerdet und wieder mehr Demut in das Mandat gebracht."

Kildalough, Irland, Herbst 2019

Alle redeten durcheinander und erst einmal unternahm niemand etwas dagegen, denn die Veröffentlichung dieses Ergebnisses barg natürlich ein großes Diskussionspotenzial.

Nachdem das aufgebrachte Gemurmel langsam in ein gelöstes Plappern überging, griff der Priester vorn erneut zum Mikrofon, um für Ruhe zu sorgen. Als die wieder hergestellt war, gab er das Mikro John.

„Nun, Tony, es wurde lange genug diskutiert, wer auf dem richtigen Weg sei und welche Zeichen es für einen Kurswechsel bedarf. Ich möchte gar nicht mehr dazu sagen. Denn eines ist klar: Ich habe die Wahl verloren. Die Frage ist nun: Hast du sie gewonnen?" John zog sich in den Hintergrund zurück und plötzlich wirkte Tony seltsam allein in der überfüllten Kirche.

Er blickte nach oben. Etliche Objektive waren von der Empore aus auf ihn gerichtet. Die Welt schaute auf Kildalough und sie hatte ihn im Fokus.

Tony räusperte sich.

„Danke. John. Für diese Zahlen."

Auch immer mehr Smartphones wurden nun erhoben und auf ihn gerichtet. Auf der Leinwand hinter ihm erschien Tony noch mal, überlebensgroß und live gestreamt auf Ohdeer.com.

„Nun, diese Zahlen. Das Wahlergebnis. Es wäre, nun, ich möchte nicht um den heißen Brei herumreden. Es wurde deutlich gemacht, dass es eine große Unzufriedenheit gibt. Eine Kluft zwischen den Menschen und einer Politik, die anscheinend nicht mehr weiß, was die Mitte der Gesellschaft braucht, was sie denkt, was sie antreibt. Ein Fehler im System, den es zu beheben gilt. Da das alles in meinem Buch beschrieben ist, möchte ich diese historische Chance nutzen und ...“

Victoria, Kanada, Herbst 2039

„Tony hat letztendlich doch den Zeitgeist verstanden und eine 180-Grad-Wende hingelegt. Er hatte auch keine andere Möglichkeit. Also hat er sein Fähnchen in den Wind der Veränderung gehängt und es so aussehen lassen, als wäre das alles von Anfang an sein Plan gewesen.“

„Ist das nicht eine übertrieben scharfe Kritik an ihm? Immerhin hat er in seiner politischen Laufbahn einige eindrucksvolle Leistungen erbracht.“ Frank sah sie herausfordernd an.

Julia sah herausfordernd zurück.

„Er hat großartige Leistungen vollbracht, weil er letztendlich auf seine Wähler hörte. Basisdemokratisch. Der Wahlkreis hat flächendeckend über die verschiedensten Themen diskutiert. Das Ergebnis wurde dem Abgeordneten mitgeteilt und der hat es zumindest in seine Entscheidungen mit einfließen lassen. Es kam durchaus vor, dass er sich gegen die vorherrschende Meinung stellte. Wenn das der Fall war, hat er aber seinen Standpunkt gegenüber seinen Wählern erklärt, hat ihnen seine Beweggründe dargestellt. Mehr Demokratie geht nicht. Deswegen hat sich dieses System auch durchgesetzt.“

„Das war bestimmt ein interessanter, historisch bedeutsamer Abend?“

„Ja, und er war noch lange nicht vorbei.“

Kildalough, Irland, Herbst 2019

Nachdem Tony endlich angefangen hatte zu reden, schien es, als wolle er nicht mehr damit aufhören. Als er sich schließlich in Details verlor, ging das unbekannte Mädchen zielsicher auf die Bühne und schnitt ihm das Wort ab.

„Danke, Tony. Unser Mann in Dublin.“

Tony schaute kurz irritiert, die spezielle Betonung des Wortes „unser" hatte ihn aufhorchen lassen. Schließlich bemerkte er, dass er nun irgendwie im Weg war und zog sich in den Hintergrund zurück.

„Nun, zur Gründung einer Vereinigung, was ja das eigentliche Ziel der heutigen Veranstaltung ist, gehört natürlich die Wahl einer Art Vorstandschaft. Und eines oder einer Vorsitzenden. Wir, die ..."

„Wieso werde ich das Gefühl nicht los, dass nach deinem Plan diese Vorstandschaft aus lauter linksgrünen Gutmenschen aus dem Kirchenrat bestehen soll?" Liam hatte noch nicht aufgegeben und sich einfach seitlich an das Mikro gedrängt. Sein Schmollen war wieder einem Grinsen gewichen.

Das Mädchen fixierte ihn mit bösem Blick. Ihr Gesichtsausdruck war starr, aber irgendwie schien darunter ein sarkastisches Lächeln seinen Weg an die Oberfläche zu suchen.

„Liam, ich möchte dir für dein Engagement danken, du hast deinen Teil erfüllt und kannst jetzt gehen", sagte sie schließlich und hielt ihm zwei Fünfziger hin, die er aber nicht annahm, sondern nur entgeistert ansah. „Liam ist nämlich keinesfalls zufällig hier, wir haben ihn engagiert, um die Veranstaltung möglichst lange zu stören."

Sie wandte sich vom Publikum zur Leinwand, auf der jetzt ein Chatverlauf zu sehen war. Es handelte sich um ein Gespräch zwischen „Alt-Right-Clint" und „LiamG87". Der Inhalt war eindeutig, Alt-Right-Clint gab sich als besorgter amerikanischer Bürger aus, dem das Wohlergehen seiner irischen Heimat am Herzen lag und der dem „gelenkten Mob linksgrünversiffter Gutmenschen" etwas entgegenstellen wolle. „LiamG87" sei ihm von einem gemeinsamen, gleichgesinnten Freund empfohlen worden und so hoffe er, dass Liam auf der geplanten Veranstaltung seinen Beitrag zur Unterbindung linkspopulistischer Fake News leisten würde.

Als kleine Aufwandsentschädigung bot er 150 Euro an, fünfzig davon waren schon vorab auf ein PayMate-Konto überwiesen worden. Liam konnte also sicher sein, dass es sich hier um ein absolut ernsthaftes Anliegen handelte. Zum Schluss wurden noch einige Folgeaufträge in Aussicht gestellt, für die dann auch der Unkostenbeitrag etwas höher ausfallen würde.

Liams Antworten im Chat waren kurz, eindeutig und voller Rechtschreibfehler. Als er realisierte, was dort auf der Leinwand gezeigt wurde, verschwand sein ohnehin schon verkrampftes Grinsen und purer Hass machte sich breit.

„Ihr wollt mir hier etwas unterstellen. Das ist wieder typisch für euch Gutmenschen, alle, die nicht in euer Bild passen, werden mundtot gemacht."

Mel B. trat mit einem Smartphone in der Hand vor. Etwas zu theatralisch drückte sie auf das Display. Kurze Zeit später erschien in dem Chatverlauf auf der Leinwand eine neue Zeile.

„Hallo, Liam, gute Arbeit heute, aber ich denke, es wird doch kein weiteres Engagement geben." Gleichzeitig ertönte aus Liams Hosentasche ein eindeutiges Signal, das das Eintreffen einer neuen Nachricht verkündete.

Liam sah sich um, als würde er von irgendwoher Zustimmung erwarten. Die blieb jedoch aus.

„Ich weigere mich, diese ... Menschen hier als Autorität anzuerkennen."

„Wir haben ja noch gar niemanden gewählt. Aber das wird eine basisdemokratische Vereinigung werden, also." Sie wandte sich an die Versammlung. „Wer stimmt für Liam als Mitglied im Rat?"

Irgendwo weiter hinten stand eine Person auf, streckte die Hand in die Höhe und rief laut „Liam!"

Das Mädchen kniff die Augen zusammen, um zu sehen, wer für ihn gestimmt hatte. „Eine Stimme von deinem Bruder Noel, wie ich sehe. Ich fürchte, das wird nicht reichen."

Liam sah sich noch einmal um, immer noch verzweifelt auf der Suche nach Zustimmung. Da er aber nur in Gesichter sah, die ihm ablehnend entgegenblickten, wurde auch ihm klar, dass es für ihn hier eindeutig nichts mehr zu gewinnen gab. Schließlich stürmte er hinaus, wobei er auf dem Weg noch seinen Bruder einsammelte und beim Verlassen der Kirche die Tür mit einem lauten Knall hinter sich zuwarf.

Das Echo hallte noch lange in dem hohen Kirchengebäude nach und traf dabei auf eine unausgesprochene Übereinkunft, die besagte, dass Liams Abgang wohl keine große Lücke hinterlassen würde.

Nun ergriff Mel B. das Mikro.

„Ich denke, das war ein gutes Beispiel dafür, wie eine Minderheit versucht, die öffentliche Meinung zu beeinflussen. Und leider gelingt das auch allzu oft, weil eben meist die, die am lautesten sind, am ehesten wahrgenommen werden. Und das kann nur vermieden werden, wenn wir eben mehr als nur repräsentative Umfragen machen. Wir müssen alle nach ihrer Meinung fragen. Und selbst wenn es euch egal ist, bitte, sagt es uns. Das ist wichtig, weil jemand, der dagegen ist, immer eine andere Dynamik entwickelt. Und wer keine Widerworte hört, der fühlt sich nur in seiner Meinung bestätigt, selbst wenn er in der Minderheit ist. Das Schweigen der Masse führt also letztendlich dazu, dass sich Radikale an allen Rändern der Gesellschaft auch noch bestätigt fühlen.

Doch nun möchte ich ..."

Der schrille Pfiff einer Trillerpfeife ertönte und wurde umgehend von den Kirchenwänden zurückgeworfen. Julia seufzte resigniert, als sie nach oben zur Empore sah, denn dort schien etwas vor sich zu gehen. Einige Leute hatten sich nach vorn gedrängt und machten sich daran, Bettlaken mit aufgemalten Protestsprüchen über die Balustrade zu hängen. Und auch unten kam Bewegung in die Menge, als einige der Anwesenden plötzlich Plakate auspackten und hochhoben. Verschiedene Begriffe konnte sie schon erkennen, „besorgte Bürger" zum Beispiel, aber auch „freies Irland".

In ihrer Nähe hielt ein sehr ernsthaft dreinblickender Mann mittleren Alters ein Schild mit der Aufschrift „Muss weg" hoch. Anscheinend war der Pfiff das Kommando zum Entrollen der Protestplakate gewesen.

Ja, der Abend würde noch lang werden.

Vorn war die Stimmung ungetrübt. Mel B. schien bester Laune zu sein und machte sogar mit dem Smartphone einige Schnappschüsse, bevor sie sich wieder an das Publikum wandte.

„Es scheint, als wollten uns einige Menschen an ihrer Meinung teilhaben lassen." Sie sah nach oben, wo gerade das letzte Bettlaken entrollt wurde. „Besorgte Bürger. Für mehr. Pudding. In einem. Freien Irland." Sie setzte den Text aus den verschiedenen Bettlaken zusammen. „Okay. Und hier unten haben wir ‚Facebook. Muss weg', ‚Stoppt die. Schokoladifizierung. Des Abendlandes'." Mel musste laut auflachen. „Ach ja, und hier noch ‚Hirsch. For President'. Ich würde gerne …"

Ein Scheppern ging durch die Kirche, als der Träger des Plakates mit der Aufschrift „Muss weg" sein Schild dem Träger des Plakates „Facebook" über den Kopf zog und dann stürmisch, grummelnd und sichtbar schlecht gelaunt die Kirche verließ. Die Szene war filmreif, denn der Kopf des „Facebook"-Aktivisten schaute schräg grinsend aus einem Loch im Karton hervor, auf dem noch Fa…ook zu lesen war. Später sollte genau dieses Motiv auf dem Cover einer großen englischen Zeitung zu sehen sein. Mit der Unterschrift: „Geht so direkte Demokratie?"

Mel ging hinunter zu einer Frau, die ein Plakat mit der Aufschrift „Des Abendlandes" in der Hand hielt.

„Was haben Sie nur gegen Schokolade?"

Victoria, Kanada, Herbst 2039

„Das war der letzte und entscheidende Coup des Abends. Auch der war natürlich so geplant gewesen, die jungen Verschwörer hatten inkognito online einige Verschwörungstheoretiker angesprochen und mit ihnen eine Protestaktion geplant. Nur hatten sie dafür auch eigene Leute eingeschleust, die dann eben andere Begriffe als gedacht auf ihren Plakaten stehen hatten. Damit haben sie natürlich die ganze Aktion ins Lächerliche gezogen und so bestimmt auch Nachahmer abgeschreckt.

Gleichzeitig wurde aber auch sehr deutlich gemacht, wie schnell die Allgemeinheit in den sogenannten sozialen Medien manipuliert wird und wie schwer es zu erkennen ist, wer eigentlich welche Absichten verfolgt."

„Glauben Sie, dass sich durch diese Aktion etwas verändert hat?"

„Ich bin mir sicher, dass sich dadurch etwas verändert hat. Erst einmal haben wir es so auf die Titelblätter vieler mehr oder weniger renommierten Zeitungen gebracht. Somit konnte uns niemand mehr ignorieren. Aber das war ja nur der Anfang. Ich glaube, wir haben viele Menschen aus dieser Informationsblase herausgeholt, in der sie gefangen waren. Vor allem haben wir aber der schweigenden Mehrheit eine Stimme gegeben. So konnten wir endlich allen deutlich machen, was die Menschen wirklich denken, was sie wirklich bewegt.

Hier funktioniert es ja ähnlich wie bei der Wahl. Wenn ich ein politisches Amt für mich in Anspruch nehme, dann ist es wichtig, wie viele der Wahlberechtigten für mich gestimmt haben. Wenn ich der Meinung bin, die Erde sei eine Scheibe, dann macht das einen Unterschied, ob ich mich in einer Informationsblase befinde, die mich immer nur in dem Weltbild bestätigt, das ich sehen möchte, oder ob ich eine direkte Reaktion von den Menschen in meinem Umfeld bekomme. Letzteres zeigt mir dann eventuell, dass meine Haltung nicht annähernd so viel Zustimmung bekommt wie gedacht."

Frank nickte zufrieden.

„Der weitere Abend ..."

„Der Abend war immer noch nicht vorbei. Es gab noch viel Organisatorisches zu erledigen."

Kildalough, Irland, Herbst 2019

„Wir möchten nun einen Vorschlag machen, wie wir basisdemokratisch eine Volkslobby bilden können." Mel B. war wieder vor die Versammlung getreten. „Wir stellen uns einen Rat aus unserer Mitte vor, der aus fünf gewählten und fünf zufällig ermittelten Personen besteht. Die sollen Themen und Meinungen sammeln und weitergeben. Da es im Moment viel zu organisieren gibt, schlagen wir vor, heute einen vorläufigen Rat per Handzeichen zu wählen. Der soll dann in den nächsten drei Monaten grundlegende Strukturen schaffen und eine richtige Wahl vorbereiten.

Wir möchten alle Gruppen miteinbeziehen. Ich versuche mal, das ungefähr einzuteilen. Wir haben hier also das katholische Lager, das sind wir vom KGB, Priester und Schwestern und natürlich alle Gläubigen." Mel blickte in die Runde. Ein Großteil der Anwesenden nickte zustimmend.

„Wir haben politische Gruppierungen wie die Grünen und die Konservativen." Sie deutete auf John und Tony. „Bevor ich nun frage, welche anderen Gruppierungen es hier gibt, möchte ich eines vorwegnehmen. Es ist jeder willkommen, mitzumachen. Wir möchten aber von jedem Kandidaten eine kleine Gegenleistung. Egal welcher Art. Wir sind der Meinung, dass dies der Aufgabe eine höhere Wertigkeit gibt.

Deswegen möchte ich kurz vorgreifen und anfangen. Ich möchte mich also bei euch um einen Sitz in diesem Rat bewerben. Dafür, so haben wir es im KGB entschieden, stellen wir dieses Gebäude für die Versammlungen zur Verfügung. Außerdem werde ich keinerlei christlichen Fundamentalismus in die Diskussionen einfließen lassen."

Sie sah zu John hinüber. Der wirkte konzentriert, doch schließlich nickte er ihr zu und sie gab ihm das Mikro. „Hallo. Ich würde auch gerne mitmachen und wenn ihr mit mir einverstanden seid, dann werde ich in den nächsten drei Monaten alles daransetzen, die Thesen aus dem Buch in ein konkretes System umzuwandeln. Nach dieser Zeit werde ich mich, sehr zur Freude meiner Frau vermutlich, zurückziehen, um Platz für jemand anderen zu machen. Ich werde dann mehr Zeit mit meiner Familie verbringen ... und weiter an meiner Philosophie arbeiten."

Jetzt kam sogar Applaus auf, die Aufbruchstimmung in der Kirche war mit Händen zu greifen. John sah Tony fragend an.

Der nickte und ergriff das Mikro. „Auch ich würde mich freuen, wenn ihr mich in den Rat mit aufnehmen würdet. Ich versuche mal, das hier wie eine Koalitionsverhandlung zu sehen, denn wenn ich meine inzwischen knappen 50 Prozent von der Wahl als Basis nehme, wenn ich dazu die Unterstützung einiger anderer Gruppen bekomme, unter anderem die der ..." Tony hielt das Mikro nun mit ausgestrecktem Mittelfinger. Er richtete seinen Blick darauf, machte ein empörtes Gesicht, als hätte er den Finger gerade erst entdeckt und schüttelte den Kopf. „Nun, ihr wisst schon. Wenn wir uns zusammentun, dann kann uns keiner mehr ignorieren. Ich denke, dann wäre das Mandat eindeutig.

Und ich verspreche, hier und heute, ich werde der erste Politiker sein, der sich an die Philosophie des Buches hält. Konkret bedeutet das, ich werde mich als Abgeordneter an einen Kodex halten und verspreche, immer die Wahrheit zu sagen. Ich werde alle meine Entscheidungen von meinem Gewissen abhängig machen. Und ich werde eine deutliche Sprache sprechen, Klartext, keine leeren Politikerphrasen, auch euch gegenüber."

Diesmal war der Applaus noch größer. Nun übernahm das Mädchen wieder das Mikrofon. „Gut, gibt es hier noch andere Gruppen, die einen Kandidaten vorschlagen möchten?"

Im hinteren Teil der Kirche erhoben sich gleich mehrere Personen und machten sich auf den Weg nach vorn. Julia beobachtete, wie sich vier bärtige Gestalten an ihr vorbei ihren Weg durch die Menge bahnten. Vier paar Bikerstiefel, dazu Lederhosen, Lederjacken und Jeanskutten mit Aufnähern. Drei blieben vorn stehen, einer ging hoch, stellte sich vor das Mädchen und schaute ihr herausfordernd in die Augen.

Sie unterbrach den Blickkontakt nur einmal kurz, um mit den Augen zu rollen, machte aber keinerlei Anstalten, das Mikrofon aus der Hand zu geben. Ihr Gegenüber zwirbelte eine Weile schweigend, ohne dabei die Miene zu verziehen, an seinem Schnauzbart. Schließlich breitete er die Arme aus.

„Christina." Seine Stimme klang wie ein Reibeisen und kam von ganz unten, so als müsste sie sich erst warmlaufen, um geschmeidiger zu klingen.

„Paps, was machst du denn hier?"

Julia seufzte. Christina. Endlich hatte jemand ihren Namen erwähnt.

„Ich wollte meine Tochter sehen."

„Ich bin beschäftigt." Erneutes Augenrollen.

„Ich auch. Ich dachte, wenn ich schon in eine Kirche kommen muss, um meine Tochter zu sehen, dann ..."

„Paps!"

„Wir wollen auch mitmachen. Ehrlich."

Christina seufzte und reichte ihm das Mikro.

„Stell dich wenigstens ordentlich vor und benimm dich."

Ihr Vater drehte sich in Richtung Publikum und versuchte so etwas wie ein Lächeln.

„Hi." Wieder erklang das Reibeisen. „Ich bin Lemmy. Wir sind die Eastcoast Devils und würden gerne bei euch mitmachen. Und, unsere Gegenleistung ...", er zwinkerte Christina zu, „ich würde sagen, solange wir mitmachen dürfen, verzichten wir bei unseren schwarzen Messen darauf ..."

„Paps!"

Lemmy verzog das Gesicht. Er brachte einen tiefen, kehligen Laut hervor, der erst, als er ihn in kürzeren Abständen wiederholte, als Lachen zu erkennen war. „War doch nur Spaß. Aber wir würden wirklich gerne mitmachen. Also wählt mich. Ich habe das Wissen und die Hilfe meiner Jungs im Hintergrund, Marvin, der dicke Fleischklops da unten, ist Notar, Ozzy kennt sich mit Öffentlichkeitsarbeit und PR aus, Cooper schraubt am liebsten an seiner Harley, aber eigentlich ist er Steuerberater."

Die „Jungs", bei denen sowohl Haupthaar als auch Bärte schon mit weißen Strähnen durchzogen waren, winkten, ohne dabei mit der Wimper zu zucken, in ihr Publikum.

„Wenn das Ganze klappen soll, dann kommt eine Menge Arbeit auf euch zu und wir bieten gerne unsere Hilfe an." Er schaute noch mal demonstrativ übertrieben böse ins Publikum und zwinkerte seiner Tochter zu, als er ihr das Mikro in die Hand drückte.

Sie schüttelte nur den Kopf, musste sich dabei aber ein Lächeln verkneifen, was ihr nicht ganz gelang. Schließlich wandte sie sich wieder an die Menge.

„Sonst noch jemand?"

Langsam und zögerlich schob sich Neil, der Erleuchtete aus dem Hintergrund. Er war hochgewachsen, vielleicht Anfang zwanzig und hatte seine verfilzten Locken zu einem Pferdeschwanz gebunden. Es war klar, dass er etwas sagen wollte, aber er stand einfach nur da und sah Christina an. Als sie ihm das Mikro hinhielt, starrte er es an, als hätte er so ein Gerät noch nie zuvor gesehen.

Schließlich nahm er allen Mut zusammen und ihr das Mikro aus der Hand.

„Ähm, hallo. Ich bin Neil. Aber ich gehöre zu keiner Gruppe. Ich bin ...", Schulterzucken, „ich." Er schaute in die Menge und die Menge schaute auf Neil. „Aber ich dachte mir, vielleicht gibt es ja mehrere wie mich, also Menschen, die nur sie sind. Und das wäre ja auch eine Gruppe. Irgendwie. Ich würde gerne mitmachen. Wisst ihr, ich bin Bäcker. Und wenn ihr mich mitmachen lasst, dann kann ich Kuchen mitbringen. Oder etwas anderes. Ich kann auch Pasteten. Oder Nussecken."

Christina lehnte sich zum Mikrofon, ohne es Neil aus der Hand zu nehmen.

„Gibt es denn jemanden, der Neil unterstützt? Ich bin mir sicher, heute Abend sind einige Gleichgesinnte hier."

Erneut machte sich Schweigen in der Kirche breit. Dann erhob sich irgendwo hinten eine Hand. Kurz darauf eine weitere auf der Empore. Nach und nach hoben sich immer mehr Hände, vereinzelt und im ganzen Raum verteilt. Julia sah, wie Lemmy seinen Eastcoast Devils zuzwinkerte, woraufhin alle die Hand hoben. Kurz darauf waren unzählige Hände in der Luft. Pfiffe ertönten und einige klatschten sogar für Neil.

Christina stand vorn, legte Neil einen Arm um die Schulter und drückte ihn kurz. Dabei musste sie sich deutlich sichtbar eine Freudenträne verkneifen.

Nachdem es keine weiteren Bewerber mehr gab, folgte nun der nächste Punkt auf der Tagesordnung. Es sollten weitere fünf Mitglieder des Rates ausgelost werden. Sie hatten bereits nummerierte Lose vorbereitet, die nun an alle verteilt wurden.

„Die ausgelosten Mitglieder sollten für die nächsten drei Monate im Rat bleiben. Danach wird für jedes Treffen neu ausgelost", erklärte sie.

Der Priester gab die Glücksfee. Es wurden vier Frauen mittleren Alters und ein Mann fortgeschrittenen Alters gezogen. Julias Los war nicht einmal in der Nähe der gezogenen Nummern. Sie war enttäuscht. Sie hätte gerne ... weitergemacht.

Victoria, Kanada, Herbst 2039

„Das Auslosen der Ratsmitglieder hat immer wieder zu Kontroversen geführt."

Auch Frank ging nun im Zimmer auf und ab, es schien, als hätte Julias Bewegungsdrang ihn angesteckt.

„Alles, was wir machten, war kontrovers. Es wurde entweder versucht, alles ins Lächerliche zu ziehen, oder es brach gleich ein

Shitstorm über uns herein. Doch letztendlich war es die Meinung einer Mehrheit. Und es fiel einigen selbst ernannten intellektuellen Vordenkern sehr schwer, das zu akzeptieren."

„Was auch für die erste Forderung des Rates an die Politik galt. Denn die wurde entweder belächelt oder zerrissen."

Nun setzte sich Julia wieder auf die Couch.

„Ja. Zumindest anfangs. Und auch ich habe die so nicht kommen sehen. Aber so funktioniert eben Basisdemokratie. Es kam im Rat das Thema auf, dass viele Elektrogeräte anscheinend kurz nach der Garantiezeit den Geist aufgeben. Ein banales Thema eigentlich, doch die gefühlte Wahrheit dahinter ist, dass Konzerne absichtlich Sollbruchstellen einbauen, um den Profit zu maximieren. Was natürlich jeglichen Umweltschutzgedanken ad absurdum führt, vor allem weil Reparaturen oft gar nicht möglich waren.

Wir hatten in dem Stadium noch keinen direkten Einfluss auf die Gesetzgebung, aber schon nach kurzer Zeit, als sich die Bewegung über die ganze Insel verteilte, hatten wir Unterstützer gewonnen und konnten so ein durchaus ordentliches Preisgeld für die Enttarnung solcher Manipulationen bieten. Und siehe da, plötzlich kam allerlei ans Licht und das öffentliche Interesse führte für einige Firmen zu verheerenden PR-Desastern, bis schließlich auch der Gesetzgeber reagieren musste.

Das war das erste Beispiel für die Macht der Verbraucher. Das Vergeben von Preisen hat sich dann ja auch bewährt, wir haben das schnell ausgeweitet. Auch im Positiven. Kundenfreundlichkeit. Nachhaltigkeit. Transparenz. Lobbyismus. Und viele weitere."

„Das war ja aber nicht neu, es gab auch vorher schon Institutionen, die versuchten, auf diesem Weg eine Veränderung herbeizuführen."

„Das stimmt natürlich, aber diese Institutionen haben nie flächendeckend die Meinung der Menschen wiedergegeben und waren nicht immer neutral. Es gab nicht wenige Interessenvertretungen, die unter dem Deckmantel von Umwelt- oder Verbraucherschutz politische oder wirtschaftliche Interessen entweder durchsetzen oder verhindern wollten. Wie sich herausstellte, wussten deren Mitglieder oft gar nicht, wer sie da im Hintergrund finanzierte und lenkte. Wir hatten und haben bis heute keine Ideologie, wir geben nur weiter, was die Mehrheit der Bürger sich wünscht.

Aber wieder zurück zum Anfang. Das Thema wurde natürlich zuerst belächelt. Keiner hatte es auf dem Schirm, was aber auch bedeutete, dass niemand wusste, was die Menschen wirklich bewegte. Dieser scheinbar banale Punkt hat letztendlich dazu geführt, dass es eine klare Positionierung der Bürger gegen den ausufernden Turbokapitalismus gab. Die Menschen hatten es einfach satt, nur noch ein Wirtschaftsfaktor zu sein. Sie hatten es satt, dass sich die Konzerne alles erlauben konnten, wenn sie nur ‚Arbeitsplätze' oder ‚Wirtschaftswachstum' riefen. Sie wollten Antworten, die jenseits des Bruttoinlandproduktes lagen. Und da wir sehr schnell sehr viele wurden, konnten wir entsprechenden Druck ausüben und so die geforderten Antworten bekommen.

Kildalough, Irland, Herbst 2019

Vorn war Christina wieder ans Mikro getreten. „Gut, wir haben jetzt fünf gewählte und fünf ausgeloste Ratsmitglieder. Zum Schluss benötigen wir natürlich noch einen oder eine Vorsitzende. Der oder diejenige sollte als Vermittler zwischen uns und der Politik auftreten und, falls bei Abstimmungen eine Pattsituation entsteht, sozusagen das Zünglein an der Waage sein. Deswegen haben wir uns Gedanken gemacht, wer ..."

Mother Mary trat hinter das Mikrofon, woraufhin Christina verstummte und beiseitetrat.

Mother Mary übernahm. „Wir sind der Meinung, diese wichtige Funktion sollte von jemandem übernommen werden, der ohne Vorbehalte mit allen beteiligten Gruppen gut kann. Ich", das „ich" hatte sie wieder einmal sehr deutlich betont, „finde es auch wichtig, dass es sich um jemanden handelt, der einen Blick von außen auf uns, auf die Bürger dieses kleinen Städtchens hat und somit vielleicht noch Aspekte berücksichtigt, die wir gar nicht bedacht hätten."

Auch Mother Mary konnte einen Spannungsbogen aufbauen. In diesem Moment hätte man eine Stecknadel in einen Heuhaufen fallen hören. „Ich möchte Julia Morrison vorschlagen“, sagte sie schließlich.

Paul knuffte sie in die Seite. Julia hatte noch gar nicht realisiert, dass Mother Mary ihren Namen genannt hatte. Sie wunderte sich immer noch, wieso die Schwester im Namen eines Rates sprach, dem sie formal gar nicht angehörte. Und außer ihr schien das wieder einmal niemanden zu stören.

Paul knuffte sie noch einmal. Erst jetzt holte ihr Gehirn auf und verarbeitete, was ihre Ohren schon vor einer gefühlten Ewigkeit aufgeschnappt hatten. Sie war überfordert. Ihr Blick fiel auf Paul. Der verdrehte die Augen und deutete mit dem Kopf unauffällig nach vorn.

Genau. Sie musste jetzt nach vorn. Langsam setzte sie sich in Bewegung. Die Menschenmenge teilte sich vor ihr und schloss sich anschließend wieder. Alle Augen waren auf sie gerichtet. In ihrem Kopf fing es an zu arbeiten. Wollte sie das? Und vor allem: Konnte sie das?

Ihre Gedanken überschlugen sich. Vielleicht könnte ja Kant helfen. Handle maximal kategorisch ... Nein. Das war falsch. Wieso mussten sich die Philosophen immer so kompliziert ausdrücken? Und Roger Waters? All in all, you‘re just another brick in the wall. Das konnte jetzt alles oder nichts bedeuten, vielleicht eignete Roger Waters sich deswegen so gut als Philosoph, weil in seine Texte alles hineininterpretiert werden konnte.

Sie warf einen Blick zurück zu ihrem Bruder. Folge der Macht. Das war seine erste Aussage gewesen, als sie ihm von Tony und dem Skandal um die Fotos mit der nackten Minderjährigen erzählt hatte. Ihr Blick fiel auf Mother Mary und den Priester. Sie hatten den Dekan abgesägt und einen neuen, reformwilligen Kirchengemeindebeirat installiert.

Daneben standen John und Tony. Die beiden schienen sich wieder besser zu verstehen. Sie hatten es geschafft, aus dem Wahlkampf das Maximale herauszuholen. Tony hatte nun irgendwie auch Johns Stimmen und sogar die erhobenen Mittelfinger hinter sich vereint. War es Zufall, dass er genau diese Seite aus dem Buch gerissen hatte, die mit den pikantesten Thesen? Und war es jemals Johns Ziel gewesen, den Wahlkampf zu gewinnen?

Als Verfasser des Buches und als Retter der verlorenen Seite stand er nun im Mittelpunkt, was ihm vermutlich deutlich lieber war als der Sitz im Parlament, den er so oder so nie bekommen hätte. Sie hatten zudem einige politische Gegner abgesägt, Tony konnte in der Partei nun ungestört aufsteigen und keiner würde es wagen, sich gegen die Thesen des Buches zu stellen. Dafür hatten sie zu viel Aufmerksamkeit erregt.

Julias Gedanken schweiften ab. Was, wenn sie an einem anderen Tag in der alten Ruine gewesen wäre? Hätte da vielleicht jemand anders die Kameras kontrolliert? Und wer waren die restlichen Mitglieder des Druidenzirkels, der Seamus O'Donn zum Verhängnis geworden war? Würde sie unter den Kapuzen eventuell einige bekannte Gesichter entdecken? War dieser Job hier, dieser Posten im Rat, Belohnung oder Bestechung? Wusste sie zu viel?

Keep your friends close, but your enemies closer, eine alte politische Weisheit. Doch war sie Freund oder Feind? Und überhaupt. Konnte irgendjemand so etwas planen? Dieses ganze ... Zum ersten Mal fehlten Julia bei einem inneren Monolog die Worte.

Sie hatte den Altar fast erreicht. Noch konnte sie hier alles platzen lassen. Wollte sie wirklich in den Rat gewählt werden, quasi in Mother Marys Gnaden? Um stillzuhalten und dafür zu sorgen, dass auch George und Paul nichts ausplauderten? Sicher nicht. Das würde sie mit ihrem Gewissen nicht vereinbaren können. Es gab also nur einen richtigen Weg.

Inzwischen war Julia vorn angelangt und in den Kreis ihrer ... Sie war sich nicht sicher, welche Bezeichnung die anderen verdienten, aber sie war in deren Kreis getreten. Alle betrachteten sie mit einem Lächeln. Julia unterdrückte den Reflex, zurückzulächeln, und sei es nur, um die anderen zu ärgern und auf die Folter zu spannen.

Mel B. trat auf sie zu.

„Julia. Wir würden uns freuen, wenn du uns unterstützt. Wir glauben, dass du einen guten Draht zu allen Beteiligten hast und mit deinem Blick von außen einen wertvollen Beitrag leisten könntest. Deswegen hätten wir dich gerne hier, bei uns im Team."

Julia nahm das Mikro von Mel B. entgegen und begann zu sprechen.

Victoria, Kanada, Herbst 2039

„Sie wurden zur Vorsitzenden der Alliance Civitas des Commune vorgeschlagen."

„Ja, das war eine große Überraschung. Und ein unglücklich gewählter Name. Obwohl ein lateinischer Name damals eine gute Idee zu sein schien, aber er war zu lang. Und die Abkürzung klang nicht. ACdC. Was soll das denn bedeuten? Das klingt einfach nicht richtig. Letztendlich hat sich der Begriff Folks durchgesetzt."

„Hatten Sie damit gerechnet?"

„Mit meiner Nominierung? Damit hätte ich nie gerechnet. Und obwohl das ja bestimmt schon vorher feststand, haben alle dichtgehalten und mir gegenüber kein Sterbenswort verraten." Julia sah hinüber zu Janine, die eine Unschuldsmiene aufgesetzt hatte und zur Decke starrte.

„Was war Ihr erster Gedanke, als Sie vorgeschlagen wurden?"

„Nun, natürlich hatte ich Zweifel. Ob ich überhaupt dafür geeignet bin und ob ..." Ihre Blicke trafen sich kurz, doch Janine wandte sich sofort ab und begann, Holz nachzulegen.

Julia lächelte.

„Ob es eine gute Idee war, mich als Außenstehende überhaupt für das Amt zu nominieren."

Kildalough, Irland, Herbst 2019

„Ich möchte mich ... bedanken. Dafür, dass ihr mich für dieses Amt in Erwägung zieht." Julia machte eine kurze Pause, um ihre Gedanken zu sortieren. „Und ich würde mich wirklich freuen, bei euch im Team zu sein", hörte sie sich selbst sagen.

Sie schüttelte innerlich den Kopf, als könne sie es nicht fassen, wie schnell sie vor ihrem eigenen Vorsatz eingeknickt war. Um den anderen nicht die Genugtuung eines Sieges zu geben und letztendlich auch, um ihren Entschluss vor sich selbst zu rechtfertigen, sah sie mit erhobenen Augenbrauen kritisch in die Runde.

„Ich bin aber auch ein bisschen überrumpelt, deswegen habe ich mir auch noch keine Gegenleistung überlegt, außer vielleicht, dass ich denen hier“, sie blickte erneut in die Runde, wobei sie jedem Einzelnen der Ratsmitglieder tief in die Augen sah, „immer genau auf die Finger schauen werde. Außerdem braucht ihr bestimmt jemanden, der über das aktuelle Geschehen berichtet, mit den Medien kommuniziert. So etwas könnte ich mir vorstellen. Vielleicht werde ich auch ein Buch über die ganze Geschichte schreiben, mit allen Hintergrundinformationen.“

Nun glaubte sie, in einigen Gesichtern das Aufflackern von Panik zu sehen, was aber vermutlich nur Wunschdenken war. Trotzdem gab es jetzt gerade in ihr eine kleine, gehässige Julia, die sich diebisch darüber freute. Sie drückte das Mikro Mel B. in die Hand und trat etwas in den Hintergrund.

Mel B. suchte Blickkontakt mit Mother Mary und gab auf ein kurzes Nicken von ihr das Mikro an sie weiter. „Möchte denn noch irgendjemand einen anderen Kandidaten für diesen wichtigen Posten vorschlagen?“

Das war es, was Mother Mary sagte. Was sie aber meinte, was sie durch ihre Mimik und die sorgsame, langsame Betonung jedes einzelnen Wortes ausdrückte, war etwas anderes. Die Grabesstimme, der Blick, die Botschaft war eindeutig. Es würde keinen anderen Kandidaten geben.

Niemals.

Irgendwo weiter hinten versuchte kurz jemand, sich zu Wort zu melden, wurde aber von seinem Sitznachbarn umgehend wieder zurück auf den Platz gezogen.

„Wie ich sehe, gibt es keinen Gegenkandidaten. Wir schreiten also zur Abstimmung.“

Victoria, Kanada, Herbst 2039

„Und das war‘s?“

„Das war‘s. Also der Anfang. Denn die eigentliche Arbeit begann ja erst.“

Frank nickte zustimmend. „Was würden Sie sagen, waren die größten Erfolge der Folks?“

„Das große Ziel war ja, die Kluft zwischen Politik und Gesellschaft zu schließen, und dazu haben wir, so gut es ging, unseren Beitrag geleistet und für mehr direkte Demokratie gesorgt.

Es gibt das bekannte Zitat eines hochrangigen Politikers, der einst sagte: Ein geeintes Volk ist schwer zu regieren. Ich sage: Stimmt! Und das ist gut so.

Ganz nebenbei haben wir damit, eigentlich fast unbeabsichtigt, auch die Strukturen der Kirche geändert. Die hatte sich ja zuerst massiv gegen uns gestellt, musste sich aber schließlich dem Druck der Massen beugen und ist heute zumindest ein bisschen offener und demokratischer als damals. Außerdem ist sie nicht mehr nur eine Religionsgemeinschaft, sie übernimmt heute auch mehr soziale und vor allem gesellschaftliche Aufgaben. Meines Erachtens hat das, wenn ich das so sagen darf, der Kirche den Arsch gerettet.

Was wir damals noch nicht absehen konnten, war die Wirkung, die diese Bewegung auf die Gesellschaft haben würde. Die Menschen fühlten sich plötzlich gehört und auch verstanden. Und vor allem merkten sie, dass ‚das Volk' eben doch etwas verändern konnte. Was deutlich für mehr Ruhe sorgte, vor allem an den Rändern der Gesellschaft. Sie wissen vielleicht, dass diese Zeit in Europa den Namen ‚die hysterischen Zwanziger' hat, doch auch dieser Trend hat sich umgedreht."

Frank nickte erneut. „Ja, ich erinnere mich. Es war die Zeit der Shitstorms, als alte weiße Männer Twitter entdeckten und die selbst ernannte Bildungselite mit ihrer Cancel Culture versuchte, kritische Stimmen, die nicht in ihr begrenztes Weltbild passten, mundtot zu machen."

„Auch diese Zeiten sind nun vorbei und umso mehr freut es mich jetzt, wenn ich sehe, dass manche Philosophen wie Popstars verehrt werden."

Frank nickte erneut. „Was würden sie sagen, waren Ihre größten privaten Erfolge?"

Nun musste Julia einen Moment nachdenken. „Ich habe ja viel an der sogenannten Alltagsphilosophie gearbeitet und freue mich daher natürlich besonders, dass die ihren Platz nicht nur in der Gesellschaft, sondern auch in der Popkultur gefunden hat. Begriffe wie die ‚gefühlte Wahrheit', die ‚neue Dualität' und die ‚freundliche

Übernahme' sind heute allgegenwärtig. Dazu noch die Eigendynamik, die ‚Angus' entwickelt hat."

„Der erhobene Mittelfinger ..."

„... ist immer noch ein sehr eindeutiges Symbol. Deswegen wird er nur im Notfall eingesetzt, er dient also eher als Damoklesschwert. Wir hatten uns ja sehr schnell die Symbolik von einem ehemaligen sozialen Netzwerk entliehen und arbeiten seitdem mehr mit erhobenem und gesenktem Daumen."

„Gibt es sonst noch etwas, ein persönliches Highlight?"

„Einige der damaligen KGB-Mitglieder haben später die Agentur für gesunden Menschenverstand gegründet und beraten seitdem Firmen und Behörden. Ihr überaus erfolgreiches Geschäftsmodell ist es, branchenfremde Berater einzusetzen, die keine Ahnung von der Materie haben."

„Böse Zungen behaupten ja, dass das schon immer die Kernkompetenz von Beraterfirmen war."

Julia lachte laut. „Ja, und ich glaube, das ist gar nicht so weit weg von der Realität. Trotzdem. Diese Agentur spiegelt in gewisser Weise die Erwartungen und die Meinung der Bürger wider. Letztendlich hat deren Beratung unter anderem dazu beigetragen, dass viele Behörden untereinander um die bürgerfreundlichsten Formulare und um schnelle, unbürokratische Arbeitsabläufe wetteifern."

„Was nicht zufällig damit zu tun hat, dass es auch dafür eine jährliche Auszeichnung der Folks gibt?"

Erneut huschte ein Lächeln über Julias Gesicht.

„Und nicht nur die. Irland hat die Auszeichnung der OECD für das Land mit der wenigsten Bürokratie drei Jahre in Folge gewonnen. Mittlerweile hat uns Finnland überholt, aber damit kann ich gut leben."

„Es hört sich so an, als hätten sie die Daumenschrauben ordentlich angezogen."

Julia faltete die Hände, stützte ihr Kinn darauf und legte den Kopf schief. Mit einem Funkeln in den Augen sah sie Frank an.

„Ja. Und nein. Und auf beiden Seiten."

Nun legte Frank den Kopf schief und blickte fragend zurück.

„Es ist wichtig zu verstehen, dass die Menschen, die in den Behörden arbeiten, ja auch kein Interesse an komplizierten bürokratischen Arbeitsabläufen haben. Es ist auch falsch, das Ganze als Kampf zu sehen, wir gegen die. Denn letztendlich sind die Mitarbeiter in den Ämtern und Ministerien natürlich unsere Leute, die für uns arbeiten. Das musste nur allen Beteiligten wieder klar werden.

Wir als Gesellschaft sind über Jahrzehnte in ein künstlich aufgeblähtes bürokratisches System hineingewachsen. Von Juristen an den Bedürfnissen der Menschen vorbeientwickelt, brauchte es dringend einen radikalen Schnitt, um wieder das zu tun, für was es eigentlich vorgesehen war. Nämlich das Zusammenleben in der Gesellschaft vernünftig zu regeln. Und das möglichst einfach und allgemein verständlich."

Frank nickte ihr zu. Er schien mit ihrer Ausführung zufrieden zu sein.

„Wir haben übrigens nicht nur Daumenschrauben angelegt." Julia war noch nicht ganz zufrieden. „Denn wie gesagt: Die Menschen in den Ämtern, das sind wir. Heute gilt in den meisten Behörden eine ‚Netiquette'. Ein Punkt, der mir besonders gefällt, ist, dass freundliche Anfragen schneller behandelt werden als unfreundliche. Das kann ein ‚Guten Morgen' am Telefon sein, ein ‚mit freundlichen Grüßen' in einer E-Mail, ganz egal. Wichtig ist eine Begegnung auf Augenhöhe und mit Respekt. Und das auf beiden Seiten. Das verringert das Frustrationspotenzial ungemein."

Nun nickte auch Julia Frank zu, zu diesem Thema war genug gesagt.

Frank setzte sich aufrecht hin, nahm seinen Notizzettel zur Hand und zitierte betont hölzern: „Keine Ahnung, was ich hiermit bestätige. Ich hoffe, es ist okay." Wieder musste Julia lächeln. „Ich musste das anklicken, als ich mich letztens auf der irischen Seite der Folks etwas umsehen wollte", fuhr Frank fort.

Julia griff zu ihrem Wasserglas. Statt daraus zu trinken, drehte sie es jedoch nur um die eigene Achse, als würde ihr das helfen, ihre Gedanken zu ordnen.

„Auch hier hat eine vermeintlich banale Aktion einen tiefsinnigeren Hintergrund. Haben Sie mal überprüft, was Sie beim Aufrufen einer Homepage oder bei der Anmeldung zu einem Onlinedienst allem zugestimmt haben? Ich habe das einmal spaßeshalber gemacht, es waren zwölf Seiten AGBs, klein gedruckt. Das wenigste davon habe ich verstanden. Und obwohl ich unzählige Male den Cookie-Richtlinien zugestimmt habe, weiß ich bis heute nicht, was ein Cookie eigentlich genau ist.

Eine Initiative der Folks hat in Irland zu einer Gesetzesänderung geführt. Heute gilt: Wenn nicht einmal 10 Prozent der User verstehen, was sie da bestätigen, dann ist die Formulierung ungültig. Letztendlich haben wir die Beweislast umgedreht, sprich: Wenn ihr wollt, dass wir uns auf euren Webseiten umsehen, dann macht Regeln dafür, die wir auch verstehen. Mittlerweile haben die meisten Firmen kapiert, dass das auch Chancen für gute PR bietet.

Seitdem lauten die Richtlinien für Datenschutz, Cookies und AGBs: kurz, prägnant und mit einem Augenzwinkern."

Um das zu untermauern, zwinkerte Julia Frank zu.

„Gibt es noch weitere Highlights?", fragte er.

„Für mich war es einfach schön zu sehen, wie in Kildalough der erste Agnostikerchor entstand, unter der Leitung des Priesters übrigens, der immer laut mitsang. Seitdem werden dort jede Woche im Anschluss an die Versammlung noch ein paar Lieder zum Besten gegeben. Das scheint nur eine kleine Nebensächlichkeit zu sein, aber die Tatsache, dass in einer Kirche ein Lied wie ‚Sympathy for the Devil' von den Stones gesungen werden kann ... Das wäre früher einfach nicht möglich gewesen."

Julia lief ein kurzer Schauer über den Rücken, als sie sich daran erinnerte, wie bei der Beerdigung des Priesters die ganze Kirche „Another Brick in the Wall" angestimmt hatte. Eine Träne erschien in ihrem linken Augenwinkel. Frank nickte ihr zu und schenkte beiden Wasser nach. Sie nickte zurück. Beide senkten den Blick und schienen erneut für einen kurzen Augenblick ihren eigenen Gedanken nachzuhängen.

„Belarus, Syrien, Aserbaidschan." Frank brach das Schweigen. Er gab Julia einen Moment, um den Satz zu vollenden. Als die erwartete Reaktion jedoch ausblieb, führte er ihn selbst zu Ende. „Die haben dank Ihrer Hilfe den Sprung in die Demokratie geschafft oder stehen kurz davor. Auch in Russland ist eine langsame, aber stetig wachsende Bewegung entstanden. Manche reden sogar von Demokratie in China."

„All das ist der Erfolg starker, mutiger Menschen in den jeweiligen Ländern. Es ist nicht mein Verdienst.“

„Trotzdem erhalten Sie dafür nun die Ehrenmedaille des kanadischen House of Commons. Für besondere Verdienste an der Demokratie. Schließlich haben Sie es geschafft, aus einer kleinen Bewegung ein internationales Phänomen zu machen. Nicht der erste Preis, der Ihnen verliehen wird, aber der erste, den Sie auch annehmen werden. Möchten Sie mir sagen, wieso?“

Julia stand auf und trat ans Fenster. Sie erblickte ihr eigenes Spiegelbild darin, doch ihr war, als würden ihr Freunde und Wegbegleiter über die Schulter sehen.

„Zum einen ziehe ich mich nun vollends aus dem aktiven Bereich zurück. Schließlich muss auch ich aufhören, wenn es an der Zeit ist, und wenn man einen Preis für sein Lebenswerk verliehen bekommt, ist es definitiv an der Zeit. Zum anderen hatte ich nie das Gefühl, dass mir die Auszeichnungen wirklich zustehen. Alles, was ich gemacht habe, war, Johns Philosophie weiterzuführen. Diese ganzen Preise und Ehrungen hätte eigentlich er bekommen sollen.“

Kapitel 23, November Rain

Kildalough, Irland, Herbst 2019

Julia ging nicht mit in den Pub. Sie war froh, wieder „dabei“ zu sein. Das Warum war letztlich egal, sie hatte ernst gemeint, was sie bei ihrer Ansprache gesagt hatte. Sie würde dem Rat wirklich auf die Finger schauen, gegebenenfalls auch mal darauf klopfen.

Da Paul direkt zurück nach Galway musste, lief sie mit ihm noch ein Stück durch die dunklen, nebelverhangenen Straßen der Stadt.

„Nun“, fragte sie, nachdem sie einige Zeit schweigend nebeneinander hergelaufen waren. „Auch wenn der letzte Coup nicht von uns war, ich finde, er braucht einen Namen.“

Paul nickte.

„Ich finde, wir brauchen einen Namen, der alle Coups noch einmal zusammenfasst.“

Sie schwiegen wieder eine Weile und gingen dabei ein Stück weiter.

„Wenn das hier mal verfilmt wird, dann bestimmt als die Geschichte eines jungen, aufstrebenden Detektivs, der im Alleingang ...“, setzte er dann an.

Julia stieß ihm sanft, aber bestimmt den Ellenbogen in die Seite. Paul blieb stehen, hob übertrieben unschuldig die Arme und schaffte es nicht, sein freches Grinsen unter einem empörten Gesichtsausdruck zu verstecken.

„Was? Das war eindeutig ein ‚Paul‘s Eleven‘. Es war alles dabei, Intrigen, Verrat, unvorhersehbare Wendungen ...“

„Wir bleiben bei Shakespeare, ohne Diskussion. Waren denn überhaupt elf Personen beteiligt?“

Beide zählten im Kopf die Personen durch. Paul nickte, Julia war unschlüssig.

„Könnten wir durchgehen lassen“, war ihr Fazit schließlich. „Wenn wir das ein oder andere Waldtier mitzählen ...“

Das schien auch Paul zu gefallen. „Also. Shakespeare‘s Eleven?“

„Shakespeare‘s Eleven.“

Sie gingen weiter zu Pauls Wagen, verabschiedeten sich und Paul fuhr durch die Nacht davon.

George schien noch im Pub zu sein, das Haus war leer und so legte Julia sich sofort ins Bett und schlief ein. Ihr Schlaf war tief, traumlos und erholsam. Zumindest bis sie von George sehr früh am Morgen unsanft geweckt wurde.

Er sah furchtbar aus. Doch sein Anblick war nicht das Schlimmste. Das Schlimmste war, was heute Nacht im Pub geschehen war.

Victoria, Kanada, Herbst 2039

„Johns Tod." Frank lenkte das Gespräch sehr vorsichtig auf dieses Thema, musste er doch annehmen, dass es Julia, sogar nach so langer Zeit, immer noch schwerfiel, darüber zu reden.

Julia nickte nur, starrte auf den Boden und wischte eine weitere Träne aus ihrem Augenwinkel. Sie war durchaus stolz auf das, was sie mit all ihren Mitstreitern in den letzten Jahren bewegt hatte. Doch es war natürlich nicht immer leicht gewesen, es hatte einige Rückschläge gegeben. Und Opfer. Nicht nur metaphorisch gesprochen.

Johns Tod war eine unmittelbare Folge der Geschehnisse in Kildalough gewesen.

Julia spürte eine Hand auf ihrer Schulter. Sie sah hoch. Janine war hinter sie getreten. Im Gegensatz zu Julia machte sie sich nicht die Mühe, die Tränen aus ihrem Gesicht zu wischen. Es schien, als würde sie sie mit Stolz tragen. Julia schaffte es, ihr ein aufmunterndes Lächeln zu schenken, und spürte kurz, wie Janines Hand den Druck auf ihre Schulter verstärkte, um sich dafür zu bedanken.

„Johns Tod war ein Schock. Johns Tod war unnötig und dumm und …" Julia sah wieder zu Boden. Dann sah sie Frank direkt in die Augen. „Und ich bin, auch nach so langer Zeit, immer noch wütend darüber. Ich weiß, dass ich nach seinem Tod viel darüber gesagt und geschrieben habe, wie wichtig es ist, die Energie dieser Wut in etwas Konstruktives umzuwandeln, weil es genau das wäre, was John gewollt hätte.

Aber ehrlich gesagt, habe ich das selbst nicht geschafft. Ich bin, heute wie damals, stinksauer, wütend und enttäuscht darüber. Wie schon oft zuvor hat sich aus Dummheit, Intoleranz und Ignoranz heraus Hass entwickelt. Und der hat letztendlich zu seinem Tod geführt. Einige Idioten, die sich online gegenseitig angestachelt hatten, suchten Streit. Nicht einmal mit John, sie hatten sich einige Mitglieder des KGB ausgesucht."

Julia sah erneut zu Janine hoch. „Vermeintlich leichte Opfer. John und einige andere gingen dazwischen, wollten helfen. Schließlich flogen Flaschen. Es hieß, vermutlich war er schon bewusstlos, als er zu Boden ging. Er fiel unglücklich, mit dem Nacken auf eine Stufe. Es gab nichts mehr, was man für ihn tun konnte."

Irland 2019, Devil's Backyard

Julia fluchte Laut. Nicht dass es hier jemand hören konnte, aber es fühlte sich, wenn schon nicht gut, dann zumindest richtig an. Sie war gestolpert und ihre Funktionstrekkinghose war voller Matsch.

Sie fragte sich, nicht zum ersten Mal, welche Funktion diese Funktionsbekleidung beim Wandern denn eigentlich übernahm. Denn so, wie sie es sah, machte sie doch die ganze Arbeit selbst. Sie wischte die Hose mit den Händen ab, danach die Hände am Gras. Der einzige Effekt, den das erzielte, war, dass ihre Hände nun gleichmäßig schmutzig waren. Fuck.

Julia richtete sich auf und sah sich um. Sie war wieder am Devils Backyard unterwegs, auf der felsigen Schräge am Meer. Das Meer selbst konnte sie mehr erahnen als sehen, es war neblig und so gingen Himmel, Wolken, Nebel und Meer mehr oder weniger kontrastlos ineinander über. Sie versuchte, sich nicht die Frage zu stellen, was sie an diesem trüben Nachmittag hier draußen suchte. Denn auch wenn sie es sich noch so oft selbst einredete, heute war kein Wetter, um hier draußen wilde Pferde zu fotografieren.

Mit dieser Begründung hatte sie sich aus der Stadt verabschiedet, letztendlich natürlich um der Trauer, der Schockstarre und der Wut, die über der Stadt lag, zu entkommen.

Julia ging ein Stück weiter, immer parallel zur Küste. Sie wollte nur eines, nur ein Foto eines wilden Ponys irgendwo im Nebel. Das war das Ziel, ansonsten wäre ihr Trip hier heute Nachmittag sinnlos und sie konnte gerade nicht noch mehr Sinnlosigkeit in ihrem Leben ertragen.

Sie verlangsamte ihr Tempo, doch auch das änderte nichts. Das Ende der Schräge kam nun eben langsamer, aber doch stetig näher.

Als sie die felsige Küste erreichte, blieb sie stehen. Ein paar Meter unter ihr zog sich das Wasser gerade zurück, der Wechsel der Gezeiten stand an. Julia hatte so viele Fragen, so viele Zweifel. Und obwohl sie mehr als die meisten über die Hintergründe des Ganzen wusste, war ihr klar, dass auch sie noch nicht das ganze Bild überblickte. Und dass sie ihr Wissen für sich behalten musste. Denn falls jemals die Wahrheit über Blondie, die Aktion „Sommernachtstraum" und den mysteriösen Immobilieninvestor ans Licht kommen sollte, wäre Johns Vermächtnis zerstört und sein Tod noch sinnloser, als er ohnehin schon war.

Schließlich war es an der Zeit, umzukehren und zurückzugehen. Doch kaum hatte sie sich umgedreht, sah Julia etwas. Eine Bewegung im Nebel, an einer Stelle, an der sie kurz vorher schon einmal vorbeigekommen war. Julia ging ein Stück in die Richtung und plötzlich erschienen aus dem Nebel fünf Ponys, die es sich im Windschatten eines Felsens gemütlich gemacht hatten. Das war auch der Grund, wieso sie die Tiere vorher nicht entdeckt hatte, sie waren von der anderen Seite aus einfach nicht zu sehen gewesen.

Julia ging näher heran. Sie vermutete, dass es sich um die gleichen Tiere handelte, die sie schon ... Plötzlich wurde ihr klar, es war genau dieser Tag gewesen, der Tag, an dem sie eigentlich ein Foto der verwilderten Pferde schießen wollte und stattdessen ein Bild Tonys ...

War es das wert gewesen? Würde sie heute alles noch einmal so machen? Diese Frage würde wohl niemals beantwortet werden.

Als sie, langsam und Schritt für Schritt, näher auf die Ponys zuging, stand das kleinste und zotteligste der fünf auf und stellte sich vor die anderen. Julia blieb auch stehen. Sie wollte schon die Kamera zücken, entschied sich dann jedoch anders und zückte stattdessen eine Karotte. Für den Notfall hatte sie auch Äpfel, Kartoffelchips und Whiskey dabei, doch schnell stellte sich heraus, dass die Ponys weniger wählerisch als die Hirsche waren.

Die Neuigkeiten bezüglich Karotten sprachen sich in Pferdekreisen schnell herum und so war Julia rasch von fünf hungrigen Ponys umgeben, die alle mit Karotten und schließlich auch mit Äpfeln versorgt wurden. Whiskey und Kartoffelchips blieben vorerst im Rucksack. Das Problem war jetzt nur, endlich das Foto „Verwildertes Pony Im Nebel" zu kriegen, denn immer, wenn Julia sich ein Stück entfernen wollte, um ein Bild zu machen, folgten ihr die Ponys. Daher gab es bisher nur Bilder von Pferdenüstern, die die Kamera beschnüffelten, um zu begutachten, ob es sich um etwas Essbares handelte.

Schließlich gab Julia auf. Sie steckte die Kamera weg und begann, die Ponys zu streicheln und ihnen Kletten, Disteln oder Sonstiges aus dem Fell zu entfernen. Sie freute sich über die zutraulichen Tiere und war gleichzeitig traurig über alles andere und so lachte und heulte sie inmitten der Pferde und es war ihr egal.

Als Julia wieder am Haus ankam, fand sie es verschlossen und dunkel vor. Sie dachte an George, als sie die Tür aufschloss. Daran, was wohl seine Methode war, mit der Trauer umzugehen, und dass sie, zumindest jetzt im Moment, kein Teil davon sein wollte. Eine durchaus egoistische Einstellung, das war ihr klar, aber sie musste jetzt einfach noch eine Weile allein sein.

Die Entscheidung, online zu gehen, stellte sich als Fehler heraus. Die sozialen Medien waren schon unter normalen Umständen gewöhnungsbedürftig, bei einem Todesfall jedoch ... Was waren das für Menschen, die ein Like unter eine Todesanzeige setzten? Was waren das für Menschen, die anonym noch über Tote herzogen, die Vorfälle der letzten Nacht diskutierten, relativierten?

Sie wurde wütend. Doch gerade als sie sich daran machen wollte, einige zutiefst verletzende Kommentare ihrerseits zu kommentieren, hielt sie inne. John hätte das nicht gewollt.

Julia schloss die Klappe des Laptops, zog sich eine Jacke an und stürmte aus dem Haus. Sie erreichte die Post gerade noch vor Ladenschluss und kaufte Sean ein in Leder gebundenes Notizbuch ab, das schon etwas abgegriffen wirkte, so als würde es schon seit langer Zeit im Laden stehen.

Zielstrebig ging sie weiter in Richtung Hafen und setzte sich ins „Blue Café“. Dort bestellte sie sich Kaffee und ein Scone, das sie aber nicht mehr viertelte, sondern von dem sie gedankenversunken einfach hin und wieder abbiss. Sie hatte angefangen, sich Notizen zu machen.

Die Thesen aus dem Buch kannte sie mittlerweile fast auswendig, trotzdem trug sie sie gewissenhaft in ihr Buch ein. Doch da war auch noch Platz für Neues.

„Dualität“, stand da, „Fakten sollten immer von zwei Seiten dargestellt werden.“ Eine andere Notiz lautete: „Das Facebook-Paradoxon“ und „Was passiert im Kopf von Menschen, die Follower im sechsstelligen Bereich haben?“

Es war eine lose, unstrukturierte Sammlung von Gedanken, aber sie wusste, John würden sie gefallen. Also würde sie weiter daran arbeiten. Für John. Für die Bewegung, die gerade entstand. Aber hauptsächlich für sich selbst.

Thesen für eine bessere Gesellschaft

Freddie Mercury ist Gott!

I. Fehler im System

- Die Politik kommt nicht mehr aus der Mitte der Gesellschaft.

- Abgeordnete dürften nur gegenüber ihrem Gewissen und der Verfassung verpflichtet sein. Parteipolitische Machtstrukturen, undurchsichtige Lobbyverbände und die Abhängigkeit gegenüber Parteispenden korrumpieren das.

- Um wiedergewählt zu werden, müssen sich Politiker Problemen widmen, die viel Prestige einbringen. Weniger beachtete Themen oder auch unpopuläre Entscheidungen, die aber vielleicht wichtig sind, bleiben auf der Strecke.

- Macht birgt Suchtgefahr. Bei vielen Posten und Mandaten ist eine Wiederwahl beliebig oft möglich. Es gibt kein verbindliches Rentenalter. Es sollte von vornherein klar sein, dass die Anzahl der Amtszeiten bestimmter Positionen begrenzt ist, beziehungsweise, dass ab einem bestimmten Alter eine Wiederwahl nicht mehr möglich ist.

- Parlamente, Ministerien und Regierungsorganisationen haben keinen Anreiz, schlank, effizient, sparsam und nicht zuletzt Kunden bzw. bürgerfreundlich zu arbeiten.

- Viele Medien sind nicht neutral, sie machen Meinungen und haben so eine Macht über die Politik, die nicht den demokratischen Grundsätzen entspricht. Wirklich neutrale Medien sollten immer nur das Pro und Contra abwägen und es den Bürgern überlassen, sich daraus selbst eine Meinung zu bilden. Insbesondere die „sozialen Medien“ dienen nicht der Meinungsbildung, sondern allein der Gewinnmaximierung der jeweiligen Konzerne. Dabei dominieren gerade die in letzter Zeit mehr und mehr unseren Alltag

- Die Gesellschaft läuft in Gefahr, in einer Welt, die immer schnelllebiger und komplizierter wird, ihren moralischen Kompass zu verlieren. Wirtschaftliche Interessen werden über alles gestellt, wir brauchen wieder mehr Philosophie als Ökonomie.

II. Die Fragen

- Wie definiert sich eine repräsentative Demokratie? Wie repräsentativ ist eine Volksvertretung, deren Vertreter nicht aus allen Schichten des Volkes kommen, ja, wenn nicht einmal die Hälfte davon aus Frauen besteht? Wenn eine bestimmte Berufsgruppe (Anwälte) überproportional in einer Volksvertretung vorhanden ist, wie wahrscheinlich ist es, dass einseitige Entscheidungen zugunsten dieser Berufsgruppe getroffen werden?

- Wie unabhängig kann ein Politiker sein, der hinter verschlossenen Türen mit Lobbyisten verhandelt? Wie neutral kann eine Partei sein, die von Spendengeldern aus der Wirtschaft abhängig ist? Ist es in Ordnung, wenn Mandatsträger Nebenverdienste haben oder nach ihrer Amtszeit in eine Wirtschaftssparte wechseln, die sie vorher politisch beeinflusst haben?

- Wie kann sichergestellt werden, dass sich Politiker um Angelegenheiten kümmern, die kein Prestige bringen? Wäre es denkbar, dass mehr unpopuläre, aber notwendige Entscheidungen getroffen würden, wenn ab einem gewissen Zeitpunkt die Wiederwahl keine Option wäre? Sollte die Anzahl der Amtszeiten von vornherein limitiert werden, damit jeder für sich einen Nachfolger aufbauen muss?

- Ab wann ist man zu alt, um Politik zu gestalten und zu verstehen, was die Leistungsträger, also die Familien und Unternehmer im mittleren Altersspektrum brauchen? Kann ein „alter" Politiker etwas für die nächste Generation gestalten?

- Ist es demokratisch, dass zumindest ab dem 18. Lebensjahr alle Altersklassen dasselbe Stimmrecht haben, obwohl die „Alten" bereits lange genug die Chance hatten, alles zu regeln?

- Können Gesetze zur Abtreibung wirklich von Männern gemacht werden?

- Wie hoch darf die Steuerlast sein? Wie viele Steuergelder dürfen für die Verwaltung in den Ministerien verbraucht werden? Gibt es eine Obergrenze? Ist die eventuell schon erreicht?

- Gibt es in der Bevölkerung eine breite Zustimmung für Hochfrequenzhandel an der Börse, für das Wetten auf Verluste und das Spekulieren auf Lebensmittel? Falls nicht, wieso haben unsere Volksvertreter all das ermöglicht?

- Ab welcher Größe kann ein Konzern Einfluss auf die Politik nehmen? Ab wann wird dieser Einfluss zu groß? Darf ein einzelnes Unternehmen wirklich „too big to fail" sein?

- Kennen Sie einen Politiker, der sich für die Steuern beim Volk bedankt hat? Ist es okay, dass sich Politiker dafür feiern lassen, Fördermittel auszuschütten, die sie doch zuvor nur von den gleichen Bürgern als Steuern eingezogen haben?

- Für wie wahrscheinlich halten Sie es, dass ein Parlament, das sich selbst kontrolliert, sich verschlankt, Kosten optimiert oder Ähnliches?

- Hat sich ein politisches System / ein Wirtschaftssystem schon einmal von selbst, von innen her grundlegend verändert, ohne vorher zusammenzubrechen? Wie eng sind beide Systeme verbunden? Was bedeutet das für unsere aktuelle Situation? Wäre es besser, das System komplett neu zu starten, anstatt es endlos im Kleinen zu reformieren und auf den Zusammenbruch zu warten?

- Fragen Sie Ihren Abgeordneten, ob er schon jemals einen Vorschlag von der Opposition unterstützt hat, und wenn ja, welchen. Kann es wirklich sein, dass es in der Opposition kaum gute Vorschläge gibt? Wäre das anders, wenn Gesetzesvorschläge im Parlament anonym eingebracht würden und auch anonym darüber abgestimmt werden könnte?

- Wie wichtig ist die Parteizugehörigkeit der Volksvertreter? Wie wichtig ist es, Personen, die keiner Partei angehören, die Möglichkeit zu geben, in eine Volksvertretung gewählt zu werden? Wie weit gehen die Aufgaben der Parteien über die Regierungsbildung hinaus? Dürfen Parteien wirklich Gesetze verabschieden, die sie selbst betreffen?

- Wie hoch muss die Wahlbeteiligung sein, damit man vom Willen des Volkes sprechen kann?

- Gibt es so etwas wie nicht zweckgebundene (Partei-)Spenden wirklich? Kann in diesem Bereich Geld fließen, ohne dass auch nur eine geringe Gegenleistung erwartet wird? Wenn ja, was ist die Motivation dahinter?

- Sollten Lügen gewählter Volksvertreter sanktioniert werden?

- Woher wissen die Abgeordneten, was die Bürger in ihrem Wahlbezirk denken? Wurden Sie schon einmal gefragt? Was passiert, wenn hier immer nur die Lautesten gehört werden?

- Müssen diejenigen, die ein Gesetz beschließen, es auch verstehen? Muss ein Gesetz so einfach sein, dass es jeder Volksvertreter verstehen kann, oder müssen die Volksvertreter so gebildet sein, dass sie komplexe Gesetze beschließen können? Wie groß darf der Einfluss externer Beraterfirmen auf ein Parlament sein? Sollten Gesetze eine begrenzte Laufzeit und einen begrenzten Umfang haben, damit sie weder unzeitgemäß noch zu kompliziert werden können?

- Ist es demokratisch, wenn die Parteien ihren Abgeordneten einen Kurs vorgeben? Was wäre, wenn die Parteien sich nach der Regierungsbildung nicht mehr in die Entscheidungen der Abgeordneten einmischen würden?

- Warum werden die Wähler nicht gefragt, ob sie mit der Arbeit ihrer Volksvertreter zufrieden sind? Eine Wahl bietet den idealen Rahmen, um die Wähler nach ihrer Meinung zu fragen.

III. Innovationen

- Es herrscht eine Kluft zwischen Politik und dem Volk. Den Bürgern muss wieder klar sein, dass sie der Souverän des Staates sind. Deswegen ist ein Wahlsystem, das sich auf ein einfaches Ankreuzen alle paar Jahre beschränkt, nicht ausreichend. Es sollte Feedback in beide Richtungen geben. Im Positiven wie im Negativen. Da Veränderungen von innen sehr schwer sind, sollte es eine unabhängige Institution geben, die den Willen der Bevölkerung bündelt und ihn an die Politik weitergibt.

- Eine Volkslobby, die aber auch die Arbeit der Politik und deren Beweggründe erklärt, um so Vorurteilen entgegenzuwirken.

- Um die Unabhängigkeit dieser Institution zu gewährleisten, sollte sie wie ein gemeinnütziger Verein aufgebaut sein. Von den Mitgliedern wird ehrenamtliches Engagement verlangt, dafür erhalten sie ein Mitspracherecht. Um zu verhindern, dass sich in den Gruppen nur die üblichen Nörgler sammeln, und um ein realistisches Abbild der Gesellschaft zu erhalten, müssen mindestens 50 Prozent der Bevölkerung der Gruppe angehören. Anstatt jedem eine Plattform, müssen wir allen eine Stimme geben.

- Weiterhin sollte die Philosophie eine tragende Rolle in der Politik spielen. Vor allem die Lehren Kants und Roger Waters stellen einen guten Leitfaden dar, denn politische Führung eines Landes sollte allen ein Vorbild sein. Eine Volksvertretung kann nur das vom Volk verlangen, was sie auch vorlebt.

IV. Maßnahmen

- Aktives Feedback. Es sollte die Option geben, auf einem Wahlschein ein direktes Feedback zur Zufriedenheit zu geben. Ein kleines Gedankenspiel dazu: Stellen Sie sich vor, es gäbe auf einem Wahlschein neben den ganzen Parteien ein Feld mit einem erhobenen Mittelfinger, das Sie ankreuzen könnten. Wie würde dies das Wahlergebnis verändern? Wie die Wahlbeteiligung?

- Die freundliche Übernahme. Treten Sie der Vereinigung bei, mit der sie am wenigsten gemein haben. Hören Sie auf, sich zu beschweren, und arbeiten Sie aktiv an einer Veränderung. Wie viele Personen braucht es, um den Ortsverband einer Institution zu beeinflussen, zu verändern oder gar zu übernehmen?

- Gefühlte Wahrheit. Politiker spielen gerne mit Emotionen, um ihre Ziele zu erreichen. Wer mit Angst, Unsicherheit oder sogar Hass Emotionen erzeugt, muss sich auch anhand einer emotionalen, also einer gefühlten Wahrheit messen lassen. Gedankenspiel: Was würde eine repräsentative Meinungsumfrage ergeben, bei der die Wähler danach gefragt werden, ob sie sich von ihren Volksvertretern fair, loyal und unabhängig vertreten fühlen?

- Audit. Wer Vorratsdatenspeicherung, Videoüberwachung oder Finanzprüfungen damit begründet, dass ein rechtschaffener Mensch sich vor nichts zu fürchten braucht, der sollte auch nichts dagegen haben, dass Volksvertreter in ihrer Loyalität und Integrität gegenüber den Bürgern überprüft werden.

Lieder mit einem tieferen Sinn, sortiert nach Gänsehautfaktor:

Zombie, The Cranberries
Hello (Turn the Radio on), Shakespare‘s Sister
Amazing, Aerosmith
Enjoy the Silence, Depeche Mode
Under the Bridge, Red Hot Chili Peppers
November Rain, Guns N‘ Roses
Entre dos Tierras, Héroes del Silencio
Drive, REM
Belfast Child, Simple Minds
Hotel California, The Eagles
Comfortably Numb, Pink Floyd